KB150817

데뷔 못 하면
죽는 병 걸림

데뷔못하면 죽는병걸림 3

1판 1쇄 발행 | 2023년 12월 15일
1판 2쇄 발행 | 2024년 11월 11일

펴낸이 | 권태완 우천제
펴낸곳 | (주)케이더블유북스
편집자 | 한준만, 이다혜, 박원호, 이고은

출판등록 | 2015-5-4 제25100-2015-43호
KFN | 제3-21호

주소 | 서울특별시 구로구 디지털로31길 62 에이스아티스포럼, 201호
E-mail | paperbook@kwbooks.co.kr

ISBN 979-11-404-7757-9 04810
　　　979-11-404-7756-2 (set)

데뷔 못 하면 죽는 병걸림

3

백덕수

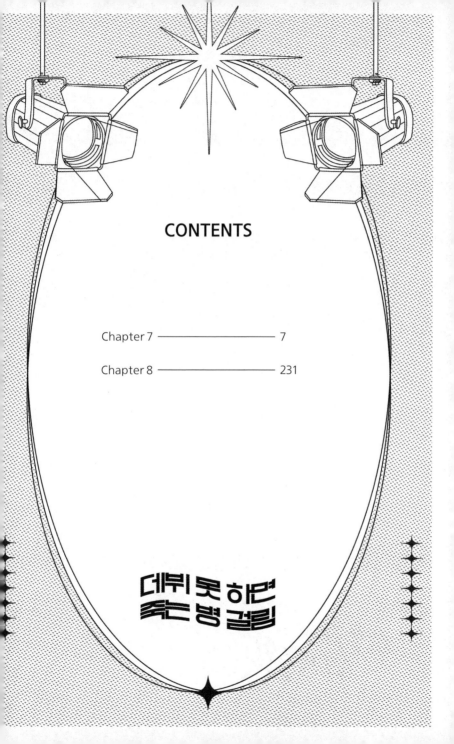

CONTENTS

데뷔 못 하면
죽는 병 걸림

CHAPTER
7

테스타의 첫 데뷔 앨범은 발표한 그 순간부터 음원차트 선전으로 엄청난 파란을 불러일으켰다.

[테스타 24Hits 진입 순위 (1시간)]
: Hi-five 85위, 마법소년 88위
차트 개편 이후 남돌 최고 진입 순위 갱신
한 곡은 VTIC보다도 높음ㄷㄷㄷ

-도랐다

-와 아주사 무섭네

-남돌 3대장 라인에 테스타 넣어야겠는데?ㅋㅋㅋㅋ 퇴물 다 된 티홀릭을 빼자

└이 새끼 테스타 팬 아닙니다. 분탕 종자 신고 부탁드립니다.

└신고 완료~

-이럴 줄 알았음 티저부터 화력 미쳤던데ㅋㅋ

-음판 오늘 하루 만에 25만장 팔았다며 예약 기간도 짧았으면서 ㄹㅇ 데뷔 하자마자 어나더 클라스 오졌다

-와 성적층 붙겠는데? 일단 내가 붙음○○

└ㅋㅋㅋㅋㅋㅋㅋㅋ진짜 대리뽕 찬다

갓 데뷔한 남자 아이돌의 첫 성적이라고는 믿을 수 없을 정도였다.

가뜩이나 국내에서 테스타의 인지도가 높을 대로 높아진 상태였다. 〈아주사〉를 한 번이라도 시청했던 사람들이 한마디씩 얹어대는 통에 난리도 아니었다.

그런 경쟁 구도가 만들어지자 곧장 부작용도 나타났다. VTIC 팬들의 반응이 확 싸늘해진 것이다.

-데뷔 앨범 진입이 순위 갱신ㅋㅋㅋㅋ 방송사들 생태계 교란 정말 심하다

-수치를 봐야지 딱 봐도 빈집털이잖아

└안타깝게도 지금 음원 박터지는 중임ㅋㅋ 차라리 한 달 전에 나왔으면 70위권도 노려볼 만했다

└뇌피셜 지리네ㅋㅋ아 테스타빠들은 여러 의미로 수치를 모른다~

-지금을 즐겨두세요~ 다음 앨범이면 아주사 뽕 다 빠질 테니까ㅠㅠ 커리어 하이 데뷔 앨범에서 끝날 텐데~

└브이틱팬들 넹글 돌아버렸쥬?ㅋㅋㅋ

└추하다 티카야

-오디션 프로그램 동안 다들 한 번씩 논란 있던 것 같은데, 이렇게 듣는 사람이 많다니 신기하네...

신나서 장작을 넣어대며 이간질을 해대는 악성 누리꾼들 덕에 팬덤

간 분위기는 살얼음처럼 얼어붙고 있었으나, 모든 일에는 양면성이 있었다. 아이돌에 적당히 흥미만 있던 사람들은 굉장히 재밌어했기 때문이다.

-와 그럼 이번 주에 브이틱, 테스타 음방에서 같이 보겠네
-꿀잼 예약ㅋㅋㅋ
-이대로면 담주에 테스타 1위하는 거 아냐?
　└모름 VTIC 초동 기간 오늘까지였는데 오늘 한 18만장 터졌어
　└히익 거기도 단위 미쳤다
　└테스타 무대가 방송 타고 음원이 얼마나 올라오느냐가 관건일 듯?
　└오호 테스타 예능 스케줄 많이 잡아야겠네ㅋㅋㅋ

테스타는 다음 날 일간 차트에 〈Hi-five〉를 17위, 〈마법소년〉을 19위로 올렸다. 말도 안 되게 빠른 속도인 건 맞았으나 당연히 VTIC만큼은 아니었다.

-테스타 미쳤는데?
-VTIC은 천상계니까 논외고ㅋㅋㅋ 솔직히 신인 남돌이 음원 차트에서 저러는 게 안 믿기는 정도임
-저 순위 안 떨어지고 유지만 해도 대박이야

다들 적당히 놀라고, 적당히 기대를 충족했다. 안목 있다 떠드는 관계자들은 '괴물신인 테스타가 선방했다' 정도로 평가할 이 상황에서 시

간은 시시각각 흘러, 목요일이 찾아왔다.

바로 테스타의 첫 음악방송 사전녹화 날이었다.

"너무 졸려요."

"그러게."

차유신의 말에 진심으로 공감하는 날이 올 줄은 몰랐다.

'새벽부터 하는 건 알고 있었지. 근데 준비시간을 생각 못 했군.'

새벽 4시 30분에 음악방송 사전녹화가 시작된다 치자. 그러면 늦어도 4시에는 방송국에서 대기하고 있어야 한다. 그럼 샵에는 그보다 몇 시간 전에 가야 하고…… 한마디로 야간 노동이었다.

우리야 계속 실내에서 이동한다만, 이걸 보러 오는 사람들은 어쩌나 싶었다. 지원해서 추첨으로 뽑는다고는 하는데, 솔직히 이 시간대에 사람 부를 거면 시급이라도 줘야 하는 게 아닌가.

그나마 날이 안 추운 게 다행이었다. 기다리면서 감기 걸리는 사람은 없을 테니까.

"잘래요……."

차유진은 대기실에 들어가자마자 소파에 뻗었다.

"깨, 깨워야 할까? 모, 목소리 자다 일어나면, 잘 안 나올 텐데……."

"쟤 매번 저러고 살았는데 잘만 했습니다. 신경 써주지 마세요."

"그, 그렇구나."

김래빈의 단호한 말에 선아현이 손을 도로 모았다. 얼굴이 창백했다.

잠을 못 자서라기보단 긴장한 것처럼 보였다.

"…잠시만."

"으응?"

나는 가지고 다니던 작은 가방을 뒤져서 사탕 한 묶음을 선아현에게 던져줬다. 포도당 캔디였다.

"좀 먹어둬. 피곤할 때 좋더라."

"어, 어어……"

"헐, 문대 나도!"

스마트폰을 들여다보던 큰세진이 냉큼 선아현의 사탕을 하나 빼 가려다가, 의외로 선아현에게 제지당했다.

"자, 자, 잘 먹을게!"

"아니, 아현이가…!"

"……"

내가 말없이 가방에서 캔디를 더 꺼내서 던져주자 큰세진이 희희낙락 받아갔다.

"오, 고마워!"

…뭐든 간에 한 서너 배는 사야지 먹고 싶은 만큼 먹겠다 싶었다. 가뜩이나 아직 재정 상황이 좋지 않은데 바람직한 현상은 아니라고 생각한 그때, 문밖에서 매니저와 류청우가 카메라와 함께 들어왔다.

'또 리얼리티용인가.'

이번 음악방송이 Tnet이라 쉽게 출입하는 모양이었다. 매니저는 활짝 웃으며 손을 흔들었다. 류청우가 미소 지은 채 말했다.

"얘들아, 팬분들이 도시락 보내주셨어!"

"헉!"

"…도시락!"

자던 차유진이 벌떡 일어났다. 놀랍다.

이윽고 눈을 빛내는 녀석의 시선 속에서 대기실 안으로 들어온 도시락 박스들은 휘황찬란했다.

'5단 도시락이라는 걸 실물로 볼 줄이야.'

나는 칸칸이 요리가 든 도시락을 분해하며 약간 당황스러워졌다. 원래 도시락이라는 게, 평범한 식사보다는 못한… 좀 한 끼 때우는 느낌이었는데. 이건 웬만한 백반집은 명함도 못 내밀 것 같다.

심지어 도시락 상자 제일 위에는 스티커가 붙어 있었다.

[테스타의 데뷔가]

[마법이다♡]

밑에는 간단하게 '테스타 팬 일동' 정도만 적혀 있었다.

"……."

아마 여러 개인 팬 커뮤니티가 합동으로 준비한 것 같았다. 그룹 첫 데뷔 무대니, 괜히 이름 나눠서 하느니 같이 보낸 거겠지. 멤버를 생각한 섬세한 배려심이었다.

"사진을 찍자."

"일단 이대로 한 컷 찍고 개봉해서 한 번 더 찍는 게 좋을 것 같습니다."

"아주 훌륭한 아이디어야. 빨리 사진 잘 찍는 문대가 찍어주면 되겠다."

"그래."

"오?"

나는 군말 없이 폰으로 각도와 초점을 맞춰서 몇 컷을 찍었다. 그리고 명도와 채도를 조절해 바로 색감을 보정했다.

"진짜 잘 찍었다."

"소, 손재주가 좋은 것 같아…!"

"고맙다. 이거 업로드하려는데 괜찮을까."

"어?"

멤버들에게 물었지만 사실 매니저 들으라고 한 소리다. 그룹 계정에 이세진이 글을 올린 후로는 스포일러나 분위기 문제상 아직 사적으로 특별히 뭘 올린 적이 없기 때문이다.

슬슬 제대로 운영해도 괜찮겠다 싶었는데, 다행히 매니저도 선선히 오케이 제스처를 보냈다. 멤버들도 힐끔 그 제스처를 확인하고 이야기를 진행했다.

"당연히 괜찮지~"

"문대가 좋은 생각 했네."

"이제 먹어요?"

차유진의 간절한 질문은 암묵적으로 무시당했다. 대신 김래빈이 진지하게 고개를 끄덕였다.

"이걸 시작으로 여러 소식을 자주 업로드하면 좋겠습니다."

"……그렇지."

근데 너는… 웬만하면 검사받고 올려라.

"사랑해는 꼭 넣자."

"자, 잘못하면 도시락 주셔서 사랑한다고 하는 것처럼 보이지 않을까…?"

"헉."

멤버들은 내가 사진을 편집할 동안, 열심히 문구를 작성하기 시작했다.

"180자 제한이 있네. 신중하게 잘 고르자."

"넵!"

그래서 완성된 문구는 다음과 같았다.

[테스타(TeSTAR)의 계정입니다!]

: 테스타 첫 음악방송 녹화 대기 중! 도시락 정말 감사합니다! 먹고 힘내서 멋지게 무대 해내겠습니다. 저희 열심히 준비한 만큼 보여 드리고 싶은 게 정말 많아요! 기다려주신 여러분, 정말 감사하고 사랑합니다ㅠㅠ 우리 오래오래 봐요♡ (사진) (사진) (사진)

"좋아! 업로드했다!"

멤버들이 뿌듯해하는 가운데, 희미한 미소와 함께 그것을 보던 류청우가 갑자기 당황한 표정을 지었다.

"잠깐, 지금 몇 시지?"

"…!"

…3시 50분, 꼭두새벽이다.

"……."

"······."

선아현이 새파랗게 질렸다.

"우, 우리 지금, 새, 새벽에 알림을."

"삭제··· 삭세하면 알림 안 가나?"

"당연히 갔을 겁니다······."

"······."

분위기가 숙연해졌다.

물론 새벽에 글을 올리는 아이돌도 많다지만, 이 경우 한 달 만에 올리는 그룹 소식을 새벽 톡처럼 보내 버렸다는 것이 문제였다. 도시락을 보며 슬픈 표정을 짓던 차유진이 물었다.

"왜요?"

"새벽에 알림이 가면 민폐잖아."

"아하."

차유진이 해맑게 말했다.

"사과해요!"

"···!"

잠시 뒤. 테스타의 계정에 새 글 알림이 한 번 더 떴다.

[테스타(TeSTAR)의 계정입니다!]

: 새벽에 갑자기 글 올려서 죄송합니다ㅜㅜ 저희가 시간 감각이 없어져서 이런 일이... 다음에는 꼭 낮에 찾아오겠습니다! (사진)

첨부된 추가 사진은 다 같이 고개를 숙인 테스타의 대기실 모습이었다.

"괜찮네!"

그러나 나는 위화감을 느꼈다.

"…잠깐만요."

"음?"

"저희 의상 스포한 거 같은데."

"…!!"

…다행히 제작진에게 양해를 구할 수 있었다. 하지만 사녹 직전에 뜻밖의 간 탈출을 경험한 멤버들의 얼굴은 해쓱해졌다.

"…앞으로 SNS는, 최소한 30분은 고민해 본 후에 올리는 걸로 하자."

"예……."

그 대환장 잔치가 끝나고 나니 녹화 시간이 코앞이었다.

"이제 빨리 도시락 먹어요!"

"시간 없어, 끝나고 먹자."

"오우……."

차유진은 상심했다.

우리는 도시락에 동봉된 비타민 음료만 하나씩 챙겨 마시고, 바로 무대로 향했다.

"와아아아!!"

밤부터 줄을 서며 기다려 준 200여 명의 사람이 환호를 보내줬다.

참고로 우리가 아직 무대로 올라간 상황도 아니다. 단지 스테이지 옆에서 왔다 갔다 했을 뿐이었다.

큰세진이 진지하게 말했다.

"괜히 밥 먹었냐 같은 질문은 하지 맙시다. 이 새벽에 왠지 우리만 도시락 먹고 약 올리는 것 같잖아요."

지금이 새벽이라는 것을 방금 전 사건으로 완전히 깨달은 멤버들이 열심히 고개를 끄덕였다.

물론 차유진만 빼고.

"하지만 못 먹었는데……."

"끝나면 바로 먹자."

"…예압."

류청우가 가볍게 상황을 제압했다.

"올라가실게요~!"

"넵~"

멤버들이 스탭의 지시에 따라서 무대로 올라갔고, 나도 발걸음을 옮기며 주변을 훑었다. MV의 부서진 학교 배경을 핵심만 옮겨놓은 모양새에 보랏빛 LED에 비눗방울 효과까지 제대로인 무대 세트가 제대로였다.

'돈 좀 썼군.'

하지만 세트를 심도 있게 둘러볼 시간은 없었다. 앞에서 몇백 명이 보고 있기 때문이다.

"저희 첫 녹화 무대입니다. 여러분, 잘 부탁드립니다."

"잘 부탁드립니다~"

류청우의 선창에 따라서 멤버들이 인사하자 밑에서 들리던 환호에 비명과 인사가 섞였다.

"혹시 테스타에게 바라시는 점 있으면…."

"글 자주 올려줘!"

"아, 글이요."

아까 SNS에 올린 글은 다 체크했는지, 무대 아래에서 폭발적으로 웃음이 터져 나왔다. 덕분에 류청우도 그만 웃어버렸다.

"자주 올리겠습니다. 새벽에는 말고요."

"오늘 바로 올릴게요!"

"자주 올린다는 건 단위가 어떻게……."

"매일!!"

팬들이 목청껏 외쳤다. 김래빈한테도 안 밀리는군. 대단하다.

"하하!"

옆에서 멤버 녀석들이 웃는 소리가 들렸다. 이렇게 무대 가까이서 대화까지 하는 경험은 처음이었기 때문에 솔직히 소통이 자연스러웠다고는 말 못 하겠다만, 나름대로 풋풋한 맛이 있었다. 신인 시절 잠깐이니 팬들도 이 분위기를 즐기겠지.

"아, 시작합니다."

몇 마디 짧게 대화를 나누던 멤버들은 곧 스탭의 사인에 무대에서 포지션을 잡았다. 내가 첫 파트로 가운데서 시작하는 구성이라 앞으로 나오게 됐다.

"문대야!"

나는 잠시 고민하다가, 작게 하트를 만들었다. 그… 소위 말하는

K-하트 말고. 그냥 손 하트였다.

"아아악!!"

손발이 터질 것 같았지만, 사람들이 즐거워 보이니 됐다……. 새벽에 다리도 아플 텐데 이런 재미라도 있어야겠지.

반응이 좀 가라앉자, 전주가 흘러나왔다.

♬♪♩♪– ♬♪♬♪– ♪♩–

그리고 무대 밑에서 힘찬 목소리들이 들렸다.

……응원법이다. 저걸 내가 듣게 될 줄이야.

–내일 만난 너를

오늘 내내 생각해

"생각해!"

나는 첫 소절에 들어가며 나도 모르게 웃었다.

좀 즐거웠다.

MusicBOMB이 시작하는 목요일 저녁 7시. 이런 프로그램은 다들 위튜브로 조각 영상이나 보는 것이 상식이 된 시대에, 드물게도 본방송을 기다리는 사람들이 인터넷에 북적였다.

-라인업이 화려하니까 좋네

-일단 테스타가 먼저 나올테니 걔네 나오면 불러주세요ㅋㅋ

대형 남자 아이돌 두 그룹이 함께 음악방송에 출연하는데 한쪽은 심지어 데뷔 무대였기 때문이다. 덕분에 이제 첫 데뷔 무대를 선보일 테스타의 팬들이 더 활발했다.

-애들 새벽에 글 올린 거 봤어? 진짜 너무 귀엽다ㅠㅠ
 └당황해서 사과하는 사진 넣은 거 진짜 씹덕 그 자체... 하지만 다음에는 꼭 셀카를 넣어다오 그게 사과다
-새벽에 글 오천만 개 올려도 되니까 많이 올려줬으면 좋겠다
-도시락 서폿 진짜 잘했더라 애들 새벽에 고생했을 텐데 밥이라도 잘 챙겨 먹었으면ㅠㅠ
-사녹 후기 보다가 부러워서 배 찢어질 뻔... 세 번쯤 찍었는데 사이사이에 토크 엄청 해줬다네
-문대 하트 애교했대...
 └미친
 └나 왜 사녹 광탈이냐
 └직캠 누구 안 찍었냐?ㅠㅠ 제발 이렇게 빈다 올려줘...

이미 사전녹화 후기가 풀리며 의상 및 메이크업, 팬서비스와 토크까지 온갖 정보가 팬들 사이에서 숙지된 상태였다. 그래서 팬들은 더 흥

분한 채로 본방송을 기다렸다.

-하이파이브는 사녹 아니고 생방이지?
　└ㅇㅇ 어떤 야구복일지 벌써 기대됨...
-아 언제쯤 나올까?ㅠㅠ 순서 스포 없어?

안타깝게도, 테스타의 무대는 한참 동안 나오지 않았다. Tnet의 음악방송이었기에 대우를 잘 받은 덕분이었다.

-순서가 이렇게... 뒤라고...?
-좋은데 슬프다
-어디쯤 있니 얘들아ㅠㅠ

그나마 팬들에게 위안이 되는 것은, 그룹 소개 인터뷰 분량은 중후반에 등장해 줬다는 점이다.

[혜성처럼 나타난 신인, 테스타분들을 모셨습니다!]
[Take your STAR! 안녕하세요, 테스타입니다!]

화면에 등장한 테스타가 방긋 웃으며 두 손을 흔들었다. 야구복을 입은 그들은 가드부터 글로브까지 각자 이미지에 맞는 소품을 챙긴 상태였다.

-미친 야구복

-ㅜㅜ문대 흑발도 잘 어울려 흑뭉댕이 됐구나

-차유진에게 핑크머리 해주신 분!! 감사합니다!! 아 너무 좋아!

-존잘ㅜㅜ

-팀구호 좋당

[테스타 여러분, 오늘 무대를 앞둔 소감이 어떠신가요?]

[굉장히 긴장되는데, 준비 열심히 한 만큼 전부 보여 드릴 수 있다면 좋겠습니다!]

인터뷰는 그다지 특별할 것 없이 평범한 대본과 후렴 한 구절 부르기가 끝이었다. 하지만 팬들은 즐겁게 멤버들의 모습을 감상했다.

그리고 마침내 무대가 방송을 탔을 때.

-헐

순식간에 반응 글이 쏟아졌다.

-존나 잘하는데?

-원래 오디션 끝나면 콩깍지 벗겨져야 하는 거 아님? 왜 잘해?ㅋㅋㅋㅋㅋ

-숙연해지기 딱 좋은 컨셉인데 진짜 잘 소화한다... 자기들이 정해서 그런가

-농담이 아니라나나 진짜 입덕한 것 같아 빨리 갈발 꽃사슴처럼 생긴 분 이름 좀

　└선아현

└잘 잡으셨습니다 선생님 우리 애 천사임

-이제부터 나 테스타 야구부 매니저다 반박 안 받음

생방으로 나온 〈Hi-five〉 무대부터 제대로 재밌었던 것이다.

순식간에 카메라를 찾아내고 컨셉에 맞게 개구진 표정을 짓거나 청량하게 웃는 테스타는 확실히 곡의 주인처럼 보였다. 파트를 본인들이 자신 있는 대로 나눈 덕에 라이브도 흔들리지 않았으며, 긴장한 기색 없이 딱 맞는 안무와 함께 쭉쭉 무대를 빼는 것이 즐거워 보였다.

-아 재밌다

-캬 역시 아이돌은 무대를 잘 해야 됨

사람들은 〈Hi-five〉만 보고도 벌써 무대가 다 끝난 것처럼 이야기 했지만, 〈마법소년〉 무대가 나오는 순간 다시 댓글창과 SNS는 새 글로 도배되었다.

-ㅋㅋㅋㅋㅋㅋㅋ와 말이 안나옴

-문대 안목 좋네 왜 이 곡 밀었는지 알겠다

└그러게 역시 아주사에서 컨셉 뽑던 티벳 점쟁이 여우 짬 어디 안갔어ㅋㅋㅋ

└ㄹㅇㅋㅋ

-남돌이 이런 몽환 컨셉 안 오글거리게 하는 팀 얼마 없는데 계보에 테스타 넣어줘야 할 듯

화면의 테스타 멤버들은 몽환적인 오르골 선율이 분위기를 잡는, 감각적인 딥하우스곡에 맞추어 무대를 휘저었다.

무대가 사전녹화라는 점을 잘 이용해서 약간의 그래픽 이펙트를 추가했는데, 그 반짝거림과 글리치가 과하지 않게 '초현실', '마법'이라는 오묘한 키워드를 잘 살렸다.

그리고 '학교'라는 설정을 놓지 않았기에 과하지 않은 선에서 청량하고 불안한 청소년기의 느낌 역시 살아 있었다. 결정적인 안무에서 무용처럼 극적인 움직임을 몇 가지 넣었기 때문이다. 안무 중심을 잡고 있는 멤버들이 그것들을 입이 벌어지도록 잘 소화했다.

사람들은 감탄하면서도 자신의 취향을 피력했다.

-솔직히 대중성은 아까 야구 곡이 나은데 결국 덕 붙는 건 이쪽인 듯
  ㄴ? 반대 아님? 이쪽 곡이 훨씬 트렌디하고 야구 쪽이 퍼포먼스용인 듯
  ㄴ둘 다 좋은 걸로 하자ㅋㅋㅋㅋ
-야 진짜 인간 승리다 어떻게 두 곡을 다 잘 뽑고 두 무대를 다 잘하냐ㅋㅋㅋ
-솔직히 마법소년 압승임. 서사부터 안무, 멜로디까지. 하이파이브는 여기에 비하면 좀 B급이다.
  ㄴ응 그래도 음원차트는 하이파이브가 더 높아~
  ㄴ이제 곧 뒤집히겠지.
  ㄴ아아 얘들아 싸우지마…ㅠㅠ 테스타가 둘 다 해준다잖아…
  ㄴ맞아 제발 즐기기나 해ㅠㅠ

팬들은 흥분해서 무대의 여운을 즐겼다.

-데뷔 무대를 찢은 신인이 있다? 네 바로 우리 테스타입니다.

-나같이 누추한 사람이 저런 귀한 아이돌을 좋아해도 되나 의아할 지경

-주주님들 참안목 감사합니다... 그저 감사...

-파트 분배도 진짜 잘해놨다 누구 하나 안 서운하게 챙긴 우리 애들의 마음 씨가 느껴져ㅠㅠ

연차가 오래된 발라드 그룹의 무대가 다음으로 방송을 탔지만, 테스타의 팬들은 첫 공식 데뷔 무대 감상의 여운에 젖어 폭주 중이었다.

하지만 VTIC이 나오며 분위기가 살짝 변했다.

-클래스가 뭔지 보여주네ㅋㅋㅋ

-와 너무 잘해서 무섭다 진짜

-저 정도면 무슨 문화재 같은 거 등록해줘야 하지 않을까?

-티홀릭 다음으로 퇴물 드립 치려던 놈들 다 어디감?ㅋㅋ

느와르 감성의 스윙 하우스곡은 무섭게 세련되고 강렬했다.

하지만 본래 사람들은 신선한 이미지, 다크호스에 더 흥미를 가지는 법이었기 때문에, 테스타 언급이 사그라들지는 않았다.

-아 케이팝의 미래가 밝다~

-이번 주 내내 두 무대 같이 볼 수 있겠네ㅋㅋ

그렇게 VTIC의 무대를 엔딩으로 곧바로 이어서 1위 발표식이 진행되었다.

[이번 주 1위는… VTIC의 Night Sign입니다! 축하드립니다~]
[와~]

VTIC은 지난주엔 공중파부터 나오기 위해 MusicBOMB을 건너뛰었고, 덕분에 컴백 무대와 함께 1위 트로피를 받을 수 있었다.

-츠ㅋ츠ㅋ
-너무 당연해서 축하도 까먹을 뻔
-축하합니다~

[정말 감사합니다. 먼저 이번 앨범을 위해 함께 노력해 주신……]

VTIC도 네티즌도 놀라지 않았다. 큰 감격은 없지만 기쁘고 즐거운 수상소감이 이어졌고, 얼마 지나지 않아 MC가 마무리 멘트를 던졌다.

[빵 터지는 음악의 즐거움!]
[뮤직~ 밤! 다음 주에 만나요!]

-재밌었다~
-오늘 간만에 뮤직밤 본 보람이 있었다ㅎㅎ

안팎으로 완연한 파장 분위기 속에서 VTIC 멤버들이 1위 앵콜을 위해 앞으로 나온 그때…… 예상치 못한 컷이 방송을 탔다.

　　-어어 방금 봄?

　　앞으로 나오던 청려가 들어가는 테스타를 돌아보더니 웃으며 손을 흔든 것이다.

　　-?? 청려 맞지?
　　-아니 청려 웬일이야 타그룹 친한 사람 없다더니ㅋㅋ
　　-친분 생긴 듯?
　　-귀엽다ㅋㅋ
　　-역시 후배는 귀여운가 벼

　　사람들은 즐겁게 떠들었지만, 막상 인사를 받은 쪽은 몹시 떨떠름했다는 것은 꿈에도 몰랐다.

　　'…갑자기 무슨 인사지?'
　　VTIC은 스케줄 문제로 급하게 도착해서 생방에 들어갔기 때문에 특별히 이쪽에서 인사를 갈 시간도 없었다. 즉, 지금 청려를 〈아주사〉 끝나고 처음으로 봤다는 뜻이다.

근데 눈이 마주친 것도 아닌데 대놓고 손을 흔들어준다?

'저럴 성격은 아닌 것 같았는데.'

나는 짧게 찜찜한 기분을 느꼈지만, 곧 버렸다. 바빠 죽겠는데 누가 갑자기 인사를 하든 말든 알게 뭔가. 1위 해서 갑자기 신났나 보지.

"문대 너한테 인사하신 것 같은데? 너하고 캐스팅 콜 때 만나서 그러신가 보다."

"흠, 그럴지도요."

나는 여상스러운 류청우의 말에 동감하며 발걸음을 옮겼다. 뒤에서 차유진의 기대에 찬 목소리가 들렸다.

"이제 집 갈 수 있어요?"

"에이, 인사는 하고 가야지~"

매니저의 대답에 큰세진이 중얼거렸다.

"아, 여기도 아직 그거 하나 보네."

"뭐?"

"PD한테 줄 서서 인사하고 가는 거."

"음."

나도 대충 이야기는 들어봤다. 아이돌들 음악방송 퇴근길이 늦어지는 게 1위 발표 때 굳이 전 출연진을 무대로 다 올려서 뽑으려는 단체 샷과 저 인사 탓이라던데, 여기 아니라 공중파도 몇 곳 저 짓을 굳이 관습으로 박아뒀다고 한다.

덕분에 퇴근이 늦으니 썩 내키지는 않았다. 새벽부터 깨어 있느라 힘들기도 했고.

'…그래도 사회생활하려면 별수 있나.'

이런 건 괜히 안 튀는 게 좋았다. 우리는 군소리 없이 매니저를 따라갔다.

"이, 이거 좀 어색하네…!"

그러나 복도에 도착해서 줄을 서자 선아현이 당황한 얼굴로 속삭였다. 생각보다 출연진들이 바글거렸고 시선이 쏠리는 게 금방이라도 누군가 말을 걸 것 같은 분위기였기 때문이다. 관행상 앨범 돌리러 인사는 다녀봤어도 이렇게 집단으로 만나는 것은 처음이었다.

사교성 넘치는 놈들끼리 알아서 하겠지. 나는 시선을 무시하고 선아현과 잡담을 나눴다.

"무대 어땠어?"

"어? 무, 물론… 괴, 굉장히 좋았어!"

"어떤 면에서?"

"음… 으, 응원해 주는 사람들이 있고, 고, 곡도 좋고, 가, 같이하는 멤버들도 친하고……."

"……."

'솔직히 우리가 다 친하지는 않지 않나?'

하지만 굳이 이걸 짚어서 산통 깰 필요는 없었다. 그냥 입 다물고 고개만 끄덕이자 선아현의 얼굴이 한결 밝아졌다.

그때, 복도 저쪽에서 무슨 썰물처럼 사람들이 우수수 자리를 비켜주는 것이 보였다. 이 타이밍에서 이건 하나뿐이다.

'VTIC이겠지.'

우리 다음으로 무대를 한 발라드 그룹은 스케줄 때문에 1위 발표 전에 이미 자리에 없었다. 연차가 꽉 차야지만 그런 곳에서 이득을 볼 수 있다는 게 흥미로운데, VTIC도 같은 원리로 연차와 인기 덕에 빠르게 PD와 인사를 할 수 있는 것 같았다.

'…T1 계열사 특전 같은 건 없나.'

적폐 같은 생각을 속으로 중얼거리고 있자니 마침 VTIC이 눈앞으로 지나갔다. 열심히 고개 인사나 해주자.

하지만 누군가 걸음을 멈추고 말을 걸었다.

"아, 문대 씨, 또 뵙네요. 1위 축하드립니다."

"……!"

청려였다.

"아, 이분이 그…?"

"맞아."

"와, 반가워요. 활동 화이팅!"

다른 VTIC 멤버도 알은체하며 한마디씩 거든다. 청려는 웃고 있었다.

'…이 새끼 일부러 이러는 것 같은데?'

나는 의구심을 버리지 못하고 그냥 인사만 했다.

"예. 감사합니다. 반갑습니다, 선배님."

"저도 반갑습니다. 음…… 우리 번호 교환할까요? 이렇게 활동 겹치기도 드문 일인데."

"…저야 감사하죠."

써먹을 데가 있을지도 모르니까 일단 번호는 교환해 두자.

나는 선선히 스마트폰을 꺼내 들었으나, 굳이 다른 출연진들이 미어터지는 복도에서 이런 말을 하는 저놈의 저의는 의심스러웠다. 조용히 매니저 통해서 번호만 알아가도 될 텐데.

아까 굳이 카메라 돌아갈 때 인사한 것도 그렇고, 무슨 꿍꿍이가 있는 건 확실한데… 뭔지 모르겠다.

'…그냥 인맥 과시용인가?'

어쨌든 박문대가 오디션 프로그램 1위 출신인 건 맞으니 말이다.

그래. 뭐 청려가 그냥 관종일 수도 있지. 한 번 본 놈 성격을 내가 제대로 알 리가 있나.

"연락드릴게요."

"감사합니다. 잘 들어가세요."

VTIC은 금방 복도에서 사라져 줬다. 내가 한숨을 참으며 스마트폰을 도로 넣자 옆에서 큰세진이 박수를 치며 히죽거렸다.

"이야~ 문대, 여돌보다 먼저 남돌에게 번호를… 커허업."

포도당 캔디나 더 처먹어라.

그렇게 내 왼손 포도당 샷을 입으로 맞은 후, 큰세진은 꽤 오래 투덜거렸다.

"아니, 너무 안 받아주네. 내가 여돌 번호 물어보자고 한 것도 아니고."

"……."

그랬으면 포도당이 아니라 다른 게 날아갔지.

어쨌든 큰세진은 캔디를 다 먹고 나니 기분이 나아졌는지 차에 타고 난 뒤에는 또 장난을 걸었다.

"아, 알겠다. 문대는 보고 싶던 여자 아이돌이 있다고?"

없다 새끼야. 행사에서 실컷 봤었는데 무슨.

나는 피식 웃고 대꾸했다.

"너는?"

"아 나야 팬들하고 결혼했지~ 여돌? 그게 뭐였더라?"

천연덕스러운 큰세진의 말에 류청우가 웃는 소리가 들렸다. 김래빈은 진지하게 맞장구쳤다.

"맞습니다. 저희는 남녀에 상관없이 타 그룹에 지나치게 경계를 풀지 않도록 노력해야 합니다."

"응?"

"여자 아이돌도 경쟁자이기 때문입니다…!"

"……?"

김래빈이 뜬금없이 통렬하게 외쳤기 때문에 다들 잠시 대답하지 못했다. 그걸… 무슨 신호로 받아들였는지, 김래빈이 더 진지하게 설명을 이었다.

"잘 생각해 보십시오. 아이돌은 장기경쟁입니다. 그런데 아이돌을 좋아하는 사람들은 한정되어 있습니다. 그럼 남녀와 관계없이 아이돌 그룹이 장기간 존속하며 여러 컨셉을 시도할수록 점점 타깃층은 겹치게 되는 겁니다…!"

선아현이 소스라치게 놀랐다.

"그, 그렇구나…!"

"맞습니다. 그래서 우리는 언제나 수요가 겹치는 아이돌 그룹에 대한 경계를 늦추지 말아야 합니다!"

"……."

"……으음."

잠시 침묵이 흘렀다.

'그냥… 맞장구쳐 주자.'

나는 힘겹게 입을 열었다.

"음, 맞는 말이야."

"…!! 그렇죠!"

김래빈은 잠시 승리의 순간을 만끽하는 듯, 눈을 번쩍거렸다. 류청우가 부드럽게 상황을 받아넘겼다.

"래빈이가 똑똑하네."

"감사합니다!"

씩씩한 김래빈의 목소리 뒤로 차유진이 작게 중얼거리는 소리가 들렸다.

"바보 아니야?"

도긴개긴인 놈들끼리 서로를 무시하는 사이군. 잘 알겠다.

음악방송 촬영은 그 후로도 일요일까지 매일 진행되었다.

한밤중에 준비하는 새벽 사전녹화를 하루걸러 하루꼴로 하고 나니 머리가 어지럽기 시작했다. 그나마 금요일 음방은 사전녹화를 9시부터 진행해서 숨 좀 돌렸지만, 그것도 7시에 출근하니 큰 차이는 없었다.

'바쿠스500' 특성을 가진 내가 이 정도니 다른 놈들 사정은 안 봐도 뻔했다.

'어제 이세진이 쓰러질 뻔했지.'

다행히 차 안에서 엎어져서 다치지 않고 끝났다. 소속사도 놀랐는지, 그 후로 기름기 하나 없던 식단이 좀 여유로워졌다.

이 와중에 저녁에는 리얼리티 컨텐츠까지 챙기려니 체력이 쭉쭉 갈려 나가는 게 당연했다.

'…이걸 매주 해야 한다니.'

좋은 건 응원 소리 들으면서 무대를 하는 딱 그 순간뿐이었다. 그 시간을 위해 팬과 아이돌 모두 인고의 시간을 견뎌야 한다는 게 아주 대단한 구조였다. 이 기회를 못 잡아서 우는 애들이 더 많다는 걸 생각하면 더 그랬다.

'사람을 쥐어짜 내는군.'

나는 한숨을 쉬었다.

"6월 셋째 주 인기뮤직 1위는… 축하드립니다, VTIC의 Night Sign!"

어쨌든 드디어 주말 마지막 음악방송까지 끝났다. 나는 1위 수상자에게 기계적으로 박수를 보냈다.

"와아아!"

여긴 사전녹화를 안 시켜줘서 잠은 좀 잤다. 주워듣기로는 케이블 오디션 출신이라고 텃세 좀 부린 모양이었다.

'어쩐지 순서도 초중반이더라고.'

물론 장점이 있으면 단점도 있다. 사전녹화가 없으니 생방송 한 번으로 무대를 끝내야 했고, 그러다 보니 무대 구성에 제한이 생겼다.

'활동 첫 주에는… 사전녹화를 하는 게 유용하긴 하겠어.'

내가 생각하면서도 어처구니가 없지만, 어차피 워라밸이 없다면 결과라도 좋은 편이 낫지 않겠나 싶다.

"우리 사진 좀 찍을까?"

"좋아요!"

"문대야 셀카 어때?!"

대기실로 돌아오자마자 일단 사진 요청부터 들어왔다.

'SNS 업로드용이군.'

이런 건 찍어야 하긴 했다. 나는 군말할 것 없이 그냥 스마트폰을 받아서 전면 카메라를 켰다. 그리고 7명이 상반신 의상까지 다 나오도록 각도를 잘 조절해 연사로 사진을 찍었다.

'이러면 신나서 자기들끼리 잘 골라 올린다.'

아니나 다를까, 어떤 사진을 업로드할 것인가를 두고 또 입씨름하는 놈들이 나왔다.

"자, 3번 사진이 제일 낫지 않아? 7명 다 웃는 게 잘 보이는 편이 보기 좋잖아~"

"입이 이상해요. 다음 거 써요!"

"들어주지 마세요. 한 사람만 잘 나온 사진을 쓰는 건 비합리적인 행동입니다."

"사, 사진 다 잘 나왔어……."

선아현이 말리는 건 당연히 씨알도 먹히지 않았다.

결론은 큰세진이 고른 것과 차유진이 고른 것 두 장이 업로드되었다. 이세진은 질린 표정으로 그 과정을 보더니, 고개를 절레절레 저었다. 본인 못 나온 거 올렸다고 어제 구시렁댄 건 깨끗하게 잊은 모양이었다.

'하하, 팀 참 잘 돌아간다.'

카메라가 있어서 싸움으로 빌드업 안 되는 게 다행일 뿐이다. 나는 무대 올라가며 빼둔 목베개나 도로 머리에 장착시켰다.

어쨌든, 첫 주 활동은 이렇게 마무리되는 듯싶었다.

'…일단 무대 반응은 좋아서 다행이고.'

틈날 때마다 간간이 확인하고 있다. 조회수와 전체적인 평 모두 아주 괜찮았다.

'역시 춤 스탯을 찍은 게 정답이었나.'

사실… 뮤직비디오 찍기 직전에 하나 남은 포인트를 춤 스탯에 투자했다. 보컬이 아니라도 내 무대 분량 자체가 생각보다 많았기 때문인데, 1위의 부작용인 것 같았다. 센터로 나오는 동선이 잦으니 안 찍을 수가 없었지.

막판까지 다른 스탯과 고민했지만, 가장 약한 걸 보완하는 게 우선이라는 쪽으로 판단이 기울었다.

'괜히 조롱 밈 붙으면 골치 아파진다.'

덕분에 현재 내 춤 스탯은 'B-'다. 그냥 곧잘 추는구나 싶은 정도는 된다는 뜻이다. …물론 이 팀에서 세 놈이나 춤이 A등급이라 크게 이득은 못 봤다만, 이제 개인전도 아니니 퀄리티에 기여하는 수준으로 도약한 것에 만족하기로 하자.

……뭐, 박문대 개인 직캠에서 팬들이 즐거워하는 걸 보는 게 재밌기도 하니까.

"고생 많으셨습니다~"

"첫 주 활동 무사히 잘 마무리됐네요!"

대기실을 떠나기 전, 멤버들과 스탭들이 웃으며 자축했다. 매니저가 한마디 덧붙였다.

"음원 10위 안에 들어간 것도 축하하고~"

"하하핫!"

그렇다. 매니저의 말대로 음원은 고무적으로 잘 올라가는 중이다. 나는 단톡방에 올라온 오늘 24Hits 순위 캡처를 떠올렸다.

−10위 마법소년 ▲4

13위 Hi-five ▲3

'음방 버프라는 게 정말 있긴 한가 보군.'

약간 놀랐던 건 마법소년이 기어코 역전했다는 점이다.

아마 무대 덕도 있지만, 그 곡이 잘 안 질린다는 점도 한몫했을 것이다. 〈하이파이브〉는 계속 듣기 시끄럽다고 생각하는 층도 〈마법소년〉은 괜찮았을 것 같으니까. 곡을 고르는 내 새로운 특성이 꽤 효과적이라는 걸 증명한 것 같아 만족했다.

…물론 아직도 VTIC은 음원차트 1위에 잘 붙어 있었다. 진짜 대단한 놈들이었다.

'흠, 이번 활동으로 공중파 1위는 무리인가.'

상황 보니 다음 앨범도 올해 내로 내줄 것 같고, 이번 앨범 성적도 괜찮았으니 벌벌 떨면서 걱정할 정도는 아닌 것 같긴 했다.

'…애초부터 돌연사가 갱신되는 이 개 같은 상황이 없는 편이 더 좋았겠지만 말이지.'

바쁜 스케줄에 잊고 있던 깊은 빡침이 속에서 올라오려다, 간신히 내려갔다. 열 받는다고 상황이 변하는 건 아니니 진정하도록 하자.

'…순탄한 궤도에 올려놓은 걸로 만족할까.'

나는 어깨를 으쓱하고 내 가방을 챙겼다. 옆에서 류청우가 매니저에게 묻는 목소리가 들렸다.

"저희 그럼 오늘은 바로 숙소로 가나요?"

"아… 사실 오늘 급하게 미팅이 하나 잡혔는데."

"네?"

"너희 예능 나가고 싶어 했잖아. 예능이야!"

매니저가 밝게 이야기하자, 피곤한 와중에도 몇 놈이 낚였다.

"오~ 무슨 예능인가요?"

"예능 재밌어요?"

매니저가 당당하게 고개를 끄덕였다.

"〈일하는 인간〉이라는 프로그램이야!"

"……?"

"이번에 TVC에서 새로 런칭하는 프로그램인데, 너희 알지? 거기서 만든 예능들 다 잘됐잖아~"

"오오!"

멤버 몇 명이 솔깃한 듯 고개를 주억거렸다. 매니저가 말을 더 얹었다.

"이색 직업 체험하는 예능인데 PD님도 좋은 분이고, 다들 기대가 크대. 꼭 테스타랑 하고 싶다고 말씀하셨다니까 열심히 해보자!"

"……."

…아, 벌써 감이 온다.

'갑자기 혓바닥 길어질 때부터 이상했다.'

TVC면 T1 계열사 방송국이다. 한마디로 자기 식구 안에서 예능 새로 런칭하니까 화제성용으로 테스타를 쓰고 싶다는 말이다. 게다가 3년 후에서 온 나도 이름조차 못 들어본 프로그램이다.

'프로 망할 것 같으니까 꽂은 거네.'

지금 타 방송사에서는 아직 테스타가 1위를 못 내다 보니 케이블 오디션 출신한테 러브 콜 넣기 애매해서 예능 섭외로 눈치싸움 중인 것 같은데.

'그 딜을 못 기다리고 여기다 첫 예능 특수를 써버려?'

회사 놈들이 큰 그림 그리느라 그룹에는 생산성 하나 없는 선택을 해버리는 꼴을 보니 어이가 사라진다. 하지만 뭣 모르는 멤버들은 해맑고 씩씩하게 매니저에게 대답하는 중이다.

"넵!"

"알겠습니다!"

"⋯⋯예."

나도 결국 고개를 끄덕였다. 그래. 카메라 도는데 따져서 뭐 하나. 신인에게 무슨 스케줄 거부권이 있는 것도 아닌데 그냥 군말 말고 하고 오자.

그리고 마침 웃으며 고개를 끄덕이던 큰세진과 눈이 마주쳤다.

"⋯⋯."

저건 X 같지만, 별수 있냐는 눈인데.

이후 차에 타서 슬쩍 물어보니, 직전에 방영된 〈일하는 인간〉의 1화 반응이 괴멸적이었다고 한다.

'역시.'

회사에 대한 기대를 충분히 버렸다고 생각했는데, 앨범 준비하면서 쓸데없이 회복한 모양이다. 더 버리도록 하자.

"안녕하십니까~"

이미 소속사와 출연 이야기가 끝났는지 〈일하는 인간〉과의 미팅 자리에는 카메라가 있었다.

'이미 자기들끼리 다 말 맞춰뒀군.'

"몇 가지 사전 질문만 먼저 드릴게요."

"네!"

당장 다음 촬영이 코앞이라 급한지, 인사치레도 없이 열 개 내외 정도의 문답을 주고받는 것으로 미팅은 서둘러 끝났다. 주로 〈일하는 인간〉이라는 타이틀답게 하고 싶은 일을 물어보는 질문이었다.

'…일을 안 하는 게 최고지.'

그러나 현재 직업상 이런 답변을 적을 수는 없으니, 적당히 특이한 직업 몇 가지를 답변했다.

'급하네.'

제작진은 허둥지둥 원하는 질의응답을 다 수집하고 미팅을 끝냈다. 바빠 죽겠다는 게 눈에 보였다. 1화 반응이 별로라 사람들이 갈리나 보군.

어쨌든, 덕분에 완전히 밤이 되기 전에 숙소행 차를 다시 탈 수 있었다.

"자, 다들 손 들어주세요~"

SNS에 올린다며 동영상을 찍는 큰세진에게 의무적으로 손을 흔들어주고 있자니, 주머니에 진동이 왔다.

'안 좋은 예감이 드는데.'

큰세진이 동영상을 다 찍고 카메라 끄는 것을 확인한 뒤, 스마트폰을 확인해 봤다.

[VTIC 청려 선배님 : 연락이 없어서 먼저 문자 해봅니다. 박문대 씨 번호 맞나요?^^]

"……."

와, 진짜 찝찝한데.

'신인이 연락 먼저 안 했다고 은근히 먹이는 건가.'

정말 친해지고 싶어서 번호 가져간 게 아닌 건 잘 알겠다. 그래도 연차 서열상 무시할 수는 없으니 일단 답장은 보냈다.

[제가 스마트폰을 잘 안 봐서 연락이 늦었습니다. 죄송합니다. 선배님.]

그러자 순식간에 답장이 왔다.

[VTIC 청려 선배님 : 죄송할 건 없고, 그냥 인사라도 하면서 지내자고 문자 해봤어요.]

피곤해 죽겠군. 나는 대충 '알았다, 감사하다'는 식의 짧은 답장을 보내고 아예 스마트폰을 껐다.

'내일쯤 톡 확인 늦는다고 바꿔두면 되겠지.'

어차피 슬슬 어떻게 알아낸 건지 이상한 새끼들이 자꾸 툭툭 톡을 넣어서 귀찮던 참이었다. 주소록에 없는 번호 연락 차단하면서 상태 메시지도 바꾸자.

'어쨌든 오늘은… 이대로 퇴근인가.'

그대로 차에서 살짝 잠이 들려던 찰나, 류청우의 목소리가 들렸다.

"얘들아, 우리 슬슬 안무 박자가 각자 조금씩 달라지는데, 지금 시간 난 김에 잡아놔야 하지 않을까?"

"……."

잠이 확 깼다. 주변을 보니, 다들 '나 쉬고 싶어요'라고 써놓은 얼굴이었다. 하지만 맞는 말에 차마 반박을 못 해서 암묵적인 동의의 침묵만 흘렀다.

나는 한숨을 참았다.

'…퇴근은 무슨.'

연습이나 하러 가야겠다.

테스타가 살인적인 활동 첫 주 스케줄을 소화하는 동안, 팬들은 넘치는 컨텐츠에 행복한 시간을 보내고 있었다. 그 점이 테스타가 얌전히 스케줄을 따르는 동력이 되어주기도 했다.

-첫 주 음방 교차편집 위튜브에 떴는데 진짜 개쩐다 (링크)

-이번 주 리얼리티 쇼케이스 편 너무 좋았어! 애들 머리하는 거 너무 귀엽고 무대 진지하게 준비할 때 눈물 나더라 테스타 오래 가자ㅠㅠ

-CQ 화보하고 인터뷰 비하인드 떴다. 잡지는 일단 전량 매진. (링크)
　└아아!...ㅠㅠ 늦었어...
　└추가 물량 많이 찍어 주세요 제발..ㅠㅠ

　테스타와의 계약이 단기가 아니었기 때문에, 소속사는 일부러 멤버 간 개인별 경쟁을 부추기는 마케팅 방식보다는 우선 그룹 자체를 좋아하는 분위기를 만들기 위해 애썼다.

　그리고 그 노력은 팬덤에 제법 잘 정착하려는 중이었다. 그룹이 하나의 SNS만을 이용하며 자주 같이 있는 사진을 올리는 것도 이젠 큰 반발 없는 분위기였다.

　다만 한 분야에서만큼은 그럴 수 없었다.

　바로 앨범에 들어가는 랜덤 포토카드였다. 앨범 판매량과 직결되는 요소다 보니, 앨범에 랜덤으로 들어가는 멤버들의 포토카드는 전통적인 상술에 따라 그대로 넣었던 것이다. 덕분에 테스타를 욕하고 싶은 사람들은 관련 비교 글에 바글바글 붙어서 신나게 떠들어댔다.

[테스타 포토카드 거래단가 순위]
: 차유진>=박문대>선아현>김래빈=큰세진>=류청우>>이세진
+)중고월드에서 통계 낸 거임 현실 부정 안 받아요~ (링크)

-역시 차유진이 1위네ㅋㅋㅋㅋ

-아 박문대 엔딩 센터 내놓으라고ㅋㅋ 죽은 부모 팔아서 1위 하니 좋았냐~

-이세진은 진짜 모든 곳에서 쓸모가 없네? 뮤직비디오 분량 처먹는 거 외에 하는 일이 있어?

-류청우 거품 드디어 빠졌구나 최종 순위 보고 코어 없을 줄 알았지ㅋ

-제발 인싸인 척 상황을 컨트롤하는 척 쾌활 훈남인 척 좀 그만하자 큰세진아 비인기멤은 그렇게 나대는 거 아니다ㅠㅠ

-아현이는 그 얼굴로도 3위가 한계인 거 보면 역시 말 안 하는 직업을 고르는 게 나았을 것 같아. 아이돌 말고 화보 모델? 같은 거 하지!

아무리 팬들이 신고하거나 무시해도 한계가 있었다. '상상 이상으로 잘나가기 직전'인 라이징에게 쏟아지는 질시와 분노는 상식적으로 이해하기 힘든 수준이었다.

그 조롱이 모든 멤버에게 전방위로 쏟아졌기 때문에, 도리어 팬들에게 이상한 공감대를 형성해 줬다.

-미친놈들한테 먹이 주지 말자

-아주사 끝난 지가 언젠데 아직도 줄 세우기에 목을 맨다? 절대 애들 팬 아님 개인팬도 아닐 거야
 ㄴ이게 맞음 찐팬이면 저런 글에서 자아표출하는 게 말이 되냐ㅋㅋ

-아주사 좀 봤다고 괜히 아는 척 말없는 정병들한테 휘둘릴 필요 없어. 우린 애들만 보고 가면 됨.

-맞아 테스타가 이렇게 잘하는데 저런 거에 감정 소모할 필요 없잖아 그냥 알못 소속사나 패자

그들 사이에서는 형식적으로만 그렇게 표명하는 게 아니라 정말로 '그룹 팬'이라는 정체성이 슬슬 형성되고 있었다. 그리고 딱 그 시점 즈음에, 특별한 행사가 다가오고 있었다.

테스타의 첫 팬사인회였다.

일요일 저녁에 안무를 재정비하고 쓰려졌다가 깨니 다음 주가 됐다. 첫 주 앨범 판매량 집계를 확인할 타이밍이라는 뜻이다.

결과는…… 무시무시했다.

"…67만 장이요?"

"그래!"

나는 매니저에게 한 번 더 되물었다.

"선주문량이 아니라 판매량이?"

"…그런 것도 아니? 아무튼 판매량 맞아!"

"……."

참고로, 선주문량은 앨범이 판매될 걸 예상하고 소매점에서 미리 주문해 놓는 양을 의미한다. 초동보다 많이 들여놓는 편이라 이쪽이 아닐까 의심했는데….

진짜 67만 장이 나간 거라니.

'실감이 안 나는데.'

아무리 최근 앨범 판매량 인플레이션이 심하다지만, 정말 감각이 마비될 것 같은 판매량이다. 오디션 프로 출신답게 테스타의 팬층이 국내 위주로 형성되어 있다는 점을 생각하면 더욱 어마어마했다.

심지어 본래보다도 늘었다.

'원래 60만 장 아니었나.'

분명 원래 〈아주사〉로 데뷔하는 그룹의 초동은 60만 장이다. 7만은 대체 어디서 튀어나와서 사주신 건지 알 수가 없었다…….

"…우리 남자 아이돌 데뷔앨범 판매량 신기록 갱신이라는데?"

"어, 어어어……."

"Holy moly."

다른 놈들도 기쁘다기보다는 어째 압도된 분위기였다. 한 30만 장이었다면 바닥을 구르고 기뻐했을 텐데, 더블 스코어가 뜨니 좀 겁을 먹은 것 같았다.

물론 곧 정신 차리는 놈이 튀어나왔다. 현실적 판단을 시작했다는 뜻이다.

"…이러면 우리 다음 주에 1위 할 수도 있나?"

"……!!"

순간, 긴장감이 쭉 차올랐다.

류청우가 입을 열었다.

"VTIC 선배님 이번 주 판매량이 얼마지?"

"확인해 보겠습니다."

김래빈이 즉시 검색을 시작했다. 앨범 차트에서 바로 주간 판매량을 확인할 수 있었다.

[LONG NIGHT / VTIC 312,608]

"……!"

"와."

2주 차라고 믿기지 않는 수치였다. 아무리 초동 마지막 하루가 들어 갔다고 해도 그렇지. 이건 웬만큼 잘나가는 남자 아이돌 총판매량급 이었다. 이쯤 되니 정말 이놈들 이번 앨범 초동이 궁금해진다.

"…잠시만."

나는 김래빈의 스마트폰 화면을 몇 번 터치해서 VTIC의 첫 7일간 앨범 판매량, 초동을 확인했다.

[1,872,863]

"……."

아, 글렀네.

"이야~"

"하하."

"1위야 열심히 하다 보면 할 날이 오겠죠!"

긴장감이 확 사라졌다. 멤버들은 허허 웃으며 서로 격려하기 시작했다.

예상은 했지만 이렇게까지 기본 스코어가 차이 나니 호승심도 사라 진 것이다. 그나마 앨범 판매량이 두 배 차이 나는 이번 집계가 적기였 으나, 음원에서 확 밀려서 힘들어 보였다.

'우리가 특별히 초동 이후에도 앨범 물량이 잘나갈 일은 없고…….

아마 2주 차에도 힘들겠군.'

음원 순위는 계속 슬금슬금 상승 중이었지만, 1위에 붙박이 중인 VTIC을 밀어낼 수 있을지도 회의적이었다. 나는 어깨를 으쓱했다.

"나갈 준비나 할까요."

"그게 좋겠다."

"오늘도 화이팅~"

멤버들은 주섬주섬 외출복으로 갈아입기 위해 흩어졌다. 매니저는 '이게 아닌데…' 같은 말을 몇 번 중얼거렸지만, 곧 현실을 받아들였는지 푹 한숨을 쉬었다.

'다른 생각이 있었나 본데.'

뭐, 알아서 하겠지.

매니저가 새롭게 운을 뗀 것은 차에 탄 직후였다.

"너희 팬사인회 이틀 뒤부터인 거 알지?"

"헉."

"벌써요?"

멤버들이 바짝 긴장했다. 활동 시작할 때 이야기를 듣긴 했지만 스케줄이 바빠서 날짜를 잊고 있던 것이다. 매니저가 고개를 끄덕였다.

"그래. 앨범 이렇게 많이 사주시고 열성적으로 응원해 주시는데 잘하고 와야지~ 성의 있게 잘 대해 드려~"

"아, 그럼요!"

아마 앨범 판매량을 먼저 던진 것은 이렇게 빌드업하려는 생각에서였나 보다. 지금이라도 말해서 속 시원해 보이는군.

'팬사인회라.'

한 번에 백 명과 연달아 대화하면서 실수하지 않으려면 좀 기합을 넣을 필요가 있긴 하지. 다만 이게 역효과로 작용한 멤버도 있어 보였다. 선아현은 단번에 얼굴이 새파래졌기 때문이다.

"나, 나, 나 못 할 것 같은데."

"왜요?"

"으응? 마, 말을 잘 못 해서…?"

"…? 형은 지금 한국어 잘해요."

차유진의 개소리에 말려든 선아현이 더 혼란스러워하기 시작했다. 나는 한숨을 쉬고 끼어들었다.

"넌 신중한 편이니까 오히려 실수 안 할걸. 너무 걱정하지 마."

"…고, 고마워."

선아현은 희미하게 웃으며 대답했지만, 그다지 걱정 안 하는 얼굴은 아니었다.

'그럴 만도 하지.'

애초에 팬과 대화해 본 적도 별로 없다. 스케줄 중에 오가면서 팬들을 근거리에서 가끔 보기도 하지만, 보통은 인사나 팬서비스만 빠르게 주고받고 얼른 차를 타야 했다. 간혹 숙소 근처나 편의점에서 끈질기게 따라붙는 건 팬이 아니라 사생이니 표본에 넣기 어렵고.

'일대일로 각 잡고 대화하려니 멤버 중 누구든 긴장할 만…….'

"시간이 얼른 가야 되는데~ 우리 팬들 얼굴 보게~"

"……."

저놈 빼고.

앞자리의 큰세진이 콧노래를 부르며 스마트폰을 뒤적거리고 있다.

'자신 있다, 이거군.'

팬사인회를 앞둔 아이돌 양극단 예시를 이렇게 확인할 줄이야.

……나는 어떻냐고?

'모르겠다.'

유명 아이돌 공개 팬사인회라면 몇 번 돈 받고 대리로 사진 찍으러 가본 적은 있다. 하지만 사인을 받으며 둘이 무슨 대화를 하는지는 들어본 적 없다. 생각보다 공간 자체가 왁자지껄 떠들썩하다 보니 웬만한 소리는 다 뭉개지기 때문이다.

'뭐… 머리띠 쓰는 건 많이 보긴 했지.'

그런 거야 좀 민망하겠다만 못할 것도 없으니 넘어가고. 나는 순 이미지만 남아 있는 뇌를 돌려보다가 혀를 찼다. 실속이 없군.

'무슨 대화를 주로 하는지 정도는 찾아둘까.'

마침 이동 중이라 차 안인데 리얼리티 카메라도 없다. 나는 곧장 스마트폰으로 SNS에 접속해서 검색을 시작했다.

[팬사인회 후기]

'뒤에 '후기' 붙여뒀으니 홈마 사진은 대충 거를 수 있겠지.'

하지만 인기 글 탭으로 이동하기도 전에, 방금 뜬 비공개 계정의 최신 글 하나가 눈에 꽂혔다.

"……!"

잠깐.

테스타 이번 팬싸 컷 120장ㅋㅋㅋ 평일인데 미쳤다 진짜! 난 광탈했으니…
팬 사인회 후기라도 많이 올려 주세요ㅠㅠ (사진)

글에 첨부된 이미지는 100장을 사고 떨어졌다는 인증 글의 캡처였다.

"……."

120장?

솔직히 말하자면, 보자마자 이 생각부터 들었다.

'…이게 얼마지?'

테스타의 데뷔 미니앨범 정가가 15,000원이다. 공동구매 등으로 할
인율을 끌어올렸다고 해도…… 11,000원 정도가 최저가겠지.

'그걸로 계산해도…….'

132만 원이다.

"……허."

뇌가 팽팽 굴러갔다.

'대화가 길어도 1, 2분 컷일 텐데.'

테스타가 7명이니 인당 얼추 18만 원 이상 값어치는 해야 한다는 뜻
이다. 이거 효율이 너무 낮지 않나? 대화 1분으로 10만 원 값어치를 할
자신? 당연히 없다.

'그냥…… 해달라는 건 다 해줘야 하나.'

그 외에는 특별한 대책이 생각나지 않았다.

나는 스마트폰을 내리고 미간을 눌렀다. 팬싸 컷이 100장 이상인 놈들을 찍으러 다녀본 적은 있어도 당사자가 될 줄이야. 식은땀이 다 났다.

박문대의 첫 번째 홈마는 만반의 준비를 하고 팬사인회가 열리는 목동 소재의 한 아트홀에 도착했다. 300명을 수용하는 아담한 무대와 관객석은 100명의 대기 인원을 무리 없이 받아들였다.

그리고 곧 대기 번호가 배부되었다.

[07]

'앞 번호 만세!'

문대가 지치기 전에 대화해 볼 수 있겠다며 홈마는 즐겁게 얼른 카메라를 세팅했다. 그리고 7시 30분 정각을 살짝 넘었을 때, 기다리던 오늘의 대화 상대들이 무대 옆에서 등장하기 시작했다.

테스타가 입장한 것이다.

"와아아악!"

순간 귀가 먹먹할 만큼 큰 함성이 작은 아트홀을 가득 채웠다. 본래는 사진 찍는 소리가 먼저 들렸을 상황이나, 그보다 먼저 첫 팬싸의 설렘이 가득했다.

손을 흔들며 약간 쑥스러운 듯 입장하던 테스타는, 무대에 세팅된 사인용 테이블 앞에 서서 꾸벅 인사했다.

"Take your STAR! 안녕하세요, 테스타입니다!"

"와아아아!!"

아직 팬사인회가 익숙하지 않은 신인다운 공식인사였다. 팬들이 열렬히 환호했으나, 속은 각자 응원하는 멤버를 부르짖고 있었다.

그건 박문대의 홈마도 마찬가지였다.

'문대 흑발!! 아 너무 좋아!!'

사녹 등에도 몇 번 다녀오며 이미 박문대의 이번 흑발 실물이 처음은 아니었다. 하지만 볼 때마다 좋았다! 그녀가 처음 입덕하던 당시의 박문대가 흑발이어서일지도 몰랐다.

'금발도 좋았지만, 역시 흑발이야.'

그녀는 강경 금발파인 자신의 친구를 잠깐 떠올렸지만, 곧 지우고 얼른 카메라에 집중했다. 잘 찍어서 저 얼굴을 널리 알려야 했다.

'볼 때마다 잘생겨지는 것 같아.'

앨범 컨셉 탓인지, 지금 무대의상인 하얀 하복을 입은 흑발의 박문대는 묘하게 청량한 분위기가 있었다.

'이건 주접이 아니라 진실이다…!'

그녀가 그렇게 중얼거리고 있을 때, 인사를 마친 테스타는 슬금슬금 테이블로 돌아 들어가서 앉았다.

'문대가 제일 끝이네.'

혹시 몰라 다른 멤버들 선물도 하나씩 챙겨오길 잘했다고 홈마는 중얼거렸다. 문대가 있는 끝자리까지 손 가득 선물을 들고 가면서 아무도 안 주는 건 좀 그러니까.

"번호 순서대로 시작합니다~"

곧 본격적으로 팬사인회가 진행되었고, 그녀는 앞 번호를 받은 탓에 얼마 기다리지 않고 사인을 받기 시작할 수 있었다. 얼추 보니 문대가 첫 번째 번호의 팬과 만나기 직전이었다.

그리고 그녀가 만나는 첫 타자는… 류청우였다.

"안녕하세요!"

"아, 안녕하세요."

먼저 인사하는 류청우를 보고 홈마는 살짝 말을 더듬었다.

'얘도 잘생기긴 했다.'

SNS 등지에서 핫한 유교남 같은 별명으로 불리던 것은 봤었는데, 가까이서 직접 보니 이유를 알 것 같았다.

'웹툰에서 남주로 나올 체대생 같다……'

그녀는 몇 마디 가벼운 스몰 토크를 나누고, 하이파이브 후에 작은 홍삼 박스를 넘겼다.

"와, 감사합니다!"

"에이, 아니에요~"

첫 번째 사인은 훈훈히 끝났다. 그리고 다음 순서.

"어디 사인해 드리면 되나요?"

아역배우 이세진이었다. 섬세하고 단정한 인상의 이세진은 특별히 적극적이진 않았지만, 무성의하지도 않았다.

"누구 보러 오셨어요?"

의외로 먼저 질문을 던지기도 했고 말이다.

"아 테스타 다 보러왔죠~"

"그래요? 감사합니다."

이세진은 특별히 예민한 것 없이 무던히 대답하고, 깔끔하게 사인을 마쳤다.

'생각보다 산뜻하네.'

어째 한 명, 한 명 사인을 받을수록 갱신되는 이미지가 괜찮았다. 다음으로 사인받은 멤버들도 마찬가지였다.

"음, 그럼 얼굴을 가리지 않으면서 최대한 눈에 잘 띄는 여백을 찾아서 해보겠습니다……."

날카로운 인상과 달리 바짝 긴장한 티를 내며 수줍게 사인을 한 김래빈도 좋았고.

"앨범 어떤 커버 제일 좋아요? 전 바이올렛이 제일 좋아요!"

사인받는 팬보다 더 신나서 자기 사인 주변에 온갖 낙서를 넣고 질문 폭탄을 던진 차유진도 귀여웠다.

'아주사 초반에는 진짜 얄미웠는데.'

그때 괜한 소리를 하지 않길 잘했다며, 그녀는 스스로를 칭찬했다.

그리고 큰세진이 등장했다.

"어서 오세요~ 오늘 첫 팬싸 오시면서 어땠어요? 저는 진짜 긴장했는데!"

"저도 긴장했죠!"

"에이, 긴장 안 하신 것 같은데~"

큰세진은 친근한 말투로 그날 그녀가 낮에 무엇을 했는지, 지금 기분과 상태, 고민까지 순식간에 술술 불게 만들었다. 게다가 말도 안 했는데 자동으로 하이파이브가 나왔다.

"다음에 또 봐요~"

"네…!"

'…친해진 것 같은데?'

잘생긴 경영학과 과대와 혼자 내적 친분을 쌓은 느낌이었다. 사실 상대는 어지간하면 모든 동기에게 친근하게 대해준다는 사실을 어렴풋이 짐작하면서도 말이다.

그녀는 겨우 2분 30초간의 대화로 느낀 인싸의 바이브에 감명을 받으면서도, 곧 올 문대의 차례에 바짝 기합이 들어갔다.

'이제 이 다다음이 문대…!'

그렇게 기대에 차서 선아현은 얼른 넘길 생각이었는데.

'…라고 말하기엔 너무 엄청난 얼굴이었다……'

"바, 반갑습니다…!"

선아현은 방긋방긋 웃으면서 정성껏 그녀의 말을 경청했다. 덕분에 그녀는 거의 홀린 듯이 사인을 받았다. 선아현은 그 밑으로 정성스러운 p.s까지 달아줬다.

[오늘 와주셔서 정말 감사합니다 연주 님! 앞으로 더 열심히 활동해서 멋진 모습 보여 드리겠습니다!*^^*]

'…천연기념물은 맞다.'

저 얼굴에 저런 성격. 캐릭터라도 유지하기 힘들 것이다.

…그리고 이제 남은 것은, 대망의 최애.

그녀는 침을 꿀꺽 삼키고, 떨리는 손을 아래로 숨기며 마지막 아이돌을 돌아보았다. 옆자리의 사람은 약한 미소를 지은 채, 이미 그녀를 쳐다보고 있었다.

박문대.

"안녕하세요."

"……!!"

대화! 문댕댕과 근접거리에서 첫 대화!

'허억.'

갑작스럽게 쭉 치고 올라오는 긴장 때문에 방금까지 잘만 이야기

하던 입이 반 박자 늦게야 열렸다. 다년간의 팬싸 경험은 다 소용없

었다…….

"아, 안녕. 문대야."

"음, 누나?"

"……!"

'미친!'

다짜고짜 반말을 때린 자신을 때리고 싶으면서 누나를 들은 자신을

칭찬하고 싶은 복합적인 심정이 그녀를 지배했다.

"맞아!"

"반가워요. …이거 드실래요?"

"……!?"

문대가 책상 아래에서 빠르게 뭔가를 꺼내어 내밀었다.

…막대사탕이다. 그것도 그냥 편의점에서 파는 공산품이 아니었다.

이쁘장한 동물장식이 붙어서 귀엽고 큼직한 게, 전문점의 냄새가 물씬

났다.

"나 주는 거야…?"

"네. 그거 맛있더라구요."

"……"

캐릭터에 어울린다 어쩐다를 떠나서, 어쩐지 눈물이 왈칵 돌았다.

'왜, 왜 네가 날 주고 있어……'

문대 사정에 아직 정산도 못 받아서 돈도 없을 텐데 뭘 이런 걸 준비했단 말인가.

'저것도 100개나 사려면 돈 좀 들었을 것 같은데……'

그녀는 사탕을 쥔 채로 순간 감정에 잠길 뻔했지만, 다행히 박문대가 쉴 틈도 주지 않고 바로 다시 말을 붙였다.

"그거 제 건가요?"

"어? 어어… 응!"

그녀는 자신이 문대 차례라고 반사적으로 화관을 꺼내둔 것을 깨달았다.

'자기소개 영상에서 닭발 대신 화관 아이템 쓰는 것도 보고 싶었다면서 부탁하는 대화를 짜왔는데……'

그럴 필요도 없었다. 박문대는 곧장 화관을 잡아다가, 자신의 머리에 호쾌하게 턱 얹었다.

"……!"

"…누나 사진 찍으시죠? 계속 쓰고 있을 테니까 걱정 마시고."

박문대는 넋 나간 자신의 홈마에게 쓱쓱 사인을 해줬다.

"성함이?"

"어…. 내 이름."

홈마는 예상치 못한 상황에 당황한 나머지, 자신의 계정명이 아니라 본명을 말해 버렸다는 것을 사인이 끝난 후에야 깨달았다.

'문대한테는 계정 이름으로 받으려고 했는데…!'

하지만 이 생각도 다음 문대의 말에 증발했다.

"와주셔서 고마워요. …제가 좀 더 재밌는 성격이면 좋았을 텐데, 입담이 좋은 편이 아니라…… 뭐 궁금하신 거 있을까요."

"아니, 음……."

아냐 문뎅아! 너 성격 충분히 재밌어!

…라고 대답해 주고 싶었으나, 슬슬 '이동하실게요'를 외치러 다가오는 스탭을 보며 그녀는 반사적으로 빠르게 물었다. 스탭이 계속 빡빡하게 구는 것을 앞에서 목격했기 때문이다.

"M, MBTI 뭐야?"

"그건 해본 적이 없어서 모르는데, 해보고 알려 드릴게요."

그 소득 없는 대화를 끝으로, 그녀는 스탭의 손짓에 강제로 책상을 벗어나게 되었다….

아니, 벗어나게 되었어야 했는데…?

"잠시만요."

그녀는 아직 책상 앞에 앉아 있었다. 박문대가 일부러 그녀의 앨범을 한 손으로 꾹 누른 채 버티고 있었기 때문이다!

'어어어…….'

박문대는 아무 일도 일어나지 않은 것처럼 다시 물었다.

"아까 건 대답 못 했으니까 무효로 치고, 다른 궁금한 점은 없으세요?"

순식간에 홈마의 뇌가 돌아갔다. 원래 준비해 왔던 대화 로그의 일부였다.

'문대야 너 웰시코기 탈 쓰고 광고 인증 돌 때 우리 만났었는데 혹시 기억나니?!'

하지만 입은… 본능과 공익에 충실하게 움직였다.

"그, 다, 닭발 말고 좋아하는 음식 하나 딱 들면 뭐야? 다 잘 먹는 건 아는데!"

박문대는 피식 웃었다.

"닭은 다 좋아해요."

"아, 진짜?"

"예. 다음에 한번 살게요. 누나는 뭐 좋아하시는데요? 닭발?"

바, 방금 얘가 뭘 또 산다고 하지 않았나? 그리고 방금 닭발 이야기는 나한테 장난 건 거지? 어어억.

하지만 시간이 없었기 때문에 홈마는 황급히 대답을 내놓았다.

"나도 닭 좋아해!"

"입맛이 비슷한가 보네요. 좋아요."

'그리고 문대가 더 좋다'고 말하려던 홈마의 뒷말은 박문대의 다정한 대답에 날아갔다. 준비한 모든 주접이 아이돌의 선제 공격으로 차단되었다……

"이동! 하실게요!"

"음."

스탭의 재시도에, 이번에는 박문대도 순순히 팬에게 앨범을 보내주었다. 그녀는 간신히 정신을 차리고 한 손을 내밀며 사심을 가득 담아 외쳤다.

"악수 좀!"

"아."

박문대는 곧장 손을 들어서, 악수 대신 손깍지를 끼워줬다. 그리고 웃으며 흔들었다.

"……!"

"잘 들어가세요."

"……어어."

세상에.

세상에…!

그녀는 흐늘흐늘 자리로 돌아왔다. 그리고 털썩 앉아서, 생각했다.

'미쳤다 진짜….'

왜 저렇게 침착하고 잘해준단 말인가. 심지어 발성도 좋아서 고함을 지르지 않아도 찰떡같이 대화가 잘 오갔다.

'첫 팬싸라서 성의가 있을 줄은 알았지만! 저렇게! 잘할 줄은!'

문댕이 이런 데 좀 무심한 타입일 거라고 각오한 건 정말 쓸모없는 짓이었다…! 그녀는 다 때려치우고 포효를 지르고 싶었지만, 초인적인 인내심으로 참으며 그 대신 카메라를 들었다.

'화관, 무조건 베스트 컷은 내가 찍어가고 만다.'

전투력이 폭주했다. 그녀는 묵묵히 카메라를 조작했다.

뷰파인더 창 너머로 화관을 쓴 박문대가 보였다. 근데 어느새 팬사인회 스테디 아이템인 토끼 귀도 하나 걸치고 있다. 쫑긋한 하얀 귀가 노란 꽃들 위로 솟았다.

"어!"

어울려!

이후 박문대는 자신을 똑 닮은 솜뭉치 인형까지 받았다. 홈마는 반사적으로 매의 눈으로 크기를 어림짐작했다.

'20㎝ 제작인가.'

문대는 약간 머뭇거리며 위치를 고민하는 듯했지만, 인형은 곧 어깨 위에 올라갔다.

귀여워!

셋 다 아주 끝내주게 잘 어울리는 아이템이었다. 사방에서 카메라 든 팬들이 문대를 외치며 카메라에 시선을 달라고 종용했다.

"문대야!"

"문댕!"

"박문대 여기!"

박문대는 다음 팬이 앨범을 들고 오는 틈을 이용해, 자기 카메라만 귀신같이 찾아내서 눈을 맞춰줬다. 물론 전직에서 우러난 짬이었다.

'헐.'

하지만 그 시간은 순식간에 지나갔다. 박문대의 자기 카메라를 찾아내는 정확도에 놀란 덕분에, 홈마는 팬 몇 명이 사인을 받는 것을 보고 나서야 그 이유를 알아챘다.

'시간을 최대한 써주네….'

자신에게 사인을 받는 팬이 다음 사람 차례가 넘어오기 전까지 남는 자투리 시간을 다 쓸 수 있도록, 끈질기게 버텨준 것이다. 본인이 끝자리라는 것을 고려한 게 분명한 선택이었다.

'우리 문댕은… 아이돌의 별 아래에서 태어났다……. 반박은 받지

않는다······.'

천년만년 아이돌을 해야 할 직업 자세라고 홈마는 감동했다. 뷰파인더 너머의 박문대는 이제 머니 건까지 받아서 쏘고 있었다. 흩날리는 가짜 돈 사이의 박문대를 보고 있자니, 정말 현금을 주머니마다 꽂아 주고 싶었다.

'평생 은퇴하지 말고 돈길 걸어야 돼.'

그녀는 큰세진과 박문대가 서로에게 책상에 떨어진 가짜 돈을 던지는 것을 보며, 훈훈하게 생각했다.

다만 문제는 그다음에 발생했다. 이번에 문대에게 사인을 받으러 이동한 팬이 내민 것은··· 노란 웰시코기 모자였기 때문이다.

'슬슬 갈아끼려나.'

좀 아쉽지만, 화관 샷을 어느 정도 찍었으니 만족할 때도 됐다. 그녀는 입맛을 다시며 문대가 웰시코기 모자를 쓰는 것을 기다렸다.

예상대로 문대는 화관과 토끼 귀를 벗고 모자를 썼다.

'음.'

하지만 거기서 끝나지 않았다. 박문대는 자신이 모자를 쓴 것이 몇 컷 찍힐 만한 시간이 지나자, 도로 화관과 토끼 귀를 그 위로 장착했다.

"······!!"

순간, 홈마의 머릿속에 문대의 발언이 울렸다.

─계속 끼고 있을 테니까 걱정 마시고.

···그리고 정말 박문대는 팬싸가 끝날 때까지 아이템을 '단 하나도' 빼

지 않았다.

"……."

"……흐."

팬사인회가 끝나고 이동하는 차 안이 조용했다.

100명과 연달아 떠드느라 지친 놈들이 다 뻗었기 때문이다. 덕분에 조용히 인터넷을 확인할 수 있을 것 같다. 나는 작게 한숨을 쉬었다.

'…일단 할 수 있는 건 다 해봤는데.'

그래도 분당 10만 원어치만큼 했다고는 양심상 못 말하겠군. 나는 짧게 몇 사람을 회상했다.

─볼 찔러봐도 돼요…?

─문대야, 애교 삼 종! 빠르게!

─이거 제가 달아드려도 괜찮을까요!?

─모닝콜! 모닝콜 한 번만 말해주면 안 될까?

음, 대부분 사전 조사를 통해 예상했던 요청들이었다. 덕분에 당황하지 않고 무사히 클리어한 것 같다.

'좀 민망했지만… 할 만했고.'

가끔 박문대를 별로 안 좋아하는지 시비 걸려는 사람도 나왔는데, 그것도 그냥저냥 괜찮았다. 뭐, 내 얼굴을 주먹으로 뭉개려고 한 것도 아니고 말이다. 도리어 자꾸 돈 주고 온 사람들이 역으로 박문대에게 감명을 주려고 시도해서 더 당황했다.

'돈 주는 쪽에서 굳이……?'

나는 웰시코기 탈을 쓰고 와서 '박문대'로 삼행시를 했던 학생을 반사적으로 떠올리다가, 곧 원래 하려던 일을 깨달았다. 반응 모니터링.

"음."

스마트폰이나 켜자.

일단… 테스타의 첫 팬싸는 SNS에서 실시간 트렌드에 들었다.

'이건 어느 정도는 예상했다.'

비공개였지만, 워낙 관심 가진 사람들이 많았기 때문에 거의 생중계 식으로 실시간 글이 올라왔었다.

-애들 팬싸 대응 미쳤어 나보다 애들이 더 많이 말함;; 나 차유진한테 호적 다 털리고 옴

-돌 말고 내 쪽에서 '아 진짜요'를 말할 날이 올 줄은 몰랐다…

-아 테스타 다들 엄청 긴장했얽ㅋㅋㅠㅠ 너무 귀여워! (짧은 인사 동영상)

-야 아현이한테 모노클 준 거 누구냐?

그저 감사합니다 삼대가 복 받으실 것 (사진)

-두루마기 걸친 청우 보고 가세요 당장 사극에 세자 저하로 출연해야 함ㅠㅠ (사진)

대부분 분위기 좋은 첫 팬싸에 대해 즐거워하고, 못 간 팬들이 아쉬워하면서도 실시간 떡밥에 신난 분위기였다.

'포스트잇 금지하자고 건의했던 건 괜찮은 선택 같고.'

〈아주사〉 시청자가 많았기 때문에, 기본적으로 그룹에 대한 주목도가 높은 상황이다. 혹여라도 누가 자기 맘대로 조작해서 올릴 수 있는 여지는 안 주는 게 맞았다.

'덕분에 쓸데없는 루머는 수면 위엔 없군.'

대신 내가 한 짓이 꽤 화제가 됐는지, 단독으로 트렌드에 하나 올랐다.

[#6 문댕댕 묘기대행진]

……가장 좋아요가 많이 된 글을 하나 살펴보자.

: 아이아 여러분 다들 문댕댕 묘기 대행진 좀 보세요 팬들이 준 거 자기 머리에 탑을 쌓아놓음ㅋㅋㅠㅠ

완전 본인 물건에 애착 형성된 댕댕이 재질 아니냐고ㅠㅠ (사진)

박문대가 팬사인회가 진행될수록 온갖 소품을 머리와 몸에 계속 쌓는 컷을 연달아 붙여 편집한 사진이 눈에 확 들어왔다.

'…막판에는 한 다섯 개쯤 겹쳐 쓴 것 같은데.'

용케도 안 무너졌다 싶다. 132만 원을 너무 의식해서 쓸데없는 만용까지 부렸나 약간 후회했는데, 웃음이라도 줬다니 다행이다.

흠, 관련 인기 후기들을 좀 더 살펴보자.

-박문대 진짜 미친놈임 와 스탭이 넘기라는데 안 넘기고 끝까지 나하고 손 깍지하고 있어줬다 와 청혼할 뻔

-문대가 제 저녁밥까지 같이 골라줬다고ㅋㅋㅋ 말씀드렸나요? 진짜 우리집 댕댕인 줄 알았잖아

-팬싸 후기 (7) 마지막으로 문대!

가위바위보해서 이긴 사람 소원 들어주기 하자고 했는데 내가 졌음. 근데 문대가 쓱 보더니 자기 걸 바꿔서 져 줌ㅠㅠ 심장 떨어지는 줄

-문대에게... 뭉댕 솜뭉치를 준 것은... 올해 최고의 순간... 문대가 말랑거린 다며 신기해했다구여 자기 손으로 챙겨갔다구 으아악 (사진)

"……."

그… 솜뭉치라고 부르는 인형은, 촉감이 좋아서 스트레스볼처럼 주무르다 보니 얼결에 차까지 챙겨왔다. 지금은 가방에 잘 들어 있고.

어쩐지 오묘한 기분이 되었다.

'받은 사람이 감격해야 하는 거 아닌가…?'

왜 자체제작까지 해서 만든 물건을 선물해 준 쪽이 감격하고 있냐는 말이다. 어쨌든 고마운 일이니 감사하며 다음 글로 넘어갔다. 제일 공유가 많이 된 글이었다.

-아 문대가 첫 팬싸라고 인원수 맞춰서 사탕 준비해왔어ㅠㅠ 아니 우리 댕댕이 언제 다 커서 이런 것까지ㅠㅠ 누나가 가보로 간직한다! (사진)

'…사인 끝나고 그냥 계속 앉아 있으면 심심할까 봐 요깃거리라도 하시라고 가져간 건데.'

왜인지 한 분도 안 드시더라. 어쨌든 즐거워하시니 좋은 일이었지만, 그 밑에 방금 달린 글이 문제였다.

┗아.. 난리나서 뭐 줬나 했더니 사탕이었어요? 전 또 대단한 거라도 준 줄…

┗? 님 저 아세요?

┗아니요 근데 안타까워서 달아봐요ㅎ 막 주식 사면서 돈 엄청나게 쓰셨을 텐데, 겨우 사탕 하나 준 가성비 아이돌한테 감격하시고...ㅠ 자존감 좀 챙기셔요!

┗별 이상한 사람 다 튀어나오네; 블락합니다~

'흐음.'

나는 탭을 조작해서 인터넷 여기저기를 살펴보았다.

확인해 보니 슬슬 커뮤니티 인기 글마다 비슷한 익명 계정들이 개소리를 달기 시작했다. 타이밍으로 보아 조직적으로까지 느껴지는 행보였다.

-좀 이기적으로 느껴지는 거 나만 그래? 첫 팬싸인데 멤버 중에 자기 혼자만 저렇게 준비해 올 줄은;

-겨우 막대사탕으로 가성비 챙기는 것 같아서 꺼림칙함 팬들 놀리나 싶고

-팬싸 온 사람들한테만 준 거지?ㅋㅋ 돈이 나서서 돈 쓴 사람 순으로 팬 계층화시키네... 하

-팬싸템 저렇게 쌓아서 한 게 무슨 의미가 있어? 예쁘지도 않고... 그냥 1위로 데뷔했는데 실제 팀 내 인기가 그만큼 안 되니까 되게 의식하는 느낌임

이럴 줄 알았지.

'어떻게 이 새끼들은 패턴이 한결같냐.'

다만 불지옥 같던 〈아주사〉가 끝나니까 원색적인 말이 잘 안 먹히는 걸 확인했는지 그나마 눈치 보면서 살살 긁는 것 같았다. 그리고 오디션도 끝난 마당에 이런 놈들이야 무시해도 그만이다만…… 재밌어하던 사람들한테 초를 치니 문제다.

'빨리 해결해 두자.'

나는 혀를 차며 테스타의 SNS를 켰다.

테스타의 팬사인회 후기로 SNS가 떠들썩해지자 뒤늦게 우두둑 붙은 악성 계정들 때문에, 박문대의 몇몇 팬들은 〈아주사〉 PTSD가 도지고 있었다.

-대체 왜 이러지?

-찐으로 정신 나간 것처럼 달려드네.. 하

-어디서 작당하고 온 것 같은데

안티들은 온갖 커뮤니티에서 교묘하게 왜곡된 논리를 늘어놓으며

박문대에 대한 여론을 선동하려고 노력했다. 주요 논지는 '혼자서만 따로 선물을 준비하다니 이기적', '겨우 막대사탕으로 생색내는 기적의 가성비', 그리고 '팬싸템으로 쓸데없는 관종짓' 정도였다.

물론 제대로 통하는 곳은 거의 없었지만, 방어 자체가 심력을 소모할 일이었다. 팬이 감정적으로 나오면 꼬투리가 잡히기 때문이다.

-좋은 날 이게 무슨 일이냐
-빨리 정리하고 다시 팬싸 달리고 싶어......
-매번 지친다 진짜

지친 글들이 드문드문 SNS에 혼잣말처럼 나타났다. 그렇게 당황이 피로감으로 바뀌기 직전이었다.

테스타의 계정에 알람이 들어왔다.

_____

안녕하세요 여러분
저는 문대 (강아지 이모티콘)
이것은 오늘의 정산입니다 (사진)

_____

첨부된 것은 받은 팬싸 소품을 따로따로 하나씩 걸친 박문대의 셀카들이었다. 배경을 보니 차 안인 것 같았다.

거기서 끝이 아니었다. 곧바로 추가 알람이 떴다.

더 있어요 (사진)

　다른 멤버들의 비슷한 컨셉 사진도 연달아 주르륵 올라온 것이다. 각자가 받은 팬싸 아이템을 바꿔 쓰기도 하며 색다름까지 챙겼다. 사진들이 하나같이 어찌나 구도를 잘 잡고 전문성 있게 찍었는지 당혹스러울 정도였다.

　-??
　-문대야?
　-아니 갑자기 이게 무슨 귀한..

　팬덤이 갑작스러운 떡밥에 뭐라 반응하기도 전에 또 글이 올라왔다.

다음 타자는 #바로나! (사진)
p.s. 7명 다 할 거예요~ 많관부♡

　큰세진이 택배를 개봉하는 박문대를 배경으로 턱에 브이를 댄 채 찍은 셀카가 첨부된 글이었다. 택배 안에는 소포장된 색색의 막대사탕들

이 들어 있는 게 잘 보였다.

-헐
-미친

그렇다. 애초에 박문대는 이걸 혼자 기획하지 않았다.

아직 개인 팬덤이 뭉친 기조인 테스타 팬덤에서 혼자 이벤트를 하는 걸 경계했기 때문이다. 그리고 물론, 이 상황에서 그가 가장 먼저 섭외한 건 팬싸에 자신감이 넘치던 큰세진이었다.

팬들은 순식간에 불타올랐다.

-셀카 폭탄 실화냐 더 터트려다오
-차래문큰 아주사 때 인형탈 이벤트할 때 생각난다ㅠㅠ 우리 애들 진짜 효자야... 사랑한드아!!
-팬싸 못 온 팬들도 다 챙겨주는 묘기 좀 보세요 이게 바로 아주사에서 생존한 아이돌이다
-120장 살 걸 대 혜자였잖아 쥐엔장ㅠㅠ

그리고 박문대의 팬들은 마음이 편안해졌다. 이제 무슨 개소리가 나오더라도 두들겨 패서 쫓아낼 수 있게 됐기 때문이다.

-박문대 혼자만 저러는 거 난 보기 안 좋은 것 같아
  └응 내일은 큰세진이가 해~ 릴레이로 다 같이 기획했거든! 우리 테스타 팬

사랑 넘치는 거 보기 좋지 않니?♡ (사진)

　-저게 뭐야;; 팬싸에서 저러면 템 준 사람들 기운 빠지겠다 그냥 막 머리에 쌓네..

　└ㅎㅎ하나씩 걸치고 찍을 시간 줬어! 그리고 템 하나하나 따로 착샷 올려 줬다? 심지어 다른 멤버들도 다같이ㅜㅜ 같이 볼랭? (링크)

　이러면 더 길게 말할 것도 없이 슬그머니 사라지거나 '이미 삭제된 댓글입니다'를 만나볼 수 있었다.

　-아 사이다 맛 좋다
　-문댕댕 여기 사이다 한 그릇 더 주소!! (탕!)
　-샤따 내려 아 즐거웡ㅋㅋㅋㅋ
　-문댕 천재 반박 안 받고 어쩌구
　-문댕댕은 매일 셀카로 생존신고 해야하며 안 올리면 무슨 무슨 법에 걸림 암튼 그럼

　팬들은 다음 날 팬사인회까지 신나게 달리고 난 뒤, 속 시원한 채로 달게 잘 수 있었다.

　-큰세진이 비눗방울 장난감 줬엌ㅋㅋㅋ
　-팬싸 현장 졸지에 마법소년 세트장 재질됨
　-넘 귀여워 문대 사탕에 이어서 큰세도 꼭 자기 같은 것만 골랐네ㅜㅜ (사진)

그리고 그 축제나 다름없는 분위기 속에서 많은 이에게 엄청난 갈등이 찾아왔다. 물 들어올 때 노 저어보겠다는 식으로 소속사가 추가 팬사인회 일정을 발표한 것이다.

-다음 팬싸 일정 뜸 (링크)
  └초동 다 지나고 잡는 거 실화냐 소속사 진짜 알못... 미칠 노릇
-아 추가 팬싸 주말이네 너무 가고 싶어ㅠㅠ
-팬싸 진짜 한번은 가봐야 하는 거 아님?
-다음 앨범에는 컷 더 오를 듯 지금 아니면 적금 깨야 하지 않을까.

얼마 뒤, 180장으로 오른 추가 팬싸 컷에 팬 가수 할 것 없이 다들 기함하게 된다는 것은 아직 아무도 모르는 일이었다.

덜컹덜컹.
몸이 움직여 잠에서 깼다. 앞에서 잠긴 목소리가 들렸다.
"……흠, 도착한 건가요?"
"아직 좀 남았어."
"예…."
졸음에 잠긴 머리에 류청우와 매니저의 대화가 스치고 지나갔다.
'…맞다.'
지금 이동 중이었지. 조금만 생각을 멈췄다가는 다시 잠이 들 것 같

아서, 몸을 움직였다.

일단 현대인의 친구 스마트폰을 켰다.

[금 AM 4:35]

'출발한 지… 두 시간 반째가.'

정말 스케줄 한번 대단했다. 나는 지근거리는 머리를 훔쳤다.

이번 주는 사전녹화 없다고 안심했더니 예능을 새벽에 찍고 앉았다.
그것도 경상도까지 가야 할 줄은 상상도 못 했는데 덕분에 어제 팬사
인회 정산은 손도 못 댔다.

'뭐 있는 거라도 올려야 하나.'

스마트폰으로 테스타 계정에 접속해서 약간 갈등하다가, 적당히 숙
소에서 찍은 단체 사진을 몇 장 올렸다.

저는 문대 (강아지 이모티콘)

테스타는 잠옷을 맞췄습니다. (사진)

'…흠. 좀 과한가.'

올리고 보니 남의 잠옷이야 어찌 됐든 무슨 상관인지 싶기도 하다.
아이돌에게 TMI를 알려달라는 사람은 많지만, 막상 풀었을 때 실망
하는 경우도 많으니 정보를 잘 선택해야 했다.

'이번 반응을 보고 범위를 조정해야겠군.'

업로드를 마치자마자 옆에서 인기척이 났다.

"으으음……."

선아현은 비몽사몽 중에 눈을 뜨다가, 완전히 잠에서 깬 나와 눈이 마주치곤 화들짝 놀랐다.

"…! 도, 도착?"

"아니."

"어…."

"더 자라."

그렇게 말한 뒤 나도 도로 눈을 감았다. 아직 도착까지 두 시간은 남았으니, 조금이라도 더 잘 생각이었다. 저놈 성격에 옆 사람 깨어 있으면 못 잘 게 분명하기도 했고.

"……."

하지만 눈 붙였다 떼니 이미 목적지에 도착해 있었다. 피로가 시간을 잡아먹었다.

게다가 기상천외한 요구가 기다리고 있었다.

"안대요?"

"예. 어떤 직업을 1일 체험하시게 될지 알 때 리액션이 중요해서요."

"음, 알겠습니다~"

매니저가 나서서 정리해 버린 덕분에 선택지 없이 안대를 차게 되었다. 그 와중에도 밖이 보이지 않도록 철저히 막더라.

별 상관은 없다만, 안 그래도 졸린 놈들에게 안대를 채우니 몇 명은 제정신이 아닌 것처럼 보였다. 거의 졸기 직전이던 차유진은 옆구리가 찔리고 나서야 정신을 차렸다.

"으흐…… 앗!"

"자, 가자!"

그대로 제작진의 안내에 따라 비척비척 이동했다.

"이제 안대를 벗어주세요~"

"넵!"

그리고 안대를 내린 뒤 보인 광경은…….

웬 호수와 벌판이었다.

"……??"

'뭐냐.'

당황한 건 당연히 나뿐만은 아니었다.

"…저 깨어 있죠?"

"여기 어디예요?"

뭐라 더 말을 꺼내기도 전에, 웬 이동식 현수막이 스탭들에 의해 테스타의 정면에 등장했다.

[축! 국민주식 ★테스타★ 방문!]

[한국 조류가 당신을 환영합니다!]

[in 주남저수지]

오색찬란한 무지갯빛 새 그림이 펄럭였다.

"…?!"

밑줄 쳐진 맑은고딕 폰트가 번쩍였다.

"……??"

고개를 돌리니 이세진까지 입을 벌리고 현수막을 보고 있었다. 상황을 받아들이지 못하는 모습이다. 그리고 누가 무슨 말을 꺼내기도 전에, 웬 인자한 인상의 장년 남성이 허허 웃으며 나타났다.

"안녕하세요, 여러분~ 조류 연구가 김정원입니다!"

"아, 안녕하십니까!"

"안녕하셔요!"

그간의 서바이벌 촬영 경험이 어디 가지는 않았는지 다들 순식간에 정신을 차리고 열심히 고개를 박았다.

'…잠은 다 깼군.'

하지만 여전히 상황을 이해하지 못한 얼굴들이다. 이 와중에 조류 연구가는 허허 웃으며 악수를 청했다.

"여러분이 오늘 여기서 조류 연구가 체험을 한다고 들었어요~"

"예? 예. 저희가 1일 직업 체험을 한다고……."

"예예. 그렇지요~ 오늘 저와 함께 조류 연구가의 기본 작업을 해봅시다~"

"조류 연구…?!"

상상도 못 했던 직업이 튀어나오자 이놈 저놈 할 것 없이 당황했다. 그러나 조류 연구가는 신경도 쓰지 않았다.

"아, 참 매력적인 친구들이죠. 오늘 그 친구들을 더 자세히 관찰해 보는 시간을, 저희가 가질 겁니다~"

"어……."

"철새 촬영을 할 거예요!"

"헉."

순식간에 카메라가 배부되었다. 테스타는 현수막을 끌고 온 스탭들이 일사불란하게 나눠주는 물건을 받아 들고서야 정신을 차렸다.

"아, 아아!"

"새 좋죠!"

"열심히 하겠습니다!"

조류 연구가는 흐뭇하게 웃었다.

"하하! 젊은 친구들이라 기운이 좋습니다~"

"하하하!"

드디어 화목한 웃음이 터졌다. 선아현이 안심한 듯, 약간 기대된다는 얼굴로 슬그머니 말을 걸어왔다.

"재, 재밌을 것 같지…?"

"그러게. 문대 너 사진도 잘 찍잖아!"

"……."

이놈들… 당연하지만 잘 모르는군.

하지만 카메라를 확인하고 간신히 대답을 바꿨다.

"…보람 있겠네."

"하하, 그렇지!"

그래. 정말, 보람만 있을 것이다……. 나는 이름도 기억 안 나는 동아리 선배에게 들었던 눈물의 썰을 떠올렸다.

─X발, 철새 찍고 싶으면 무조건 겨울이야.

-여름에는… 철새 도래지도 별로 없고.

-더워서 뒤질 것 같거든…….

"……."

오후 음방에 이놈들이 제정신으로 출연할 수 있을지 벌써부터 걱정되기 시작했다.

"하하하! 그럼 이동하죠!"

"넵!"

조류 연구가의 웃음소리가 슬슬 석사를 포획하는 교수처럼 들렸다. 뭣 모르는 학부생 같은 테스타 놈들은 졸졸 연구가를 따라 이동했다.

"와, 날씨 좋아요!"

"이제 해가 일찍 떠서 쨍쨍하네."

얼마 후면 그늘만 간절히 바라게 될 놈들의 대화를 들으며, 나는 묵묵히 발을 옮겼다.

그리고 계속 옮겼다.

……계속.

"……?"

끝나지 않는 행군에 당황한 놈들 사이로 류청우가 총대를 멨다.

"선생님?"

"예?"

"음, 저희 얼마나 더 이동하면 될까요?"

조류 연구가가 밝게 웃었다.

"하하! 철새가 보일 때까지 걸어야죠!"

"…!"

"아~ 혹시 언제쯤 보일까요?"

큰세진이 얼른 치고 들어왔다. 조류 연구가는 허허 손사래를 쳤다.

"어허~ 그걸 알면 신이지~"

"……!!"

슬슬 분위기를 파악한 놈들이 얼어붙기 직전, 큰세진이 얼른 다시 입을 열었다.

"역시 그렇죠~? 그래도 신께서 보우하사 운이 좋아서 얼른 보면 좋겠네요~ 하하! 그치?"

예능에서 분위기 망치지 말고 웃기나 하라는 신호였다.

"아하하!"

"맞는 말씀이십니다."

분위기는 억지로 다시 화기애애해졌다. 그리고 다시 행군이 이어졌다.

터벅터벅. 끝없는 저수지와 녹색이 펼쳐졌다. 이대로 계속 걷기만 하다가는 예능이 아니라 체험 다큐멘터리가 될 분위기였다.

다행히 조류 연구가에게 끊임없이 큰세진이 말을 걸어서 분량을 뽑고 있었다. 싹싹하다 보니 어르신 취향에 딱 맞았는지 대화가 잘 이어졌다.

"그래서 뱁새들이 여름에는 요롱~ 게 홀쭉하죠."

"아~ 그럼 저희가 인터넷에서 주로 보는 사진은 여름 건 아니겠네요!"

덕분에 리액션만 하면서 이동할 수 있었다.

'제대로 밥값 하는군……'

하지만 무슨 말을 해도 답변이 뱁새 이야기로 돌아가는 통에 무슨 분량이 나올지는… 모르겠다.

그리고 어느 시점, 드디어 조류 연구가가 팔을 들었다.

"저~ 기 버드나무 보이시죠? 새가 있네요!"

"오오!"

"와!"

드디어 행군이 끝났다는 생각에 순식간에 얼굴들이 밝아졌다. 차유진은 대놓고 그쪽으로 달려가려 했다.

"어, 너무 가까이 가면 안 됩니다! 새들 도망가요!"

"오, 넵……."

조심조심 다시 걸어가려는 차유진에게, 조류 연구가가 벙긋 웃으며 어깨를 턱 잡았다.

"자, 앉아서 이동합시다~"

"……."

잠시 후, 모두가 오리걸음으로 물가를 향해 이동하기 시작했다.

'무슨 훈련소 체험이냐.'

이 예능 왜 1화가 망했는지 알 것 같다.

그렇게 제작진까지 다 같이 극도로 조심하면서 쭈그려 앉아 여름 철새 근처까지 이동한 결과, 드디어 카메라를 들 수 있었다. 그러나 이 '근처'라는 것은… 어디까지나 상대적인 개념이었다.

"아, 여기서요?"

"그럼~ 더 접근 안 하는 게 좋아요."

육안으로 새가 제대로 보이지도 않는 거리던 것이다. 옆에서 카메라를 들어보던 류청우가 난감하게 중얼거렸다.

"음, 차라리 쏴서 맞추는 거면 하겠는데……"

"……?"

양궁 금메달 출신만 할 법한 발상이었다. 그 와중에 옆에서 덜컥덜컥 카메라를 만지던 차유진이 열심히 셔터를 눌렀다.

'…저거 초점도 안 맞춘 것 같은데.'

모르겠다. 이미 개판이었다. 나는 한숨을 쉬며 받은 카메라를 들었다.

옛날 생각이 좀 났다. 돈이 없어서 동아리 공용장비 대여해서 찍고 다녔던 시절 말이다. 물론 돈 좀 만진 다음에 졸업하는 동아리 선배 중고 장비 싸게 받았긴 했다만.

나는 보급형 카메라를 만지작거리며 노출값을 잡았다.

'어디… 좀 당기면.'

조작감과 해상도가 그렇게 구리진 않았다. 대충 쓸 만한 게 몇 컷 나왔다.

배가 하얀 남색의 작은 새였다. 성격이 포악한지 부리로 나뭇가지를 던지고 있다. …근데 대체 저 조류가 무슨 종인지는 모르겠다. 차라리 카메라 기종을 맞추는 게 편하겠군.

나는 한숨을 참고 조류 연구가에게 다가가 작게 물었다.

"찍은 것 같은데, 이게 무슨 종인지 모르겠습니다."

"…?! 아, 아하~ 그래요?"

조류 연구가의 눈이 휘둥그레지더니, 곧 빠르다며 칭찬을 주절거렸다.

'…이 사람 방금 놀란 것 같은데?'

하지만 뭘 더 생각하기도 전에 다른 놈들이 끼어들었다.

"오~ 역시 문대!"

"저도 보고 싶습니다."

"어, 어때?"

나름대로 조용히 하겠답시고 몰려서 수군거리는 놈들에게 카메라를 넘겨주자, 신나서 자기들끼리 보면서 감탄하기 시작했다.

"자, 잘 나왔다. 귀, 귀여워."

"역시 문대야 금손이지."

"멋있어요!"

"선생님, 이건 무슨 새인가요?"

조류 연구가가 검지를 치켜들었다.

"…그걸 알아내는 것이 오늘 우리 친구들의 목표입니다!"

"아하!"

"철새 촬영이 끝나면 사진을 보며 알아볼 시간을 가질 겁니다~ 자, 그럼 또 이동해 볼까요~"

"예?"

"시간이 많지 않으니, 다양한 곳에서 여러 철새를 찍어봅시다!"

"넵……."

그리고 다시 강행군이 시작되었다.

'망할 것 같군.'

재미는 눈 씻고 찾아봐도 없을 분위기였다. 나는 한숨을 쉬며 자리를 털고 일어났다. 여전히 내 사진을 들여다보던 선아현이 황급히 카메라를 돌려주었다.

"여, 여기."

"음."

나는 카메라를 받아 들다가, 별생각 없이 선아현을 한 컷 찍어봤다.

"……!"

"잘 나온 것 같은데."

선아현은 확실히 자연광을 잘 받았다. 나중에 갈 때 받아다가 SNS에 업로드나 해야겠군.

"나, 나도……."

"마음만으로 고맙다. 이동하자."

"으, 으응…."

슬슬 도로 졸리기 시작했다. 촬영에 그나마 가졌던 기대도 없어진 탓인 듯했다.

'이대로 걷다 끝인가.'

…라고 생각한 것이 화근이었나.

"자… 저기 보이는 새는 좀 더 접근해도 괜찮을 것 같네요. 가봅시다."

"넵!"

조류 연구가의 지시에 따라 물가의 커다란 허연 새에게 접근한 지 5초 뒤.

갑자기 새가 퍼덕거리며 괴성과 함께 달려들었다.

"……!?"

"어어어억."

"자, 잠깐만!"

말 그대로 미친 듯이 쫓아오는 새를 피해 순식간에 사람들이 흩어졌다. 새는 가장 가까이 다가왔던 차유진과 김래빈을 쫓아 질주하기 시작했다.

'X발.'

이게 대체 무슨 난장판인가.

"선생님!! 이거 어떡해요!!"

"HELP!!"

"아니, 보통 새들은 경계심이 많아서 이런 일은 드문데… 신기하네요!"

"으아아아!!"

차유진이 거의 울 것 같은 얼굴로 새를 피해 굴렀다. 아비규환이 따로 없었다.

그리고 나는 상황을 깨달았다.

'새가… 달리네?'

"……."

'조류 연구가'에게 다가가서 말을 걸었다.

"…이거 뻥이죠?"

"예?"

"저거 새 아니잖아요."

그 순간, 차유진을 덮친 큰 새가 외쳤다.

"잡았다!"

"……!!"

순간, 새 모가지가 꺾이며 안에서 사람 얼굴이 튀어나왔다.

"히이익!!"

탈이 리얼해서 좀 징그러웠다. 차유진의 반응이 완전히 이해가 갔다.

"짠! 〈일하는 인간〉, 곽정원의 Prank 쇼였습니다!"

"흐어어어……."

차유진이 길바닥에서 녹아내렸다. 모가지 따인 새 탈을 뒤집어쓴 여성이 깜짝 놀라 외쳤다.

"아이고, 어떡해!"

잠시 뒤, 우리는 히죽히죽 웃는 제작진의 안내에 따라 저수지 근방 카페로 이동했다. MC는 세팅된 자리에 앉자마자 사과부터 했다.

'이런 쇼 국룰이지.'

"아니, 제일 겁 없어 보이는 친구들이라 쫓아갔는데… 둘 다 너무 놀란 것 같아서 미안해요."

"…괜찮습니다……."

"무서워요."

김래빈은 넋 나간 표정으로 사과를 받았다. 그러나 차유진은 여전히 MC와 최대한 멀리 떨어져 앉아서 멤버들의 뒤로 숨었다. 그건 상관없다만 내 옷은 잡아당기지 말았으면 좋겠다. 목이 졸렸다.

'공포영화는 잘 보더니.'

역시 체험은 또 다른 이야기였나 보다. 어쨌든 MC는 충분히 상황이 정리됐다고 생각했는지 촬영 진도를 뺐다.

"이제 다들 깨달으셨겠지만, 저희 〈일하는 인간〉은 사실 본격 깜짝 카메라 방송이었습니다~"

"아아아……."

신음과 함께 박수를 쳐주는 테스타를 보며 MC가 껄껄 웃었다.

"그, 그럼 원래 1화는……?"

"그 선공개 화로 시청자분들까지 낚은 거죠! 사실 〈일하는 인간〉도 그냥 줄임말이고요, 본래 타이틀은… 〈1절만 하는 인간〉입니다!"

"……?!"

선아현은 입을 떡 벌렸다. 그리고 나도 혀를 깨물 뻔했다.

'저건 들어본 이름 같다.'

하필 이름까지 바꿔서 낚이는 최초 출연자가 될 줄이야.

"자, 〈일하는 인간〉의 진정한 타이틀, 〈1절만 하는 인간〉을 처음 체험해 보신 느낌 어떠신가요?"

순식간에 봇물 터지듯이 말이 튀어나왔다.

"그 현수막! 그거 일부러 그렇게 만드신 거죠!"

"너무 걸어서 왜 그럴까 고민했는데!"

"오리걸음도 필요 없던 건가요?"

"아하하! 다 맞아요~ 다 맞아~"

MC가 웃으며 즐겁게 커피를 들이켰다. 나는 한숨을 참으며 한마디 얹었다.

"조류 연구가분도 가짜셨나요."

"당연히! 우리 멋진 연기자분이시죠~"

"어쩐지 이상했어요! 계속 뱁새 이야기만 하시더라고!"

큰세진의 말에 제작진까지 모두 웃음이 터졌다.

"아니, 애초에 여기 겨울 철새 찍는 곳이에요~ 여름 철새 찍으러 굳이 여기까지 안 와. 걔네 퍼져서 살아. 경기도에도 있어!"

"아아……."

류청우가 저렇게 대놓고 민망함에 고통스러워하는 꼴은 또 처음 본다. 나는 묵묵히 음료를 마셨다. 아니면 나도 저러고 있을 것 같았기 때문이다.

다행히 소속사가 바보는 아니었는지, MC는 이후로 테스타의 앨범과 활동에 대해 꽤 길게 잡담을 이어줬다. 류청우는 괴로워하면서도 홍보를 위해 성실하게 대답했다.

'내가 리더가 아니어서 다행이지.'

역시 의무만 있는 감투는 피하고 봐야 했다.

어쨌든, 그 잡담 후에는 타이틀곡 중 하나도 촬영할 수 있었다. 시골 감성 카페에서 공연한 뒤 스탭들의 박수를 받는 것은 나름대로 독특한 경험이었다.

"세상에, 너무 멋있어요! 역시 오디션 합격자네!"

"후, 감사합니다!"

사방으로 고개를 꾸벅꾸벅 숙이는 테스타를 보며 MC가 밝게 웃었다.

"오늘 프로그램 스타트 재밌게 끊어줘서 고마워요!"

"저희야말로 감사합니다!"

"재밌었습니다!"

마무리는 훈훈했다. 예능인데 안 훈훈하게 끝낼 수는 없었긴 했다만.

막판 가서는 차유진도 정신 차리고 꾸벅 인사는 했다.

"새 무서워요."

"하하하!"

MC는 농담인 줄 알고 웃었겠지만, 차유진은 깨끗한 진심일 것이다. 뭐… 꼬투리 잡힐 정도는 아니니 상관없겠지. 저게 말한다고 눈치껏 할 놈도 아니니까.

그때, MC가 제작진으로부터 신호를 받더니 손바닥을 치며 말을 이었다.

"자, 여러분! 원래 드리기로 했던 일당은 그대로 드립니다~"

"네?"

"비싼 점심밥! 여러분 일당만큼 잔~ 뜩 가져왔습니다~"

"……어어어!!"

"헐!!"

불판과 한우가 등장했다.

그리고 모든 악감정은 깨끗이 씻겨 내려갔다. 소고기의 위력이었다.

"많이 드셔요!"

"가, 감사합니다!"

멤버들은 얼떨떨한 표정으로 소고기 앞에 앉았다. 이것도 낚시는 아닌지 의심하는 기운이 남아 있었으나 아무 일도 일어나지 않았고, 한우 등심은 최근 반년 동안 먹은 것 중 가장 맛있었다.

'…괜찮네.'

출연료까지 받은 걸 생각하면 알찬 스케줄이었다. 직접 당한 차유진은 생각이 좀 다를 수도 있겠다고 생각했으나, 얼마 지나지 않아 차유진이 속삭였다.

"좋은 사람이에요."

"······그렇지."

배부른 차유진의 진지한 말에 맞장구를 치자니 이 모든 촌극이 어떤 예능으로 구성될지 감이 오질 않았다······.

'···모르겠다.'

욕먹지만 않으면 됐다. 나는 소나 입으로 가져갔다. 앞에서 매니저가 제발 그만 먹으라는 신호를 멤버들에게 보내고 있었지만, 선아현 외에는 아무도 신경 쓰지 않았다.

그리고 시간이 흘러 일요일 오후.

테스타의 음방 2주 차가 끝났다. 팬들은 슬슬 MV에 나오지 않은 의상들이 음악방송과 행사 등지에서 등장하는 것을 보며 즐거워하고 있었다.

-뮤직밤 연핑크 하복은 전설이다... (캡처)

-발카를 뚫고 나오는 검은 야구복의 박력을 보고 얼른 테스타에 입덕하세요 여러분 지금 입덕하면 주식 살 필요 없이 덕질 가능 (동영상)

-테스타 박문대 2×0630 오성 기업행사 (사진)
오성 베어스 야구 유니폼 입었어요ㅠㅠ 등번호도 11로 야무지게 챙겼다!

일 못하는 소속사에 대한 불만이 간헐적으로 터져 나왔지만, 전체적으로 즐겁고 큰 사건 없이 컨텐츠 많은 활동을 즐기는 분위기였다.

다만 예능에 목마른 사람들이 많았다.

-리얼리티 좋은데 대형 예능도 좀 나왔으면 좋겠다

-토크쇼 같은데 나와서 귀여움 받는 게 보고 싶어....

-아 우리 애들 다 캐릭터 있어서 나오기만 하면 대박인데 왜 소식이 없냐ㅠㅠ

이 상황에 웬 듣도 보도 못한 예능에서 '테스타'의 출연 소식을 기사로 뿌린 것이다.

[국민 주식 테스타, 첫 예능은 TVC 신작 <일하는 인간>]

[<일하는 인간>의 첫 번째 게스트는? <아주사>의 테스타]

-??

-이게 무슨 예능인데요?

-오보인가

-신작?

하지만 곧 위튜브로 선공개된 1화를 보고 온 사람들의 분노로 SNS가 가득 찼다.

-ㅋㅋㅋㅋㅋㅋ T1 이 새끼들 지들 프로그램 홍보용으로 우리 애들 쓰려는 거네

-1화 개노잼이던데 미쳤나?

-예능 보는 사람들 사이에서 망작으로 이미 입소문남ㅠㅠ

-진짜 일 못한다... 하...

물론 길게 가지는 않았다. 공개적으로 한탄해 봐야 쓸데없이 어그로들에게 먹잇감만 주는 꼴이기 때문이다. 그래서 수면 아래에서만 검색이 안 되는 한탄 글이 넘치고, 기사 댓글에서는 이런 반응이 대세가 되었다.

-와! 테스타가 나와서 이 프로그램도 흥하겠네!
-테스타 드디어 리얼리티가 아니라 다른 프로에서도 보겠네
-본방사수 갑니다~

물론 이 일은 차곡차곡 적립되어서, 만일의 경우 활화산처럼 터질 것이다. 그러나 팬들의 열 받음이 가시기 전, 그날 밤에 〈일하는 인간〉 2화 선공개가 떴다.

[테스타 나오는 〈일하는 인간〉 2화 선공개]
: 떴다 (링크)

-벌써 뜸?
-이거 목요일 방송 아니야?

의아해하는 사람들이 링크를 클릭하자, 이런 제목이 떴다.

[미안하다! 사실 이름도 1화도 낚시였다! | 낚는 데 진심인 PRANK 쇼 <1절만 하는 인간> | 첫 번째 손님은 테스타! | 2화 선공개]

썸네일은 저세상 감성의 현수막을 보고 굳은 테스타의 멤버들이었다.

-???
-이거 뭐야
-?ㅋㅋㅋㅋㅋㅋㅋ

사람들은 혼란스러워하면서도 황급히 재생을 클릭했다.
급작스럽게 뜬 〈일하는 인간〉의 2화 선공개 영상은 일단 재생을 해 보면 제일 먼저 오르골 소리가 들렸다.

♬♪♪- ♬♪♬- ♪♪-

그렇다. 테스타의 마법소년이다. 하지만 이상하게 변조된 탓에, 무슨 뚱땅거리는 개그용 BGM처럼 들렸다.

[띵↘ 띠링↗ 띵띵 띠↘디딩↗]

그 위로 오색찬란한 현수막과 그것을 보는 테스타의 넋 나간 얼굴이 클로즈업되어 겹쳐졌다.

　[큰세진 : ……저 깨어 있죠?]

말이 끝나기 무섭게 거대한 자막이 떴다.

　[↑현실인지 계속 의심하도록 만들 예정]

그리고 곧바로 조류 연구가가 등장했다. 인자하게 웃는 얼굴 뒤로 지옥 불이 타는 CG가 합성된 채였다.

　[조류 연구가 : 오늘 저와 함께 철새 촬영을 할 거예요!]
　[테스타 : ????]

당황한 테스타의 위로 과격하게 흔들리는 자막이 헤비메탈 사운드와 함께 쏟아졌다.

　[갑자기 등장한 뜬금없는 전문가! (※가짜임)]
　[다짜고짜 시작하는 철새 촬영! (※가짜임)]

누가 봐도 보고 웃으라는 뜻이었다. 하지만 컷이 변하며 분위기가 비장해졌다.

[그런데 테스타가 만만치 않다!]

빨갛게 깜박이는 자막 아래로 짧은 장면이 겹쳐졌다.

[전 양궁 국가대표 : (새를) 쏴서 맞추는 거면 하겠는데.]
[선아현 : (동공 지진)]

류청우의 덤덤한 말에 카메라를 꼬옥 부여잡고 기겁하는 선아현의
얼굴이 천천히 클로즈업되었다가, 또 뜬금없이 테스타가 단체로 진지
하게 후다닥 쭈그려 앉는 컷이 튀어나왔다.

[조류 연구가 : 조용히 접근해 봅시다~]
[테스타 : 와르르 (촬영에 진심인 편)]

숨을 죽이고 오리걸음으로 이동하는 덩치 큰 소년들의 모습이 BGM도
없이 이어졌다.

[(과몰입 상태)]

그리고 박문대가 조심스레 카메라를 들어 살짝 사진을 찍는 장면이
자연스럽게 삽입되었다.

[박문대 : (찰-칵)]

근데 카메라를 당기니 새가 아니라 선아현을 찍고 있다.

[⋯⋯??]

자막이 당황했다.
그리고 그 조용한 컷에서 또 뜬금없이, 미친 것처럼 도주하며 비명을 지르는 테스타의 컷이 터져 나왔다.

[테스타 : 으아아으아!!!]
[조류 연구가 : 신기하네요ㅎㅎ]
[테스타 : 갸아아악!! (대충 방송국 놈들 가만두지 않겠다는 뜻)]

핸디 캠이 미친 듯이 흔들렸다.

[차유진 : Help!! (도움!!)]

자막이 번쩍거렸다. 재난 영화가 따로 없었다.

[평화로웠어야 할 첫 예능 촬영!]
[이유 없는 재난이 테스타를 덮친다!]
[과연 테스타의 운명은?]

모자이크된 MC의 인영에서 변조된 목소리가 흘러나왔다.

[?? : 아이고 미안해요!]

그리고 까만 화면에 두두둥, 거대한 황금빛 자막이 떠올랐다.

[Prank에 진심인 MC와 제작진이 만들었다!]
[〈일하는 인간〉]
[〈1절만 하는 인간〉]
[7월 5일 목요일 저녁 11시!]

마법소년의 변조된 뚱땅거림이 다시 흘러나오며, 화면은 웅장하게
마무리되었다.

"……."

이놈들도… 제정신은 아니다.

"푸하하하하학!!"

옆에서 끼어 보던 큰세진이 거실을 굴러다녔다. 이놈은 멍청하게 변
주된 마법소년 BGM이 나올 때부터 폭소하더니, 결국 이 꼴이 됐다.

나도 인정했다. ……재미는 있었다. 여기도 〈아주사〉 때처럼 편집이
없던 맥락을 창조하고 있다만, 하루 이틀 일도 아니니 포기했다.

'논란 일어날 구성은 아니니 괜찮겠지.'

그냥… 웃기는 데 진심인 놈들 같았다. 여전히 소속사가 첫 예능 패
를 딜 대신 끼워팔기로 써버린 건 어처구니가 없었지만, 별개로 팬들은

재밌어할 것 같았으니까. 폼 유지만 하면 공중파 예능이야 다음에라도 뚫을 수 있다.

대충 합격선이라고 생각하며, 현재 반응을 훑어보았다.

-내가 뭘 본 거지 (빨려드는 우주 사진)

-????ㅋㅋㅋㅋ??

-미쳤나봐ㅋㅋㅋㅋㅋㅋ세상엘ㅋㅋㅋ

-테스타의 첫 예능의 상태가...? (첨부)

마지막 반응에 첨부된 GIF 파일을 클릭하니, 웬 기러기가 숨을 들이켰다가 레이저를 내지르는 짤이 재생되었다. 참고로 눈에서도 레이저가 뿜어져 나왔다.

"……."

어떤 의미에서는… 굉장히 직관적인 예측을 하셨다고 볼 수 있겠다. 새 모가지 꺾일 때 차유진이 딱 저랬던 것 같거든.

"으하하!! 우리 팬들 너무 귀엽다!"

어느새 일어나서 머리를 들이민 큰세진이 댓글을 보며 싱글벙글 웃더니, 자기 마음대로 화면을 터치해서 연관 동영상 하나를 찍었다.

…이건 협찬용 공용 태블릿이다. 참자.

"야, 이것도 보자. 이거 진짜 웃겨."

"뭔데."

무슨 화면을 코 앞에 들이대는 통에 저절로 눈이 동영상을 확인했다.

"……."
그사이, 자연스럽게 5초 광고가 끝나고 본 내용이 나왔다.

[우하~ 우하~]

90년대 동물 예능에서 나올 것 같은 촌스러운 오프닝이 테스타로 패러디되어 쑥 지나갔다. 그리고 직후 나온 것은….

[짠!]

……강아지 잠옷을 입은 박문대다.
…선물로 받은 거라, 잠옷 다 빨면 가끔 입는다. 화면으로 보니 좀 그렇긴 하다만. 내 민망함과 관계없이 동영상에서는 외국 다큐멘터리 더빙에서 자주 들은 목소리가 흘러나왔다.

[야생의 늑대들은 무리 사냥을 합니다. 그들은 핵가족 단위로 살며 사회생활을 하는 동물이죠.]
[하지만 여기, 이 개체는 늑대가 아니라 강아지입니다.]
[인간과 동거하며 차가운 도시의 습성을 익혔죠.]

화면에서는 잠옷 입은 박문대가 거실 소파에 넋 놓고 앉아 있는 장면을 빨리 감기로 보여주고 있다.

　주변에서 온갖 동거인들이 바쁘게 왔다 갔다 해도 미동도 없다. 차유진과 큰세진이 다가와서 손을 흔들고 옆에 앉고 TV를 틀어도 그 자세 그대로였다.

　[이 개체는 자잘한 사회생활에 힘 빼지 않는 쪽으로 진화했습니다.]

　'…저거 대답은 다 해줬을 텐데?'

　아마 막간에 간신히 짬이 나서 운동하고 씻은 직후라 지쳐서 가만히 있었을 것이다. 익숙한 날조의 냄새가 아주 정겨웠다.

　[그러나 강아지답게 인간을 좋아합니다. 특히 같은 무리의 인간에게 호의적입니다.]

　"……?"

　이건 또 무슨 소리냐.

　화면에서는 박문대가 갑자기 벌떡 일어나더니, 부엌으로 사라졌다. 그리고 탄산음료와 함께 등장했다.

　[어디, 성공적으로 호의가 전해지는지 봅시다.]

　박문대는 우선 지나가던 류청우에게 페트병을 보여줬으나 선선히 거

절당했다.

[첫 시도는 실패입니다.]

'그냥 먹을 건지 물어본 건데…?'
실패라고까지 부를 필요가 있나? 아니, 애초에 정신머리 있는 성인
이면 누구든 저 정도 제스처는 하지 않나.
그러나 심란한 내 심정과 상관없이 내레이션은 열심히 개소리를 넣
었다. 이윽고 화면의 박문대가 페트병을 들고 터벅터벅 거실로 돌아오
더니, 차유진과 큰세진의 환대를 받으며 음료를 넘겨주었을 때도 마찬
가지다.
사냥에 성공한 것 같은 강조 컷 편집이 들어갔다.

[아, 이번에는 성공했군요.]
[인간들의 감사를 받습니다.]

영상은 절반 이상 빈 탄산음료를 돌려받아서 페트병째로 입에 넣는
박문대의 컷으로 끝났다.

[서울에 서식 중인 테스타류 갯과 박문대 개체의 한때였습니다.]
[두-둥!]

"……"

할 말을 잃었다.

바빠서 리얼리티용 컨텐츠를 따로 못 찍었더니, 뮤직비디오 촬영 분량 끝나니까 이런 걸 방영하고 있었군.

큰세진이 또 낄낄댔다.

"웃기지? 솔직히 웃기지?"

어. 다들 참 잘 웃는다.

베스트 첫 댓글이 이거였다.

- ㅋㅋㅋㅋㅋㅋㅋㅋㅋㅋㅋㅋㅋㅋ찰떡

이 키읔의 나열에 '좋아요'가 4천 개 찍혀 있었다.

그 밑으로도 폭소하는 댓글이 다수였다. 다들 정말 즐거워 보였다. 물론 전부 그랬던 것은 아니다. 다른 베스트 댓글을 더 보자.

-역시 오피셜로 밀어주는 건 문댕댕이다 티벳여우는 이단일 뿐

-여러분 문대는 먹방에서 인형탈을 거쳐 잠옷까지 항상 강아지에 진심이었습니다. 문대의 선택을 존중해주는 팬이 됩시다.

-동물의 킹덤 브금 미쳤냐고ㅋㅋ억ㅋㅋㅋㅋ 댕댕이가 신나서 패트병 사냥 해온 것 같잖아!

-그래 우리 뭉댕 영원히 댕댕이 하자♡

-티벳여우파는 방송국의 암묵적 탄압을 잊지 않겠다. 우리는 다시 돌아올 것이다....

      └ㅋㅋㅋㅋㅋㅋㅋㅋㅋㅋㅋㅋㅋㅋㅋ

"……."

서바이벌에서 살아남아 보겠답시고 했던 이미지 작업은, 박문대 스스로가 강아지에 집착한다는 이미지로 절찬리에 왜곡되는 중이었다…….

29살 공시생 자아가 비명을 지르는 소리가 들리는 것만 같군.

'…뭐, 사람들이 좋아하니 됐나.'

며칠 전 팬싸에서 움직이는 강아지 귀도 써본 판이다. 슬슬 공시생 놈이 포기할 때가 됐지.

"문대 화난 건 아니지? 그치? 맞다, 내가 공평하게 내 동영상도 틀어줄게."

옆에서 큰세진이 껄껄 웃으며 다음 동영상을 자동재생시켰다. 이건 제목에 대놓고 내용 힌트가 있었다.

[테스타 동물의 킹덤 : 이세진B편 | 큰세곰은 '인-싸' ZIP | <테스타의 같이 살기 TEST> EP.3]

'인-싸'.

내용은 대충 이놈 저놈 가릴 것 없이 친하게 잘 지내는 큰세진 특집이다. 개그와 훈훈함의 비율을 잘 잡아서 편집해 놨다.

"근데 솔직히 내 것보다 네가 제일 웃긴… 야, 야!"

이 새끼가 자기는 좋은 거 받아놓고 사람 놀리고 있어.

나는 태블릿을 놈에게 떠넘기고 침대에 누웠다. 겨우 얻은 휴식 시간을 더 알차게 써야지, 저런 걸 보면서 낭비하면 안 된다.

"야, 나도 모니터링해 줘~ 너만 보고 자냐?"

박문대 동영상 보고 처웃기만 한 놈이 모니터링은 무슨.

"어, 너도 잠이나 자라."

"아~ 잠은 차에서도 자잖아. 이렇게 시간 생겼으면 잘 써야지~"

이놈은 상태창도 없을 텐데 대체 어디서 체력이 솟아나는 건지 알 길이 없다. 분명 어제도 3시간만 잤는데 말이다.

그때 웬일로 룸메이트한테서 지원이 들어왔다.

"…자겠다잖아. 좀 나가. 소란스러우니까."

이미 자려고 누워 있던 이세진이 한마디 던진 것이다. 참다가 했다는 기색이 역력했다.

"……."

큰세진은 대답 없이 동명이인을 빤히 쳐다보다가, 그냥 웃었다.

"아 그러죠, 뭐. 잘 주무셔요 형님~"

그러곤 나와 눈이 마주치자 고개를 절레절레 젓는 시늉을 하더니, 어깨를 으쓱하며 방을 나갔다.

'저것도 좀 빡친 것 같은데.'

리얼리티 카메라 돌아가는 마당에 안 싸우려고 일부러 가볍게 넘긴 티가 났다.

서로 이해를 못 하는 것 같은 게, 어지간히 안 맞는 모양이었다. 나중에 방을 바꾸더라도 저 둘을 붙여놓으면 안 될 것 같다… 고 생각하는 순간, 스마트폰에 알림이 왔다.

[큰세진 : 나와라! 때는 지금뿐이다!]

"······."

[자라.]

나는 짧은 답장을 보내고 폰 전원을 껐다. 그리고 숙면을 시작했다.

이때 즈음에는 테스타의 첫 예능 영상에 무슨 일이 일어날지 모르고 있었다.

[테스타 첫 예능 영상 미쳤어ㅋㅋㅋ]

[일하는 인간 2화 선공개 (feat. 약 빵)]

[모든 게 훼이크였던 테스타 출연 예능]

미친 듯이 편집된 선공개 영상은 당연히 연예 관련 커뮤니티에서 인기 글에 올랐다.

- 헐 개웃겨ㅋㅋㅋㅋㅋㅋㅋ

- 와ㅋㅋ망할 줄 알았는데 역시 될놈될이다 아주사 뚫고 온 놈들이라 그런가

- 테스타 저기 출연한다고 걱정하는 척 긁는 댓글 싹 사라졌네ㅋㅋㅋㅋㅋ

- 팬들 좋겠다 벌써 엄청 웃김ㅋㅋㅋㅋ

- 오 이런 본격 낚시 방송 오랜만이야 너무 반갑다ㅠㅠ 얘들이 아주사 걔들이구나 귀엽넹 본방사수할게!

└ 팬인 거 다 티나요~

└ ? 이 사람 왜 이래요?;;

└무시하세요 정병임

　망할 줄 알았던 예능이 반전을 보여준 것에 화룡점정으로 최근 가장 핫한 오디션 출신 아이돌까지 출연하니 당연한 일이었다. 게다가 영상 자체가 너무 웃긴 덕분에, 굳이 연예 커뮤니티나 SNS가 아니더라도 입소문이 났다.

　[테스타가 출연하는 새 예능의 정체? 본격 낚시 방송!]
　[테스타를 속이는 데 진심이라는 예능]
　[TVC 신작 예능, 테스타로 떡상?]

　개발새발 그려놓은 조류 현수막과 Prank 키워드로 가득한 영상은 무섭게 어그로를 끌며 조회수를 키워갔다.
　그러더니… 얼마 안 가서 선택까지 받았다.

　-ㅋㅋㅋ설마 검색해서 들어온 사람 있나요?

　바로 그 유명한 '알고리즘'의 선택이었다.
　위튜브 알고리즘. 대체 어떤 기준인지는 정확히 알 수 없어도 어쨌든 추천 동영상을 띄워주는 동영상 알고리즘이다. 그리고 테스타가 출연한 〈1절만 하는 인간〉의 선공개 영상은… 알 수 없는 이유로 이 알고리즘의 선택을 받았다.
　가장 먼저 등장한 것은 해외 Prank 유머 동영상들의 연관 추천이었다. 이 사람들은 오랜만에 등장한 한국의 전문 깜짝 카메라 예능에 놀라며 신나게 클릭했다.

- ㅋㅋㅋ우리 나라도 다시 이런 거 만드냐? 개조아
- 유명한 놈들 많이 나와서 다 자지러지고 갔으면 좋겠다 그냥 내 페티쉬임
  └ㅋㅋㅋㅋㅋㅋㅋㅋ유명인 리액션 꿀잼이자너~
- 제발 흥 해ㅠㅠ 나 이제 힐링 예능 지겹단 말이야ㅠㅠ

다음은 각종 TVC 예능 클립들의 밑에 등장했다. 감성이 비슷한 탓에 유입이 더 많아졌다.

- 와 TVC 새 예능인가요?ㅋㅋㅋㅋ테스타 귀여워!!
- 우리 테스타 토크쇼하고 힐링 여행도 나와야 하는데... 나와서 지들끼리 화목한 모습 과시해서 빠들 미치게 해줘야 함ㅠㅠ 아 TVC 뭐하냐 빨리 섭외 안하고~~
- 아주사 애들이네 캬 그때 제정신 아니었는데 추억이 새록새록 떠오른다... 핵불닭맛 그립다 본방 봐야징

마지막은… 희한하게도, 동물 동영상으로부터 유입이 발생했다.
이건 다 썸네일 탓이었다. 화면에 잡힌 현수막의 괴상한 조류 프린트들이 AI에 의해 동물로 분류되었기 때문이다. 덕분에 댓글에는 예상하지 못한 저세상 감성의 썸네일에 당황하며 클릭한 사람들이 즐비했다.

-? 왜 이런 흉물이 귀염뽀짝 댕댕쓰 동영상에 추천으로 뜨냐고 욕 박으러 왔는데

　재밌네...ㅎ

　└ㅋㅋㅋㅋㅋㅋㅋㅋㅋ

　└헐 나랑 똑같이 생각한 사람 있어ㅋㅋ

-설마 저 조류새끼 때문에 문조 물 먹는 동영상에 연관으로 뜬 걸까요? 어처구니없는데 웃기긴 해서... 자존심 상해라ㅋㅋ

-여기 출연진들 다 사전 섭외된 거죠?ㅠㅠ 넘 놀란 것 같아서 걱정되네요

덕분에 〈1절만 하는 인간〉 2화 선공개는 끝도 모르고 조회수가 급상승하기 시작하더니, 이 과정에서 정신 나간 센스의 동영상과 딱 맞는 BGM까지 덩달아 주목받기 시작했다.

바로 테스타의 〈마법소년〉 변조 버전이었다.

-이거 브금이 꼭 뚠뚠한 고양이가 뒷발로 뚱땅 거리는 소리 같다 정신 혼미해짐

　└ㅋㅋㅋㅋㅋㅋㅋㅋㅋ비유 보소

　└맞아 딱 이 느낌이얔ㅋㅋㅋㅋ

-BGM 뭔지 아는 분?

　└테스타 – 마법소년입니다~ 여기 출연한 아이돌 최신곡이래요!

　└아하 감사합니다~

-헐 아이돌 노래?ㅋㅋㅋ 얘네 컨셉 병맛인가요?ㅋㅋㅋㅋ

　└아니에요 원곡은 멋진 곡이라구욧!ㅠㅠ (뮤비 링크)

┗오 보고 왔는데 멋있네요👍

┗저 곡을 이렇게 바꾸다니ㅋㅋㅋ

그리고 다시 연관 동영상의 굴레로 〈마법소년〉 MV까지 사람들이 유입되었다.

-알고리즘에게 간택 받아서 오신 분?ㅋㅋ

-난 분명 철새용 분수대 설치 영상을 보고 있었는데 정신 차리니 남자아이돌 뮤직비디오에 와 있다. 정신이 혼미해진다.

-넘 귀여우시던데 뮤비도 넘 멋지네요! 좋아요 누르고 갑니다♡

-헐 요새아이돌들 이런곡하는구나 졸업하고 관심없어서 몰랐음... 노래좋네

-팬분들 아주사 재밌나요? 급 궁금해짐

┗이 친구들이 데뷔한다는 것을 반드시 기억하고 보세요

┗재밌는데 열받고 눈물 나고 모니터 부수고 싶어지실 거예요. 추천!

┗????

이 일련의 과정은 의외의 나비효과를 불러왔다. 아이돌이나 최신 가요에 관심이 없던 부류의 사람들이 테스타의 데뷔곡에 관심을 가지는 계기가 된 것이다.

결론적으로, 음원차트에서 약간의 유의미한 상승을 가져왔다.

[5위 마법소년 / 테스타] ▲1

6~8위권에서 오르락내리락 정체 중이던 〈마법소년〉이 살짝 약진했다.

그리고 좋은 곡은 일단 기세를 타면 상승세가 빨라지기 마련이었다. 일단 5위 안 최상위권에 노출되면, 편견이 있더라도 '한번 듣기를 시도해 보는' 사람들이 확 늘어나기 때문이다.

그 결과.

[3위 마법소년 / 테스타] ▲2

다음 날인 화요일. 〈마법소년〉은 다시 두 계단 등수가 상승한다.

참고로, 며칠 전 VTIC은 장기집권 끝에 음원 강자인 래퍼에게 1위를 내준 상태였다. 그러다 보니 안 그래도 미친 듯이 스트리밍을 돌리던 테스타의 팬들 사이에서는 이런 생각이 들기 시작했다.

'혹시?'

'설마?'

그리고 언제나 그랬듯이, 설마가 사람을 잡았다.

음악방송 3주 차도 슬슬 끝나간다.

"와아아아!!"

마이크가 꺼졌으니 들리진 않겠지만, 멤버들은 입 모양만으로라도 인사를 하고 손을 흔들며 무대 뒤로 뛰어갔다. 색색의 응원봉이 아래에서 흔들렸다.

"재, 재밌었어…!"

"오늘 의상도 근사하고 신도 편해서 정말 좋았습니다!"

화려한 귀금속 장식띠가 달린 하복 의상을 털며 김래빈이 외치자, 화기애애한 웃음이 터졌다.

"하하!"

"그치!"

무슨 말을 해도 웃겠다는 기세였다. 땀 맺힌 얼굴들이 싱글벙글이다. 차유진이 한마디 거든다.

"1위 해서 좋아요!"

그렇다. 드디어 1위를 했다.

'물론 공중파는 아니지만.'

이번 주 Tnet의 음악방송인 '뮤직밤'에서 1위를 한 것이다.

아쉽냐고? 솔직히 그렇다. 이번 주 금요일에 또 대형가수가 컴백해서 이번 활동으로 1위 할 기회는 다 물 건너간 판이기 때문이다. 게다가…… 음, 뮤직밤에서 1위는 크게 공신력이 있는 편은 아니다.

'솔직히 편애지.'

확인해 보니 방송 점수로 밀었더라고.

어쨌든 좋다는데 분위기 망칠 필요도 없으니 박수나 치고 고개나 끄덕이자. 잠도 못 자고 활동하는데 이런 성취감이라도 있어야겠지.

심지어 이세진도 한마디를 얹었다.

"…결방만 아니었으면 더 좋았을 텐데."

"그, 그래도 트로피, 받았으니까요!"

"그래. 우리 이번 활동으로 트로피 받고 가네!"

류청우가 웃으며 기지개를 켰다. 한 주를 잘 마무리했다는 후련함을 느끼는 것 같다.

그리고 잠시 뒤.

"7월 첫째 주, 인기뮤직 1위는… 네, 축하드립니다! 테스타의 마법소년!"

"……?"

갑자기 트로피가 하나 더 생겼다.

"……??"

혼란에 빠진 멤버들의 앞으로 무대 폭죽이 터졌다.

타다닥! 펑!

MC가 부산하게 꽃다발과 트로피를 안겨주는 것을 받으면서도 누구 하나 정신 차린 놈이 없었다. 참고로 그 안에 나도 포함되어 있다.

'이게 대체 무슨 상황이지?'

게다가 하필, 마이크를 받은 놈은 김래빈이었다.

"어…… 감사합니다……."

아무것도 준비한 것이 없어 넋이 나간 김래빈이 도움을 요청하는 눈으로 주변을 두리번거리다가 나와 눈이 마주쳤다.

"……."

'야, 나도 안 되겠는데.'

미안한데 나도 무슨 말을 해야 할지 모르겠다. 갑작스러운 돌연사 탈출 상황에 당황해서 잠깐 머리가 멈췄다.

다행히 두 번째 마이크는 정상적으로 리더에게 돌아갔다… 고 생각했는데.

"…감사합니다. 저희가, 예상하지 못한 1위라서… 우선 팬분들께 감사합니다. 그리고 함께 일해주시는, 직원분들께 감사하고……."

류청우는 침착하게 거론할 사람들 다 거론하다가 갑자기 눈물을 주르륵 쏟기 시작했다. 현실감이 돌아온 모양이었다.

'돌겠네.'

솔직히 울 만했다. 그동안 류청우가 애들 챙기느라 거의… 매니저 반인분은 한 것 같다.

다행히 김래빈에게 마이크를 받은 큰세진이 열심히 뒷말을 이었다.

"곽신균 본부장님, 김혜정 팀장님. 또 이 앨범 함께 만들어주신 모든 분께 정말로 감사드립니다! 그리고 무엇보다… 팬분들 정말 사랑해요! 저희 진짜 예상 못 했는데… 과분한 1위 주셔서 정말 감사합니다!"

"아아아악!!"

"축하해!"

다행히 무대 밑에서 격렬한 반응이 돌아왔다. VTIC이 3주간 국내 활동을 마치고 이번 주는 나오지 않은 덕에 실시간 야유는 피할 수 있었다.

…잠깐, 맞다.

'대체 VTIC을 어떻게 이긴 거지?'

하지만 프롬프터에선 이미 점수 부분이 사라졌고, 대신 앵콜이 시작되기 직전이었다.

"네~"

슬슬 엔딩 멘트를 치기 위해 MC들이 마이크를 들고 나왔다. 마무리하겠다는 뜻이다. 그런데 그 잠깐 사이, 어느새 마이크를 잡은 차유진이 눈을 번쩍이며 소감을 한마디 외쳤다.

"주주님? 감사합니다!"

"컥."

방송사고였다. 황급히 차유진을 진압하는 멤버들의 앞에서 MC들은 꿋꿋이 엔딩 멘트를 마쳤다.

"하하, 유행가가 듣고 싶을 땐?"

"생방송 인기뮤직!"

"다음 주에도 들으러 와~"

그리고 〈마법소년〉의 전주가 흘러나오기 시작했다. 멤버들은 물음표가 가득한 차유진에게 여러 가지 눈짓을 보낸 뒤에야 놈을 놓아주었다.

나는 간신히 노래를 시작했다.

"……내일, 만난 너를 오늘 내일 생각해…."

기분 탓인지, 오르골 소리가 첫 예능 선공개 동영상 때처럼 유난히 뚱땅거리는 것처럼 들렸다…….

내가 가사까지 틀렸다는 것을 깨달은 건 이날 저녁 앵콜 영상을 확인한 후였다.

대환장 파티가 따로 없었다.

"알았지? 앞으로 방송에서 무슨 말 할 거면 꼭 형들한테 먼저 물어보고 말하는 거야!"

"네……."

차유진은 매니저에게 삼십 분간 잔소리를 듣고 풀이 죽었다. 하지만 그러면서도 힐끔힐끔 트로피를 보는 것이, 마음은 콩밭에 가 있는 것 같았다.

'더 말해봤자 소용없겠군.'

반성하는 것 같긴 하니 슬슬 할 일이나 해야겠다. 나는 한숨을 참고 말을 걸었다.

"형, 애도 사진은 찍어야 할 것 같은데요."

"…그래. 가봐."

"네!"

차유진은 얼른 달려와서 트로피를 아기 사자 자랑하는 개코원숭이마냥 들어 올리려 했다.

나는 차유진을 막았다.

"트로피 안고 고개 숙여."

"네?"

"반성해야지."

"예……."

차유진은 순순히 시무룩한 얼굴로 트로피를 내렸다. 사진 구도 잘 나오겠군. 나는 몇 장 찍은 후에 SNS 업로드를 준비하던 큰세진에게 사진을 보냈다.

"추신으로 반성 중이라고 달아줘."

"오케이~ …음, 근데 그럴 필요 없어 보이기도 하고?"

"…?"

"이거 봐."

나는 큰세진이 내미는 스마트폰 화면의 SNS 인기 글을 확인했다.

테스타가 기념비적인 첫 공중파 1위를 했는데 아직 팬덤 이름도 안 정해진 거 실화냐?ㅋㅋㅋ 이건 차고영이 당근을 흔든 거라고 봐야 한다

"……."

"분위기 괜찮아."

"잠시만."

나는 큰세진에게 스마트폰을 넘겨받고 자세하게 검색을 시작했다. 그리고 커뮤니티 최신 인기 글 1위에서 해답을 찾았다.

[테스타 1위 대소동ㅋㅋㅋ(feat. 벗어나지 못한 서바이벌의 굴레)]

클릭하니, 직전 앵콜 영상이 벌써 자막을 달고 올라와 있었다. 그새 온갖 자막으로 효과를 넣어놔서 넋 나가고 당황한 멤버들의 모습이 배로 웃게 표현되었다.

…참고로 나는, 김래빈의 도움 요청을 회피하는 것이 '시선을 외면

하는 로봇 밈'과 합성되었고, 마지막에 가사를 틀리는 것이 원 무대와 교차 편집되며 수없이 많은 'ㅋ' 자막을 받았다.

[테스타의 첫 1위 수상은 흑역사가 된다.]

참고로 이게 제목이다.
'미치겠네.'
어쨌든, 바로 여기서 차유진의 예의 '주주 발언'이 폭소 하이라이트 처럼 편집되어 올라와 있었다.

[주주님? 감사합니다!]
[!!!!!]

자막으로 붙은 것은 '떨어지지 않는 아주사 망령'이다.
"……."
동영상 하단, 폭소하고 축하하는 댓글들 사이로 아주사 망령을 때려잡고 싶다는 팬들의 울분이 간헐적으로 튀어나왔다.

-우리 애들 데뷔하고 1위도 했는데 왜 아직도 팬들 부를 명칭이 주주님 밖에 없어ㅜㅜ
-안 그래도 돌이고 팬이고 전부 아주사 PTSD에 시달리는데 소속사 일 안 하냐고요ㅜㅜㅜㅜㅜ
-나도 애들한테 '사랑합니다 ()'<- 여기에 팬 이름 넣어서 듣고 싶다... 애들

이 팬 이름으로 주접 떠는 거 재밌겠지...?

　여기서 끝이 아니었다. SNS나 커뮤니티에 최근 업로드된 의견들은
한 걸음 더 나아가기 시작했다.

　-ㅋㅋ응원봉도 팬 컬러도 안 나왔지? 완전 주먹구구식 운영 아니야? 솔직
히 한 달 내로 컴백 때부터 쎄했는데 애들 데뷔 지장 있을까 봐 말 안 한 거지ㅋ
ㅋㅋㅋ
　-애들 예능 추가 스케줄도 없고 행사나 돌리고 시발 차라리 콘서트를 하라
고요 이 정도 규모 남돌이면 그게 더 돈 되는데 그것도 모르고ㅋㅋㅋㅋㅋ
　-생각해 보니까 1위 곡 컨셉도 애들이 잡았잖아. 그리고 PPT 발표를 문대가
했음. 근데 이렇게 시작해서 한 달 안에 제작했다는 게 뜨악한 점 아냐? 대체
애들을 얼마나 갈아 넣은 거야?

　"……음."
　얼결에 다들 진실에 접근 중이셨군.

　'팬덤 이름, 컬러, 공식 응원봉까지 뭐 하나 아직도 내준 게 없는 소
속사'에 대한 분노는 에스컬레이터처럼 번져갔다.
　'이 정도면 참을 만큼 참은 상황이긴 하지.'
　솔직히 더 일찍 터졌어도 이상하지 않았는데, 워낙 곡이 잘 나왔고

기세를 타는 중이라 혹시 성적에 영향 갈까 봐 공론화하지 못했던 모양이다.

어쨌든 덕분에 회사 기획 파트에 적신호가 들어간 듯했다. 원래 오늘 밤에 예정되어 있던 테스타의 회사 관련 스케줄이 취소되었다.

"축하합니다!"

대신, 조촐하게 숙소에서 1위 파티가 벌어졌다. 허락받은 법인 카드로 치킨이나 몇 마리 시켜놓은 소소한 규모였다.

의외의 요소는 술이 있다는 점이다.

"1위 기념이니까 맥주 정도는 괜찮을 것 같아서. 취하지 않을 정도만 마시고 치우자."

"네!"

허가를 받아 온 류청우가 시원스럽게 말하고는 맥주를 한 번에 들이켰다. 척 봐도 술 강할 인상이라 놀랍진 않았다.

물론 미성년자 둘에게는 탄산음료가 돌아갔다. 왠지 소외시키는 것 같았는지, 선아현이 드물게도 둘에게 말을 걸었다.

"내, 내년엔 꼭 같이 마시자…!"

차유진이 입에 종이컵을 물고 대답했다. 한동안 관리하느라 못 본 탄산에 정신이 팔린 모양이었다.

"못 마십니다…."

"…으, 으으응?"

"쟤 재미교포라 음주는 만 21살부터 가능합니다."

맥주를 따던 큰세진이 씩 웃으며 끼어들었다.

"하하하, 무슨 상관이야. 어차피 한국에서 마실 건데!"

"……!"

김래빈과 차유진 모두 큰 깨달음을 얻은 표정이 되었다.

'잘들 노는군.'

나는 한 손에 맥주를 들고, 다른 손으로 스마트폰을 조작했다. 상황 확인을 위해서였다.

'대체 어떻게 1위 한 거지.'

분명 며칠 전에 확인했을 때는 불가능한 상황이었기 때문이다. 그 후로는 어차피 이번 주 순위 집계 기간이 끝나서 안 들여다봤었다.

"……."

그리고 얼마 뒤. 나는 상황을 깨달았다.

'세 가지 요소가 겹쳤군.'

첫 번째는 예능 선공개. 여기서 뮤직비디오와 음원으로의 유입이 작은 기폭제가 되어서 차트 순위가 차근히 올랐다.

두 번째는… 팬사인회였다. 추가 팬사인회 응모 때문에 음반 판매량이 아직도 꽤 높았던 것이다.

'…컷이 더 올랐잖아.'

어느새 180장이 된 팬사인회 컷을 보니 식은땀이 났다. 이건 나중에 생각하도록 하자. 이제 뭘 해야 제값을 할지 감도 오지 않는다…….

…어쨌든, 이 두 가지 요인이 우연히 맞물리며 시너지를 내는 가운데, 팬들이 먼저 상황을 눈치채고 투표를 몰아준 것 같다. VTIC의 음방 활동이 끝나서 그쪽 투표 기세가 약간 줄기도 했고.

게다가 여기서 결정적인 세 번째 요인이 들어갔다. 일요일에 하는

'인기뮤직'이 최근 순위 집계 체계를 개편했던 것이다. 그 과정에서 본래 월요일이던 집계 일자가 수요일까지 밀리면서 상승한 음원 점수가 다 반영되었다.

결국 음반 판매량에서는 테스타의 팬사인회 특수가 다 반영되고 VTIC은 집계 기간만 밀려 점수 차가 더 벌어졌다.

'천운이지.'

그래서 아슬아슬하게 VTIC을 이긴 것이다.

어느 정도냐면, 점수가 7점밖에 차이가 나지 않았다.

"……."

나는 나도 모르게 맥주를 벌컥벌컥 들이켰다. 이렇게 해냈다는 게 믿기지 않았다. 물론 더럽게 고생은 했다만, 그래서 보상 심리라도 발동했는지 이게 되니까 아주 짜릿했다.

게다가 작은 실험도 성공했고.

"…더 마실 거야?"

"예."

나는 이세진이 건네는 맥주 캔을 하나 더 받으며, 상태창을 불러냈다.

"캬하하하핫!!"

주변에서는 폭소 소리가 가득했다. 자막 붙인 앵콜 영상을 TV 화면으로 틀어보는 모양이었다. 민망해하면서도 웃고 즐거워하는 놈들과 대조적으로, 차갑고 깔끔한 상태창 팝업이 눈에 들어왔다.

[성공적 1위!]

당신은 공중파 음악방송 〈인기뮤직〉을 통해 1위에 성공했습니다!

!제한시간 : 충족 (대성공)

!상태이상 : '1위가 아니면 죽음을' 제거!

: 진실 확인 ☞ Click!

상태이상 제거 보상으로 주어지는 '진실 확인' 말이다. 저걸 수령 하지 않으니 상태이상이 제거되지 않았다.

즉, 보상을 받지 않으면 팝업 내용이 적용되지 않는 것이다.

'안 그래도 고민했다.'

내가 상태이상을 일찍 제거할수록 새 상태이상이 뜨는 텀이 짧아진다면, 돌연사 위기는 그대로인 채 점점 난이도만 미친 듯이 빠르게 상승하게 된다.

그러니까 기한 내에서 최대한 시간을 끄는 편이 나았다. 지난번 케이스 등을 고려하여 그 방법을 틈틈이 고민했는데, 우선 제일 간단한 추측이 통했다니 다행일 뿐이다.

'한결 마음이 편한데.'

일단 앞으로 300일 정도는 쫓기지 않고 상황을 살필 수 있다는 게 제일 큰 이유다. 다음으로는, 이 상태창이라는 게 어떤⋯ 유동적인 악의를 가진 지성체가 아니라 시스템이라는 추측에 힘이 실렸기 때문이다.

'악의가 있다면 벌써 팝업으로 수령하라고 협박을 하든 강제 수령을 시키든 했겠지.'

그런 일이 일어나지 않은 것으로 볼 때, 이 상태이상에도 끝이 있을 확률이 높았다. 게임에는 보통 엔딩이 있으니까.

'뭐, 희망적인 추측일 뿐이다만.'

일단 하나 해결하고 술이 들어가니 상황을 긍정적으로 해석하게 되는 것 같다. 어쨌든 이제 팝업도 보류시켜 놨으니 천천히 상태창과 상황을 살펴보면 되겠지. 나는 손에 든 맥주를 다시 쭉 들이켰다.

"무, 문대야."

"어."

"너, 너무 빨리 마시는 건… 아, 안 좋을 것 같은데……."

"아. 그러네."

한 번에 한 캔씩 비우는 건 좀 심했나. 나는 혀를 차며 맥주를 치우고, 치킨을 잡았다.

"다, 닭 좋아한다고, 봤어."

"나? 아, 그 팬사인회."

"으, 으응!"

선아현이 웃으며 고개를 끄덕였다.

"마, 많이 먹어!"

"그럴게."

"많이 먹고……. 많이!"

"……."

'애 좀 취한 것 같은데.'

한 캔도 안 마셨는데 취하는 걸 보니 자기 주량을 모르는 모양이었다. 안 마셔봤나.

나는 선아현에게 탄산음료를 들려 줬다. 그리고 첫 팬사인회 때 만난 홈마를 떠올리며 치킨을 뜯었다.

'색 보정을 잘하시던데.'

〈아주사〉 때 이것저것 많이 올려주신 분이라 좀 부채감이 있다. 다음에 보면 그분 카메라에 시간을 더 많이 할당해야겠다.

"오오오!"

"야 이거 어떡하냐 우리 진짜 멍청해 보이는데? 크흐흡."

다른 놈들은 어느새 앵콜 영상에 이어서 〈1절만 하는 인간〉 본방송 클립을 TV 화면에 틀어놨다.

[히이이익!]

마침 모가지 딴 새 탈을 보고 비명을 지르는 차유진이 클로즈업되고 있었다.

"으하하하!!"

본인까지도 눈물을 흘리며 폭소했다.

'진짜 웃기긴 하네.'

가학성 논란 안 나게 잘 편집해 놨다. 게다가 마지막 소고기 장면을 잘 살려놔서 훈훈함까지 챙겨놨다.

[놀랐을 텐데 많이 먹고 가렴]

[이날 테스타는]

[한우를 5㎏ 먹었습니다⋯☆]

[제작비 쓸 가치가 있었습니다 -제작진 일동]

멤버들이 경악했다.

"허어억."

"5, 5kg……."

"어쩐지 다음 날 체중이 좀 늘었습니다…."

"괜찮아. 그거 스케줄 때문에 다 빠졌어."

"맞아요."

걱정 많은 몇 명은 그 와중에도 이런 말을 중얼거렸다.

"그래도 5kg까지 먹었을 줄은 몰랐어."

"금액이 꽤 컸을 텐데."

"…괜찮을걸요."

말로는 손해 보는 것처럼 적어놨다만, 진짜 손해 보는 방송이 어디 있나. 나는 큰세진으로부터 리모컨을 뺏어서 연관 동영상을 띄웠다.

[테스타의 한우 5kg 먹방 | 무편집본 | <1절만 하는 인간> ep.2]

"저기서 이미 고깃값은 다 뽑았을 겁니다."

"…!"

조회수가 벌써 백만이 넘었다. 멤버들이 감탄하는 표정으로 고개를 끄덕였다.

"저희 먹방을 해보는 건 어떨까요? 평소 먹고 싶던 건 다 시도해 볼 수 있을 것 같습니다."

"문대를 센터로 보내자!"

"세, 센터!

선아현에게 또 맥주를 준 놈은 누구냐.

다행히 이 화제는 금방 지나갔다.

"저 계속 볼래요!"

"아, 맞다! 아까 문대 난입한 시간부터 다시 틀자!"

신이 난 놈들이 시시덕거리며 영상을 도로 재생했기 때문이다.

'이제 보니 다 좀 취한 것 같은데.'

심지어 미성년자 둘도 분위기에 취했다.

뭐… 즐거워 보이니 내버려 두자. 어차피 숙소인데 취해도 상관없겠지. 나는 스마트폰으로 밀린 모니터링이나 진행하기로 했다.

-우리 애들 한우 많이 먹여주셔서... 압도적 감사...!

-차유진 공포영화는 잘 보면서 현실 공포에 약한 거 너무 귀여워ㅠㅠ 우쭈쭈 울 고영 새가 무서워요?

-선공개 영상만큼 웃겼다ㅋㅋㅋㅋ 아주사 안 본 머글 친구에게 영업 대성공ㅋㅋㅋㅋ

-문대가 찍은 아현이 사진이 내 사진보다 나은 건에 대하여... 요솔 1패 문대 1승ㅠ (보정 사진)

"……."

마지막은… 프로필을 보니 선아현 사진 찍는 분이 잡담 올리는 계정이다. 그리고 이분이 첨부한 선아현의 사진은 내가 며칠 전에 찍은 기억이 있다. 인터넷에서 발견할 줄은 몰랐지만.

마침 고기 먹방이 끝난 TV 화면에서 관련 내용이 나오고 있다.

[둥!]
[※쿠키 영상※]

먼저, 테스타가 와르르 카메라를 들고 이곳저곳을 찍는 짧은 컷이 지나갔다.

[이 행동의 결과]

다 흔들려서 괴생명체처럼 보이는 새, 지면에 나동그라졌는지 달려가는 발만 덩그러니 나온 컷, 뜬금없는 하늘 사진과 수평 안 맞는 물가 사진까지 엉망진창의 사진들이 쏟아져 나왔다.
그리고 자막이 떴다.

[알아볼 수 없었습니다….]

"아하하하!"
"처음 써봤어요!"
"필름이 아까워."
당사자들이 한마디씩 보태는 와중에, 새로운 자막이 화면에 등장했다.

[예외 있음]

수면을 박차고 날아오르는 검은 새, 나뭇가지를 휘두르는 파란 새, 그리고 저수지 정경 몇 점이 지나갔다. 직전에 나온 사진들과 대조되는 깔끔한 컷들이었다.

　　그리고 마지막으로 뜬 것은 햇볕 아래 환하게 웃는 선아현이었다.

　　저게 바로 아까 선아현의 홈마가 올린 보정 사진의 원본이다.

　　"어?"

　　"…박문대겠네."

　　무덤덤한 이세진의 말처럼, 바로 자막이 떴다.

[모두 한 카메라에서 나온 사진입니다.]

[↓찍은 사람]

　　선아현을 찍는 박문대의 영상이 교차되어 나갔다. 그리고 '카메라 감독님'이란 자막으로 자체 모자이크된 스탭의 목소리가 삽입되었다.

[무슨 수로 이렇게 잘 찍었지…?]

[이 친구 진짜 잘 찍었는데요? (당황)]

　　화면에서 '오~' 하는 감탄사와 함께 카메라를 들여다보는 스탭들의 모습이 지나갔다.

[박문대 : 의문의 금손 (카메라 감독님피셜)]

[※⟨1절만 하는 인간⟩에서 인증됨]

자막 위로 도장이 찍히는 효과가 났다. 그리고 영상이 끝났다.

"……"

설마 이것도 컨텐츠로 살릴 줄은 몰랐네.

그리고 옆에서 큰세진이 일부러 상심한 척하기 시작했다.

"하… 이거 너무 서운한데? 문대는 친구를 차별하는데? 너무 아현이만 챙겨주는 거 아닐까? 아현이 말고도 이렇게 잘해주는 친구가 옆에 있으면 자주 찍어서 업로드하며 우정을 증명하는 게 맞지 않나?"

"……"

"문대가 가만히 있을수록 상심한 나는 점점 더 말을 많이 하지 않을까? 문대는 빨리 포기하고 사진 업로드를 약속하는 편이 편하지 않을……."

"내일 찍어서 올릴 테니까 그만해라."

"그랬."

취한 놈은 포기를 모른다. 다시 말을 걸지도 모르니 얼른 스마트폰 보는 척이나 하자. 잠금을 해제한 폰 화면에는 아까 띄워놓은 선아현의 보정 사진이 아직 남아 있었다.

'어쨌든, 예상대로 잘 나왔다.'

솔직히 판다면 시세보다 더 잘 받아야 할 사진이다. 카메라 반납하고 잊어버려서 제대로 확인 못 했는데 이렇게 볼 줄은 몰랐다.

'뭐, 인정받는 거 좋지.'

사진 잘 찍는다고 나쁠 건 없지 않은가. 나는 여유로운 마음으로 SNS 확인을 계속해 나갔다.

그리고 한 박문대 팬의 인기 글을 봤다.

-박문대 슴스에 올리는 사진부터 예사롭지 않았다고 생각했지만 사진 진짜 잘 찍는다 근데 왜 셀카는 실력이 반토막 나냐.ㅠㅠ

"……."

찍어본 적이 별로 없어서…? 생각해 보니 남 찍어봤자 남 좋은 일만 해주는 것 같다. 날 잘 찍는 방법이나 연구해 봐야겠다.

"흐엄……."

숙소 거실은 어느새 조용해졌다.

1위 했는데 알코올까지 들어가자 긴장이 풀리며 누적된 피로가 확 쏟아졌는지 대부분 뻗어서 자고 있었다. 미성년자 둘도 덩달아 졸다가 잠이 들었다. 이세진은 체력 문제인지 이미 중간에 방으로 들어간 상태다. 그쪽도 아마 잠들었겠지.

그래서 거실에 남은 것은…….

"문대 넌 괜찮아?"

나와 류청우뿐이다. 저쪽은 술이 강하고, 나는 '바쿠스500' 특성 덕분에 아직 정신 차리고 있을 만했기 때문이다.

"예. 괜찮습니다."

"그럼 다행이고."

류청우는 빙긋 웃더니 손에 든 맥주를 쭉 들이켰다.

'대체 몇 캔이나 마신 거지.'

어차피 거의 취한 것 같진 않으니 상관은 없지만, 분명 여섯 캔 이상은 마신 것 같았다. 주량이 어마어마한 건 분명했다.

"음, 활동하는 건 좀 어때?"

"저야 뭐, 할 만합니다."

"하하, 문대는 언제나 침착하네."

류청우는 다 마신 맥주 캔을 잘 접어서 내려놨다. 표정이 영 씁쓸해 보였다.

'왜 또 그러냐.'

1위까지 했는데 또 무슨 걱정이 생겼는지 얼굴이 영 안 좋았다.

"나도 너처럼 좀 침착한 성격이면 좋았을 텐데 말이야."

"…형 충분히 침착하신 것 같은데요?"

〈아주사〉 끝나고 근 2달간 이놈이 취했던 태도를 생각하면 뜬금없는 말이었다. 하지만 류청우는 고개를 저었다.

"아니, 난 결정적인 순간에 판단력이 안 좋은 것 같다. 오늘 1위 할 때 소감 제대로 말 못 한 것도 그렇고… 전반적으로 그래."

"……?"

이건 더 뜬금없다. 1위 소감은 이미 난장판이었구만 무슨.

"형 오디션 때부터 리더 잘하셨는데요. 그런 문제 없으셨던 것 같은데."

"연장자라 리더를 한 거지, 내가 잘해서 했던 건 아니야. 팀이 제대로 굴러간 적도… 그래, 우리 같이했던 2차 때 빼면 없지."

그거야말로 솔직히 류청우 탓은 아니지 않나. 그냥 네가 팀 운이 더럽게 없었던 거지.

나는 떨떠름하게 맥주를 하나 더 땄다.

"〈아주사〉 때야 뭐, 단기간에다 서바이벌이라 제대로 굴러간 팀이 더 드물었죠. 그리고 어쨌든 테스타는 잘 굴러가는 중인 것 같은데요."

"…잘 굴러가다가 내 실수로 문제가 생길까 봐 걱정인 거야."

류청우는 쓴웃음을 지었다.

"솔직히 내가 이 팀에 기여할 만한 포지션이 리더 정도라 맡기는 했는데… 좀, 한계 같기도 하다. 내가 원래 이렇게까지 뭘 참는 성격도 아니고."

"흠."

어쩐지 테스타가 결성된 뒤로 류청우의 태도가 더 보수적이고 온건해졌다 했더니, 꾹꾹 눌러 참고 있었던 모양이다.

'2차 때 생각해 보면 원래는 좀 더 도전적이고 쾌활한 성격이었지.'

아주사 때 겪은 갈등들이 이상한 학습 효과를 줬나 보다.

그 와중에도 류청우는 계속 말을 이었다. 어지간히 속이 텄던 모양이다.

"아주사 때도 좀 고민했었지. 여기 나온 게 정말 맞는 선택이었나 하는……."

"……."

그러고 보니 금메달까지 땄으면서 양궁 그만두고 굳이 망했던 오디션 프로그램에 나올 이유가 없지 않았나.

"어쩌다 나오게 되셨는데요?"

"아, 이건 다들 모르겠구나. 아주사 작가 중에 친척이 있었거든."

"……!"

잠깐.

"설마 류서린 작가요?"

"맞아. 성이 똑같아서 바로 알았나?"

류청우가 웃었지만 나는 웃을 수가 없었다.

"……."

"그 누나가 하도 부탁해서… 나도 어차피 새 진로를 이쪽으로 잡았으니까, 나와본 거였지."

식은땀이 났다.

'이거 지금 걸리면 스캔들감 아닌가…?'

어차피 오디션 망했을 때야 상관없겠지만, 지금 〈아주사〉 시즌 3는 미친 듯이 대흥행한 프로그램으로 자리매김했다. 근데 그 희대의 기회를 잡아 데뷔한 멤버 중 하나가 작가 친척이다?

'심지어 류청우는 우호적인 편집만 쭉 받았지.'

이거 완전… 스캔들인데.

류청우도 그 정도 눈치는 있는지, 웃으며 말을 덧붙였다.

"너희한테 피해 가는 일은 없을 거야. 어차피 먼 친척이고 거의 안면도 없었어. 어느 날 갑자기 연락이 온 거라… 섭외나 다름없었으니까."

아마 형식만 따지자면 박문대가 받았던 것과 다를 게 없다는 뜻이다.

하지만 기사가 뜰 때는 그런 걸 친절하게 표기해 줄 리가 없었다. 그냥 '테스타 멤버, 사실은 아주사 작가의 친척이었다', '섭외된 친인척이 데뷔까지… 아주사의 그림자' 같은 타이틀이 나오겠지.

나는 간신히 입을 열었다.

"…아무한테도 말하지 마세요."

"음, 그것도 걱정 마. 너한테 처음 말해보는 거니까."

류서린 작가 쪽에서도 1화 방영되고 반응 보자마자 전화해서 신신당부했다고 한다.

'…딱 이 시기만 넘기면 된다.'

〈아주사〉 다다음 시즌까지 나올 때쯤, 그러니까 한… 이삼 년 지난 후에 터지면 별일 없이 넘어가겠지. 그리고 방송 내내 안 터지고 아직까지 안 터졌다면 다들 아직은 모른다는 게 맞을 것이다.

나는 혹시 몰라 다시 한번 류청우에게 확인했다.

"작가분하고 얼마나 먼 친척인데요?"

"음… 같은 풍산 류씨라는 것 빼고는… 몇 촌인지도 잘 모르겠다. 그 정도."

"……."

그 정도면, 여차해도 친척까지는 아니라고 변명도 가능하겠다. 그냥 본가가 똑같아서 섭외가 용이했다로 풀 수 있겠군.

약간 긴장이 풀렸다. 다음 상태이상이 뭐가 뜰지 모르겠지만, 팀에 악재가 오면 좋을 리 없다는 건 확실해서 그런지 좀 힘이 들어갔던 모양이다.

그리고 다른 생각도 슬슬 든다.

'그러고 보니, 나도 풍산 류씨였던가.'

부모님 돌아가시고 별로 신경 안 써서 확신은 못 하겠는데 아마 그랬던 것 같은데, 그게 맞다면 이름 형식을 보니 류청우와 항렬도 비슷했던 모양이다.

류건우, 류청우. 흠.

'우(佑)자 돌림이겠군.'

뭐 아무렴 어떤가. 나는 어깨를 으쓱하고 말았다.

"이상하게 너한테 이런 말을 하게 됐네… 원래 동생들한테는 이런 이야기 안 하는데 말이야. 하하."

"……."

연상인 걸 본능적으로 알았나. 나는 화제를 돌렸다.

"그럼… 일단 섭외가 들어갔다는 건, 가수 준비는 이미 하고 계셨단 말이군요."

"응. 양궁을 계속할 수가 없어서."

류청우가 어깨를 살짝 돌리는 시늉을 했다.

"어릴 때 교통사고가 좀 크게 났었는데… 뭘 잘못 건드렸는지 다 크고 나서야 후유증이 생기더라고, 힘을 주면 손이 떨려."

"……."

"그래서 재작년인가 그만두고… 내가 잘하는 게 뭔지, 새로 진로 탐색해 본 거지. 하하."

이미 극복한 사람 특유의 여유가 묻어나는 태도였다.

'끝난 일이란 뜻이군.'

나도 그냥 고개나 끄덕이는 그때, 발 옆에서 누군가 들썩거리는 소리가 났다.

"…크흡."

"……??"

"죄송해여. 들었습니다……."

옆에 엎어져서 자던 차유진이 눈물을 줄줄 흘리며 일어났다. 그리고 그 뒤에 누워 있던 김래빈도 코를 훌쩍이며 몸을 움직였다.

"어쩌다 보니 정신을 차려서… 죄송합니다. 엿들을 생각은 아니었고……."

"아니에요. 크흥."

"……."

알코올이 들어가지 않은 두 놈은 소리에 금방 정신을 차린 모양이었다. 류청우는 잠시 당황한 얼굴이었지만 곧 웃어넘겼다.

"거실 한복판에서 이야기한 내 잘못이지 뭐. 신경 쓰지 말고 들어가서 자."

하지만 두 놈은 주춤주춤 말을 더 남겼다.

"형. 제가 더 잘하겠습니다……."

"청우 형 멋져요. 아이돌 잘했어요!"

"……음."

류청우는 복잡미묘한 얼굴로 고개를 끄덕였다. 나는 툭 말을 얹었다.

"이제 말 잘 들을 것 같은데, 앞으로는 안 참고 좀 편하게 하셔도 되지 않을까요. 리더."

"…네가 할 생각은 없어?"

"예? 당연히 중도 포기해서 망할걸요."

"……."

내가 리더를? 분명 하다가 빡쳐서 한두 놈은 손절해 버릴 것이다. 진심이 느껴졌는지 류청우는 말문이 막힌 얼굴이 됐다. 좀 어처구니없다는 표정이다.

"……휴."

하지만 곧, 한결 편한 태도로 툭 대답했다.

"…그래. 잘 알겠다. 리더 계속해 볼게."

"와!"

"대신 너희도 내가 쓸데없는 일 하려고 하면 말려. 이제 나도 무조건 브레이크만 거는 건 못하겠다."

"그럼요."

류청우는 '나 참' 같은 소리를 중얼거리더니, 곧 기지개를 켜고 자기 방으로 들어가 버렸다. 속내를 털어놔서인지 발걸음이 한결 가벼워 보였다.

그리고 거실에는… 음식물 쓰레기와 쓰러진 인간 몸들만 남았다.

"……."

"…들어갈까?"

"예."

깨면 알아서 들어가겠지. 놔두자.

테스타가 1위의 기쁨과 회포를 풀고 난 직후.

팬들은 테스타의 첫 1위가 기사로 뜨고 실시간 검색어에 오를 때까지 참았다. 테스타의 좋은 소식을 팀킬하고 싶지 않았기 때문이다.

-일단 계속 문의는 넣자

-눈치 있으면 알아서 준비하겠죠

팬들은 각자 전화와 메일로 조용히 피드백 요구를 이어나갔다. 그러나…… 놀랍게도 며칠이 지나도 아무 피드백을 받지 못했다.

-소속사 이 새끼들 정신 못 차리네?

수면 밑에서 부글부글 끓던 여론은 결국 폭발했고 팬들은 결국 소속사를 향한 성명문을 발표했다.

[아티스트 활동 지원 요청 성명문]
: 202×년 7월 10일, 테스타의 팬 연합 일동은 T1 스타즈 엔터테인먼트의 비합리적인 운영을 비판하며, 아티스트와 소비자(팬)들의 정당한 권리를 존중할 것을 요구합니다. 데뷔 전…….

어떤 개인 멤버 한 명에 결부된 일이 아니었기 때문에 모든 멤버의 개인 팬 커뮤니티에서까지 연합하여 규모는 미친 듯이 불어났다. 이미 성명서가 안 된다면 다음 수단으로 팩스와 포스트잇 시위까지 차근히 준비 중인 상황이었다.

그제야 다행스럽게도 소속사의 응답이 왔다.

[안녕하세요. T1 스타즈 엔터테인먼트입니다.]
: 당사는 테스타의 활동을 위한 지원에 총력을 다하고 있으며, 최근 팬 여러 분께서 우려하시는 사항 역시 늦지 않게 실행될…….

항복 선언문이었다.
'이미 준비하고 있었고 너희가 오버한 거야!'라는 뉘앙스가 살짝 느껴지는 것에 짜증을 느끼는 팬들도 있었지만, 일단은 빠른 시일 내로 뭘 해보겠다는 이야기에 분위기가 다소 수그러들었다.

-역시 좆소는 패야 말을 듣는가…
-솔직히 니들 지금 이 난리 안 부렸으면 2집 때야 팬덤명 나왔을 거라고 떠들고 있지?ㅋㅋ

사실 나도 그렇게 생각함ㅇㅇ
-응원봉도 응원봉이지만 앞으로 제발 이젠 애들 컴백 일정 거지같이 잡지 마. 아무리 돈이 좋아도 애들 그만 쥐어짜라고.
-다음에 또 한 달 내로 컴백 이 지랄하는 기사 뜨면 시위 트럭 보낼 테니 그렇게 알아라ㅋㅋ

소속사는 이후 '팬들이 직접 선택하는 팬덤 이름' 같은 아주사 스타일 이벤트를 해볼 것처럼 슬쩍 기사로 운을 띄워봤지만, 팬들의 공격에 침몰했다.

-제발! 그만! 시켜! 우리 이제 투표 주식 다 지겨움 그냥 테스타가 하자는 거 시켜줘ㅠㅠ

-아주사 망령 이제 그만...

-1위 곡 컨셉 뚝딱 만드는 대천재 아이돌들 두고 왜 자꾸 팬들한테 시키려고 해 우린 그냥 애들 하는 거 보고 시시덕거릴래요

-그래 우린 돈이나 쓸래 빨리 굿즈나 찍어줘

다행히 소속사는 더 간 보지 않고 열심히 일정을 준비했다.
그래서 그 주 금요일.

[기쁘다 국민 주식 오셨네!]
[테스타의 첫 W라이브]
[테스타가 지어주는 팬 이름 이야기!]
[7/15 (SUN) 3:00 PM]

헐레벌떡 이벤트 배너가 떴다.

-와 드디어

-ㅠㅠㅠㅠ 우리 애들도 이젠 덥라이브한다!!

-존버 승리!

-미친 라이브로 말하는 큰세진 아아아아ㅜㅜ

-제발 개노잼이라도 좋으니까 길게 하자

-티원 놈들 그래도 대기업이라고 일을 할 줄은 아네ㅜㅜ

실시간으로 움직이는 테스타를 음방에서만 간신히 봤던 팬들은 잔뜩 흥분했고, 아직 예고 동영상 하나 올라온 테스타의 W앱 채널은 벌써부터 구독이 우수수 불어나기 시작했다.

그리고 이벤트 당일 오후 3시 정각.

[아아!]

[안녕하세요~]

테스타가 W라이브를 켰다.

[다들 접속하셨나?]

[아직 알람 가는 중인 것 같은데.]

송출이 딜레이되고 있을 뿐이었지만, 이런 라이브 방송에 경험이 없는 테스타 멤버들은 화면을 보며 속닥거렸다.

그러다 차유진이 확 밝아진 얼굴로 외쳤다.

[오, 숫자 생겼어요!]

[아!]

[안녕하세요~]

순식간에 뜨는 실시간 댓글을 보며, 테스타 멤버들은 방긋방긋 웃으며 고개를 숙이고 손을 흔들었다.

"안녕… 안녕!"

대학생은 화면에서 꾸벅 인사를 하는 박문대를 보며 저도 모르게 손을 흔들었다. 침대에 누워 있던 강아지가 별 희한한 꼴을 다 본다는 눈으로 그녀를 쳐다보았으나 그걸 신경 쓸 때가 아니었다.

'팬싸도 못 갔는데 W라이브라도 봐야지…!'

가을 졸업 후 대학원에 진학할 예정이던 그녀는 홈마인 친구와 달리 도저히 6월 말에 시간을 낼 수 없었다. 덕분에 울면서 팬싸를 떠나보냈다.

'적금 깰 생각도 했는데……'

왜 돈이 있는데 쓰질 못하냐며 우는 그녀를 친구가 톡으로 위로하는데도 마음이 아팠다. 문대가 팬싸에서 뭘 했는지… 너무 상세히 들어버린 탓이었다…….

'문대 금발 했을 때… 가면 되는 거지.'

그녀는 금발로 첫 실물을 보고 싶었다고 중얼거리며 화면에 집중했다. 슬픈 자기합리화였다….

[저희가 오늘 이렇게 W라이브로 인사드린 이유는… 드디어 저희 팬분들의 공식 명칭을 발표하기 때문입니다.]

[와아아!]

류청우의 말에 테스타가 열심히 박수와 호응을 보냈다.

문대도 박수를 치고 있었는데, 통 큰 소매를 걷지 않고 움직이는 탓에 천이 파닥파닥거렸다.

"귀여워…!"

자신을 말하는 줄 알고 강아지가 귀를 쏙 들었으나 곧 아니라는 것을 깨닫고 뚱한 눈으로 대학생에게서 시선을 거뒀다.

화면에서는 댓글이 빠르게 올라가고 있었다.

-사랑해!

-1위 축하해 얘들아ㅠㅠ

-MARRY ME PLEASE

-♡♡♡♡

-저 오늘 생일인데 이름 불러주세요ㅠㅠ

-테스타 다음 앨범도 대박 나자!

아직 극초반이라 일단 뭐라도 쏟아놓는 식의 댓글이 많았다. 테스타는 뭔가 읽고 싶은 눈치였지만, 너무 빨라서 잘 읽지 못하고 대신 방긋방긋 웃었다. 대충 하트가 많다는 건 확인했기 때문이다.

[반갑습니다~ 여러분!]

[많이 보고 싶었어요~ 다들 뭐 하고 계세요? 주말 3시니까 딱 간식

먹을 타이밍인데~]

　[간식 먹고 싶어요!]

　차유진의 말이 끝나기 무섭게 스마트폰 카메라 뒤의 스탭이 '가져다
드릴 테니 제발 오프닝은 대본대로 진행해 주십쇼' 사인을 보냈다.

　아무래도 W라이브를 처음 하는 신인이 오프닝 중에 대화하다가 산
으로 가버릴까 노심초사하는 것 같았다. 금방이라도 당근을 흔들 것
같은 그 모습에, 멤버들은 자연스럽게 차유진을 다독여 뒤로 뺐다.

　[하하, 일단 저희 준비한 것부터 확인할까요?]

　[네!]

　테스타가 카메라에서 떨어지자, 뒤에 세팅된 책상이 보였다. 하얀 천
들로 덮인 책상은 올록볼록한 것이 누가 봐도 그 안에 뭔가가 들어 있
어 보였다.

　-책상 뭐야?

　-앨범인가?

　-인도네시아에서 당신을 응원한다

　-ㅋㅋㅋㅋ오빠들 다 너무 귀여워요!

　-너희 다 못생겨졌어

　-유진이 배고파?ㅠㅠ

아무나 다 들어올 수 있는 탓에 실시간 댓글은 난장판이 따로 없었다. 온갖 의문과 개인 질문, 악플들까지 혼재해서 댓글에 가득 찼지만, 다행히 테스타는 화면에서 거리가 떨어진 탓에 댓글을 보지 못하는 상태였다.

대학생은 이를 부득부득 갈았다.

'악플러 놈들 다 신고해 버려야 하는데…!'

순식간에 올라가 버리는 탓에 간신히 확인만 할 수 있었다. 제발 문대가 이대로 댓글을 확인할 수 없는 거리에 있길 바라며, 그녀는 다시 화면 속 테스타에게 집중했다.

[오늘 소개해 드릴 것은 바로… 짠! 저희가 그린 응원봉 그림입니다!]

[와아!]

책상의 첫 번째 하얀 천을 걷어내자, 멤버 각자의 이름이 적혀 있는 판넬이 쌓여 있었다. 멤버들은 신나서 박수를 치며 각자의 이름이 적힌 판넬을 본인에게 옮겨줬다.

[각자 하나씩 만들어봤는데, 오늘 여러분을 증인으로 저희가 상의를 통해서 이 중 하나를 선정할 예정입니다!]

[정말 열심히 그렸어요!]

[저희도 아직 각자의 그림을 확인하기 전입니다.]

[최초 공개!]

"……."

그녀는 입을 꾹 다물었다. 자기 판넬을 양손으로 붙잡고 있는 문대는 귀여웠으나, 속이 불타올랐다.

'소속사 놈들 진짜 말 못 알아듣네…!'

팬들한테 투표시키지 말라고 했더니 테스타 애들끼리 자체 투표를 하게 만들었다는 게 어처구니가 없었다.

'그냥 애들이 이런 거 하고 싶다고 말하면 너희가 알아서 취합한 다음에 디자인 뽑으라고…!'

아이돌을 좋아하는 것이 처음인 그녀는 답답한 상황에 정신이 아득해졌다.

설마 타이틀곡 작업 때도 이렇게 애들한테 시켜서 리얼리티 2화에서의 컨셉 제작 발표기가 나왔던 걸까? 테스타가 직접 도전한 게 아니라?

강렬한 의심이 그녀의 뇌리를 스치고 지나갔다. 하지만 당장 눈앞에서 실시간으로 움직이는 박문대가 우선이었기 때문에 대학생의 시선은 도로 그것을 쫓았다.

[자, 그럼 저희 한 명씩, 그림 공개하고 설명 들어갈까요?]
[좋습니다!]
[그럼 오른쪽부터~]

가장 오른쪽에 앉아 있던 류청우는 약간 쑥스러운 얼굴이었지만, 단번에 테이프를 떼고 자신의 그림을 개봉했다.

그리고 그 안에 있던 것은… 오묘한 선으로 이루어진 공 그림이었다.

[……?]

[…?!]

[형 이거… 응원봉 맞죠?]

[프흡.]

몇 명이 상황을 파악하고선 웃음이 터지는 걸 막기 위해 자신의 무릎에 고개를 파묻었다.

류청우도 그만 웃어버렸다.

[하하, 제가 그림을 잘 못 그려서요. 음, 이렇게 동그랗게 생긴 응원 도구가… 손가락 모양대로 홈이 있고, 잡아서 머리 위로 흔들기 편하면 어떨까 해서.]

[오오.]

[막대형 대신 야구공처럼 동그란 형태군요!]

[동그라미 반짝반짝하면 예뻐요.]

그림은 별로였지만, 발표가 좋았다며 다들 웃음을 참고 고개를 끄덕였다.

테스타는 이후로도 멤버마다 좋은 부분만 콕콕 집어내서 칭찬 코멘트 위주로 대화를 진행했다. 자기 의견이 꼭 반영되어야 하는 종목이 아니라 모로 가도 예쁘게만 뽑으면 그만인 일이었기 때문이다.

[아현 씨 그림은 마법봉처럼 생겨서 예쁘네요.]

[가, 감사합니다.]

[우리는… 마법소년이니까… 마법봉을 응원봉으로 쓴다…? 설득력 있네요!]

[개연성이 있습니다!]

물론 지나치게 현실성 없는 주장은 자연스럽게 외면당했다.

[응원봉의 목적은 팬분들께서 무대를 즐기시는 또 다른 재미를 만드는 것이기 때문에, 흔들면 마라카스처럼 소리가 나면 어떨까 합니다!]

[재밌는 생각이네요.]

[래빈 씨, 근데 그러면 우리 목소리가 잘 안 들리는 거 아닙니까?]

[헉.]

김래빈은 발표 시작 3분 만에 침몰당했다.

-ㅋㅋㅋㅋㅋㅋㅋㅋㅋㅋㅋ

-래빈아 괜찮아ㅠㅠ

-귀여웡ㅠㅠ

-응원봉 뭐든지 좋아♡

-so cute

간간이 'eng plz'나 '꼽주네' 같은 댓글이 출몰하긴 했지만, 시청 중이던 팬 대부분은 훈훈하게 웃으며 화면을 감상했다.

대학생도 마찬가지였다. 그녀는 어느새 강아지를 끌어안은 채 화면을 보고 히죽 웃고 있었다.

'이제 문대 차례다!'

[자… 문대 씨는…… 오오?]

화면의 박문대가 묵묵히 테이프를 벗기더니 그림을 돌려서 카메라에 비추었다.

위풍당당한 검은색 작대기 두 개.

거기까지는 괜찮았다. 그런 스타일의 응원봉도 제법 있었다.

문제는 그 주변에 여러 가지를 그리려고 시도한 흔적이 보였다는 건데…… 하나같이 끔찍하게 못 그린 나머지 무슨 괴상한 아메바처럼 보였다.

[…??]

그리고 박문대는 모든 것을 포기한 얼굴로 입을 열었다.

[…그렇게 됐습니다.]

순식간에 폭소가 오디오를 잡아먹었다.

[프하하하하!!]
[문대 그림이 제일 임팩트 있다!]
[너는… 청우 형보다도 못 그렸어요!!]

존댓말을 쓰는 컨셉을 잡은 것도 까먹은 멤버들이 미친 듯이 웃으며 그림을 들여다봤다. 심지어 선아현까지도 얼굴이 시뻘게진 채로 웃음을 참고 있었다.

그리고 대학생도 웃음이 터졌다. 웃김 반 덕심 반이었다.

'문대 그림 진짜 못 그리나 봐…!'

근데 열심히 그리려고 노력한 흔적이 귀여워서 심장이 터질 것 같았다!

[아, 웃어서 미안해요!]
[그래요, 문대 씨 설명도 들어봐야죠!]
[……뭐, 괜찮습니다.]

화면의 문대는 헛기침을 몇 번 하더니, 그림을 손으로 짚으며 조목조목 설명을 시작했다.

[일단… 겉모습은 야구 배트처럼 보이는데.]
[음음.]
[손잡이 부분을 돌려서 빼면, 안에서 마법봉이 나왔으면 좋겠습

니다.]

　[…!!]

　[신박한데요?]

　[좋은데?]

어릴 때 쓰던 마법 검 장난감이 생각난다며 다들 흥분하기 시작했다.

　[그럼 우리 마법봉은 아현이 디자인을 쓰면 어떨까요?]

　[가운데 청우 형 동그라미 넣어요!]

　[배트 분리는 원터치로 되게 해주세요!]

　제작 단가가 미친 듯이 높아지고 있었으나, 아무도 신경 쓰지 않았다. 그 결과, 울트라캡숑 마법 장난감 같은 것이 만들어지고 있었다.

　-ㅋㅋㅋㅋㅋㅋ얘들아!

　-그만…그만하자ㅠㅠㅋㅋㅋ

　-세상에

　-저게 뭐엾ㅋㅋㅋㅋ

　-우리 저걸로 변신해서 응원하면 됨?

　-ㅋㅋㅋㅋ너희가 좋다면야 뭐!

　테스타는 카메라 밖에서 펜까지 받아와서는 자기들끼리 여러 요소를 더한 새 응원봉을 마구 그렸다. 그러다 보니 자연스럽게 소개 중이던 박문대의 그림과 비교되기 시작했다.

　[잠깐, 그러면 여기 이게 마법봉이었어요, 문대 씨?]
　[……예.]

　큰세진이 말라비틀어진 꽈배기 같은 형태를 보고 또 폭소했다. 박문대는 결국 한 손으로 얼굴을 가리더니, 자신을 그림을 탁자 끝으로 밀어냈다.
　"허어어…"
　그 모습이 워낙 처량하고 귀여워서 예비 대학원생은 결국 실시간 댓글을 달기 시작했다. 그녀만 그런 것은 아니었는지, 댓글이 트래픽 과중으로 버벅거릴 지경이었다.

-ㅠㅠㅠㅠㅠㅠ문대 귀여워
-결혼하자
-ㅋㅋㅋㅋㅋㅋㅋㅋㅋ큰세야 문대 달래줘ㅋㅋ
-이게 바로 사랑인가
-(하트 이모티콘)
-지렁이 같앜ㅋㅋㅋㅋㅋㅋㅋ
-그림 말고 딴 거 해요
-사랑한다!!!!

　중간중간 외국어까지 지나갔다. 뭐가 뭔지 알 수 없을 만큼 다량의 댓글이 홍수처럼 쏟아져 내렸다.

그 와중에 화면에서는 우여곡절 끝에 완성된 새로운 응원봉 디자인이 전시되고 있었다.

[짠!]
[응원봉 컨셉 그림, 결정했습니다!]
[와아아!!]

제작팀에서 받자마자 압도될 것 같은 단가 상승의 결정체였지만, 그럴싸해 보이긴 했다. 센스 있는 의견만 잘 잡아넣은 덕분이었다.

참고로 박문대는 멤버들의 '괜찮다'의 연발로 도로 자신의 그림을 챙겨갔다. 그래도 응원봉 디자인이 완성된 것은 기쁜지 박수를 치는 문대의 얼굴에는 작은 미소가 걸려 있었다.

'…흑발도 좋네.'

흑발이든 금발이든 역시 실물을 봐야 했다고, 대학생은 결국 인정했다….

화면의 멤버들은 그동안 자신들의 그림을 쓱쓱 아래로 내려 정리하더니, 아직 흰 천이 덮인 책상의 일부분 앞으로 우르르 이동했다.

[자, 그럼 이제 대망의 발표가 남았습니다.]
[바로 팬덤 이름 공지입니다!]

이것도 같이 상의해서 정했다며 즐거워하던 멤버들은 약간 긴장한 얼굴로 함께 천을 향해 손을 뻗었다.

[두구두구두구!]
[개봉!]

그리고 다 같이 천을 들어 뒤로 던졌다.
"…??"

[짜잔!]

천 아래 감춰져 있던 것은… 묵직한 명패였다.

-???
-? 뭐얔ㅋㅋㅋ

기업 회장의 책상 위에나 있을 법한 고급스럽고 거대한 자개 명패에
는 궁서체로 글씨가 적혀 있었다.

[러뷰어]
[Loviewer]

류청우가 웃으며 입을 열었다.

[사랑을 담아 저희를 지켜봐 주시는 팬분들을 생각하며 정했습니다.]
[LOVE plus Reviewer! 입니다~]

차유진이 부가 설명을 붙였다. 그리고 뿌듯한 눈으로 거대 명패를
바라보았다.

[저거 주문? 주문 제작했어요!]
[지금까지 저희한테 투자해 주신 우리 팬분들이 저희한테 최고라는
뜻으로… 아, 그리고 W라이브 끝나면 추첨으로 팬분께 보내 드릴 예
정입니다!]

당연한 말이지만 갑자기 튀어나온 명패는 뜬금없어서 웃기기만 했다.
(참고로 박문대는 끝까지 반대했으나 다수결로 밀려서 그냥 포기했다.)
어쨌든 테스타가 너무 뿌듯해하는 것 같았기에, 팬들은 그냥 웃는
이모티콘과 하트로 댓글을 밀어버렸다. 귀여웠으니까.
물론 SNS에서는 치열한 상황 중계가 오갔다.

-W앱에 명패 올드하니 가져다 치우라고 말해주고 싶죠? 하지만 첫 W앱이
잖아요 봐줍시다ㅠㅠ 우리 한 번만 봐주자!
-아 ㄹㅇㅋㅋ만 치라고~
-어지간히 좆구린게 나오지 않는 이상 분위기 파악하란 말이야~
-일단 이름은 괜찮으니 명패는 의외의 귀여움이라고 납득 가능한 부분임
ㅇㅋ?

덕분에 팬덤명에 대한 반응이 궁금한 나머지 스마트폰 화면에 가까이 갔던 멤버들은 'ㅋㅋㅋ'과 'ㅠㅠㅠ' 그리고 '사랑해' 같은 글 위주로 상황을 판단할 수 있었다.

[보고! 반응이 괜찮은 것 같습니다!]
[다, 다행이에요······.]
[좋았어!]

테스타는 들뜬 얼굴로 다음 발표를 이어갔다.

[그럼 이어서 공식 색을 발표하겠습니다!]

테스타의 첫 W라이브는 꽤 오랜 시간 이어졌다. 원래는 2시간 예정이었으나, 멤버들이 첫 번째 W라이브를 대본대로만 진행해서 끝내기 아쉬워했기 때문이다.

그래서 후반에는 꽤 많은 TMI가 풀려나왔다.

[오늘 W앱에서 테스타가 풀어준 본인들 MBTI 정리ㅋㅋㅋ]
: 류청우 ESFJ / 이세진A ISFP / 선아현 ISFJ / 큰세진 ENTJ / 박문대 INTJ /

김래빈 INFP/ 차유진 ENTP

이런 거 안 해본 애들이 라이브로 하면서 신나 하는 게 별미였다 정말... 테스타는 W라이브까지 맛집이야...

※정식 테스트 아니었으니까 재미로 보기!

-와 겹치는 애들 하나도 없어ㅋㅋㅋㅋㅋ

-ㅠㅠㅠㅠ애들 오늘 너무 귀여웠어 W앱 자주 켜줬으면 좋겠다

-외향 내향 진짜 귀신같이 나왔다 특히 확신의 E 큰세진ㅋㅋㅋㅋㅋ

-청우 ESFJ 설명 나올 때마다 애들이 똑같다고 감탄하는데 완전 선생님 좋아하는 유치원 애기들 같았잖아ㅠㅠ 아이고 귀여운 것들

-공감능력 낮은 것 같은 애들이 T네. 어울린다.

    └?? MBTI로 인성 궁예질하는 멍청이가 있다?

    └ㅋㅋㅋㅋㅋㅋ 인류 절반 묶어서 후려치기 오졌다~

물론 드디어 정해진 팬덤명을 자축하는 분위기가 가장 강했다.

-테스타 솔직히 테스터 생각나서 찜찜했는데 팬들한테 사랑 넘치는 리뷰 작성자 컨셉 잡아준 내 가수 덕에 다 잊어버렸다

    └이거 맞음 테스타-러뷰어 완전 운명의 페어 반박 안 받습니다👋

-내일 법원 문 여는 대로 이름을 김러뷰로 개명할 예정임ㅇㅇ 사랑스럽고 일코될 듯

    └ㅋㅋㅋㅋㅋ미쳤나ㅋㅋㅋ

하루에 둘이나 신청하면 이상하잖아 나만 할 거임

└ㅋㅋㅋㅋㅋㅋㅋㅋ

-시간대별로 하늘색 따서 쓰리톤으로 팬덤 컬러 만든 것도 괜찮았어. 이번 앨범 세계관하고 연관되는 느낌?

└맞아 어차피 요새 컬러야 유명무실한 느낌이기도 하고ㅋㅋㅋㅋ

-사실 우리 응원봉이 엄청 눈에 띄게 나올 것 같아서... 컬러는 아무래도 좋을지도...

└ㅋㅋㅋ맞아ㅋㅋㅋㅋㅋ

└나 벌써 공방 기대 돼 진짝ㅋㅋㅋㅋㅋ

테스타의 팬들은 첫 W라이브에서 터진 여러 떡밥을 즐기며 일요일을 보냈다.

게다가 마침 이번 활동 마지막 팬사인회가 진행 중이었다.

-W라이브 직후에 팬싸 괜찮으려나ㅠㅠ

-얘네 스케줄 진짜 못 잡는다;

테스타를 걱정하고 소속사를 욕하면서도 W라이브 관련 이야기를 질문해 보겠다는 이야기에 또 후기를 기다릴 수밖에 없는 것이 사람 마음이었다. 그래도 다행히 실시간으로 전달되는 분위기는 아주 좋았다.

-어떤 분이 래빈이한테 야구방망이 모양 마라카스 줬어ㅋㅋㅋㅋㅋ 래빈이 부끄러워서 죽으려고 해ㅋㅋㅋㅋ (사진)

-문대한테 강아지 그려달라고 해봤습니다. 음... 암튼 문댕댕이 강아지라고 하니까 이게 앞으로 강아지입니다. (터진 호떡 같은 그림 사진)

-오늘은 아현이가 선물 준비했다ㅜㅜ 사슴 캐릭터 펜이야ㅜㅜ 나 이걸로 사인받아왔어! (사진)

그리고 테스타도 일이 성공적으로 끝나간다는 느낌 덕에 더욱 활기차게 팬사인회를 진행하고 있었다.

"문대야 나 응원봉 여기 그려주면 안 될까?"

"…그럼요. 여기요?"

"응!"

오늘만 한 열 번은 비슷한 요청을 받는 것 같다. 나는 떨떠름한 기색을 감추며 사인 옆에 응원봉 최종 버전을 그렸다. ……내가 그렸지만 뭔지 도저히 못 알아보겠다.

"어떡해! 너무 좋아……."

허술한 모습이 인간적으로 보여서 정이 가는 건가…….

'아니면 너무 못 그리다 보니 희소성이 있어서인가.'

어느 쪽이든 받는 쪽이 좋다면야 상관은 없다만, 봉이 김선달이라도 된 것 같은 기분은 피할 수가 없다.

'시간만 때운 느낌인데.'

나는 최대한 빨리 그림을 마치고 다시 물어봤다.

"다른 거 또 보고 싶은 거 없으세요?"

"헉, 그럼 설레는 말 적어줘!"

"흠, 설레는 말······."

이런 구체적이지 않은 부탁이 고민에 시간을 쓸 수 없는 환경상 제일 까다로운 것 같다. 하지만 이것도 팬사인회 한 타임 하면 두 번 이상은 듣는 말이기 때문에 슬슬 속도가 붙었다.

나는 곧바로 응원봉 아래에 글을 적어 내렸다.

[오늘 박문대의 저녁 일정 : 팬사인회에서 만난 러뷰어 생각하기]

"허어엉······."

"또 봐요."

팬분은 흐느적거리며 스탭에게 다음 자리로 이동 당했다. 이미 한 번 버텼기 때문에 이번에는 스탭도 단호해서 별수 없었으나, 어쨌든 시간 내로 만족하신 것 같긴 했다.

역시 상대와 관련된 구체적인 상황을 언급하는 게 제일 효과가 좋았다. 약간 개인적 느낌을 넣는 게 더 좋긴 한데, 도저히 20초 안에 생각날 것 같지 않아서 어쩔 수 없었다.

'저녁에 진짜 떠오를 것 같다.'

나는 목뒤를 쓰다듬으며 다음 사람을 기다렸지만, 아직 올 기미가 없었다.

"세진이는 무대 잘하는 비결 있어요?"

"음~ 누나가 좋은 점 말씀해 주시면 그걸 비결로 하면 되겠다!"

"와아악!"

큰세진이 거의 무슨 묘기처럼 대화를 잇고 있었기 때문이다. 스탭이 손도 못 쓰는 게 대단했다.

'시간이 떴군……'

이름을 부르는 카메라에 시선을 주고 있자니, 방금 건너간 팬이 선아현과 대화하는 소리가 들렸다.

"아, 안녕하세요."

"아, 네. 안녕하세요."

선아현에게 그다지 관심이 없는 사람이었는지, 목소리에 별 감흥이 없었다.

"서, 성함이 어떻게 되, 되시나요?"

"네?"

팬이 약간 당혹스러운 목소리로 되묻는 게 들렸다.

"그, 이, 이름이요…!"

선아현은 다시 한번 물었지만, 약간 더 작아진 목소리는 도리어 좀 뭉개졌다. 상대의 말투에 약간 짜증이 묻어나기 시작했다.

"잘 안 들리는데요……"

"죄, 죄, 죄송해요."

"아뇨."

"……"

느낌 안 좋은데.

이후로 선아현의 말이 없어졌다. 힐끗 보니, 그래도 사인은 하고 있다.

"안녕하세요!"

"안녕하세요."

드디어 큰세진의 말이 끝났는지 내 앞으로 다른 팬이 왔다. 아직도 큰세진과 손을 흔드는 중인 팬이 앨범을 내밀길 기다리고 있는데, 옆에서 다시 목소리가 들렸다.

"저, 이, 이거……."

"아."

선아현이 준비한 선물을 내민 모양이었다.

그리고, 약간 기분이 상한 것 같은 목소리가 거절했다.

"아, 됐어요. 괜찮아요."

"…!"

선아현 앞에 앉아 있던 팬은 그대로 자리를 떴다.

사실 그럴 수도 있는 일이다. 언제나 친절한 사람만 만나는 직업은 없다. 저 정도면 면전에서 욕 들은 건 아니니, 어쩌면 그냥 기분 좀 나쁘고 넘길 수도 있다.

문제는 X나게 감이 싸하다는 것이다.

'말더듬증, 낯선 또래, 거절.'

키워드가 아주 트리플 크라운이다. 선아현 트라우마 스위치 위에서 누가 탭댄스를 춘 수준이다.

"……."

옆을 보니, 선아현이 바짝 굳은 채로 식은땀을 흘리고 있었다.

'이런 X발…….'

저건 조금만 지체하면 들킨다. 나는 일단 선아현 손에 들린 펜을 뺏었다. 그리고 바로 포장을 뜯어버렸다.

"……!"

"이거 아현이가 준비한 선물인데, 저도 이걸로 사인해 드려도 될까요."

"와! 너무 좋지!"

나는 곧장 사인을 시작하며, 선아현을 대화에 끌어들였다.

"그리고 아현이가 누나한테 지금 제가 쓰는 것도 주고, 포장된 것도 하나 더 준대요."

"헐…?! 진짜?"

"그럼요. 맞지?"

"…네, 네!"

선아현이 정신을 차렸는지, 대답을 시작했다.

'일단 굳은 건 풀렸고.'

"어어어, 너무 좋은데, 나 왜 두 개 받아?"

"큰세진의 말을 오래 받아주셔서 감사하는 마음에 드리는 보답입니다. 저희 멤버가 말이 좀 많죠."

"야, 너무하네!"

"으하하하!"

용케 듣고 큰세진이 한번 추임새를 넣고 사라졌다. 이쯤 되니 모든 게 농담이다 싶은지, 팬분은 신나게 웃으며 펜을 챙겨갔다.

"너무 고마워~ 근데 내가 누난 건 어떻게 알았어?"

"옆에서 큰세진이 한 열 번은 말하던데요?"

"하하핫…!"

민망한 듯 웃은 그 팬분은 다행히 다음 순서인 선아현한테도 성의

껏 말을 걸고 대화를 주고받았다. 그렇게 선아현은 다음 사람이 오기 전에 안정을 되찾았다.

'일단 넘겼다.'

다행히 그날 팬사인회가 끝날 때까지 다른 이변은 없었다.

"너 괜찮아?"

"…괘, 괜찮아."

숙소에 돌아가는 차 안, 선아현의 상태는 확실히 아까보다 나아졌으나 안색은 여전히 창백했다. 그리고 연거푸 사과의 말을 중얼거렸다.

"미, 미안… 내, 내가 크, 큰일 낼 뻔, 한 거지…….."

"그런 건 아니고."

좀 귀찮은 스캔들이 될 순 있겠지만 그룹에 타격이 될 만한 일은 아니었다. 다만 이대로 가면 저놈 멘탈이 먼저 박살 날 것 같다는 점이 문제였다.

'팬싸 잡히면 또 아까 같은 상황이 올까 봐 계속 걱정하겠지.'

그러다 '근성' 특성이 비활성화라도 되는 날에는… 정말 그룹에 타격이 갈 수 있었다. 댄스 라인에 구멍이 날 테니까.

"혹시 상담받아 볼 생각은 없어?"

"……시, 시, 시간도 없고…"

"소속사에 말하면 좀 빼줄 것 같은데. 요새는 이런 문제로 아예 활동 쉬는 사람도 많아."

활동 시작하고 4주는 채웠으니 선아현이 못 해먹겠다고 나오면 어느 정도 편의는 봐줄 것이다. 그러나 선아현을 황급히 고개를 저었다.

"고, 곧 휴가 주신다니까, 그, 그때… 할게."

"……."

그거 언플용이고 한 사흘 주고 생색낼 것 같던데. 그냥 지금 받는 게 낫지 않겠냐고 말해보려는 순간 선아현이 먼저 입을 열었다.

"지, 지금은… 하기 싫어. 아, 아직 활동 중이고, 스, 스케줄, 빠지기 싫고."

단호하군. 본인이 그렇다니 일단 넘어가기로 했다. 처음 일어나는 일이기도 했으니까.

"흠… 그래. 알았어."

"으응……."

'분위기 이상하다 싶으면 그냥 선아현 부모님께 연락해 버리면 되겠지.'

음악을 틀어놓은 차 안에서 조용히 대화를 나눈 탓에 대화는 새어 나가지 않았다. 나는 팝송을 따라 부르는 차유진 목소리에서 귀마개를 사용해 도망치기로 했다.

"……."

그리고 숙소에 도착했을 때.

거실은 웬 풍선으로 가득 차 있었다.

"……?!"

"이게 무슨……."

류청우가 풍선 폭탄을 맞은 꼴인 거실을 확인하며 중얼거리다가 멈쳤다. 아마 풍선 사이사이에 돌아가는 렌즈가 보였기 때문일 것이다.

익숙한 리얼리티용 카메라가 돌아왔다.

'재촬영이 오늘부터였군.'

최근에 숙소에 붙어 있는 시간이 거의 없었기 때문에 리얼리티 카메라는 컨텐츠 뽑을 때만 짧고 굵게 있다가 빠지곤 했다. 활동이나 일상 컨텐츠는 이미 너무 우려먹어서 더 못 써먹을 수준이기도 했으니까.

하지만 이렇게 본격적인 꼴은 또 처음이었기 때문에 멤버들은 주춤주춤 거실에 진입했다.

"어어…."

"저거 봐요!"

그리고 흔들리는 풍선 속에서 대형 쪽지를 발견했다. 다만 이게 얼마나 컸냐면, 모양만 쪽지지 거실 벽의 사분지 일을 차지하고 있었다.

[특집! 테스타의 1위 기념 여행]

"어?"

"…여행?"

"여행!"

차유진이 단번에 풍선을 차며 벽에 접근했다. 공식 색으로 선정된 세 가지 팬톤 넘버에서 따온 것이 분명한 색색의 풍선들이 허공을 비상했다.

"이거 뜯어져요! 안에 무엇이 있어요!"

"유진아 조심해야지!"

"오우."

차유진은 지난번에 혼났던 것을 떠올렸는지 약간 풀이 죽은 얼굴로 얌전히 쪽지를 놓았다.

"그래, 같이 확인하자."

"네…."

굳이 이래야 할 필요가 있나 싶다만, 방송용 그림을 위해서 다 같이 쪽지를 뜯어냈다.

"하나, 둘, 셋!"

그러자 웬 거대한 룰렛이 등장했다.

'…룰렛이라니.'

단어만 들어도 플래시백이 터질 것 같았으나, 멤버들은 본격적인 여행 컨텐츠 냄새에 흥분했다.

"와! 이게 뭐야?"

"복불복?"

"여행 복불복이라고 적혀 있습니다!"

김래빈의 말대로 상단에는 크게 〈여행 복불복〉이 적혀 있었다. 그리고 밑으로 적당한 글씨로 설명이 이어졌다.

"음~ '여러분은 이 룰렛을 함께 돌려서, 이번 여행의 컨셉을 결정합니다… 1박 2일간 떠나는 테스타의 우정 여행'! 와, 진짜 본격적인데요?"

"너무 좋아요!"

"빠, 빨리 돌릴까…!?"

약간 기운이 없던 선아현까지 신나서 룰렛에 달라붙었다. 룰렛은 총

7칸으로, 칸마다 다른 테마가 적혀 있었다.

[힐링, 먹방, 어드벤처, 익스트림, 테마파크, 역사, 과일.]

"오~"
키워드는 제법 특색 있는 것들로만 채워져 있었다.
'힐링이 제일 낫겠군.'
척 보니 어디 산속에라도 가서 전원 생활하는 스케줄이다. 제일 만만하고 가사 노동 외에는 체력 소모가 없을 느낌이지.
"Adventure하고 싶어요."
"힐링 좋지."
"먹방은 완전 문대를 위해 넣으신 것 같은데?"
분량을 생각했는지 잠시 각자 취향을 피력하던 놈들은 곧 참지 못하고 신나서 룰렛에 붙었다.
"다 같이 잡고 동시에 돌리죠!"
"그러자. 문대야, 너도 얼른 이리 와!"
"…옙."
덕분에 일곱이서 다 같이 룰렛을 돌린다는 기이한 장면이 카메라에 잡혔다.
'제발 훈훈하게라도 나가라.'
나는 희망 사항을 중얼거리며 멤버들과 동시에 룰렛을 건드렸다.
"오오오~"
"돌아간다!"

'당연히 돌아가지 그럼 안 돌아가겠냐.'

어지간히 힘을 줘서 돌렸는지, 룰렛은 핑글핑글 꽤 오래 돌다가 간신히 멈춰 섰다.

"테마파크…!"

간절한 김래빈의 말이 무색하게도 원반은 테마파크의 보라색 칸을 넘어… 빨간색까지 갔다.

"어어어!"

그리고 시뻘건 빨간 칸에 전위적인 글씨체로 테마가 적혀 있었다.

[익스트림 여행]

"……익스트림?"

"아, Extreme!"

차유진이 드디어 발음의 뜻을 깨달았는지, 웃으며 두 손을 번쩍 들었다.

'차유진 마음에 들어?'

그렇게 불길할 수가 없었다.

그리고 잠시 뒤, 류청우의 스마트폰으로 제작진으로부터의 문자가 들어왔다.

[테스타의 이번 여행 테마는 익스트림~]

[극한의 즐거움을 맛보는 익사이팅 테마로 모시겠습니다! *^^*]

[※무르기 없음!]

"무, 무르기 없음…?"

"어…, 어허허……."

서바이벌로 단련된 촉이 발동했는지 멤버들의 안색이 변하기 시작했다.

"……."

나는 룰렛 앞으로 다가갔다.

"문대야?"

그리고 룰렛을 다시 돌려보았다.

빙글빙글, 열심히 돌아가던 룰렛은…… 또 익스트림 여행에서 멈췄다.

"……."

"……."

다시 돌려보았다.

빙그르르……, 툭.

……익스트림이다.

그리고 멤버들은 상황을 깨달았다.

"…!!"

"…사기잖아요!!"

…참고로 다음 날 만난 제작진은, 스케줄을 먼저 짜야 하는데 당연히 7개 전부 걸리게 둘 순 없지 않겠냐며 실실 웃었다.

'이 새끼들….'

어떻게든 여행 컨텐츠에서 시청률을 뽑아보겠다는 의지가 느껴졌다.

…정말로, 불길한 예감이 들었다.

[스케줄 때문에 늦게 확인했네요. 인기뮤직 1위 축하합니다.]

[감사합니다, 선배님.]

아침에 깨자마자 와 있는 문자에 답장하고 있자니 슬슬 어처구니가 없다. 상태 메시지에 확인 늦다고 적어놔도 계속 오는군.

참고로 상대는 VTIC의 청려다.

'이 새끼 진짜 피곤하네.'

본인도 1위 후보였던 마당에 늦게 확인했을 리가 있나. 당연히 멤버 중 누군가라도 당일에 말했을 것이다. 3주 연속 공중파 트리플 크라운이 저지됐는데 말이 안 나왔을 리가.

'일부러 꼽주려고 연락한 건 맞는 것 같은데.'

아니나 다를까 곧 답장이 왔다.

[다음에는 더 빨리 1위 하길 바라요.]

동발해서 신경 거슬리게 하지 말고 알아서 피해 가면 각자 1위 챙기고 얼마나 좋냐는 뜻이다.

[감사합니다. 좋은 하루 보내시길 바랍니다, 선배님.]

'이거 시X 무시할 수도 없고.'

일단 톡 알림은 꺼버렸다. 안 그래도 본부장 만날 때마다 X 같은데 별 새끼가 다 귀찮게 구는군.

"여! 행! 준! 비!"

"무, 문대야, 짐… 다, 다 챙겼어?"

"어. 잠시만."

스마트폰을 끄자마자 우당탕탕 소음이 울리기 시작했다.

'출발 준비 촬영이군….'

리얼리티 여행 컨텐츠의 시작이었다.

"그게 끝이야?"

"어."

"괜찮겠어?"

"그럼요."

배낭 하나 메고 오자 여기저기서 너무 짐이 너무 적지 않냐며 참견이 들어왔다.

'1박 2일인데 뭐.'

어차피 제작진 시키는 대로 가는 패키지여행이다. 옷하고 양치 도구면 된 거 아닌가.

"간식은요?"

"뭐?"

"간식은요?"

"……간식."

"네!"

"가서 사 먹자."

"네…….."

차유진 안에서 내 이미지는 간식 보급책이 된 모양이다.

'빵셔틀이라도 된 기분인데.'

고등학교 때도 달아본 적 없는 멋진 직함에 정신을 못 차리겠다.

"자, 그럼… 저희 드디어 첫 여행 갑니다~"

"와!!"

"좋은 추억을 많이 만들었으면 좋겠습니다!"

어쨌든 제작진 카메라 앞에서 오프닝은 잘했다. 속아놓고도 다들 일단 여행이라니까 들뜬 분위기가 역력했다. 데뷔 앨범 준비 때부터 지금까지 두 달쯤 쉬지 못하고 달렸으니까, 지금까지 강행군이긴 했다. 여행에 설렐 만도 했다는 거다.

다만, 그런 멤버들을 보는 제작진이 히죽히죽 웃을 때부터 이미 무슨 일이 벌어질지 짐작했어야 했다.

약 3시간 뒤.

우리는 경기도 끝자락에 있는 웬 산 아래 시골 마을에 도착했다.

"오늘의 첫 여행지에 도착한 테스타 여러분, 축하합니다!"

"와!!"

"경치가 정말 좋네요!"

좀 더웠지만, 확실히 날씨가 좋았다. 오랜만의 야외 활동에 화색이 도는 멤버들에게 PD가 확성기로 외쳤다.

"여러분의 첫 번째 익스트림 활동은… 스카이다이빙입니다!"

"…!?"

분위기가 얼어붙었다.

"저기 위에 경비행기 보이시죠?"

두두두두…….

푸른 하늘 위로 검은 비행물체가 쓱 지나갔다.

"저기 타서 뛰어내리실 거예요."

"……!!"

그리고 난장판이 되었다.

"아아아아악!!"

"이건 완전히 안전하다…… 나는 안전하다……."

"하하하하하하!"

"…중도 포기는 불가능한가요?"

"에이, 비행기까지 타서 아깝죠~ 이거 이미 돈 다 냈는데?"

"……."

강사의 느긋한 대답에 이세진의 얼굴이 푸르죽죽하게 죽었다.

'개판이군.'

그래도 제작진이 마지막 보루를 내려주기는 했다.

―정 못 뛰시겠으면 그냥 내려오셔도 됩니다. 대신, 다음 코스가 두 배!

'이거 팬들한테 욕 처먹을 것 같은데.'

누가 진짜 못 하겠다고 울기라도 하면 '왜 아이돌 리얼리티를 쓸데없이 가학적으로 만드냐'고 쌍욕 먹고 사과문 발표할 수위였다.

다만 그럴 일은 드물 것 같았다.

"자, 그럼 한 사람씩 뛰어내립니다!"

"으아아아!"

이놈들이 의외로 다 악바리기 때문이다.

그 아주사에서 아득바득 버틴 놈들이니 어쩌면 당연한 일일지도 모르겠다만, 어쨌든 구석에 처박혀서 혼자 중얼거리던 김래빈부터 신나서 발을 동동 구르던 차유진까지 모두 잘만 뛰어내렸다. 뒤에 강사가 있으니 좀 용기가 생긴 것도 한몫했을 것이다.

"자, 갑니다!"

"네, 네…!!"

선아현도 별문제 없이 쑥 뛰어내렸다.

'다음은 난가.'

얼결에 또 마지막 타자가 됐다. 아주사 깜짝 VCR이 새록새록 떠올랐다만… 이런 건 무섭지도 않지. 죽거나 다치는 것도 아닌데 뭐 어떻단 말인가. 단지 이 돈 주고 하는 의미는 잘 모르겠다.

"자~ 이거 같이 뛰어야 합니다. 심호흡하시고."

"예."

"아, 이 친구가 제일 강심장이네~ 갑시다!"

나는 심드렁한 기분으로 안전장치를 점검한 후 발을 박차고 아래로 뛰었다.

그리고 그 순간.

후우우!

사방으로 놀랍도록 새파란 창공이 펼쳐졌다.

푸른 지평선 너머로 산과 들이 끝없이 이어진다. 햇살이 눈을 찌르는데도 덥지 않았다. 바람이 소용돌이쳤다.

훅, 바람이 얼굴을 찔렀다.

"좋죠~?"

좋았다.

……생각도 못 했다.

"자, 낙하산~"

퉁, 압박감과 함께 몸이 허공에 느릿하게 멈추어 바람을 타고 움직이기 시작했다.

엄청난 해방감이었다.

"잘 타네! 이거 잡고… 이렇게 밀어봅시다!"

"……."

내가 류건우로 계속 살았다면, 과연 이런 걸 해볼 생각이나 했을까.

'절대 아니지.'

그 돈 주고 뭐 하러 하늘에서 뛰어내리냐고 했을 것이다.

그런데 지금은 하고 있다.

그리고 그런 일들이 너무 많았다. 성취, 공연, 팬, 환호……. 삶을 사는 감각이.

'……이상하네.'

상태이상이고 뭐고 아무래도 좋았다.

이상하게, 내가 박문대라는 게 마음에 들었다.

"자, 착지합니다!"

지상으로 착륙하는 순간, 먼저 내려간 놈들이 깔깔 웃으며 손을 흔들었다.

"문대까지 도착~"

…뭐 익스트림 여행, 나쁘지 않을 것 같군. 나는 웃으며 바닥에 발을 디뎠다.

내가 나쁘지 않을 것 같다고 했던가?

"자, 오늘의 두 번째 익스트림 체험! 바로~ '흉가의 초대'입니다!"

"아아아아!!"

지금 취소하겠다. 제작진 놈들은 정도를 모른다.

"전방에 보이는 건물 보이시나요?"

"예……!"

"보이긴 하는데…!"

겁 많은 걸로 인증된 몇몇 멤버들이 이미 우는 소리를 내고 있었다. PD가 신나게 확성기로 떠들었다.

"이번에 내한한 호러메이킹 전문팀이 운영하는 공포체험 세트장입니다!"

"으아아아……."

"딱 올여름만 운영해서 지금만 할 수 있는 거예요!"

이 자세한 설명은… PPL이란 뜻이다. 옆에서 음울한 얼굴로 이세진이 중얼거렸다.

"올여름만 버텼으면 되는 거였구나……."

"……."

그러게 말이다.

"그럼 여러분, 지금부터 '흉가의 초대'에 입장할 조를 나눠주세요!"

"저희가…! 조를 만드는 데 안 좋은 기억이 있어요……!"

"다 같이 입장하겠습니다!"

…그러나 당연히 씨알도 먹히지 않았고, 테스타는 입장 조를 나누기 시작했다.

…익스트림 공포체험 조는, 의외로…… 상식적인 구성으로 인원수를 묶었다.

"둘, 둘, 셋으로 나누면 되는군요."

"휴……."

일단 혼자는 아니라는 말에 겁쟁이들의 안색이 나아졌다. 특히 김래빈이.

"그, 그럼… 어떻게 나누면 될까?"

"전 청우 형과 가고 싶습니다!"

"나도!"

그리고 류청우의 주가가 갑자기 떡상하기 시작했다.

'…확실히, 이런 분야에서 특히 믿음직하긴 하지.'

류청우는 쓱 주변을 둘러보더니, 허허 웃으며 입을 열었다.

"하하, 그럼 나 포함해서… 음, 래빈이랑 문대랑 이렇게 셋이 갈까?"

"감사합니다!"

"에이~ 그러면 재미없죠! 청우 형님은 무조건 2명 조여야 재밌지!"

큰세진이 다 된 밥에 초를 치기 시작했다. 저 새끼가 진짜. 공포영화 보고 무서워하던 건 역시 다 컨셉질이 맞았던 것 같다.

"흠, 그런가?"

"그럼요!"

…그리고 큰세진에게 류청우가 설득되는 바람에, 가위바위보에서 마지막까지 이긴 사람이 조를 전부 지정해 주는 구성이 되었다.

"이야~ 이렇게 됐네."

'X발.'

거기서 큰세진이 최종까지 살아남은 게 제일 말도 안 되는 일이었다.

'보통 이런 건 말한 놈이 망하는 거 아니냐.'

큰세진은 히죽히죽 웃으면서 순식간에 조를 편성했다.

그래서 나는…….

"으아아아!!"

"나가요! 나가요!"

큰세진과 차유진이라는 미친 조합으로 흉가를 탐험하게 되었다. 나가기 전에 내 고막이 먼저 터져 나갈 것 같은 조합이었다…….

나는 가까스로 차유진에게 물었다.

"……너 공포영화는 안 무서워했잖아."

귀신은 안 무서워하고 징그러운 거에 약한 줄 알았다. 하지만 차유진은 완전히 발걸음마다 개구리를 산 채로 밟은 것처럼 튀어 오르고 있었다.

"보는 거 괜찮아요! 진짜는 싫어요! 가짜만 괜찮아요!"

"……."

'이것도 어떤 의미에서는 완전히 가짜가 아닌가…….'

하지만 이런 건… 설득할 수 있는 문제가 아니니 넘어가자. 대신 큰세진에게 물었다.

"너 대체 나 왜 골랐냐."

"뭐랄까… 양심의 부름이죠? 3명 조에 들어가고 싶은데 강심장까지 챙겨가면 형평성에 맞지 않다는 내 내면의 외침?"

"……."

"그래서 쫄보 셋의 화려한 극복기를 보여주기로 했어!"

개소리한다.

…흠, 이마에 카메라가 달려 있다는 사실을 잊지 말자.

"…일단, 움직이자."

"그래. 그러자~"

"빨리 가야 합니다……."

…최단 거리를 생각해 봐야 한다.

"근데 문대야, '수상한 징조'는 대체 어디 있을 것 같아?"

"……."

그것도 문제였다. 이 '흉가의 초대'에서 각 조가 수행해야 할 미션이 있었는데, 바로 '수상한 징조'를 발견해서 사진을 찍어오라는 것이었다. 무조건 하나 이상!

"그거 많이 발견해서 찍어오면 선물 준다고 하셨잖아! 우리도 한번 탐험해서 도전해 보자!"

"…그건 좋아요!"

차유진까지 선물과 탐험 키워드에 꽂혔는지 만용을 부리기 시작했다. 답이 없다.

"…그럼, 일단 복도를 지나서, 제일 작은 문으로 들어가자."

"오?"

제일 크고 눈에 띄는 방에 직원이 대기 중일 것 같으니까…!

"보통 이런 건 숨겨두잖아. 눈에 안 띄는 곳부터, 봐야 할 것 같다."

"와, 좋은 아이디어다~ 자 그럼 아이디어 제공자가 앞장서는 거지?"

"……."

정말 때려치우고 싶다.

하지만 맨 뒤보다야 맨 앞이 나은 것은 맞았기 때문에 차악을 선택하는 기분으로 앞에 섰다.

"그래."

"와~ 멋있어! 난 무서우니까 맨 뒤에서 가야지~"

그래도 차유진을 맨 뒤에 놓는 악수를 두고 싶지는 않았는지, 큰세진은 알아서 맨 뒤로 갔다. 리액션 분량 뽑겠다는 굳은 의지가 보였다.

"자, 그럼 출발!"

"출발!"

"……."

나는 천천히 복도에서 걸음을 옮겼다. 어두침침한 목재 건축물 내부, 퀴퀴한 곰팡이 냄새가 코를 찔렀다.

"문대야! 저기 피!"

"……!!"

욕할 뻔했다. 나는 고개만 돌려서 이를 악물고 대답했다.

"소리 좀 지르지 말아라…!"

큰세진은 순순히 미안한 표정을 지었다.

"알았어, 미안해애액?!"

"으아아아!!"

"……?!"

…정면으로 고개를 돌렸다.

웬 여자가 있다. 고풍스러운 게 한 50년 전 배경 영화에나 입을 법한 고용인 복장이었다.

근데 발이 없었다.

그리고 눈도 없었다.

피만 흥건했다.

"…갸아아아악!!!"

"허어어어으으이!! 도망쳐!"

……비명 지르는 놈들과 같이 옆방으로 뛰어들어 가면서, 나는 이 조는 이미 망했다는 것을 깨달았다.

"……."

밖으로 나오니 노을이 지고 있었다. 저 미친 흉가에서 나오는 데 한 시간이나 소요됐다는 뜻이다. 원래 25분짜리 코스였는데. 대체 방송에 얼마나 쪽팔리게 나올지 감도 잡히지 않았다…….

"……목이 아파요."

"너도? 나도."

실컷 비명을 지른 두 놈은 제작진에게 이온음료를 받아서 미친 듯이 마시고 있었다.

물론 큰세진이야 반쯤 재미로 소리를 지르던 놈이니 자업자득이며 자신의 업보다.

선아현은 예상 시간의 두 배나 쓴 오합지졸들이 신경 쓰였는지 말을 걸었다. 참고로, 선아현과 이세진 2인조는 20분 만에 사진을 세 장 찍고 출구를 찾아 나왔다.

……여러 의미로 현타가 왔다.

"괘, 괜찮았어?"

"……뭐. 그냥."

이거야말로 정말 왜 돈을 내고 하는지 알 수 없는 경험이었다.

'아니, 돈을 받아도 그래.'

최저시급 정도 받는 거라면 다신 안 들어가고 싶다.

"문대가 고생했지~ 야, 고맙다."

"감사합니다!"

카메라에 다 찍혀서 그런지 자기가 하드캐리했다고 주장하는 얼토당토않은 일은 없군. 나는 느리게 고개를 끄덕였다. 그래도 사진 찍어서 나왔으니 도망친 것보다야 훨씬 나은 상황이긴 했다.

"후우우우……."

"다녀왔습니다."

마지막 팀인 류청우와 김래빈이 35분 만에 귀환하자, PD가 또 입을 털기 시작했다.

"고생 많으셨습니다~ 이제 저녁 드셔야죠!"

"설마…… 저녁도 익스트림인가요?"

"그럼요!"

"어어어억."

카메라 없으면 폭동이 났을 텐데 카메라가 있어서 탄식 리액션만 난무했다.

하지만, 다행히 제작진도 눈치가 없진 않았는지 이쯤 해서 풀어줘야 할 타이밍이라는 걸 아는 것 같았다.

"익스트림한~ 돼지 통구이입니다!"

"허어어어억!!"

"통구이!"

얼마 지나지 않아 흉가 옆 공터에서 노릇노릇한 새끼 돼지 통 바비큐가 불 위에 돌아가기 시작했다.

'이미 다 구운 거군.'

화력을 보아하니 저 모닥불 같은 건 고기를 뜨끈뜨끈하게 유지하는 용도인 것 같았다. 어쨌든 어마어마한 비주얼에 멤버 대부분이 행복해했다. 아직도 혼이 나간 것 같은 김래빈만 빼고.

"잘 먹겠습니다~"

"감사합니다!"

보이는 것만큼 압도적인 맛은 아니었지만, 고기는 언제나 그렇듯이 맛있었다.

흉가에서 찍은 사진으로 받은 선물은… 동물 잠옷이었다.

이렇게 또 한 벌 늘어났군. 벌써 선물 받은 것만 합쳐도 다섯 벌이 넘어갔다. 어쨌든 7벌을 준 걸 보니 사실상 리얼리티 여행 중에는 멤버 모두 이걸 입고 자달라는 소리다.

'어렵진 않지.'

그래서 저녁 8시, 펜션 거실에 앉아 있는 테스타는 전부 동물 잠옷 차림이었다.

"겁 많은 세 사람이 잘해줘서 같이 입어보네."

"마음에 듭니다."

"귀, 귀엽고 좋아요."

혹시 PPL일까 봐 열심히 말하는 놈들을 보니 벌써 방송인 다 됐구나 싶다. 물론 녀석들은 앞으로의 진행도 잊지 않았다.

"이제부터는 자유시간!"

"오오우!"

그렇다. 지금부터 잘 때까지 통으로 자유시간이었으나, 진짜 자유롭게 하고 싶은 걸 하라는 뜻은 당연히 아니다. 자율적으로 컨텐츠 하나 뽑아달라는 뜻이지. 뭐… 노래방 게임을 하든, 보드게임을 하든, 그것도 아니면 각자에게 진심 어린 편지를 쓰든. 뭐라도 편하게 하는 것처럼 해달라는 거다.

"흐~ 저희 심심한데 진실게임이라도 해볼까요?"

저렇게 말이다.

"지, 진실게임?"

"응. 아까 보니까 거짓말 탐지기도 있더라고."

"그래? 그거 괜찮다."

하지만 거기서, 뭔가를 곰곰이 생각하던 김래빈이 끼어들었다.

"흠, 모처럼 놀면서 낮 시간을 보냈으니, 저녁에는 약간 생산성 있는 활동을 해보면 어떨까 합니다."

불길한 키워드에 멤버들이 퍼뜩 정신을 차렸다.

"생산성…?"

"래빈아 설마 우리 뭐 만들자는… 그런 이야기야?"

"예!"

"……."

순간 짧은 침묵이 흘렀다.

하지만 의외로 이세진이 툭 말을 던졌다.

"…뭘 만들자는 건데."

"아, 신곡입니다."

"…!? 뭐?"

"시, 신곡?"

"예. 사실 얼마 전에 작업한 곡이 있습니다! 혹시 몰라서 휴대용 녹음 장비도 챙겨왔고요."

김래빈이 신나서 자신의 가방을 가져왔다.

"…!"

그 순간, 모두가 극구 나서서 김래빈을 뜯어말리기 시작했다.

"어허, 래빈아! 이거 잘못하면 스포일러지~"

"그래. 그리고 이런 건 이번 활동 마무리하고 시작하는 게 좋을 것 같다."

"…? 그렇습니까?"

김래빈은 당황한 얼굴로 스마트폰을 내렸다. 이 반응을 전혀 예상하지 못했다는 얼굴이다.

'…저놈이 사회성은 없지만, 바보는 아닌데.'

한번 아귀를 맞춰볼까.

"신곡이라는 게 다음 앨범 타이틀 목표는 아니지."

"아, 네!"

김래빈은 그제야 감을 잡았다는 얼굴이 되었다.

"제가 만든 건 팬송용입니다!"

"……아!"

가불기가 등장했다. 여기서 '그건 좀' 같은 반응이 나오면 마치 팬들을 위한 곡을 만들기 싫다는 식의 교묘한 편집에 당할 수 있다.

물론 이제는 제작진의 편집이 아니다. 어그로의 편집을 의미한다.

[오늘 테스타 리얼리티에서 말 나오는 장면]

[괜찮다 VS 좀 그렇다 갈리는 테스타 발언]

…이런 식으로 커뮤니티에서 인기 글을 점령할 게 벌써 눈에 선했으나, 다행히 당장 큰세진이 입을 열었다.

"팬송 너무 좋은데? 꼭 만들어보고 싶었어!"

지원사격하자.

"재밌겠어. 지금 타이밍도 맞고."

"…괜찮겠지."

"조, 좋을 것 같아."

순식간에 일어난 태세전환에 김래빈은 그저 뿌듯한 표정을 지었다.

"감사합니다…!"

절대 노린 건 아니겠다만, 내가 본 중 유일하게 김래빈이 정치로 승리하는 장면이었다.

한가로운 평일 오후, 테스타의 팬들은 활동기에 쏟아진 컨텐츠를 복습하며 즐거운 시간을 보내고 있었다.

-위튜브에 뮤직비디오 해석 뜬 것 중에 이게 제일 나은 듯 (링크)
-클래식 뮤지션들의 마법소년 리액션 영상 떴다!
-혹시 빨간 야잠 입고 한 하이파이브 언제 음방인지 알려주실 분?ㅠㅠ
  ㄴ지난 주 뮤직밤이요!
  ㄴ헉 감사합니다ㅠㅠ

인기뮤직에서 VTIC을 이기고 1위를 한 뒤, VTIC 팬들과 어떻게든 싸움을 붙여보려는 어그로가 날뛰었으나 큰 문제로 번지지는 않았다. 어차피 VTIC이 국내 활동을 끝낸 뒤의 일이었기 때문에 그쪽 팬덤에서도 적당히 넘어갈 요소가 있었기 때문이다.

덕분에 비교적 평화로운 한때를 보내던 테스타의 팬들은 SNS 알림을 하나 받았다. 바로 테스타의 계정이었다.

'누구지?'

멤버들이 제법 자주 찾아오는 탓에, 팬들은 큰 긴장감 없이 그저 즐겁게 알림을 클릭했다.

[제 마음을 받아주시죠 (위튜브 링크)]

'마음을 받아?'
'……??'
'연애… 연애 관련 아니지?'
팬들은 걱정 반 혼란 반으로 링크를 클릭했고, 그 순간… 동물 잠옷을 입은 7명의 썸네일을 확인했다.
'……!!'
갑작스럽게 뜬 테스타의 동영상 아래로 제목이 보였다.

[테스타(TeSTAR) - 마법은 너]

특별히 설명문은 붙지 않아 공식적인 냄새가 덜 나는 제목이었다. 그리고 무엇보다 동물 잠옷을 입고 서 있는 테스타의 모습을 보니, 왠지 비하인드 캠 같은 귀엽고 소소한 떡밥 같았다.
'좋다~'
팬들은 적당히 기쁜 마음으로 재생을 클릭했다.
그러자 낯선 반주가 흐르기 시작했다. 전자피아노의 상쾌하고 부드러운 미디엄 템포, 그것을 배경음으로 화면에서 실내공간에 적당히 널브러져 있던 테스타가 주섬주섬 일어나더니 대형을 갖췄다.
'……??'

신곡? 커버?

당황한 팬들의 앞에 보컬이 울렸다.

－오늘은 기분이 좋아 마치
좋은 일이 일어날 것 같지

－너라면 다 괜찮아질 거야
낯설지만 어쩐지 좋을 거야

과하지 않은 좋은 멜로디와 함께 동물 잠옷을 입은 테스타가 허공으로 한번 뛰어오르더니, 안무가 시작되었다.

머리 위로 동물 귀 모양 천이 퍼덕거렸다.

'......!'

실시간으로 팬들의 외침이 SNS를 채우기 시작했다.

-리얼리티 비하인드인줄 알았으나 신곡입니다 당장 클릭해
-빠빨리 애들 계정에 있는 동영상 보세요 미쳤어
-ㅠㅠㅠㅠㅠ귀여워

춤은 기본기를 바탕으로 귀여움을 가미한 정도의 난이도였다. 하지만 동물 잠옷이라는 점에서, 그리고 카메라에 자유롭게 여러 제스처나 동작을 하는 덕에 어수룩해 보이지 않았다.

-현실은 꿈처럼 빛나고
꿈에선 멋진 내일을 꿈꿔
내일 너를 만나면
반짝이는 꿈들만 말할게

눈표범 잠옷을 입은 차유진이 꼬리를 한 손으로 붕붕 흔들며 나와서 벌스를 흥얼거리더니, 가사에 맞춰 꽃 가루를 뿌렸다.
사슴 잠옷을 입은 선아현은 그 꽃 가루 사이로 등장했다.

-잠기지 않는 내 꿈들은
현실을 박차 달리게 만들어
Reality is breathing~ Yeh
YES breathing (breathing!)
Hoo-ha! Hoo-ha!

주변의 호응 때문에 부끄러워서인지, 아니면 갑자기 튀어나온 힙합 편곡 탓인지, 선아현에게서 평소답지 않게 덩실덩실 율동 같은 동작이 나왔다.
그리고 이때쯤 팬들은 깨달았다.
'마법소년 가사잖아!'
〈마법소년〉 가사에서 따온 단어들이 쾌활하게 재조립되어 벅찬 하루의 느낌을 구성하고 있던 것이다.
그리고 동시에 모두 생각했다.

'김래빈이네.'

'이거 김래빈이다.'

달토끼 경연의 임팩트였다.

그사이, 노래는 프리코러스로 들어갔다.

─숨 가쁘게 뛰어갈게 (Umm~)

날 보면 웃어줄래?

하얀 아기백구 잠옷을 입은 박문대가 중앙으로 나오더니 다짜고짜 무릎을 꿇었다.

'……??'

그리고 마법소년 엔딩 안무의 센터인 큰세진을 따라 하기 시작했다. 당연히 개그였으나 열심히는 했다. 팬들은 포복절도했다.

-ㅋㅋㅋㅋㅋㅋㅋㅋㅋㅋㅋ

-간헐적 문대가또 상태입니다

-큰세진 뒤에서 쓰러질려고 하는데욬ㅋㅋㅋ

-문대 파트 누가 빨리 짤로 만들어줘 이건 주기적으로 봐야 됨

파트는 멤버들이 박문대를 도로 일으켜 세워서 소요 사태를 진압하는 것으로 끝났다. 그 와중에도 가사는 감미로웠다.

─변하지 않는 건 없어도

(그렇다 해도)
지금 이 순간의 마법은

−Maybe it's YOU~

마지막 프리코러스 한 마디를 떼창한 테스타는 후렴에선 멋지게 안무를 소화하기 시작했다.
까만 아기곰 탈을 쓴 큰세진이 센터였다.

−오늘은 기분이 좋아 마치
좋은 일이 일어날 것 같지
(Ooh− yeah!)

−너라면 다 괜찮아질 거야
낯설지만 어쩐지 좋을 거야

기분 좋은 가사와 큼직한 큰세진의 움직임 덕에 후렴은 속 시원하게 쭉쭉 뻗어 멋진 안무 영상 같았으나… 다음으로 나온 건 핑크색 토끼 잠옷을 입은 김래빈이었다.
언밸런스의 극치였다.

-ㅋㅋㅋㅋㅋ래빈이 핑크
-중세토끼에게 머선일이고

-하지만 너무 귀엽잖아요ㅠㅠ 래빈이 하고 싶은 거 다 해ㅜㅜ 근데 허락은 맡고 하자

당근 펜을 마이크처럼 들고 김래빈이 싱잉랩을 흥얼거렸다.

—Life is strange
가볍게 발 박차고 올라
하늘 위를 걸어보나
비가 와도 난 몰라
내 삶은

—bright, 쏟아지는 light
All right 네가 맞아
오늘 난 빛나잖아

무슨 락페스티벌처럼 동물 귀를 퍼덕이며 헤드뱅잉을 하는 테스타의 모습이 압권이었다.

-ㅋㅋㅋㅋㅋㅋㅋ
-너희가 행복하다니 나도 좋다

영상은 그렇게 계속 유머 한 통에 멋짐 한 스푼을 넣은 구성으로 진행되더니, 마지막에서는 약간 인상을 바꾸었다.

멤버들은 이제 조금 쑥스러운 듯 미소를 지으며 화면과 눈을 맞췄다. 반주 없는 멜로디가 노랫말과 함께 귓가를 울렸다.

–어제 너와의 만남이
오늘의 빛나는 꿈이 되고
내일의 마법이 된 거야
그래, 마법은 바로 너야.

영상은 테스타가 다 같이 손을 잡고 꾸벅 인사하는 것으로 끝났다.

-ㅠㅠㅠ
-아니 갑자기 이런 영상을 예고도 없이 올려줘? 이 효자 놈들
-갑자기 삶의 질이 수직상승함
-동물 잠옷 기안자가 누군지 모르겠는데 제발 한우 먹여줘

팬들은 갑자기 떨어진 신곡과 영상에 소화불량에라도 걸릴 듯이 즐거워했다. 하지만 동시에 의문을 가졌다.

-근데 이거 신곡인가?
-신곡 같음 검색해도 안 나옴
-헐 신곡을 이런 식으로 공개해도 괜찮나요?
-음싸에도 안 올라왔는데;;; 설마 소속사 실수로 올린 건 아니겠죠?
  ㄴ미친

일 못하는 소속사의 전적을 몇 번 겪어본 팬들은 갑자기 불안에 시달리게 되었다. 아무리 생각해도 이상한 일이었기 때문이다.

다행히 반 시간도 지나지 않아서 테스타의 계정에 새 글이 올라왔다.

데뷔부터 1위까지

많은 것들을 선물해 주신 러뷰어에게 테스타가 올리는 작은 선물입니다. 사랑합니다♡

'마법은 너'

Soundcloudy : (링크)

통으로 무료 공개된 팬송에 팬들이 기함했다.

-팬송이었다고?!

-설마 선물이라고 사클에 무료로 푼 거야??

-아니 얘들아 너무 고마운데 음원은 그냥 음싸에 풀어주지...ㅠㅠㅠㅠ 연말시상 성적 생각하면 이 타이밍에 이렇게 보내기 아까운데ㅠㅠ

　└심지어 곡도 너무 좋아서 더 아까워요

-언제 이런 걸 또 만들었냐 너희 잘 시간도 없어보이던데.. 그래도 고맙다 얘들아 진짜 귀엽네

팬들은 테스타의 뜬금없는 선물에 기뻐하면서도 '저거 완전 이지리스닝곡인데', '음원 사이트에 풀렸으면 쭉 올라갔을 건데' 하면서 괴로워했다.

물론 감동에 젖은 사람들이 더 많긴 했다.

-테스타가 마법이다 밈을 가수가 역으로 돌려주는 이 상황... 너무 좋다?

-인간적으로 이것만 올리고 끝내진 않겠지..? 우리 연말에 콘서트할 때.. 팬송도 안무 더 넣어서 신나게 떼창하는 거지..? 상상만 해도 기분 최고

-어떻게 1위 곡 가사를 따와서 팬송 만들 생각을 했어ㅠㅠ 역시 김래빗 천재야 1위 곡 편곡자 답지

　└김래빈 아닐 수도 있잖아요 작사에 테스타 전부 다 뜨던데요

　└ㅋㅋㅋㅋㅋ 누구 빠인지 투명하니까 제 계정에서 꺼지세요 ㅅㄱ

-다음 앨범에 수록곡으로 나오면 꼭 사야지.. 공식 앨범아트 가사 들어 있는 버전 소취

어쨌든 팬들 대부분은 행복해했고, 그걸 모니터링하는 테스타도 행복했다.

"여행까지 와서 일한 보람이 있네."

"그러게요. 급하게 찍었는데 잘 나왔네요~"

"잠옷이 좋아요."

아직도 눈표범 잠옷을 입고 있는 차유진이 싱글벙글 웃었다. 현재 시각 오후 1시 반. 익스트림 여행도 슬슬 마지막 컨텐츠를 뽑을 시간이었다.

'…솔직히 제작진에서 그럴 줄은 몰랐는데.'

사실 지난 저녁부터 오늘 오전 시간은 전부 팬송 녹음과 영상 제작에 썼다. 팬송 제작 컨텐츠에 꽂힌 제작진들이 시간을 쭉 빼줬기 때문이다. 덕분에 초안만 잡고 빠지려던 걸 대충 완성까지 시켜 버렸다.

그래도 발표는 더 늦게 할 생각이었는데, 제작진들이 회사에 설득까지 해가며 지금 풀자고 한 모양이다.

아무래도 리얼리티 홍보용으로 쓸 의도였겠지. 아마 다음 주 예고로 '그 팬송의 제작기' 같은 문구가 뜰 것이다. 그리고 실제 제작기는 다다음 주에나 본격적으로 나오는… 뭐 그런 구성 아니겠는가.

어쨌든 반응이 좋아서 다들 표정이 밝았다.

"…이제 밥 먹으러 갈까?"

"넵."

안무 연습하느라 아침을 건너뛰었다. 배가 고프긴 했다.

다행히 제작진들이 양심은 있는지 근처 맛집에 데려가 줬다. 오리주물럭집이었는데 거의 인당 3인분씩은 먹은 것 같다.

"잘 먹었습니다~"

"마, 맛있었어요."

"문대 씨, 혹시 자세한 감상평 없나요?"

"단맛과 매운맛의 균형이 좋고 육질이 좋았습니다. 그리고 밥맛이 좋아서 계속 들어갔습니다. 됐냐?"

"오~"

그리고 다음 활동은…… 계곡 래프팅이었다.

"거기 넘어진다! 조심!"

"으아아!!"

철퍽! 얼굴로 계곡물이 물 폭탄처럼 튀었다. 그 와중에도 노를 저어야 했다.

"자자, 여러분! 한 명이 실수하면 다 같이 물에 빠지는 겁니다! 서로 챙겨주면서 갑니다!"

"예… 옙!"

흔들리는 보트 위에서 물 맞으며 힘을 쓰는 것은… 노동에 가까웠으나, 멤버 몇 명은 상당히 신나 보였다. 특히 차유진과 류청우가.

"야호!"

대체 무슨 재미를 느끼는 건진 모르겠다. 다만 하나는 알겠다.

'…먹은 만큼 칼로리를 쓰라는 건가.'

어쩐지 회사가 귀띔했을 것 같은 구성이다. 나는 오리주물럭이 원흉이라는 생각을 떨치지 못한 채로 묵묵히 노를 저었다.

"예~ 팔 그렇게 움직이는 겁니다~"

공장에서 알바할 때가 떠오르는 경험이었다.

"고생하셨습니다~"

"재밌어요!"

래프팅까지 끝내고, 근처 시설에서 씻고 옷을 갈아입으니 오후가 훌쩍 지나갔다. 슬슬 촬영을 마무리할 시간이었다.

계곡 근처 경치 좋은 곳에 자리를 잡고, 카메라가 세팅되었다.

"와, 진짜…… 알차게 시간 쓰고 갑니다."

"정말 저희끼리 여행 온 것 같아서 재밌었습니다. 즐거운 시간 보내게 해주셔서 감사합니다."

진심 반, 방송용 반으로 멤버들이 웃으며 엔딩 멘트를 주고받았다.

"다, 다음에… 또, 기회가 되면, 여, 여행 같이 가면 좋겠습니다."

다만 이쪽은 완전 진심인 것 같다.

"그러게, 우리끼리 또 여행 가보자."

"찬성~"

"국외로도 가보면 좋겠습니다."

…잠깐, 다른 놈들도 그냥 진심이었나?

"그럼 저희는 또 멋진 모습으로, 팬분들을 찾아뵙겠습니다!"

"지금까지~ 테스타의 같이 살기 TEST!"

정해진 엔딩 멘트를 마친 멤버들이 열심히 손을 흔들었다. 물론 나도 그랬고.

"시청해 주셔서 감사합니다~"

"또 만나요!"

촬영은 그렇게 끝났다.

"컷! 수고했습니다~"

"예에!!"

"감사합니다!"

일단 스케줄 하나를 또 무사히 마친 덕분에 다들 얼굴이 밝았다. 아마 이번 촬영이 제법 재밌었던 것도 맞는 모양이다.

"여기 서울하고도 가깝고 좋다. 다음에 가족들하고 와도 좋겠어."

"괜찮긴 했지."

류청우와 이세진이 대화를 나누는 것을 들으며 몸에 설치된 마이크를 반납하는데, 옆에서 갑자기 매니저가 뛰어왔다.

"……?"

"래빈아, 잠깐……."

매니저는 김래빈을 데리고 근처 구석으로 갔다. 그리고 물놀이하느라 빼둔 김래빈의 스마트폰을 돌려주더니 뭐라 뭐라 작게 말을 전달했다.

그 순간, 김래빈의 안색이 새파랗게 질렸다.

"…!"

저 녀석 안색이 저렇게까지 변하는 건 처음 봤다. 각자 흩어져서 자기 볼일을 보던 멤버들 중 몇몇도 바로 알아차릴 정도였으니까.

"래빈아, 무슨 일 있어? 형, 무슨 일이에요?"

류청우가 다가가서 조용히 묻자, 매니저가 류청우까지 데리고 어디론가 빠졌다.

"……."

복잡한 개인 사정이 생기면 누가 참견하는 게 도리어 꺼려질 확률이 높았다. 류청우야 리더 감투가 있어서 괜찮다만 다른 멤버들의 참견까지 김래빈이 어떻게 생각할지는 모를 일이었다.

'일단 상황을 더 살펴본다.'

아니나 다를까 잠시 뒤 매니저는 류청우와 돌아왔다.

하지만 김래빈은 이미 사라진 후였다.

"…김래빈은요?"

"잠시만. 촬영 정리되면 이야기하자."

매니저는 주변 스탭들을 신경 쓰는 듯했다. 멤버들은 상황을 파악했는지, 입을 다물고 하던 일을 계속했다.

그리고 얼마 뒤, 제작진과 짧은 인사를 나눈 후 차에 타고서야 전말을 들었다.

"할머니가 쓰러지셨다고요?"

"그래. 그래서 바로 병원으로 갔어."

"……."

김래빈이 조부모와 사는 건 이미 알고 있었기 때문에, 멤버들의 안색이 변했다.

나는 혀를 찼다. ……마음이 안 좋았다.

'…그래도 보내는 줬군.'

그나마 활동이 마무리될 때, 하루 스케줄이 끝날쯤에 연락이 와서 군말 없이 바로 보내준 것 같다. 쓸데없는 소리 안 하고.

……잠깐.

'나쁜 소식이 이렇게 타이밍 좋게… 일어날 수 있나.'

"형, 그거 연락 언제 왔어요."

"뭐, 뭐?"

"김래빈 할머님 쓰러지신 거, 연락 언제였어요."

"……."

매니저는 약간 침통한 얼굴이었다.

"…너희 계곡 래프팅 끝날 때쯤 왔더라, 폰을 꺼서 정리해 두는 바람에…… 촬영 끝날 때야 확인했다."

"……!"

분위기가 얼어붙었다.

"그럼… 이미 래빈이가 가도."

"느, 늦었을 수도 있……."

"그렇진 않을 거야! 계속 연락이 왔었어."

매니저는 황급히 설명을 덧붙였다.

"……네."

그나마 차 안 분위기가 누그러졌다.

그 침묵 속에서 나는 매니저를 살폈다.

'설마 미리 확인했는데 말 안 했나.'

그럴 수도 있었다. 곧 촬영이 끝나니 컷은 마저 뽑고 보내보겠다고 수작 부릴 수 있었다. 어차피 김래빈이 가든 안 가든 할머님이 갑자기 쾌차할 수 있는 게 아니라고 합리화하면…….

…아니다. 너무 나갔다. 매니저든 회사든 그 정도로 윤리적으로 막 나가는 타입은 아니었다. 게다가 그랬으면 굳이 저렇게 솔직히 말을 해 주지 않았겠지.

나는 한숨을 참으며 몸을 뒤로 기댔다.

"…할머니 어떡해요."

옆에서 훌쩍거리는 소리가 들렸다. 차유진이 울적한 얼굴로 구석에 구겨져 있었다.

'직접 뵌 적이 있나 보군.'

류청우가 힘겹게 입을 뗐다.

"괜찮을 거야. 좀 있다가… 래빈이한테 연락해 보자."

"네……."

차 안의 분위기가 축 처졌다. 큰세진까지도 뭐라고 말해야 좋을지 모르겠다는 듯, 나와 눈이 마주치자 고개를 절레절레 저었다.

"흠……."

이세진은 이 분위기가 답답한지 창밖으로 고개를 돌렸다. 양손으로는 부자연스럽게 꽉 안전벨트 아래를 잡은 채로.

"……."

그렇게 우중충한 분위기에서 차가 달려 숙소로 향했다. 지난 1박 2일간의 미치도록 활기찬 일정이 거짓말 같은 엔딩이었다.

김래빈이 숙소로 돌아온 것은 자정을 넘은 새벽이었다.

"……!"

"왔냐."

몇몇 멤버들이 아직 안 자고 거실에 앉아 있었다. 다만 내일 아침에 화보 스케줄 있는 선아현, 이세진 둘은 매니저의 강권에 의해 일단 들어갔다.

'김래빈이 언제 들어올지도 모르는 상황이니까 그게 현명했다.'

그리고 그 판단이 맞았다. 지금이 새벽 3시 반이었다.

"택시 탔어?"

"⋯⋯예."

김래빈은 울었는지 얼굴이 퉁퉁 부어 있었지만, 특별히 혼 나간 것처럼 보이진 않았다.

'큰일은 아니었나 보군.'

나는 입을 열었다.

"할머님은 괜찮으시대?"

"네⋯⋯. 금방 병원에 가서, 후유증 거의 없으실 거라고."

알고 보니, 할머님은 뇌출혈로 쓰러지신 모양이다. 다행히 김래빈의 누나가 빠르게 발견해서 골든 타임 내로 처치가 끝났다고.

"다행이다⋯⋯."

"진짜, 다행이야 래빈아."

"마음고생했겠어. 힘들었지? 수고했다."

"⋯⋯감사합니다."

김래빈은 다시 울컥했는지, 눈을 세차게 비비며 거실로 들어왔다. 조촐하게 환영 겸 위로가 이어졌다.

"저녁은 먹었어?"

"⋯⋯아뇨."

"어휴."

"안 그래도 고생했을 텐데, 뭐라도 먹고 자는 게 낫겠다."

맞는 말이었다.

'…어쩔 수 없지.'

나는 한숨을 쉬고 자원했다. 이 라인업이면 내가 하는 게 제일 빨리 끝난다.

"…앉아봐. 뭐라도 데워줄 테니까."

"괜, 괜찮습니다!"

"새벽이다. 목소리 낮추고."

"예……."

상황이 괜찮은 걸 확인한 멤버들은 한결 편한 얼굴로 기지개를 켜며 일어났다.

"그럼 래빈아, 푹 쉬고. 문대는 수고~"

"예……."

"밥 다 먹고 들어가."

"고생했어."

마지막으로 차유진이 김래빈의 어깨를 두드리고 들어갔다.

내일 오후부터 또 단체 스케줄이 있었다. 일단 큰일로 번지지 않은 것을 확인했으니, 굳이 밥 먹는 애 앞에 단체로 앉아서 보고 있는 게 더 부담스러울 일이었다.

'나도 얼른 끝내고 들어가야겠군.'

나는 적당히 즉석밥과 찌개를 데워서 내놨다. 혹시 몰라서 저녁에 하나 더 시켜둔 건 현명한 판단이었다.

"자."

"감사합니다……."

나는 김래빈이 먹는 것을 확인한 후, 들어가려고 몸을 돌리다가 깨달았다.

'이 상황에서 새벽에 혼자 밥 먹는 것도 그림상 이상하지 않나.'

서럽기 딱 좋았다. 그러니 한둘은 남는 게 맞았는데… 내가 그걸 지원한 꼴이다.

'…그래도 이게 맞지.'

나는 맞은편에 앉았다.

"……."

김래빈은 조용히 밥을 먹다가, 반도 못 먹고 수저를 내려뒀다.

"…맛없냐?"

"아뇨……."

김래빈은 고개를 푹 숙이고 중얼거렸다.

"할머니, 괜찮으신 건 확인했는데……, 그래도… 기분이 이상합니다."

"……왜."

"다, 다음에 또 이런 상황이 생겼는데, 제가 또 늦게 보면, 그리고… 그때는 진짜…… 진짜면."

"……음."

"혹시 늦게 보지 않았다고 해도, 제가 공연 중에, 촬영 중에… 중단하고 가는 게 옳은 건지. 그런데 그러면… 직업적 소양이 부족한 것 같고."

"……."

"계속… 그런 생각이 끊이질 않습니다."

…그런 걱정이 들 만했다.

그리고 일에 삶이 갈리는 사람이면 누구나 가질 법한 걱정이기도 했다. 바쁘게 일하다가, 어느 날 아주 치명적인… 연락이 왔을 때, 내가 아주 중요한 일을 하는 중이면 대체 어떡하면 좋겠냐는.

문제는 김래빈이 아직 성인도 아니라는 점이다. 아직 법적으로 술도 못 마시는 나이에 이런 고민을 하게 만드는 직업 환경이 정상인지는… 모르겠다, 솔직히.

누가 너희 돈 버니까 프로지 않냐고 하면 할 말은 없다만. 저런 연락은… 겪어보지 않은 사람은 또 모르는 상황이라서 말이다.

"……."

참 어렵군. 이 새벽에 이런 말을 하게 될 줄이야.

나는 고민하다가 입을 열었다.

"내가 연락을 받았을 때는… 학원이었어."

"……!"

"수업 중이라 폰을 무음으로 바꿔둬서… 시간이 꽤 지난 후에야 봤지. 시험이 얼마 안 남았었거든."

"……."

부재중이 24건 떠 있었다.

지금도 생각하긴 한다. 학원 안 갔으면 어땠을까… 하는.

안 가고 그놈의 가족행사, 따라갔으면 뭐가 바뀌었을까 하는… 별 의미 없는 생각 말이다.

"그때 내가 너보단 훨씬 덜 바쁘고, 그냥 학생이었어. 그래서 이런… 타이밍의 문제는, 사실 운의 영역이라고 생각한다."

"……아."

"게다가 네가 평생 이런 스케줄에서 살 건 아니잖아. 경력이 더 붙으면 얼마든지 조정이 가능한 게 스케줄이다."

나는 목뒤를 쓸어내리며 말을 계속했다.

"그래도 걱정되면, 일단 가족 연락 오면 무조건 확인해 달라고 매니 저한테 말해둬. 그리고 일하다 중간에 가도 아무 문제 없어."

"···!"

"다들 그러고 살아. 욕하는 놈이 사이코패스니까 고소하고."

"······."

한참을 대답이 없던 김래빈은, 결국 고개를 끄덕였다.

"······예."

"좀 괜찮아졌냐?"

"···네!"

김래빈은 약간 더 힘 있게 대답했다. 그리고 수저를 도로 들어 올렸다. ···기운을 좀 차린 것 같아서 다행이었다.

다시 먹는 속도를 보니 5분 내로 들어갈 수 있겠다. 나는 좀 안심하며 시계를 확인했다. ···음, 들어가면 해가 뜰 것 같은데.

'낮밤이 또 뒤바뀌는군······.'

생체리듬 개박살 나는 소리가 들렸다. 휴가받으면 우선 저녁 9시에 취침해서 다음 날 9시에 깨는 패턴부터 잡아야겠다.

"저, 형."

"왜."

"뭐 하나 여쭤봐도 됩니까?"

"······해봐."

김래빈은 다 먹은 상차림을 정리하며, 조심스럽게 입을 열었다.

"기억상실증이라고 하셨던 것 같은데, 어떻게 당시 사건을 기억하고 계신지 아무리 생각해도 잘 모르겠……."

"…갑자기 자다가 기억났다."

"아, 알겠습니다."

정말 한결같은 놈이었다.

테스타의 리얼리티 여행 편은 소식 기사가 나오자마자 팬들의 환성을 불러일으켰다.

-야호! 여행!

-아테스타 리얼리티 초반에는 꿀잼이었는데 요새 꿀노잼 돼서 클립만 봤더니 드디어 제작진이 정신을 차렸다

-계곡 목격담 있던데, 막 시골에서 자기들끼리 노는 느낌으로 힐링 컨텐츠려나ㅠㅠ 기대된다

그리고 예고편이 뜨자, 이 반응은 두 배로 불어났다.

-ㅋㅋㅋㅋㅋㅋㅋㅋ미친 익스트림!

-스카이다이빙에 귀신의 집에 물놀이야? 와 진짜 알짜만 모아뒀넼ㅋㅋㅋㅋㅋ

-문대와 귀신의 집? 이건 되는 주식이다 모두 부어!!

-헐... 팬송도 이때 만들었나봐ㅠㅠ 애들 만드는 거 한 컷만 나왔는데도 너무 꽁냥꽁냥 귀엽다

-역시 래빈이 주도였네 다 같이 했다고 래빈이 후려치려던 새끼들 죽어

-밥도 잘 먹은 것 같아서 안심함

└ㅋㅋㅋㅋ이거 완전 내 반응ㅋㅋㅋ

└ㄹㅇ 혹시 밥 잘 안 줬을까 봐 걱정했는데 통돼지가 나오더락ㅋㅋㅋ

팬들은 그렇게 며칠 안 남은 리얼리티 여행 첫 에피소드를 손꼽아 기다렸으며, 동시에 다른 예능 떡밥은 없나 아쉬운 마음으로 카더라를 긁어모으기도 했다.

그 사이에 웬 인증 없는 익명 글 하나도 지나갔다.

: <일단 친해지세요> 이번 게스트 ㅂㅇㅌ 츠ㄹ랑 ㅌㅅㅌ ㅂㅁㄷ임. 츠ㄹ 섭외했는데 그쪽에서 직접 지목했어. 다들 시청률 잘 나올 것 같다고 수군거리는 중.

VTIC 청려가 박문대와 예능을 찍는다는 말이었다. 이 허무맹랑한 주장 밑에는 당연히 비웃는 반응이 주르륵 달렸다.

-? 무슨 개소리임

-잡덕 망상 잘 봤습니다

-이런 새끼가 청려랑 박문대 인사한 거 보고 절친 카더라 뚝딱 만들어내는 거지?

-캬 요새는 이런 하급 어그로에도 반응이 달리냐 세상 많이 좋아짐

팬들도 당연히 믿지 않고 넘어갔지만… 며칠 후.

[<일단 친해지세요>, 다음 게스트는 VTIC과 테스타? (단독)]
: 지난 21일 MBS 관계자에 따르면 <일단 친해지세요>는 최근 VTIC의 청려와 테스타의 박문대를 게스트로 촬영이 예정되어 있다고 밝혔다.
…….

정식으로 기사가 떴다.

-???
-뭐야 이거
-진짜야?

진짜였다.
얼마 뒤, 〈일단 친해지세요〉에서 제작한 예고 영상이 떴다.

〈일단 친해지세요〉의 예고 영상은 지난 게스트들을 주르륵 보여주

는 것으로 시작했다. 유명 배우, 희극인, 아이돌들까지…. 기라성 같은 유명인들의 출연을 보여준 후에 그 분위기의 정점을 찍는 새 게스트를 보여주는 것이다.

[이번 게스트는….]
[VTIC!]

자막 뒤로 VTIC의 수많은 기록과 활동이 지나갔다. 그리고 그중 한 멤버가 클로즈업되었다. 국제 시상식에서 수상하며 인사하는 유명한 장면이었다.

[VTIC의 리더]
[청려]
[그가 친해지고 싶은 상대는?]

직후, 새로운 화면이 나왔다.

[202×년 7월 어느 날]
[청려 : 안녕하세요. VTIC의 청려입니다.]

사복 차림의 청려가 나오는, 사전미팅 영상이었다.

[Q : 친해지고 싶은 사람의 선정 기준은?]

[청려 : 아무래도… 동료 가수분? (웃음)]

[청려 : 사실 그동안 활동에 집중하느라, 동료 가수분들도 만나본 적이 거의 없어서요.]

'워커홀릭의 비애'라는 작은 덧붙임 자막이 떴다가 사라졌다.

[Q : 딱 한 분만 들자면?]

[청려 : 어렵네요. (웃음)]

[청려 : 사실 최근에 눈여겨본 분이 있긴 한데.]

[청려 : 저랑 좀 비슷하신 것 같아요.]

다음에 나온 청려의 목소리는 '삐-' 소리로 처리되었다. 아예 입 모양도 가려진 탓에 거기서는 아무 단서도 얻을 수 없었으나… 다음 순간.

[오늘 무대 위에 빛나는 저 사람…?]

거의 모든 사람이 청려가 누굴 지목한 것인지 짐작했다. 〈아주사〉의 '바로 나' 무대가 한 사람의 부분만 클로즈업되어서 흐릿한 화질로 송출되었기 때문이다.

어차피 기사로 다 유출된 거 대놓고 힌트나 주겠다는 뜻이다.

[청려가 지목한 '비슷한 동료 가수'는 과연 누구?]

[다음 주 〈일단 친해지세요〉에서 밝혀집니다!]

그리고 댓글은 이미 스포로 점령당했다.

-박문대네
-누가 봐도 박문댄데요ㅋㅋㅋㅋ
-우와 청려님 예능 거의 안 나오던데 드디어ㅠㅠ 후배님과의 케미 기대합
니다!
-헐 존잼이겠다

베스트 댓글은 거의 이런 기조였다.

최신순으로 정렬하거나 SNS에 들어가면 또 다른 이야기를 볼 수 있
었겠지만 일반 시청자들의 기대는 어쨌든 상당했다. 대중성까지 확보
한 남자 아이돌은 드물었는데, 그중에서도 단독 예능 출연이 없던 둘
이 공중파 예능에 나오기 때문이다.

심지어 한쪽은 첫 공중파 예능이라 팬들은 완전히 들떴다.

-헉 문댕댕 단독 예능ㅠㅠㅠㅠ
-이 프로 진짜 재밌음 그리고 문대가 잘할 것 같은 타입의 프로임 기대된다
-드디어 소취 성공... 존버 1승 추가... 감개무량...
-(이미 본방 사수 중인 영혼입니다 지나가세요)

VTIC과 활동 기간이 겹치며 생겼던 갈등의 여운이나 테스타 내부
개인 팬들의 불만 어린 목소리도 분명 있었으나 대세를 잡지는 못했다.

테스타 멤버의 개인 팬들도 일단 누구든 공중파 예능을 뚫어줬으면 했기 때문이다.

그건 악성 개인 팬들도 마찬가지였다.

-소속사가 임의로 꽂은 것도 아니고 지목당한 거니까 욕은 안 박는데... 애초에 곰머가 사연팔이로 1위 해서 득보니 찝찝하긴 함ㅎ
-문대야 말아먹지만 말아라 우리 애도 나와야하니까
-곰머 예능 좋도 관심 없으니 뮤트하겠습니다 가뜩이나 그룹 계정만 있어서 계속 봐야 됨 빡침
-잉? 박문대만 공중파 예능 나옴? 우리 애도 개인 스케줄 더 잡아줘라 티원 놈들아

부정적인 여론은 수면 아래에서 이 정도로만 말이 오간 뒤, 조용히 가라앉았다.

-아~ 빨리 다음 주 금요일 됐으면 좋겠다ㅠㅠ

전반적으로 이 의견이 연예 관련 커뮤니티의 여론이었다.
그리고 이 설렘의 당사자는 지금, 불신에 가득 찬 상태로 촬영장에 들어섰다.

'이 새끼 수상한데.'

갑자기 상의도 없이 예능 게스트로 박문대를 지목했다고?

심지어 꼽주는 톡은 날리면서 이 예능 관련해서는 일언반구도 하지 않았다. 애초에 개인적으로 귀띔 줄 생각 자체가 없었다는 뜻이다. 아무래도 날 엿 먹이려는 것 같았으나, 딱 찍어서 들어온 공중파 예능, 그것도 시청률이 잘 나오는 금요일 밤 예능 섭외를 날리는 걸 회사가 오케이할 리 없었다.

덕분에 나는 현재, 스탭에게 인사 후 촬영지로 접근 중이었다.

"……."

눈앞에 거대한 목재 건축물이 보였다.

'안 좋은 기억이 떠오르는군.'

하필 목재냐. 나는 한숨을 참으며 문을 두드렸다.

"안에 누구 계시나요?"

쿵쿵쿵.

제법 강하게 문을 두드리고 있자니, 곧 살짝 문이 열렸다.

"추우실 텐데 얼른 들어오세요."

"…감사합니다."

한겨울 감성을 넣은 이 X 같은 설정 때문에 여름에 패딩까지 껴입고 있으려니 쩌 죽을 뻔했다.

분명 초대하는 쪽에서 정한다고 했으니, 그 새끼가 정했겠지. 자기는 처음부터 실내에 있으니까 상관없다 이건가. 나는 목까지 치밀어 오른 욕을 삼키며 건물 안으로 들어갔다.

그 안은… 전형적인 산장의 모습이었다. 펜션 수준은 아니고, 등산

객들이 오가며 잠깐 묵을 만한 간이시설의 느낌이 확 났다.

'…대사 칠 타이밍인가.'

나는 짐을 벗어서 구석에 두며 중얼거렸다.

"갑자기 눈보라가 쳐서 놀랐는데, 산장이 있어서 다행이었습니다."

"그렇군요. 저도 날씨 상황 보고 얼른 들어와 있었습니다."

그렇다. 현재 기본설정값이 '눈 내린 산장에서 조난 직전인 상태'다.

이 얼토당토않은 설정이 들어간 이유는 뻔하다.

이 프로그램 특색.

〈일단 친해지세요〉는 한 유명인을 섭외해서 그 사람이 지목한 유명인과 시간을 보내게 해주는 프로그램이었으나… 이런 힐링 컨텐츠야 워낙 흔했다. 그래서 적당히 신박한 요소를 하나 집어 넣어둔 것이다.

바로 극한 상황이다.

두 사람은 모종의 극한 상황에서 몸의 안위를 챙기기 위해 고립됐다는 설정이 무조건 기본값으로 들어가는 것이다. 물론 본격적으로 하는 건 아니고 일종의 콩트다. 개그와 몰입 사이에서 왔다 갔다 하는 정도.

참고로 파일럿 때 대히트한 상황은 좀비 아포칼립스 사태가 터진 아파트였다. 영린이 말랑달콤 출신 배우를 지목해서 둘이 출연했다는데, 클립 몇 개로 살펴봤을 때는 꽤 흥미로웠다.

'내가 출연하는 게 문제지.'

그것도 무슨 생각하는지 알 수 없는 초동 180만 장 아이돌과 함께 말이다.

'꼬투리만 주지 말자.'

무조건 성질 더러운 선임 다루듯이 대해서 무사히 촬영을 마치고 나가는 게 목표다.

"이런 날씨에 산행은 드문 일인데, 이렇게 만나다니 신기하네요. 아, 커피 드실래요?"

청려는 웃으며 보온병을 들어 올렸다. 다른 손에는 산장에서 찾았다는 설정인지, 낡고 촌스러운 커피잔이 들려 있었다.

"감사합니다."

나는 두 손으로 청려가 내미는 커피잔을 받아들었다. 안에서 아메리카노가 끓고 있었다.

"……."

더워 죽겠는데 긴팔에 펄펄 끓는 아메리카노라…….

입만 대는 시늉을 하고 내려놨다. 다행히 안쪽은 냉방이 팽팽 돌아가서 슬슬 겨울옷으로도 견딜 만했다.

'여기서 내가 권유할 차례였지.'

나는 입을 열었다.

"커피도 얻어 마셨는데, 혹시 괜찮으시면 저녁은 제가 대접할까요? 보존식을 좀 넉넉히 챙겨왔습니다."

"좋죠. 음… 눈보라가 아직 거세네요. 한참 기다려야 할 것 같으니 든든히 먹어둬야 할 것 같습니다."

"예."

초록 칸막이로 막아둔 창문 유리창을 슬쩍 내다보는 척하자니 이게 무슨 일인가 싶다.

'…무슨 일이긴.'

돈 받고 하는 일이다. 쓸데없는 생각 말자.

나는 구석에 던져둔 가방에 다가가 보존식을 꺼냈다. 이것도 내가 챙긴 건 아니고 제작진이 미리 챙겨준 건데······.

상표 하나가 눈에 들어온다.

[간편 무뼈닭발 덮밥]

"······."

다른 걸 꺼내자. 이제 닭발은··· 뇌절이다.

"덕분에 잘 먹었습니다."

"별말씀을요."

식사 시간은 그냥 왜 등산을 하게 된 건지 가벼운 콩트나 하면서 지나갔다.

"정리는 제가 할게요."

"···아닙니다! 이런 건 같이해야죠."

누굴 보내 버리려고 후배를 놀게 만드냐.

그렇게 남은 비닐과 용기들을 정리하고 있자니, 밖에서 굉음이 들렸다.

'콰과과광!!'

이 소리는 진짜로 넣어주는군. 솔직히 놀랐다.

"···!!"

"천둥인가?"

청려가 눈을 찌푸리더니 산장 현관 앞으로 향했다. 그리고 살짝 문을 열어보려고 했으나, 문은 열리지 않았다.

"···아무래도, 아까 그 소리가 산사태였나 봅니다. 밖에 눈이 쌓인 것 같네요."

"일단 경찰에 신고하겠습니다."

나는 구형 피처폰을 들었다. 그리고 '경찰에 신고했지만, 눈이 너무 쌓여서 오늘은 못 온다고 들은 사람' 시늉을 했다.

"이런. 그럼 일단 오늘은 이 산장에서 버텨봅시다."

"넵. 잘 부탁드립니다."

"저야말로 잘 부탁드려요."

산장에 고립된 둘.

이걸로 고지받은 기본 설정은 끝났다. 이제부터는 한두 가지 콩트용 인물 설정을 염두에 두고 자유롭게 상황을 꾸려가면 된다… 는 게 제작진의 사전 설명이었다.

그래서 난로를 찾고 창문 단속하는 웃긴 시늉을 좀 하고, 다시 거실에 앉았다.

"난로가 잘 작동이 안 되네요. 무슨 문제가 생길지 모르니 오늘은 자지 않고 버텨야겠습니다."

방송 그림을 위해 밤새 노가리나 까라는 제작진의 뜻이다.

'…뭘 해야 하나.'

이 프로그램 구성상 슬슬 '낯선 사람이라 할 수 있는' 진솔한 이야기를 해야 할 타이밍인 것 같긴 했다. 그럼 이건 하급자가 조언을 구하는 식으로 먼저 시작해야 그림에 적합하려나.

나는 고민하다가, 적당히 운을 뗐다.

"그러고 보니, 어쩌다가 오늘 등산을 하시게 되셨습니까?"

"생각을 좀 정리하고 싶었는데, 오늘밖에 시간이 없어서 이렇게 됐네요. 하하. 음, 사실 제가 가수거든요."

"예?"

청려는 쑥스러운 것처럼, 헛기침을 하며 말을 이었다.

"VTIC이라는 아이돌 그룹인데, 혹시 들어보셨을지 모르겠네요."

이 가증스러운 설정 좀 봐라. 나는 '당연히 들어봤다, 팬이다' 같은
반응 좀 해주고 내 이야기를 꺼냈다.

"저도… 최근에 데뷔했습니다."

"정말요? 후배님이셨군요. 이런 우연이 있나."

"그러게 말입니다."

정말 현실성이라고는 바늘구멍만큼도 없는 상황 설정이다. 그래도
슬슬 진지한 대화로 들어가려나 싶었는데, 턱을 문지르던 청려가 갑자
기 뜬금없는 소리를 꺼냈다.

"음… 마침 저희가 직종도 같고, 자면 안 되는 상황이니까…… 생각
나는 이야기가 있네요."

"예?"

"들어보실래요?"

여기서 싫다고 할 놈이 있겠냐?

"예. 경청하겠습니다."

"하하, 경청까지 할 이야기는 아니고… 그냥 잡담인데요."

청려가 가볍게 목재 바닥을 툭툭 두드렸다.

"혹시 아이돌 괴담 아세요? 저도 최근에 들은 건데."

"……괴담이요? 아이돌 괴담?"

"예."

…무슨 콩트 욕심이 있는 건지는 모르겠지만 일단 받아주자.

"무슨 내용입니까?"

"음, 어떤 내용이냐면……."

청려가 빙그레 웃었다.

"한 아이돌이 있었는데, 어느 날 눈을 뜨니 과거로 돌아간 거예요."

"……."

"그 아이돌은 놀라면서도, 이번에야말로 논란 없이 성공한 아이돌이 돼보자고 열심히 도전하는데……. 이게 웬걸. 자꾸 사고로 죽어서 다시 과거로 돌아가는 거죠!"

"……."

"그래서 과거에 갇힌 아이돌은 어느새 귀신이 되었다고 합니다. 녹음실을 배회하며, 성공할 것 같은 아이돌이 녹음을 하면 끼어들어서 같이 녹음을 한대요. '나도 할 수 있었는데…' 하면서."

청려가 팔짱을 꼈다.

"어때요?"

"……."

짧고 서늘한 침묵이 흘렀다.

나는 상대와 눈을 마주쳤다. 그리고 작게 중얼거렸다.

"…앞으로 녹음할 때마다 생각날 것 같은데요."

"하하!"

청려가 손을 흔들었다.

"걱정 안 해도 돼요. 사실, 그냥 제가 지어냈거든요. 녹음실 괴담을 좀 변형해 본 건데."

"……음, 그렇군요."

"근데 녹음실 괴담은 진짜 거 아시죠?"

"……!"

청려는 몇 번 웃으며 개소리를 늘어놓더니, 씻고 오겠다며 사라졌다.

"……후."

넘겼다.

나는 질린 표정을 짓지 않기 위해 노력했다.

'저거 분명 아는 놈이다.'

이 빌어먹을 상태창이나 회귀에 관해서 아는 새끼가 괴담 연막으로 날 떠본 것이다.

'어떻게 알고 있는 거지.'

확신하는 눈치는 아니었다. 직접적으로 내 상태를 확인한 건 아니라는 뜻인데… 그렇다면 배경지식이 있는 상태에서 정황만 보고 추리했다는 건가.

아니, 이것도 애매하다.

'불확실한 점이 너무 많군.'

나는 머리를 정리하는 척 이마에 식은땀을 닦아냈다. 그리고 다음 행동을 정했다.

곧 청려가 돌아왔다.

"충전식 전기포트 가져오길 잘했네요. 찬물에 적당히 섞어서 쓰세요."

"아, 정말 감사합니다."

나는 청려가 내미는 원통형 기기를 받았다. 보온병이 아니라 전기포트였다.

'어쩐지 아메리카노가 끓고 있더라니.'

쓸데없는 디테일까지 챙기느라 찬물만 나오게 만든 제작진에게 감탄하며, 나는 할 일을 했다.

'상태창.'

일단 저놈 상태창부터 확인한다. 지금까지의 경향성으로 볼 때, 특성과 상태이상에는 보통 그 인물이 어떤 인물인지 추측할 만한 힌트가 있었다.

'확인해서 손해 볼 건 없지.'

하지만 팝업이 뜨는 순간.

[이름 : 청려 (신재현)]

현재 확인이 불가능한 인물입니다.

※필요조건 : 두 번째 '진실' 확인

기대도 안 한 힌트가 들이닥쳤다.

"…!"

나는 동요를 감추기 위해 곧바로 화장실 방향으로 몸을 틀었다. 그리고 느릿하게 화장실로 이동해, 문을 닫았다.

"……."

화장실 안에는 카메라가 없었다.

"후……."

하지만 마이크는 여전히 달려 있다. 나는 혹시라도 헛소리를 지껄이지 않도록 입을 다문 채로, 다시 상태창을 확인했다.

※필요조건 : 두 번째 '진실' 확인

내가 잘못 읽은 게 아니었군.

청려의 상태창을 확인하려면 내가 보류시켜 둔 '진실' 보상을 수령하라는 뜻이다.

'재촉하는 건가.'

아니면 정말 청려 저놈이 이 사태와 결부되어 있기 때문에 요구하는 걸지도 몰랐다. 그건 마치… 게임에서 레벨 제한이 걸린 컨텐츠를 보는 것 같기도 하고.

어느 쪽이든 그럴싸해서 확신하기 힘들었다.

'…이런 불확실한 힌트로 상태이상을 다시 시작하라고?'

미친 짓이었다. 그래서 더 찝찝했다.

그냥 재촉할 목적으로 미끼를 던진 거라면 더 극단적인 수단을 쓸 수 있을 텐데, 그러진 않았으니 정말 담백한 사실일 가능성도 고려해야 했다.

저놈에게 정말 단서가 있다고 상태창이 당근을 흔들고 있는 거라면?

"……."

결정하자.

'어차피, 계속 상태이상이 뜨는 채로 살 수는 없다.'

이대로 클리어하다 보면 상태이상이 사라질 것이라는 내 추측도 엄밀히 말하자면 행복회로나 다름없었다. 그리고 이걸 아무리 미뤄도

300일이다. 그 후에는 죽이 되든 밥이 되든 보상을 수령해 상태이상을 이어가야 했다.

그렇다면.

'차라리 지금 얻어갈 수 있는 걸 얻어간다.'

이 타이밍이 지나가면 청려가 어떻게 나올지 몰랐다. 차라리 서로 탐색 중일 때 끝낸다.

'…팝업.'

[성공적 1위!]
당신은 공중파 음악방송 〈인기뮤직〉을 통해 1위에 성공했습니다!
!제한시간 : 충족 (대성공)
!상태이상 : '1위가 아니면 죽음을' 제게!
: 진실 확인 ☞ Click!

나는 천천히 손을 들어서, 'Click!'에 가져다 댔다.
그리고 지난번처럼 시야가 암전되었다.

CHAPTER
8

CHAPTER
3

차가운 바람이 부는 건물 옥상.

"……."

한 남성이 담배를 물고 있었다. 쌀쌀한 겨울바람에 밀려 연기가 흩어진다. 찬 공기에 기침이라도 할 법하건만 남자는 눈 하나 깜짝하지 않았다.

단지 형형한 안광으로 아래를 내려다보았다. 빛나는 야경이 흘렀다. 맞은편의 전광판에서 광고가 나오고 있었다.

한때 그가 찍었던 브랜드였다. 정확히는 그의 그룹이.

'어디서부터 꼬인 걸까……'

남자는 화려한 영상의 색감을 보다가, 문득 고민에 잠겼다.

잘못된 시기의 해외 진출? 시류에 맞지 않는 컨셉? 초심을 잃은 멤버들? 쓸데없는 바람만 넣는 소속사의 투자자들?

"……."

그리고 결론을 내렸다.

'처음부터 잘못됐다.'

애초에 멤버 구성부터 잘못된 것이다. 쓸모없는 구성원이 너무 많았다.

아니, 쓸모없는 게 아니라 방해가 됐다.

'내가 짰으면 이렇게 안 했어.'

그는 그제야 인정했다. 자신이 잘못 살았다.

'감성, 눈물. 그런 건 다 팔아먹을 때만 쓰는 거지.'

사람은 서면 앉고 싶고, 앉으면 눕고 싶은 것들이다. 개인 사정, 어쩔수 없는 사연… 다 입으로만 지껄이고 싸게 팔아먹는 변명일 뿐이다.

"……."

인정하고 나니 속이 후련했다. 남자는 빙그레 웃으며, 타고 남은 꽁초를 하늘에 던졌다.

그리고 그대로, 난간 아래로 떨어졌다.

덜컹.

난간을 박차는 소음과 함께, 남자는 고층 건물 아래, 도로로 떨어졌다.

하지만 남자가 정신을 차렸을 때.

"…!!"

그는 가정집 작은 방에서 눈을 떴다.

"……무슨."

그가 집어 든 구형 휴대폰 액정이 소년의 얼굴을 비췄다.

……청려가 되기 전 자신이었다.

"허억!"

나는 숨을 들이켜며 정신을 차렸다.

그리고 당장 물을 틀었다.

끼긱.

삐걱거리는 소리와 함께 찬물이 쏟아졌다. 나는 즉시 얼굴에 물을 끼얹었다.

"……"

'박문대' 때와 똑같았다. 제삼자 시점에서 남의 과거 사정 들여다보는 이 구성.

그리고… 이번 놈은 분명 청려다.

'이런 X발.'

이 새끼도 과거로 돌아왔네.

대충 짜 맞춰봐도 커리어 말아먹었다가 돌아와서 성공한 것 같다. 그쪽이야말로 웹소설 줄거리에 딱 맞는다는 생각에 실소가 나왔으나, 그보다 먼저 빡침이 올라왔다.

'그래서 상태창 확인 못 하게 막아뒀냐…!'

상태창으로 확인해 버리면 '진실' 보상이 아무 의미가 없으니 말이다.

아니, 그것보다 이게 대체 왜 보상이란 말인가.

'박문대'의 과거야 내 사정과 직접적인 연관이 있으니 떠도 그러려니 했다. 하지만 청려가 무슨 지랄을 했든 나랑 무슨 상관이 있다고 거창하게 '보상'으로 주냐.

'상태이상 관련 힌트나 줄 것이지…!'

…치밀어 오른 화는 찬물에 꽤 오래 머리를 박고 나서야 겨우 가라앉았다. 그리고 나는 겨우 합리적인 결론을 도출했다.

'…힌트를 얻을 수 있다는 뜻이겠군.'

이 이상한 초자연적 현상 경험자에게 정보를 들을 수 있다면, 확실히 사태가 어떻게 돌아가는지 이해할 수 있을 것이다. 그런 의미에서는 이 상태창이, 마치 게임을 진행하는 것처럼 차근차근 힌트를 주는 것 같긴 한데……

띠링.

['상이 아니면 죽음을']
: 정해진 기간 내로 가장 권위 있는 국내 시상식에서 신인상을 받지 못할 시, 사망
남은 기간: D-365

…또 이 지랄을 하는 걸 보면 그냥 내가 고통받길 원하는 것 같기도 하단 말이지.

'그래도 이번에는 좀 낫군.'

신인상 정도야 이변이 일어나지 않는 이상 챙길 것 같다. 저 애매한 '권위 있는' 기준이 신경 쓰이긴 하지만, 그래 봤자 후보가… 흠, 3갠 데. 객관적인 성적으로 따지면 절대 밀릴 일 없다.

요즘같이 대중성 챙기기 힘든 추세에 어떤 신인이 하반기에 데뷔해도 〈아주사〉 출신 테스타를 뛰어넘는 건 무리다.

'차라리 공중파 1위가 더 힘들지.'

나는 좀 진정한 채로 얼굴에서 물을 닦아낸 후에, 청려에게 받았던 포트를 손에 들고 화장실에서 걸어 나왔다.

"잘 썼습니다. 정말 감사합니다."

"감사는 괜찮고, 어쨌든 잘 썼다니 다행입니다."

나는 포트를 반납하고 청려의 맞은편에 앉았다. 그리고 배낭에서 주전부리를 꺼내 건넸다.

"밤새야 하는데, 괜찮으면 단 거라도 좀 드시는 게 어떨까요."

"아, 감사합니다."

청려는 바로 받아 갔지만 여는 시늉만 하고 먹지 않았다.

'관리하는 건지 경계하는 건지 모르겠군.'

나는 배낭을 뒤지는 척하며 다시 청려의 상태창을 확인했다.

이번에는 제대로 떴다.

[이름 : 청려 (신재현)]

가창 : B+ (B+)

춤 : S+ (S+)

외모 : A+ (S−)

끼 : A (A+)

특성: 감정(A)

!상태이상 : 교정(비활성화)

'미쳤나.'

무슨 스탯이 X발 고인물급이네. 특성부터 확인할 생각이었는데 저절로 눈이 갔다. 혀 씹을 뻔했다.

'하지만 잠재력 무한은 아니군.'

스탯 전부 한계가 EX이지 않을까 싶던 막연한 예상은 빗나갔다.

어쨌든 정신 차리고 원래 확인하려던 내용을 보자. 일단 특성부터.

[특성 : 감정(A)]

−가치 있는 건 드물고, 쓰레기는 널렸다.

: 인적 자원 판단력 +150%

마치 기업인 같은 재능이었다. 아까 봤던 '진실' 회상이 진실이면 죽기 전에 삶을 회상하면서 얻은 재능일 수도 있겠고.

다만 마음에 걸리는 건 특성이 하나뿐이라는 점이다.

'특성 뽑기 같은 게 없었나.'

···나와의 차이점이 꽤 선명했지만 어쨌든, 다음으로 넘어가자.

이번에는··· 상태이상.

[상태이상 : 교정 (비활성화)]

−다시 해보자.

: 실패 시, 처음으로 돌아간다

소름이 돋았다.

그리고 방금 대화를 떠올렸다.

−이번에야말로 논란 없이 성공한 아이돌이 돼보자고 열심히 도전하는데······ 이게 웬걸. 자꾸 사고로 죽어서 다시 과거로 돌아가는 거죠!

아까 지껄인 아이돌 괴담… 본인 이야기였나. 설마 '~하면 죽음을' 유의 상태이상 제거에 실패하면 상태창이 처음 생겼을 때로 돌아가는 건가.

섬뜩한 추리였다.

다만, 이 상태이상은 '비활성화' 상태였다. 그것만으로도 큰 수확이었다. 비활성화 방법이 있다는 뜻이니까.

'일단 정리는 끝났고.'

다음은 추가 조사다.

나는 짐을 내려놓고, 다시 청려를 응시했다.

"간식 확인은 끝나셨나요?"

"예. 별거 없네요."

"하하."

너 아직도 긴가민가 싶지?

역시 저 새끼, 나에 대해서 잘 모른다. 그냥 떠본 거지. 그럼 이쪽이 정보력에서 우위라는 뜻이니 이번에는 내가 떠볼 차례다.

털려라.

"음… 선배님, 혹시 제가 조언을 구해도 괜찮을까요?"

"그럼요. 제가 조언을 드릴 수 있을지는 모르겠지만… 고민이 있나요?"

"예. 다름이 아니라… 혹시, 선배님께서는 같은 팀 선배님들과 어떻게 시작하셨나요."

"…음, 시작이라면?"

나는 다 식은 커피를 가져와, 일부러 천천히 한 모금 마셨다. 그리고 느릿느릿 말을 이었다.

"저희 팀은 결성 과정이 독특했다 보니까… 확실히 그쪽에 강한 공감대가 있는 편이라고 생각하는데, 다른 그룹분들은 어떤지 궁금합니다."

"…그러세요?"

"예. VTIC 선배님께서는 어떤 과정을 통해서 함께 데뷔하게 되셨나요?"

"……."

분명 '진실' 회상에서, 이놈은 VTIC의 근본적인 실패 원인으로 '멤버'를 뽑았다.

'분명 이 새끼가 중간에 멤버를 갈았다.'

일개 연습생이 무슨 수를 썼는지는 모르겠다만, 거의 확실한 추측이다. 현재 VTIC은 튼튼하고 큰 논란 없이 탑티어로 잘만 살고 있으니까.

"음, 재밌는 질문입니다."

청려가 웃으며 내가 준 간식을 들어 올렸다. 드득. 소리와 함께 견과류가 씹혀 사라졌다. 나는 진중한 얼굴로 묵묵히 대답을 기다렸다.

자, 동요해라.

"음."

청려는 일단 말부터 흐리기 시작했다.

"어디서부터 말을 해야 할지……."

"경청하겠습니다."

나는 일부러 무릎을 꿇었다. 방송에는 하늘 같은 선배님께 조언을 구하는 신인 아이돌로 나와야 하기 때문이다.

청려는 영혼 없이 웃으며 몇 번 편하게 앉으라고 빈말을 하더니, 화제를 트는 것이 여의치 않다는 것을 확인하자 그제야 대답을 시작했다.

"저희야 소속사에서 팀으로 만나서 시작했고, 다들 성격이 좋아서 금방 친해졌죠."

그리고 뭐 데뷔 때도 다들 열심히 했다는 정석적인 대답이 이어졌다. 뻔하지만 사람들이 아이돌에게 기대하는 덕목이기도 했다.

음, 이렇게 회피하게 둘 순 없지.

"저는 지금 테스타 멤버들에게 굉장히 마음이 가는데, 청려 선배님 께서도 같은 팀의 선배님들과 처음부터 잘 맞으셨군요."

나는 얼마 안 남은 커피를 원샷 했다. 가라앉았던 부분이라 맛이 센 게 정신이 확 드는군.

"서로 아무것도 모르는 타인들이 팀으로 만나서, 다들 싸우지 않고 잘 맞은 거네요. 정말 신기하고 멋진 일입니다."

"……."

"분명히 다들 좋은 분들이시겠지만, 청려 선배님께서 리더로서 큰 역량을 발휘하신 게 아닌가 싶습니다. 정말 존경스럽습니다."

적당한 아부가 신인 같은 발언이다. 다른 멤버 후려친다고 보일 정 도로 선 넘진 않았고. 하지만 대충 무슨 뜻을 내포하고 있는지 청려에 게는 전달되었을 것이다.

'너 무슨 수 써서 입맛에 딱 맞는 놈들만 골라다가 팀 구성했지. 나 도 안다.'

…과연, 청려는 이쪽을 빤히 보고 있었다.

"그런가요."

"예."

"쑥스럽네요. 그럴 정도의 일은 아니었는데."

"아닙니다. 대단하십니다."

"그래요. 고맙습니다."

자, 이제 상황 파악했겠지.

"이런 이야기를 이런 자리에서 해보는 게 또 처음이라, 어땠는지 모르겠네요."

"큰 도움이 되었습니다. 감사합니다."

"…별말씀을요."

이 정도면 아쉬운 쪽이 누군지 알았을 것이다. 나는 그쯤에서 대화를 마무리했다.

"자, 그럼 저희 좀 편하게 있을까요?"

"넵. 감사합니다."

그 후로는 평범한 산장 조난 콩트가 계속되었다.

계속되는 산사태와 망가진 뒷방. 그리고 창고에서 찾은 라디오에서 나온 섬뜩한 뉴스까지. 흠, 나름대로 몰입해서 잘 찍은 것 같다. 나중에 본방사수 해야겠군.

그렇게 별일 없이 촬영은 다음 날 아침에 마무리되었다.

촬영이 끝나자마자 비가 쏟아지기 시작했다. 장맛비였다.

"수고하셨습니다~"

나는 꾸벅꾸벅 주변에 인사를 하며, 제작진의 권유에 따라 스마트폰을 꺼내 들었다. 그리고 영상통화를 걸었다.

뚜뚜뚜– 달칵!

얼마 안 가서, 화면에 낯익은 얼굴이 등장했다. …큰세진이다.

'왜 류청우한테 전화했는데 너부터 나오냐.'

[헐, 박문대.]

[문대 형 전화입니까?]

우당탕탕 소리가 들리더니, 곧 화면에 테스타 놈들이 가득 찼다.

혹시 누구한테든 전화하면 다 같이 나오라고 언질 준 보람이 있었다. 제작진에서 테스타도 곁다리로 몇 컷 나왔으면 좋겠다고 미리 이야기가 끝났기도 하고 말이다.

원래는 본 촬영에 넣을 생각이었는데 타이밍상 불가능했다. 아마 이건 쿠키 영상처럼 자투리 컷으로 엔딩에 들어갈 것 같았다.

[촤, 촬영 끝났어?]

"어, 이제 들어가려고."

[조심해서 와.]

[마, 맞아. 조, 조심하고……]

[오는 길에 간식 사 와라~]

"……."

비까지 오는데 별 양심 터진 부탁을 다 듣는군. 나는 무시하려다가, 카메라를 생각하며 큰세진에게 최대한 온화하게 대꾸했다.

"너나 좀 사놔라. 들어가서 좀 먹게."

[오~ 문대 잘 받아치는데? 그래!]

저쪽도 카메라를 의식했는지 대충 웃으며 넘겼다. 나는 시시껄렁한 잡담을 몇 가지 더 떠들다가, 곧 영상통화를 종료했다.

이미 매니저에게서 갑작스러운 폭우 때문에 도착까지 약간 지연된다고 문자를 받은 상태다. 아, 참고로 며칠 전에 드디어 새로 온 매니저다. 원래 내 나이보다도 어리더라.

"문대 씨, 안 들어가세요?"

"아, 선배님."

나는 말을 거는 청려에게 꾸벅 고개를 숙였다. 주변에서 스탭 몇 명이 곁눈질로 쳐다보는 것이 느껴졌다.

"매니저 형님이 늦는다고 하셔서 기다리는 중입니다."

"비가 와서 그런가 보네요. 그럼 점심시간도 늦을 텐데, 밥이라도 한 끼하고 들어가는 게 어때요?"

"그래, 문대 씨. 밥 먹고 들어가요. 원래 회식이라도 해야 하는데, 비가 와서 정리하느라 우리가 안 되네."

옆을 지나가던 작가가 끼어들어 거들었다. 그림 잘 뽑았다며 제법 칭찬하던데, 박문대에 대한 인상이 꽤 좋게 잡힌 것 같다. 일 쉽게 만들어주셔서 감사하군.

"그럼 감사히 먹겠습니다."

"그래요."

청려는 차를 가져왔고, 나는 매니저에게 사정을 설명하고 흔쾌히 허락을 받았다. 어차피 오후 스케줄이 없었던 것이다.

'끝나면 바로 들어가서 자야지.'

즐거운 상상 중에, 청려가 차를 몰고 돌아왔다. 7년 차면 자기 차 뽑을 만하긴 했다.

"타세요."

"감사합니다."

나는 곧바로 앞자리에 탔다. 툭, 문을 닫고 안전벨트를 매자, 곧바로 차가 출발했다.

그리고 청려는 더 기다리지 않았다.

"시간 낭비 안 좋아하는데. 우리 쓸데없이 재지 말고 바로 본론으로 들어갈까."

"……."

"몇 년도에서 왔지?"

"선배님부터."

"하하."

청려가 웃다가 뚝 그쳤다. …좀 정신병자 같은데?

'갑자기 반말을 찍찍 갈기다 처웃어?'

혹시라도 전방 주시를 잊지는 않는지 계속 확인해야겠다. 나는 대화와 시야 모두에 신경을 쓰기 시작했다.

어쨌든, 본인 입으로 시인한 거나 다름없는 상황이다.

"나는 이미 시점이 지나서요. 별로 쓸모가 없지. 음, 앞으로 올 미래 이야기나 좀 들어볼까 했는데."

"저도 별로 드릴 말씀은 없습니다."

"뭐?"

"공시생이었거든요."

"……."

청려는 말문이 막힌 듯이 대답이 없더니, 곧 바람 빠지는 듯한 한숨을 내쉬었다. 그리고 약간 긴장 수위를 낮춘 듯 약간 편안해진 목소리로 말했다.

"어처구니가 없네. 공시생이 무슨 아이돌을……."

"안 하면 죽잖습니까."

"아, 벌써 거기까지 알았나."

'……?'

약간 위화감이 느껴졌다.

"선배님은 언제 아셨습니까?"

"한 놈 보내 버리려다 실패하니까 죽어서 돌아가던데요."

"……어딜 보낸다고요?"

"자기 조국으로. 어차피 3년 채우자마자 공작소 차려서 튈 놈이니까."

청려가 웃으며 핸들을 가볍게 쳤다.

'차라리 내가 운전하고 싶다.'

문제는 박문대에게 면허가 없다는 점이다. 한숨 나오는 상황이 따로 없다.

…어쨌든, 방금 대화에서 확실히 느꼈다.

'이놈, 상태창을 못 본다.'

죽어서 돌아가서야 '죽는 상태이상'을 깨달았다는 걸 보니, 이놈한 테는 상태창이라는 가이드가 안 붙은 것이다.

'그래서 특성 3개를 못 채웠군.'

말 그대로 맨땅에 헤딩한 셈이다. 애초에 아이돌 출신에 본인 몸 그 대로 돌아갔다는 점에서야 나보다 유리하다만.

"어느 타이밍에 죽었지? 오디션에서 데뷔 못 하고 죽었을 것 같은데."

여기서 괜히 거짓말을 하면 도리어 말이 꼬이기 시작한다. 이놈이 눈치채고 거짓말을 섞기 시작하면 나도 곤란해지지. 사실대로 이야기 하자.

"아직 안 죽었는데요."

"……그래요? 그럼 어떻게 알았지?"

"그냥 알겠던데요. 기한 내로 업적 못 내면 죽는 거."

"……"

청려는 말없이 전방을 주시하더니, 작게 중얼거렸다.

"부럽네?"

"……"

룸미러에 눈동자만 굴려서 힐끗 나를 쳐다보는 청려의 눈이 보였다.

…솔직히 더럽게 섬뜩했다.

"지금이 딱 좋을 때잖아요. 주인공으로 사는 기분일 텐데."

"…기한 돌아올 때마다 죽을지도 모르는 게요?"

"……아, 그렇지. 이런 관점의 차이가 있겠어……. 음."

청려는 갑자기 한결 가벼운 말투로 불쑥 말을 이었다.

"그거, 일종의 페널티라고 난 생각해요."

"예?"

"해야 할 것 같은 예감이 드는 일에 실패하면 죽는 거. 솔직히 감수할 만하지 않나요. 과거로 돌아왔는데."

"……."

전혀 모르겠는데요.

이거 순 미친놈 아닌가. 방어기제 때문에 상황 합리화하느라 돌아버린 것 같은데?

하지만 청려는 의외로 상식적인 이유를 댔다. 아주 놀라운, 이유였다.

"내가 계산하기로… 기본 한 번에, 돌아온 연(年)수만큼 더해서 주어지는 것 같았거든요. 그거."

"……!"

상태이상에 끝이 있다는 뜻이다.

나는 반사적으로 청려의 상태창을 떠올렸다.

[상태이상 : 교정 (비활성화)]

'끝내서 비활성화된 거였나?'

앞뒤가 얼추 맞아들어가니, 저 말이 진실이라는 가정하에 계산해 보았다. 그럼 나는 3년을 거슬러 왔으니……

'4번. 그중에 이미 2번은 끝낸 상태다.'

희망이 반짝였다.

…물론 이놈을 얼마나 믿을 수 있는지는 또 다른 문제긴 했다. 그래도 일단 캐널 놈이 생겼다는 것에 만족하고, 다음으로 마음에 걸렸던 점을 물어보자.

"그런데, 제가 과거로 돌아온 건 어떻게 아셨습니까?"

"…아, 그냥 알겠던데요?"

"……."

일부러 내 말을 따라 하는군. 일단 나부터 불라는 뜻이다.

나는 내심 혀를 찼다.

'그래도 당장 상태창에 대해 벌써 이야기할 순 없다.'

이놈 평소에는 멀쩡하던데, 역시 이 초자연적 사태 관련해서는 좀 맛이 간 것 같다. 일단 오늘은 더 건드리지 말자.

"어쨌든, 여러 의미로 후배님 만나서 재밌었습니다. 유익한 경험이었네요."

"예, 선배님. 감사합니다."

"궁금한 거 있으면 연락하세요."

"감사합니다."

이후 적당한 한정식집에서 조용히 식사를 하고 숙소로 돌아왔다.

'…드디어.'

눈치 싸움하면서 밤을 새웠더니 더럽게 피곤했다. 현관문을 열고 들어가니, 오후 스케줄 없던 놈들이 여기저기서 튀어나와 손을 흔들고 지나갔다.

"문대 도착~"

"어때, 예능은 괜찮았고?"

"고, 고생 많았어!"

"……어 괜찮았죠, 고맙습니다."

와, 이놈들 반갑네. 얼굴 자주 보면 정이 든다더니, 매일 같이 있다 보니 편해진 모양이다.

나는 양치질 중인 큰세진을 붙잡고 물었다.

"간식은?"

"어허, 그걸 믿었니 문대야?"

당연히 아니었지. 어쩐지 분위기 타서 한번 말해봤다. 물론 결과는 예상대로였지만.

하지만 놀랍게도 큰세진은 냉장고를 가리켰다.

"확인하고 먹고 싶은 거 두 가지 골라가라~ 편의점에서 사 왔다."

"……."

예상이… 빗나갔네. 나는 어깨를 으쓱했다.

"고마워."

"별말씀을. 참, 원래 인당 세 갠데, 넌 단독 예능 잡혔으니까 하나 차 감했다?"

"……."

"하하하! 농담이야~ 농담! 원래 두 개야."

이놈 요새 좀 선 넘네?

그 순간, 스마트폰이 울렸다.

지이잉.

[VTIC 청려 선배님 : 죽을 것 같으면 연락해요 ^^]

"……."

갑자기 큰세진의 행동쯤이야 아무려면 어떤가 싶다.

'일단 이놈보다야 훨씬 낫지.'

[예, 알겠습니다. 감사합니다.]

나는 대충 답장한 뒤, 간식을 뒤로하고 씻자마자 곧장 침대로 직행했다.

"왔네."

"네. 별일 없었나요."

"없었어. …자게?"

"예. 밤을 새워서요. 커튼 좀 쳐도 될까요."

"그래."

나는 이세진과 짧게 대화를 나눈 후, 합의하에 암막 커튼을 치고 낮잠을 자기 시작했다. 저녁에 해야 할 모니터링이 있기 때문이다.

[테스타의 함께 살기 TEST! 6화]

리얼리티 여행 편 방영이 오늘이었다.

"깼어?"

"잘 주무셨습니까?"

"어. 상쾌하네."

나는 드물게 대놓고 말했다. 낮잠 푹 자고 목욕하고 나니 몸 상태가 정말로 괜찮았다.

"자, 다들 여기 보고 웃으세요~"

큰세진이 거실에 슬금슬금 모이는 놈들을 잡아다가 사진을 찍었다.

"업로드용?"

"응."

알아서 보정 잘 넣는 것 같아 참견은 안 했다. 대신 실시간 반응 모니터링을 위해 스마트폰을 꺼냈다.

'…느리네.'

보급형 중에서도 최저가를 집어왔더니 일일 사용 시간이 너무 길었는지 슬슬 말을 안 듣는다.

뭐, 지금은 바꿀 돈도 없으니 더 생각하지 말자. 어쨌든 그 스마트폰으로 본 SNS 타임라인은 본방송을 기다리는 사람들로 북적였으니까.

"아, 시작했다."

"차유진! 리얼리티 나온다!"

"네!!"

방송은 부엌에서 과자를 든 차유진이 뛰어올 때쯤 시작했다. 가장 먼저 나온 것은… 출발 준비를 하며 들뜬 테스타였다.

[류청우 : 이 정도 챙겨 가면 되려나?]

[차유진 : 여행 좋아~]

[큰세진 : 잘 다녀오겠습니다!]

[잠시 후…….]

그리고 유유히 날아가는 스카이다이빙용 경비행기 컷이 등장했다. 카메라가 쓱 내려가며, 웬 시골 바닥에서 짐을 들고 멍하니 서 있는 테스타를 비췄다.

[정PD : 저기 위에 경비행기 보이시죠?]
[테스타 : ……?]
[정PD : 저기 타서 뛰어내리실 거예요.]
[테스타 : (경악)]

넋이 나간 테스타의 위로 거대한 흰 자막이 떴다.

[이 사태의 원인?]

직후, 화면은 숙소를 비췄다.

[며칠 전 테스타의 숙소]

풍선이 널린 거실 바닥 위에 '특집! 테스타의 1위 기념 여행'이라고 적힌 거대한 쪽지가 스포트라이트 CG를 받았다.
그리고 자막도 하나 붙었다.

[※이 사태의 원인 (스포일러)]

이후로는… 테스타가 겪은 일이 별 가감 없이 나왔다.

[차유진 : 여행!]

여행이라고 잔뜩 들떠서 룰렛을 돌렸다가 익스트림이 걸리고 당황하는 모습이 유머러스하게 잘 편집되어 나왔다는 뜻이다.
물론 화룡점정은 룰렛의 조작을 눈치채는 것에서 나왔다.

[짜잔! (또) 익스트림 여행]
[짜잔! (또) (또) 익스트림 여행]
[테스타 : ?!]

인터뷰가 붙었다.

[박문대(천재 댕댕이) : 룰렛이 멈출 때 보니까 한번 튕기더라구요. 부자연스러운 것 같아서.]
[박문대(사기당한 댕댕이) : 근데 정말 맞을 줄은……. (할 말 잃음)]
[이세진(아주사에서 A 붙여줌) : 아주사에서도 조작은 안 했는데…!]

-ㅋㅋㅋㅋㅋㅋㅋㅋㅋㅋㅋㅋㅋㅋ
-이세진 말 개웃기네 아주사에서도 조작은 안 했대ㅋㅋㅋㅋ

└절절한 진심인 게 분명ㅋㅋㅋㅋ

-지금까지 훈훈했던 건 여행편에서 추진력을 얻기 위함이었던 거임

-아니 문대 진짜 능력치 극단적이네 잘하는 건 개 잘하고 못하는 건 개 못핵ㅋㅋㅋ

└못 하는 것 예시 : 공포, 그림

└이야 오늘 하나 보겠다^^

└아 귀신의 집 너무 기대돼서 미칠 것 같아

"……"

왜… 못하는 걸 기대하시는 거지.

어쨌든, 화면의 테스타는 꼼꼼하게 스카이다이빙 교육을 받고, 경비행기에 탑승했다.

[테스타 : (집중)]

이 과정에서 멤버들의 태도가 꽤 주목을 받았다.

-래빈이 염불 외우는 데욬ㅋㅋㅋㅋ

└김래빗 : 이거슨... 완전히 안전... 암튼 난 안전함......

-선아현 의외로 강심장이네 눈 하나 까딱 안 함ㅋㅋ 무서워하는 애들 이해는 못 하겠지만 위로해준다 <- 이 포인트가 진짜 웃겨ㅋㅋㅋㅋ

-하 근데 다들 이런 것도 너무 열심히 하려고 한다....... 애들아 힘들 것 같으면 꼬장부려도 돼 이거 서바이벌 아니야ㅠㅠ

└아앗… 갑자기 마음이 아파…

-류청우 뛰는 거 진짜 멋있네 홀 강사도 감탄

나야 그냥 타서 뛰었다 보니 준비 분량은 별거 없었다.

다만 착륙할 때 자막과 합성을 하나… 받았다.

[강아지 랜딩]

그리고 뛰어내리는… 까만 웰시코기가 반투명 CG로 삽입되었다.

"으하하하!!"

"강아지! 강아지!"

"……그만해라."

소파도 그만 때려라.

…리얼리티 제작진 놈들, 편집거리 없으면 적당히 강아지로 때우는 것 같은데. 대체 저런 영상 자료는 또 어디서 찾아왔단 말인가.

어쨌든, 팬들도 폭소하며 재밌어는 했다. 그래도 간혹 티벳여우 어쩌고 하는 반응이 튀어나오는 걸로 봐서는… 큰세진 이놈의 그 인터뷰 하나가 정말 오래간다 싶다.

[큰세진 : 하늘을 나는 느낌? 하하, 쉽게 할 수 없는 경험이잖아요. 전 좋았어요.]

[차유진 : 또 하고 싶어요!]

[김래빈 : 막상 뛰어내리니까 상쾌한 해방감이 있었습니다.]

화면에서는 '다짜고짜 스카이다이빙'의 충격을 수습하기 위해서인지 훈훈한 말 위주로 인터뷰가 삽입되었다.

그리고 다음은…….

[정PD : 그럼 여러분, 지금부터 '흉가의 초대'에 입장할 조를 나눠주세요!]

그놈의 익스트림 공포체험이다.

[큰세진 : 저희가…! 조를 만드는 데 안 좋은 기억이 있어요……!]
[김래빈 : 다 같이 입장하겠습니다!]

씨알도 안 먹힐 소리를 하는 테스타의 말에 팬들이 안타까워하면서도 즐거워했다.

-안 좋은 기억 드립ㅋㅋㅋㅋㅋㅋ
-아주사 PTSD를 여기서?ㅋㅋㅋ
-대체 얼마나 무서운 거얔ㅋㅋ
-아 나 이것만 기다렸잖아 얘들아 얼른 들어가렴 (팝콘)

그리고 이분들의 바람대로… 흉가를 탐험하는 테스타의 모습이 방송을 탔다.

근데 어쩐지… 우리 조 분량이 제일 많다.

'…3명이라 그런 거겠지.'

그렇게라도 생각하지 않으면 민망해서 볼 수가 없다.

[큰세진 : 으허어억!!]

[차유진 : 으아아아악!!]

[박문대 : (기절)]

기절?

'멀쩡히 잘 움직이는데 저런 자막을 붙이냐.'

떨떠름하게 화면을 보는데, 큰세진과 차유진이 박수를 치며 웃었다.

"맞아! 너 진짜 기절한 줄 알았잖아!!"

"영혼 없었어요!"

…차유진이 영혼 같은 고급 단어도 알고 있군.

"…그 정도는 아니었지."

"어? 그래?"

큰세진이 실실 웃었다.

"너 그럼 저분 쫓아올 때 했던 말 하나만 대봐."

"……."

말을… 하셨나?

"기억 안 나지? 모르지? 기절해서 그래!"

오디오 안 비는 조를 짠 자신에게 감사하라며 큰세진이 낄낄 웃었다.

"야, 저기 봐. 이제 나온다!"

"……."

고개를 돌리자 화면에서 복도를 질주하는 직원분이 보였다. …정말
로, 소리를 지르고 있다.

[Bbbirrrrrrrddd…!]

"봤지?"

큰세진이 의기양양하게 물었다.

하지만 직후, 화면의 내 양옆에서 차유진과 큰세진이 더 크게 소리
를 지르기 시작했다.

[으아아아아!!]

[※조절된 볼륨입니다.]

"……."

이놈들 때문이었잖아.

방송은 이 와중에 큰세진의 조용한 활약을 모아서 강조 편집한 뒤
내보내고 있었다.

[무서워하면서 할 건 다 함]

[어? 찾았다?]

[팀원 챙기는 큰세]

[홀로 발견]

-야 큰세진 좀 멋있는데?

-방금 보자마자 방향 트는 거 봄?

-뭐야 그냥 무서움도 즐기는 거였잖아ㅋㅋㅋ 탐색 엄청 잘하네

-유능 그 자체

-문대 완전 얼어붙었어 너무 귀여워ㅜㅜ

-울 댕댕이 짖지도 못해 완전 순둥이야

"……."

고개를 돌리자 큰세진이 활짝 웃었다.

"와, 큰세진이 탈출 시간을 줄였네? 역시 문대가 봐주는 걸로 하자!"

"……."

직업상 힘들겠지만, 딱 한 대만 저놈 주둥이를 때릴 수 있다면 좋겠다.

'흉가의 초대'는 백스토리를 방송에서 살짝 들려주며 끝냈다.

[테스타가 찍은 사진의 정체는…?]

20세기 서양의 고전적인 귀신 들린 집에 인신 공양을 합친 스토리 라인은 제법 섬뜩했다.

"아, 저래서 거기 제단이 있었구나."

"…좀 슬프네."

"……."

사람 감성은 제각각이니 넘어가자.

어쨌든 여행 1편은 돼지 통구이를 포식하는 장면으로 마무리되었다. 이런 컷에서 스탭 몫까지 챙기는 건 이제 거의 국룰이나 다름없었기 때문에, 그 장면도 훈훈하게 잘 뽑혀 나왔다.

-잘 먹어서 보기 좋다 얘들아ㅠㅠ

-와 돼지 한 마리 뚝딱 사라짐ㅋㅋㅋㅋ

-관리 안 해? 매번 고기 처먹네

　└뭐래 테스타 다 개말라인간인데

　└본인 돌이나 관리하세용

-W앱으로 먹방해줘ㅠㅠ

흠, 마지막은 고려해 볼 만한 의견이다.

'이제 리얼리티도 다음 주로 종영이군.'

7화가 사실상 끝이고, 8화는 그냥 하이라이트 모음 특별 편성으로 감독 컷 같은 부제를 달고 나오는 모양이었다.

사실 아이돌 리얼리티 대부분이 4화 내로 마무리된다는 점을 생각하면 이것도 뇌절 수준으로 길게 뺀 거긴 했다. 〈아주사〉가 최종회 막 끝냈을 때 기세에 더해서 동 시간대에 타 케이블에서 엄청난 드라마 하나가 나오는 통에 Tnet 편성이 빈 덕에 벌어진 일이었다.

'거의 활동 기간보다도 긴 것 같은데.'

이제 음악방송도 이번 주로 마지막이다. 데뷔 앨범 활동은 사실상 마무리라고 볼 수 있었다.

어쨌든 활동 마무리 기념으로 W앱이라도 잠깐 틀어봐야 하나 싶어서, 나는 침실로 돌아가서 W앱의 테스타 계정에 확인차 접속했다.

그리고 약간 놀랐다. 마지막 라이브가 바로 몇 시간 전이었다.

[시험]

그런데 영상 길이가 1분 2초였다.

'……1분?'

대체 뭘 한 건지 알 수 없었다. 별말 못 들은 거 보니 사고 난 건 아닌데, 무슨 일인지 모르겠다.

'누구지.'

일단 가장 유력한 후보는 큰세진이긴 했다. 하지만 그놈이 1분 동안만 했을 리는 없을 텐데.

나는 검은 썸네일을 클릭했다. 약간의 백색소음과 함께 어두운 화면이 출력되었다. 그리고 잠시 뒤.

불쑥 팔뚝이 화면에 가득 찼다.

[아… 이, 이렇게…….]

[어?]

[……헉!]

영상은 그걸로 끝났다.

'…선아현이네.'

딱 보니 뭘 잘못 건드려서 연습하다가 실제 라이브를 틀어버린 모양이다. 댓글을 보니 다들 귀엽다고 울고 있었다. 재정비해서 밤에 틀어줄 거라는 즐거운 추측을 하는 분도 꽤 있었다.

다만 좀 이상했다.

'음, 그놈 성격에 SNS에 장문 사과라도 올렸을 것 같은데.'

오늘 몇 번 테스타 SNS 계정에 접속했을 때는 그런 흔적도 못 본 것이다. 나는 회상을 마치고 어깨를 으쓱했다.

어차피 W라이브는 해보려고 했으니 말이나 꺼내봐야겠군. 혼자 하는 것보다는 한 셋 정도가 같이하는 편이 진행하기도 편했다. 의욕 있는 놈이 끼면 내 부담이 덜하겠지.

나는 일단 옆방으로 가서 문을 두드렸다.

"들어가도 되냐?"

"……어, 어!"

문은 금방 열렸다. 김래빈은 아직 거실에 있는지, 방에서는 선아현 혼자 있었다.

"왜, 왜…?"

근데 얘 왜 눈치를 보지? 원래도 좀 그런 타입이긴 했다만, 말 좀 걸었다고 이럴 시기는 벌써 지났다.

'그러고 보니 오늘 선아현이 말하는 걸 못 들어본 것 같은데.'

근래에는 꽤 말이 많아졌었는데 말이다. 지금 이 태도는… 태도고 말투고 순 〈아주사〉 초반 수준으로 돌아온 수준이다.

"너 무슨 일 있어?"

"아, 아니."

선아현이 꿋꿋이 부정했다. 허이고.

"너 지금 식은땀 흘리는데."

"⋯⋯!!"

"나한테 말하기 싫으면 청우 형이나 매니저 형한테라도 이야기해 봐라."

"자, 잠깐."

선아현이 여전히 식은땀을 흘리는 채로, 힘겹게 입을 열었다.

"나, 나⋯ 시, 실수를 해서."

"W라이브?"

"봐, 봤구나⋯⋯."

"어. 실수로 튼 거. 근데 뭐⋯ 아무 문제 없던데."

다들 댓글에서 즐거워한다고 말해줬으나, 선아현이 무겁게 고개를 저었다.

"그, 그거⋯ 시, 실수로 튼 거, 아냐."

"⋯?"

선아현이 침을 삼켰다.

"하, 하려고 튼 건데, 끈 거야."

"⋯⋯."

"너, 너무 무, 무서워서⋯."

침실에 무거운 침묵이 흘렀다.

잠시 후, 나는 이어진 선아현의 힘겨운 설명을 정리했다.

"그러니까… 인사라도 해보려고 틀었는데, 갑자기 무서워져서 껐다는 거지."

"……으, 응."

"음."

선아현은 죄인이라도 된 것처럼 고개를 푹 숙이고 있었다. 방문 앞 바닥에 앉아서 이러고 있으니 좀 웃기긴 하군.

"어떤 점이 무서웠는데?"

"사, 사람들이… 시, 싫어할 것 같고."

"싫으면 안 볼 텐데."

"…요, 욕했어."

"흠, 실시간 댓글에서 봤어?"

선아현이 고개를 마구 끄덕였다. 또 어떤 미친 새끼가 알람 오자마자 들어가서 개소리 지껄여 놨나 보다. 왜 이렇게 자기 인생 같아서 남 상처 주려는 놈들이 많은지 모르겠다.

'답답하군.'

어쨌든 선아현은 분명 〈아주사〉에 출연할 때도 말도 안 되는 수위의 욕을 봤었다. 그때 잘 견디다가 이번에 터진 것은… 아마도 팬사인회 때 일이 기폭제가 된 것 같았다.

'댓글이 아예 실시간으로 뜨는 것도 영향을 끼친 것 같고.'

면전에서 직접 들은 것 같았나 보다. 나는 어깨를 주무르며 말했다.

"굳이 이 직업이 아니더라도… 무조건 널 좋아하는 사람만 만날 수는 없어. 누군가는 널 싫어하겠지. 그리고 그냥 남 욕하는 걸 재밌어하는 놈도 나오고."

"……."

"당연히 기분 나쁘지. 무서울 수 있는 일이긴 한데… 그만둘 정도로 무서우면 역시 도움을 좀 받는 게 낫지 않을까 싶다."

"…!"

"상담 지금 받는 게 낫지 않겠어? 이제 활동도 마무리 단계고."

"괘, 괜찮아."

왜 이렇게 고집을 부리지. 나는 눈을 가늘게 떴다.

"너 그냥 상담을 안 받고 싶은 것 같은데."

"…소, 소용없었어."

선아현이 눈을 질끈 감았다.

"예, 예전에… 이거, 마, 말 더듬는 거, 고쳤었는데…… 다, 다시 또 이래서."

"……."

"소, 소용없어."

선아현은 고개를 푹 숙였다.

"나, 나는 계속 이렇게 살아야 되는 거야……."

"……?"

이건 또 무슨 극단적인 소린가.

"그냥 좀… 돌팔이 만난 거 아니냐?"

"…! 도, 돌팔……."

"그리고 말 더듬는 걸 꼭 고쳐야 한다는 게 아니라, 걱정이라도 덜 하면 낫지 않냐는 뜻이었고."

"……."

"못 믿겠으면 다른 애들 불러서 투표 부쳐볼까."

"…?!"

다행히 이런 거 관련해서는 별 트라우마가 없는지, 선아현의 멍한 동의 아래 설문을 조사했다.

일단 류청우.

"함부로 이야기할 수는 없지만… 어떤 일이든 재활은 꾸준히 해보는 게 좋지. 일단 결론 날 때까지는 포기하지 마. 잘 생각했네."

"……예, 예."

다음은 큰세진과 김래빈. 거실에서 팬송 댓글을 보고 있었다.

"헐, 다른 의사 당연히 만나봐야지. 회사에 말하면 아마 유명한 의사 소개해 줄걸? 다른 소속사에서 일하다 온 분들이 많아서."

"사전에 경험하신 하나의 사례로 일반화할 수는 없다고 생각합니다. 적어도 다섯 정도까지는 비교 분석해 봐야 신뢰성이 생길 것 같습니다."

"그, 그, 그런가……."

부엌에 있던 차유진은 돌팔이라는 단어를 잘 이해하지 못했다. 뜻을 설명해 준 후에 다시 물어봤다.

"돌팔이 버려요! 새 의사 선생님 만나요!"

"……."

어쩐지 일일 드라마 줄거리 요약 같았지만, 간단명료했다.

마지막으로… 침대에 누워 있던 이세진에게 물어보았다. 의외로 진중한 대답이 돌아왔다.

"…의사마다 천차만별이지. 이런 이야기하고 돈 받나 싶은 놈도 있고… 좋은 사람도 있고."

"네, 네."

"안 맞으면 빨리 바꾸는 식으로 하는 게 좋아. ……나도 길게 받아 본 건 아니지만."

그리고 머뭇거리다가, 이세진은 작게 덧붙였다.

"…잘해봐."

"…!! 예, 예!"

의외의 지원사격이었다.

자, 이걸로 조사는 끝났다. 나는 팔짱을 끼고 다시 물었다.

"어때."

선아현은 이번에는 제법 마음이 동했는지 끙끙거리며 고민하다가…… 곧, 두 주먹을 불끈 쥐고 말했다.

"……그, 그럼… 화, 활동 끝나면, 바로 말할게."

"그럴래? 그래."

"……으, 으응!"

"그렇게 너희 부모님께 보내둬라."

"어어어?!"

저러다 또 일정 다가오면 쓱 미룰 게 선했다.

나는 선아현이 자신의 부모님께 연락해서 상담 계획에 대해 알릴 때까지 자리에 앉아서 기다렸다. 선아현은 본인이 직접 말했다 보니 결국 땀을 흘리면서 문자를 보냈고, 부모님은 순식간에 답장을 보냈다.

그렇게 선아현의 상담 일정은 성공적으로 잡혔다.

"잘했어."

"어, 어어어……."

이게 대체 무슨 일인지 어안이 벙벙한 표정이다. 나는 등을 한번 두드려 주고 내 방으로 돌아왔다.

그리고 그날 저녁, 선아현의 부모님께 뜬금없는 감사 전화를 받았다. 아무래도 선아현이 내가 설득했다고 말을 한 모양이었다.

'…굳이?'

좀 민망한 일이었다.

─고마워요. 우리가… 음, 어떻게 할 수 없는 영역이 있으니까…….

약간 목이 메시는지, 몇 번 소리를 다듬는 소리가 들린 후에 다시 감사 인사가 이어졌다.

"아닙니다. 그냥 말만 꺼내본 건데요."

─그렇더라도요.

…이후 스치듯 주워듣기로는, 선아현이 재발 직후에 넌 계속 그렇게 살 거라는 식의 폭언을 몇 번 들었던 모양이다. 분명 학교였을 거라는데 내 잔고를 걸 수 있었다. 얼마 없긴 했지만.

'역시 또래 관계가 문제였군…….'

어쨌든, 나는 적당히 예의를 차려서 선아현의 부모님과 통화를 끝냈다.

참, 별일을 다 겪어본다. 나는 조용히 통화하기 위해 나온 베란다 난간에 팔을 걸치고, 여름 바람을 맞았다.

'……피곤하고, 시원하고.'

오랜만의 단체생활은 그렇게 끝나고 있었다.

마지막 음방은 큰 문제 없이 잘 마무리되었다.

"다들 반바지 좋아하시네."

"우, 움직이기 편해서, 좋았어."

나도 시원해서 좋았다.

마지막에 무릎 꿇는 동작이 있는 큰세진은 좀 다른 생각이 들었을 수도 있겠다 싶다만.

안녕하세요 러뷰어.

저는 문대 (강아지 이모티콘)

이것은 오늘의 의상입니다. (사진) (사진)

SNS에 마지막 단체 사진을 업로드하고 나니, 정말 첫 활동이 끝났다 싶다.

"내일부터 휴가구나."

"신난다~"

"오랜만에 내려갈 수 있겠습니다."

류청우의 말에 다들 들뜬 표정이 되었다. 그렇다. 소속사는 언플대로 휴가를 줬다.

딱 나흘.

'지방 사는 놈은 내려가서 밥 먹고 쉬면 땡이겠군.'

그래도 이게 어딘가 싶다. 음방 준비하면서 주워듣기로는 아예 안 주고 다음 앨범 준비시키는 놈들도 수두룩한 것 같던데.

그리고 그날 저녁에 광고 촬영을 끝마치자마자 밥도 거르고 숙소에 도착한 테스타는, 이미 준비한 짐을 들고 한 명씩 집으로 떠났다.

"그럼 다들 며칠 뒤에 뵙겠습니다~"

"뵙겠습니다!"

"건강한 모습으로 보자."

"아, 안녕……."

그 와중에도 선아현은 상담을 받으러 간다는 것이 엄청나게 신경 쓰이는지, 삐걱거리며 사라졌다.

툭. 띠리릭.

현관문이 닫혔다.

"……."

그렇게 나는 숙소에 혼자 남았다. 정말이지….

'개꿀이다.'

이 넓은 곳을 혼자 조용히 쓰면서 나흘을 보낼 생각을 하니 벌써 체력이 차는 느낌이다. 나는 안도감에 긴 한숨을 내쉬며 소파에 누웠다.

'일단 좀 누워 있다가 일어나서, 밥을 먹고… 밀린 자세한 모니터링을 해야겠…….'

…까지 생각하고, 까무룩 잠이 들었다.

그리고 그날 저녁.

거실에서 깨어난 나는 뭔가가 잘못됐다는 것을 깨달았다.

몸이 안 움직였다.

바로 〈아주사〉 첫 촬영 이후에 겪었던 그 증상이었다. 끔찍한 몸살에 걸렸단 뜻이다.

'…죽겠군.'

심지어 더 심해졌다. 뇌가 익는 것 같다.

처음에는 뭐라도 해보려 했으나 곧 그럴 상황이 아니라는 것을 깨달았다.

'어떻게 TV 보는 것도 힘드냐.'

나는 무거운 손으로 위튜브 화면이 흐르던 TV를 껐다. 청려와 함께 찍은 〈일단 친해지세요〉 1화 예고편 모니터링하려고 했는데, 뭘 본 건지 모르겠다. 머리가 지근지근 아팠다.

'…열을 재보자.'

띡.

[38.8℃]

미치겠네.

나는 체온계가 있던 통을 뒤져서 진통해열제를 찾아냈다. 그리고 일단 씹어 먹었다.

더럽게 썼다. 하지만 얼마 뒤, 통증이 약간 가셨다. 그러자 좀 더 생산적인 생각이 가능해졌다.

'…매니저도 쉬지.'

일단 회사에 연락할 정도는 아니었다. 그냥 신체에 긴장이 풀리며 과로로 축적된 문제가 터진 것뿐이다.

'일단은… 휴가 동안 몸을 정양해야 하나.'

어차피 쉬는 거야 똑같다만, 아파서 쉬는 건 그다지 즐거운 일이 아니었다. 아쉽지만 별수 없었다.

'기운이 있을 때 미리 죽을 해놓자.'

나는 대충 즉석밥으로 흰죽을 끓여놓고, 몇 술 뜬 뒤에 침대에 누워서 아직 약 기운이 있을 때 모니터링을 시작했다.

'우선… 무대 반응부터.'

뮤직밤에서 올린 컴백 무대 개인 직캠들은 벌써 꽤 조회수가 쌓였다. 아마 개인 팬들끼리 은근한 경쟁이 붙었던 것 같다.

[(MBomb직캠) 테스타(TeSTAR) 문대 MoonDae 마법소년 / 112만]

'…나도 백만 뷰 넘겼네.'

춤을 올린 보람이 있었다. 나는 희미하게 웃으며 영상을 클릭했다.

-이제 춤도 잘 추는 우리 천재 갱얼쥐 보고 가세요... 모두 문댕댕합시다...ㅠㅠ

-문대야 너 잠은 자면서 연습하는 거지?ㅠㅠ 아주사 때처럼 잠 안 자고 할까 봐 걱정된다 잘 쉬고 잘 먹으면서 해야 돼ㅠㅠ

-와 진짜 뽕 찬다 이게 바로 1위 뽕인가

-동작마다 춤멤들 디테일이 조금씩 들어 있어.. 대체 무슨 연습을 한 거야 문댕쓰...

그냥 다 같이 하다 보니 저절로 읊은 것이다. 내가 기본기가 없으니까.

그래도 기분은 좋다. 이런 맛에 워라밸이고 나발이고 일에 삶을 꼬라박게 되는 건가 보다.

흠, 영어 댓글도 꽤 있었는데, 머리가 잘 안 돌아가서 눈에 읽히질 않아 일단 다음 항목으로 넘어갔다. 이건 주기적으로 하고 있지만… 요 며칠은 다른 일들이 많아서 별로 못 했던 작업이다.

SNS에 '박문대'로 검색해 보자.

'…….'

지난번처럼 동영상과 사진, 팬아트가 쏟아졌다.

솔직히, 이렇게 많은 사람이 나한테 관심이 있다는 게 그다지 실감 나지는 않는다. 하지만 하나씩 들여다보는 재미가 있었다. 나는 천천히 타임라인을 내리면서 무슨 이야기를 하는지 살폈다.

그러다 좀 특이한 것들도 발견했다.

박문대 테스타 문대 아주사

박문대 제발 금발 다시 해 너 흑발 존나 안 어울려 제발 금발하라고! 왜 기껏 염색해놓고 흑발로 돌아왔어ㅠ 그냥 둬도 검게 자랄 머리잖아 제발 금발 해

"……."

제발 내가 검색해서 봤으면 좋겠다는 의지가 강력하게 화면을 뚫고

나왔다. 그 밑으로 왜 이런 짓을 하냐고 말리는 사람들과 싸우는 사람들이 분주했다.

"나 참."

헛웃음이 다 나왔다. 다음 앨범에는 투표라도 받아서 머리 색을 바꿔야겠다.

"다음은……."

내가 지금 입으로 말했나?

눈을 깜박거리며 스마트폰 화면을 봤다. 좀 흐릿한 것 같았다……. 머리가 아팠다. 약 기운이 훅 빠져나간 것 같다.

'X발.'

더럽게 힘드네, 진짜.

나는 몽롱한 정신으로 침대에 처박혔다. 모르겠다. 한숨 자고 나면 좀 낫겠지…….

생각은 거기서 끊겼다.

몸이 무거웠다. 아무래도 가위에 눌린 것 같다.

…목소리가 들렸다.

"…대야? 야! 박문대!!"

"……!"

순간, 정신이 확 돌아왔다. 흐릿한 시야로 아는 놈 얼굴이 보였다.

"…큰세진?"

"너 열 엄청 나는 것 같은데."

확신은 못 하겠지만, 아마도 큰세진은 기겁한 표정이었다.

나는 헛기침을 몇 번 참고 대답했다.

"…큼, 어. 약 먹었어."

"약만 먹을 게 아니라… 야, 너 병원 가라. 회사에 전화 내가 해줘?"

"……무슨 중병도 아니고… 됐어. 몸살이야."

큰세진이 혀를 찼다.

"빨리 나을 수 있는데 뭐 하러 앓아? 그냥 수액이라도 한 방 맞고 와. 처방 약도 센 거 받고."

"……."

귀찮은데 솔직히 좀 솔깃했다. 회사에서 그 정도는 내주겠지. 그래도 대기업 자회산데 이 정도는 산재 처리해 줄 거라는 기대가 있다.

그러다가 현재 상황을 깨달았다.

"아… 오늘 매니저 형 쉬는데."

"택시 부르면 되지. 대충 챙겨 입어."

"……."

택시가 선택지에 있었군.

나는 전화 통화를 마치는 큰세진을 바라보다가, 겨우 이성적인 의문점을 도출했다.

"너 근데 왜 여기 있냐."

"받을 게 있어서 잠깐 회사 오면서 들렀어. 나 집 근처잖아."

회사에서 받을 게 있다고?

"뭘 받는데."

"그게 지금 중요하냐? 됐고 옷이나 갈아입자. 택시 곧 온댄다."

"······어."

나는 느릿느릿 일어나서 땀에 전 티를 벗어 던지고 대충 후드를 꺼내 입었다. 으슬으슬해서 덥진 않았다.

"도와줘?"

"됐다."

대충 이러고 가면 되겠지. 얼굴 가리게 마스크만 쓰면······.

"자, 쓰시고."

"······."

귀신같이 알아채네. 나는 마스크를 귀에 걸며 순순히 인정했다.

"고맙다."

"알면 됐다. 나한테 잘해."

큰세진은 고개를 절레절레 흔들다가, 스마트폰을 확인했다.

"아, 택시 근처라신다. 내려가자."

"어. 정문으로 가면 되냐?"

"그쪽으로 불렀어. 따라와."

"······?"

대충 보니 배웅해 주겠다는 게 아니라 같이 가주겠다는 느낌인데 이거.

"그냥 나 혼자 살짝 갔다 올게."

"혼자 살짝 가다가 혹시 쓰러지면 어떤 기사가 날지 상상해 보렴."

"······."

패배를 인정한다.

"가자."

"그래."

나는 입 다물고 큰세진을 따라 내려가서 택시를 탔다.

가물거리는 정신으로 멀미를 참고 있자니, 얼마 안 가서 병원에 도착했다.

"훨씬 낫지?"

"그러네."

나는 선선히 수긍했다. 수액에 대체 뭐가 든 건지는 모르겠지만, 색이 다른 두 팩을 맞고 나니 컨디션이 확 나아졌다. 이제 그냥저냥 참을 만한 몸살 같다.

큰 병원인 데다가 위치상 연예인이 제법 오는지 조용히 끝난 것도 아주 괜찮았다.

"가서 밥 먹고 약 먹으면 되겠네. 캬, 이런 친구 또 없다."

"그래. 고맙다."

"…별말씀을."

큰세진은 어깨를 으쓱거리며 숙소 현관문을 열었다. 그러자 눈앞에 가득 쌓인 상자 더미가 나타났다.

"……!"

그냥 택배 상자가 아니다. 아이보리색 포장지에 진녹색 리본이 감겨 있는, 규격 다른 이 상자들은…….

"아, 벌써 옮겨주셨네."

"……."

나는 태연한 큰세진에게 조용히 물었다.

"…너 생일이냐?"

"어? 아, 문대라면 검색하면서 봤겠구만~"

큰세진이 찡긋 웃었다.

"맞아. 내 생일 모레야. 8월 1일."

"……."

회사에 받을 게 있다는 게 저 선물 더미였나 보다.

'…생일 일주일 전부터 호들갑 떠는 놈인 줄 알았는데.'

입도 벙긋 안 할 줄은 몰랐다. 사실 며칠 전에 스치듯이 SNS에서 본 걸 기억해 내지 못했다면, 저 선물 더미도 데뷔 기념 서포트려니 하고 지나갈 뻔했다.

어쨌든, 생일 당사자는 태연했다.

"생일이 휴가 중간에 지나가니까~ 인증 샷부터 먼저 찍어두려고 했지. 이런 건 또 당일에 바로 봐야 기분이 좋잖냐."

"그건 그렇지, 그리고… 일단 축하한다."

"그래~ 생일에 감동적인 축하 톡이랑 기프티콘 보내줘. 치킨 정도로 만족해 드림."

나는 피식 웃었다.

"…오늘 네가 치킨값은 했지."

"…! 문대 이것까지 들으면 두 마리도 딜해볼 수 있겠는데?"

"뭐?"

큰세진이 씩 웃더니, 부엌으로 걸어 들어가서 웬 냄비 하나를 들어 올렸다.

"이거 갈비찜이다?"

"……갈비?"

갑자기 어디서 그게 튀어나왔냐.

"내가~ 숙소에 혼자 있을 친구가 걱정되어서~ 내 생일상에서 빼 왔다는 거 아니냐!"

"…!!"

"막… 감동이 흘러넘치지 않니? 휴가 중에 팀메이트를 위해 갈비를 가져온 큰세진… 크, 어디 나가면 미담으로 말해라."

"……."

"고마워서 말문이 막혔구나? 괜찮아. 그럴 수 있지."

큰세진은 손을 흔들며, 도로 현관으로 향했다.

"나 돌아가 볼 테니까, 휴가 동안 건강 관리 잘해라. 갈비찜 꼭 데워 먹고."

"…선물 인증 샷 찍어줘?"

"하하, 됐네요. 아픈 놈이 무슨. 나 회사에서 이미 찍었어."

큰세진은 '또 아프면 병원 다시 가'라는 충고를 남기고 그 길로 사라졌다.

"……"

'이런 일도 다 겪어보는군.'

아플 때 누구랑 같이 있어본 적도 별로 없고, 대체로 귀찮은 일만 늘었기 때문에 이번 건 제법 새로웠다.

'도와주는 사람이 있으니까 편하네.'

…돌아오는 큰세진의 생일에는 정말 치킨이라도 보내야겠다. 내 휴일에 그 정도 값어치는 있지.

'자, 그럼 약 먹고 다시 모니터링을……'

드르륵.

스마트폰에 톡이 도착했다.

[선아현 : 문대야 휴가 잘 보내고 있니? 난 첫 상담을 이제 끝냈어. 좋은 분이신 것 같아서 이번에는 정말 열심히 도전해 보려고 해. 너한테 꼭 고맙다는 연락을 해야 할 것 같아서 문자를… (더보기)]

"……"

이건… 변한 게 없군. 그래도 단체방에 안 올린 게 어디냐 싶다.

더 보기를 눌러줬다. 요약하자면 고맙고 휴가 동안 혹시 놀러 올 생각 없냐는 말이다.

'없다.'

나는 '상담 잘 받은 건 축하하고 난 몸이 안 좋아서 쉬려고 한다'는 내용으로 답장을 보냈다. 그리고 소파에 폰을 던져두고 약을 먹고 오니 장문 문자가 5통으로 증식해 있었다.

'아니.'

게다가 단체방에 알림이 더럽게 많이 떴다. 확인해 보니 벌써 큰세진이 그룹 단체방에 오늘 일어난 일을 다 떠들어둔 모양이다.

[차유진 : 건강해요 형! (우는 기본 이모티콘)]

[류청우 : 일하다 쉬니까 그랬나 보다. 혹시 너무 힘들면 연락해.]

[김래빈 : 할아버지가 홍삼 주셨는데 숙소 복귀할 때 가져갈까요?

(흐릿한 물통 사진)]

　[큰세진 : 나도 줘 (폭소하는 이모티콘)]

　…이런 식의 대화가 몇십 개 쌓인 것이다.

　"……허."

　이쯤 되니 나 혼자 있는 게 아니라 이놈들이 어디 옆방쯤 있는 것 같다.

　'그래도 고맙긴 하네.'

　쉬는데 귀찮게 무슨 연락이냐고 할 법도 한데 말이다.

　심지어 이세진에게도 톡이 왔다. 물론 단체방은 아니었지만.

　[이세진A : 몸 괜찮아?]

　나는 먼저 온 순서대로 차근차근 답변을 달았다.

　일단 선아현에게는 '몸은 잘 낫는 중이고 네가 눈치 없이 놀자고 권유했다는 생각은 전혀 안 들었으니 걱정 마라'는 내용을 보냈고, 이세진에게도 적당히 괜찮다고 보냈다.

　마지막으로 단톡에도 같은 내용을 올렸다.

　[병원 갔다 와서 괜찮아졌습니다. 다들 휴가 잘 보내세요.]

　그러자 확인한 사람들의 오케이 이모티콘들로 화면이 가득 찼다. 뭐… 피드백이 빠르고 긍정적이니 좀 유쾌했다.

　'이제 밥이나 먹자.'

　나는 어깨를 으쓱하고 갈비찜과 즉석밥을 데웠다.

　갈비찜은 꽤 맛있었다.

박문대가 컨디션을 회복하며 조용히 휴가를 마무리했을 때, 테스타의 팬들은 SNS에 올라온 테스타의 휴가 소식들을 보며 즐거워하는 중이었다.

-아현이ㅋㅋㅋㅋ 수세미 뜨기 시작했대 귀여워...너무 귀여워...! (반쯤 뜬 수세미 사진)

-오늘의 래빈이: 할아버님과 초당옥수수를 먹었습니다...

에어컨 밑에 앉혀서 신비복숭아 초당옥수수 배 빵빵해질 때까지 먹여주고 싶다 진짜

-청우가 찍어서 올려준 곳 어딘지 아시는 분?ㅠ 산인 것 같은데 이 여름에 산을 올랐니 청우야..? 그것도 휴가 때..?

특히, 큰세진은 자신의 생일날을 전후로 온갖 사진과 동영상을 푸는 통에 떡밥이 넘쳤다.

그 중 가장 인기 있던 것은 TV에서 흘러나오는 자신들의 〈Hi-five〉 음악방송 무대 소리에 맞춰 립싱크를 하는 테스타의 짧은 영상이었다. 물을 마시거나 책을 읽는 등 일상적인 행동을 하며 거실을 지나가던 테스타가 괜히 흥을 타서 남의 파트를 따라 하고 지나가는 것은 만 단위의 공유를 타며 화제가 되었다.

-아니 왜 리얼리티보다 여기서 더 친해 보이냐고ㅋㅋㅋㅋ

-나 진짜 배우세진이도 장단 맞춰줄 줄은 몰랐다... 그것도 차유진 랩 파트

에...ㅋㅋ

-서로 많이 편해진 것 같아서 마음이 뜨듯해짐... 흑흑... 테스타 꼭 연장해... 100년해...

그리고 리얼리티 여행의 마지막 편까지 방영되며, 팬들은 테스타의 데뷔 활동이 잘 마무리된 시원섭섭한 여운을 느끼고 있었다.

다만, 딱 한 멤버의 팬들에겐 여운은 아직 즐기긴 일렀다. 바로 〈일단 친해지세요〉 본방송을 코앞에 둔 박문대의 팬들이었다.

-드디어 오늘이 왔다.

-문대ㅠㅠ 예능ㅠㅠ 넘치는 분량ㅠㅠ

-이게 뭐라고 나 어제 긴장해서 잠을 못 잤어...

-예고편 보니까 탈출한 살인범이랑 괴담 이야기 나오던데 우리 문대 아닌 척 겁먹어서 선배님 졸졸 따라다녔을 거 생각하니 안봐도 벌써 귀엽고 꿀잼이고 그 장면을 맑은 정신으로 보기 위해 오늘 연차를 쓴 내가 승리자

└ㅋㅋㅋㅋㅋ아니 얼마나 기대에 찬 거얔ㅋㅋㅋ

긴장한 팬들의 기대 속에서, 이번 주의 〈일단 친해지세요〉는 방영을 시작했다.

제일 먼저 나온 것은… 눈 오는 산 중턱의 산장에서 만나는 두 사람의 콩트였다.

[갑자기 눈보라가 쳐서 놀랐는데, 산장이 있어서 다행이었습니다.]

[그렇군요. 저도 날씨 상황 보고 얼른 들어와 있었습니다.]

문제가 있다면 둘 다 연기에는 소질이 없었다는 점이다.

졸지에 좋은 개그 코너가 됐다. 실시간으로 프로그램 온에어를 달리던 커뮤니티 댓글마다 웃음이 터졌다.

-ㅋㅋㅋㅋㅋㅋㅋㅋㅋㅋㅋㅋㅋㅋ

-아니 조난당하신 게 아니라 비즈니스 미팅하시는 것 같은데요 두 분

-의문의 회의실 바이브

-참리더 청려님 어디 가고 재현이 튀어나왔냐 아이고 재현아 누가 보면 세미나에서 만난 줄 알겠어

-문대야 겨울이라는 설정이잖아 너 지금 더워서 패딩 벗으려다 멈칫했직ㅋㅋㅋㅋㅋ

뜨거운 아메리카노를 나눠 마시고, 배낭에서 어설프게 꺼낸 발열 인스턴트를 나눠 먹는 장면도 사람들을 실소하게 만들었다.

-문대 방금 닭발 도시락 못 본 척 함ㅋㅋ

-아니 댕댕쓰 본인이 챙겨온 설정인데 처음 보는 것처럼 배낭 뒤지고 있어!

-청려 당신 한여름에도 온수만 마신다고 후배한테까지 이 여름에 끓는 아메리카노를... (말잇못

-도시락 맛없나 봐 둘 다 먹으면서 말이 없어졌어ㅋㅋㅋ

창문의 애매한 눈보라 CG는 그 위화감을 더 웃기게 살렸다.

[그 순간,]
[갑작스러운 굉음이 울렸다…?]

게다가 자잘한 자막까지 들어가자 더 분위기가 이상해졌다.

[산장을 울리는 어마어마한 굉음]
[조난자1 : 천둥인가? (담담)]
[조난자2 : 일단 경찰에 신고하겠습니다. (담담)]

-산사태로 산장에 고립되었지만 긴장 따위 느끼지 않는다. 우리는 뜨거운 아메리카노를 무한 생산해내는 PPL 제품이 있기 때문이다.
  ㄴㅋㅋㅋㅋㅋㅋㅋ미치겠네
-둘이 완전 도찐개찐임ㅋㅋㅋㅋㅋ
  ㄴ자기들은 되게 몰입해서 하는 중이라고 생각중일 거예요... 아마...

이 끝없는 콩트의 굴레가 끊어진 것은 청려가 괴담 이야기를 꺼냈을 때였다.
화면의 청려가 웃으며 괴담 이야기를 풀기 시작했다.

[혹시 아이돌 괴담 아세요? 저도 최근에 들은 건데.]
[……괴담이요?]

-왔다.

-드디어ㅋㅋㅋㅋ

-박문대 이번엔 아메리카노 날리냐

　사람들의 기대에 어긋나지 않게, '괴담'의 도입부를 듣자마자 박문대는 바짝 굳었다.

-문대 귀신 썰까지 무서워하니?ㅋㅋㅋㅋㅋ

-얼굴 다 굳었는데 아닌 척 하는 거 너무 귀여워

-난 팬도 아닌데 쟤가 무서워하는 걸 보는 게 왜 이렇게 재밌는지 모르겠어....ㅎ

　└박문대 게시판에서 당신을 대환영합니다

　실제로는 그 의미심장한 내용 때문에 긴장한 것이었으나, 방송에서는 그야말로 괴담 때문에 굳은 것처럼 보였다.

[녹음실을 배회하며, 성공할 것 같은 아이돌이 녹음을 하면 끼어들어서 같이 녹음을 한대요.]

[나도 할 수 있었는데…]

[…하면서.]

　가운데 귀신의 대사가 시뻘건 자막으로 처리되어 더 분위기를 살렸다.

[정적이 내려앉은 산장 안]

그리고 드디어 약간 싸늘한 분위기가 조성되었다.

-어?
-야 박문대 몰입했다
-이제야 겨우 꽁트를 벗어났어ㅋㅋ
-청려님 나이스샷

[하하, 걱정 안 해도 돼요. 사실, 그냥 제가 지어냈거든요. 녹음실 괴담을 좀 변형해 본 건데.]
[……음, 그렇군요.]
[근데 녹음실 괴담은 진짜 거 아시죠?]
[!!]

-ㅋㅋ사실 폰괴담이었던 거임
-근데 폰괴담이라는 것도 폰폰괴담이었던 거임
-청려 장난 거는 거 드문데... 확실히 후배랑 있으니까 새로운 캐릭터가 나오네요 재밌네
-아 개그와 몰입 사이 이정도 딱 좋다ㅋㅋㅋ

이후 방송은 슬슬 흐름을 타며 제대로 분위기를 조성하기 시작했다.

[난로가 고장 났네요.]

[…뒷방 문이 잠긴 것 같습니다.]

서서히 고립된 느낌이 고조되었다. 그리고 다소 진지해진 분위기에서, 청려와 박문대는 거실에 마주 앉아 속 깊은 대화를 시작했다.

[음… 선배님, 혹시 제가 조언을 구해도 괜찮을까요?]

근래 가장 핫한 신인이 말하는 데뷔까지의 결성 과정과 팀워크에 대한 고민.

[이런 이야기를 이런 자리에서 해보는 게 또 처음이라, 어땠는지 모르겠네요.]

그리고 해본 적 없다며 쑥스러워하면서도 후배의 말에 성의껏 대답하는 선배의 그림은 제법 괜찮았다. 숨겨진 진실이 어쨌든, 서로 낯선 이들이 비일상적인 상황에서 속내를 털어놓는 것 같은 그 묘한 구도에는 황금 시간대 예능에서 노리는 약간의 감동 코드가 있었다.

-ㅠㅠ좀 오글거리는데 또 그게 좋다
-아이돌들 새삼 어린 나이부터 열심히 사는구나 싶다.
-우리 케이팝 아이돌들 다 힘냈으면 좋겠어ㅠㅠ 아 물론 사회면 뉴스에 뜬

새끼들은 제외임

　-리더님 말하다 보니 배고파졌나 봐 간식 먹네ㅋㅋ

　-나 뭔가 문대 아주사 첫 평가 때 인상만 남아 있었거든. 근데 말 되게 예쁘게 해서 의외였고 좋았어.

　방송은 그런 느낌으로 훈훈하게 마무리되는가 싶더니, 작은 떡밥을 던지고 다음 주로 연결되었다.

　[-다음 이야기-]

　[라디오 작동되는 것 같은데요…?]

　[치지지직- 속보입니다. 조원산 근처 구치소에서 한 흉악범 용의자가 탈출…….]

　[…!]

　-오오오

　-본격적이다

　-둘이서 산장 탈출해야 하는 건가? 아니면 방어?

　어차피 이 프로그램 특성상 너무 진지해지지는 않고 결정적인 순간에 개그로 마무리될 것을 알았기 때문에, 사람들은 마음껏 흥미로워했다.

　그리고 다음 주, 시청자 대다수가 경악했다.

-이게 뭐임 대체 뭐임

-ㅋㅋㅋㅋㅋㅋㅋㅋㅋ왘ㅋㅋㅋㅋ

-이게 이렇게 연결되냐

처음에는 시청자들의 예상대로 진행되는 듯했다.

방송 초반, 청려와 박문대는 경찰을 기다리며 느긋한 시간을 보냈으나 곧 이상하게도 핸드폰 배터리가 다 닳아버렸다는 것을 깨닫는다. 그래서 창밖으로 SOS 신호를 보낼 만한 물건을 찾아 산장을 돌아다니다가… 손전등이나 신호탄 대신 라디오 하나를 발견했다.

[일단 이거라도 들어볼까요? 작동하는 것 같은데.]

[지지지직….]

그리고 웬 살인 용의자가 교도소를 탈출했다는 방송을 듣게 되는 것이다.

갑작스러운 소식에 두 사람 모두가 굳은 그 순간.

[쾅쾅쾅!]

[!!!!]

누군가 문을 두드리기 시작하더니, 둔탁한 목소리가 문 너머에서 들렸다.

[경찰입니다! 문 열어주세요!]
[……]

타이밍상, 당연히 탈출한 살인 용의자가 거짓말을 하고 있는 전개였다.

[눈길을 주고받는 두 사람]

-헐 생각보다 긴장됨
-ㅠㅠ얘들아 너희 다 똑띠잖아 문 함부로 열지 말자
-지난주 회의실 바이브 다시 살려줘!

다행히 두 사람은 그저 조심스럽게 문 앞으로 접근했다. 그리고 박문대가 먼저 입을 열었다.

[직위랑 성함, 소속부터 말씀해 주세요.]
[……]

갑자기 문밖이 조용해졌다.
그러나… 잠시 뒤.

[쾅쾅쾅쾅!]
[야, 문 열어!]
[!!!!]

-헐 무서워

-완전 장르 예능 같네

-이렇게 본격적으로 한 적 없지 않았나요?

시청자들은 약간 당황했다. 그리고 더 당혹스러운 일이 일어났다.

[콰지지직!]

현관이 쪼개진 것이다.

[????]

거대한 물음표 자막 폭탄이 뜬 것도 잠시.

[일단 도주]

문이 완전히 부서지기 전에, 두 사람이 황급히 뒤로 도망치기 시작했다.

-헐

-생각보다 본격적인데;;

-원래 이 프로에서 설정은 꽁트맛만 보여주는 거 아니었어? 왜 갑자기

살벌해...?

댓글들은 슬슬 당황을 넘어서 불안감이나 짜게 식은 감정을 표출하기 시작했으나, 그것도 오래가지 않았다.

두 사람이 다짜고짜 창문을 뜯고 탈출해 버렸기 때문이다.

[이쪽이요!]
[예!]

창문에 붙인 초록 배경이 찢겨 나가면서 CG가 혼란해지기 시작했다.

[그, 그걸…?]
[눈에 뵈는 게 없는 상황]

자막도 혼란스러워했다. 그 와중에도 둘은 한 명이 잠금장치를 움직일 때 다른 쪽이 창틀을 잡아주고 있었다. 아주 손발이 척척 맞았다.

사람들은 그제야 마음 놓고 빵 터졌다.

-둘 다 너무 과몰입한 거 아니냐고ㅋㅋㅋㅋㅋ
-지난주 비즈니스맨들 어디 감?
-얘들아 방송에서 막 제4의 벽을 그렇게 부숴도 되는 걸까...?
 └제4의 벽 파괴(물리)
 └ㅋㅋㅋㅋㅋㅋㅋㅋㅋ

두 사람이 뛰쳐나가고 난 후에야 카메라가 황급히 달려와서 밖으로 나온 두 사람을 잡더니, 결국 촬영 장비를 가리기 위해 헐레벌떡 저가 CG가 등장했다.

[눈이 다 녹았었네요.]
[날이 확 따뜻해진 덕인 것 같습니다. …외투를 벗어도 될 것 같은.]
[그러기엔 아직 제법 추운 것 같습니다.]

- ㅋㅋㅋㅋㅋㅋ이 사람들.. 제법 뻔뻔해..
- 날이 따뜻해서 눈이 녹았댁ㅋㅋㅋ미친ㅋㅋㅋㅋ
- 주변에 눈 그림 뭔가 했는데 스탭이랑 촬영장비들 대충 CG로 뭉갠 거네ㅋㅋ
- 그 와중에 문대 은근히 패딩 벗으려고 했는데 청려가 칼 차단했억ㅋㅋㅋㅋ
  └거기까지는 몰입 깨져서 안 되나 봐ㅋㅋㅋ
  └아니 기준을 이해할 수가 없는데요...!

술렁거리는 시청자들의 반응과는 다르게 둘은 계속 천연덕스럽게 대화를 나눴다.

[저 이상한 사람이 눈치채고 쫓아 오기 전에 얼른 내려가죠.]
[넵. 그럼 다음에 또 뵙겠습니다.]
[…같이 안 내려가게요?]
[만일의 경우 한 명이라도 사는 쪽이 나으니까요. 흩어져서 가는 게

어떨까요.]

[음, 그건 그렇네요. 그럼 다음에 또 뵙겠습니다.]

[넵. 잘 들어가십시오 선배님.]

-ㅋㅋㅋㅋㅋㅋㅋㅋㅋ

-저세상 스타일의 현명함

-너무 쿨하다 이게 바로 겨울인 것 같다

-이 대화가 이렇게 물 흐르듯이 흘러가도 되냐구요ㅋㅋㅋㅋ

-내가 돌덕이 아니라 둘이 아이돌 심리테스트 다 똑같은 답 나왔다는 것만 알았는데... 이 정도일 줄은...

　└ㅋㅋㅋㅋㅋ

시청자들이 폭소하는 가운데, 청려와 박문대는 정중히 인사를 나누고 헤어졌다.

카메라는 산 아래로 내려가는 청려를 잠깐 비추다가, 곧 휙 돌아서 박문대를 쫓았다. 박문대는 내려가는 청려를 물끄러미 보다가 몸을 돌렸다.

그리고, 막 도망쳐 나온 산장의 현관으로 향했다.

-???

-뭐야

-문대 거길 왜

현관 앞에 선 박문대가 외투를 벗었다. 긴 롱패딩 안쪽으로, 그가 입고 있던 옷이 드러났다.

황토색 구치소 복장이었다.

[!!!!]

박문대는 무미건조하게 중얼거렸다.

[아, 선배님 운 좋으시네.]

상황을 깨달은 사람들이 절규하기 시작했다.

-?????
-미친미친 이게 뭐야
-으아어아악
-헐 죄수복
-정신 나갈 것 같음
-문대가 라디오에 나온 탈주 닌자 걔임? 으아아악

박문대는 휘파람을 불며 현관문으로 들어갔다. 마치 리액션처럼, 놀라는 사람들의 감탄사가 짧게 장면에 삽입되었다.

그리고 컷이 전환되었다. 이번에는 산을 내려가는 청려였다.

-도망가
-청려님 빨리 뛰세요
-갑분 스릴러 드라마잖아 왜 이래 MBSㅠㅠ

하지만 청려는 안 그래도 느릿하던 발걸음을 멈췄다.
그리고 중얼거렸다.

[이번에도 못 데려갔네……]

-??
-얜 또 뭐임

청려가 한숨을 쉬며 다시 걷기 시작했다. 거대한 나무가 스치며, 잠시 카메라 시야에 공백이 생겼을 때.
청려가 사라졌다.
그리고 그가 사라진 나무 옆으로 전단지 하나가 클로즈업되었다.

[실종자를 찾습니다]
[폭설로 인한 산사태 중 실종]

그 명단에는… 청려의 증명사진이 프린트되어 있었다.

-으아아아악

-얘는 유령임?

-세상에 이게 무슨 구성이야

-ㅋㅋㅋㅋㅋㅋㅋㅋㅋㅋㅋㅋ맙소사

긴장감 넘치는 BGM이 깔렸다.

[다시 만나면, 그때는…….]

그 자막과 함께, 방송이 끝났다.

-세상에

-내가 지금 뭘 본 거지

전개가 워낙 막장이었던 탓에 무섭다기보다는 충격받은 사람들만 넘쳤다.

-상상도 못 한 반전이라는 드립이 치고 싶은데 이걸로도 부족한 것 같은 기분이 듬

-저 연기 존못 둘을 데리고 잘도 저런 걸 할 생각을 했구나 MBS

-히익 설마 연기를 못 하는 게 아니라 못 하는 척하는 구성을 노린 건가!

  └? 무슨 소리임

  └귀신하고 탈옥범이면 둘 다 조난 당한 게 아니니까 지난 주에 만났을 때 침착 그 자체였던 거 아님?ㅋㅋㅋㅋ

└헐

　사람들은 갑자기 완성된 큰 그림에 당황했다가, 이윽고 재밌어하기 시작했다. 다시 생각해 보니 그것까지 웃겼기 때문이다.

-마지막 꽁트로 모든 게 완성됨
-ㅋㅋㅋㅋ이걸 이렇게 맞추네
-졸지에 제작진의 큰 그림됨
-아ㅋㅋ 이런 거 너무 재밌어 지난주 꺼 재탕하고 와야지ㅋㅋㅋㅋ

　막장이었지만 확실히 몰입과 재미를 챙겼기 때문에 사람들은 너그러웠다. 게다가 둘 다 팬덤이 어지간히 크다 보니 여론을 밀기도 쉬웠기도 했다.

-오늘 <일단 친해지세요> 정말 재밌었어요~ VTIC 청려 앞으로 자주 예능에서 보고 싶습니다.^^ 테스타 문대도 파이팅!
-박문대가 단독 예능이 처음인데도 천연덕스럽게 잘해준 것 같아요. 청려 선배님 케미도 좋았네요. 추천!
-청려와 박문대 모두 정말 탁월한 캐스팅이었습니다. 다음에 또 불러줬으면 좋겠어요. (웃는 기본 이모티콘)

　연예 기사 댓글이 없어진 덕에 시청자 게시판이 때아닌 호황을 맞았다. 청려나 박문대 개인을 잘 모르는 일반 시청자들에게도 파격적이고 웃긴 구성으로 평이 좋았기 때문에, 팬들은 별걱정 없이 웃으며 예능 떡밥을 즐겼다.

그리고 며칠 뒤, 팬들이 기세를 이어갈 새로운 떡밥까지 또 떴다.

[저는 테스타의 문대 (강아지 이모티콘) 이것은 W라이브]

박문대의 첫 개인 W라이브였다.

'송출은 지금 시작된 게 맞고.'

나는 화면이 잘 나오는지 다시 한번 확인하고, 자리에 앉았다.

곧 사람들이 들어오기 시작했다. 약간 딜레이가 있기 때문에 일부러 댓글이 올라올 때까지 좀 기다린 후에 인사를 시작했다.

"안녕하세요. 음, 이렇게 개인적으로 인터넷에 영상을 내보내는 건… 그 PR 라이브 이후로 처음인 것 같습니다."

일부러 천천히 말하면서 딜레이된 반응을 살폈다. 하트와 인사와 어 그로로 댓글이 꽉 찼다.

'아직 읽기는 힘들겠군.'

나는 소개를 계속했다.

"뭘 해볼까 고민했는데… 제가 긴장돼서요. 일단 서로에게 익숙한 걸 로 준비해 봤습니다."

나는 살짝 스마트폰을 각도를 조작해서 내렸다.

"오늘은… 짠."

카메라가 내 앞의 상을 비췄다. 오늘의 메뉴인 쌈밥이 보였다.

"밥을 같이 먹는… 컨텐츠로 준비해 봤습니다."

나는 수저를 들어 올렸다.

"그럼 잘 먹겠습니다."

그리고 미리 싸놓은 쌈밥 하나를 입에 넣었다. 음, 제육볶음 맛이다.

'괜찮네.'

첫 방송이라 생짜 배달로 구성하긴 양심에 찔려서 만들어봤는데, 익숙한 맛이라 먹기 편해서 도리어 나왔다.

'오디오를 신경 쓰자.'

나는 입안의 음식을 다 씹어서 삼킨 후에 잡담을 이었다.

"일부러 저녁 식사쯤에 맞춰오긴 했는데요, 다른 스케줄 있으시면 나중에… 식사하실 때 틀어놓고 보시면,"

-카메라 각도!!

-눈 안 보여요

-오빠 카메라 좀ㅠㅠ

-벌써 먹기 시작했네

"아."

스마트폰을 다시 확인하니 위치 고정 문제인지 내 눈이 살짝 보였다 말았다 하는 정도로 각도가 내려갔다.

'이 정도는 괜찮지 않나…?'

밥 먹는 컨텐츠 보여주기엔 무리가 없을 것처럼 보였지만, 싫다고 하니 받침대를 조정해서 스마트폰을 약간 뒤로 뺐다.

"잠시만요."

나는 받침대를 돌려서 더 튼튼하게 고정한 뒤, 스마트폰을 톡톡 쳤다.

"된 것 같은데, 어떠세요."

차분히 기다리니 댓글에 답변이 섞이기 시작했다. 읽을 수 있는 것들만 빠르게 눈에 담았다.

-우아아

-내 아이돌 나를 잡고 흔드네

-문대 쇄골 일자다

-잘 보여

-굿

-조아용

"잘됐나 보네요."

내가 스마트폰을 흔드는 것에 반응하는 댓글들을 보고 있자니, 꼭 이 안이 조그만 사람들로 가득 차 있는 것 같았다.

'꽤 재밌네.'

나는 피식 웃으며 다시 의자에 앉아서 먹기 시작했다. 그리고 적당한 댓글을 골라서 중간중간 대답했다.

"좋아하는 메뉴냐고요? 음… 전 웬만하면 객관적으로 맛있는 건 다 좋아해서. 일단 맛은 괜찮습니다."

"…'배달시킨 건가요?', 아니요. 그냥 제가 만들었습니다."

그러고 보니 최근에는 썩 요리할 일이 별로 없다 싶다. 스케줄이 바쁘다 보니 그냥 사 먹고 마는 경우가 대부분이었다. 솔직히 그쪽이 훨씬 편하기도 하고.

 -요리 잘해요?

 -나도 먹고 싶어ㅠ

 -닭발좌 먹방한대서 들어옴

 -어떻게 했어?

 -헉 홈메이드

 -맛 설명해줘ㅠㅠ

오, 의외로 반응이 격했다.

"드시고 싶다는 분들이 보이는데, 방송 끝나면 저희 계정에 간단한 레시피라도 올려보겠습니다. 음, 근데 특별히 비법은 없어서… 평소에 드시던 것과 별 차이는… 없지 않을까요."

나는 새 쌈밥을 입에 넣었다. 불고기 맛이었다.

"그리고 자세한 맛 설명은… 달짝지근한 양념이 밴 고기와 밥이 잘 어울리고, 쌈장이 살짝 자극적인 맛을 주다가 상추가 상쾌하게 마무리해 줍니다."

눈으로는 계속 댓글을 확인했다.

'생각보다 외국어가 많다.'

-MOONDAE I love you♡

-No eng sub?

-hello (웃는 이모티콘)

-is it mukbang?

-did you got KIMCHI refrigerator?

이제 데뷔한 그룹의 개인 방송까지 용케 찾아오셨다 싶다. 〈아주
사〉가 글로벌 런칭 같은 소리를 하긴 했지만, 뭐 해외에서 파란을
일으켰다는 언플 기사 한번 보지 못한 걸로 봐서는 그 효과는 아닌
것 같고.

'VTIC과 활동이 겹쳐서 덤으로 아셨나.'

아니면 위튜브 알고리즘의 늪 덕분인지도 모르겠다. 어쨌든 제법 신
기했다.

"아, 김치냉장고. 아직 못 받았어요. 그냥 주실 때 되면 주시겠거니
맘 편히 기다리는 중입니다."

나는 이후로도 계속 적당한 질문에 답변하며 식사를 계속했지만, 의
외로 이 '적당한 질문'이라는 걸 선정하기 어려웠다. 한 일 분쯤 들여다
보고 있어도 외국어와 어그로만 난무하는 경우가 제법 있었기 때문이다.

-노잼

-많이 먹어!

-아 하필 곰머

-문대 폰으로 하는 중?

-뒤에 뭐 움직여요

-필터 바꿔 줘

흠, 막 던지는 어그로들 사이로 겨우 하나 답변할 만한 걸 잡았다.

"아, 이거 회사 폰입니다. 제 건 여기."

적당히 던져뒀던 구형 스마트폰을 가져와서 카메라 앞에 적당히 흔들었는데… 하필 그 순간 톡이 왔다.

지이이잉—

[VTIC 청려 선배님]

"……."

타이밍 X 같네.

그나마 팝업에 내용은 안 뜨게 해둔 게 다행이겠다.

-청려

-헐 브이틱

-친해요?

-으 싫어

댓글 보니 이미 다 잡혔다. 나는 빠르게 상황을 정리했다.

"아, 선배님과는 〈일단 친해지세요〉 이후로 가끔 안부 인사 정도 나누고 있습니다."

이거 바로 답장 안 하면 VTIC 쪽에 꼬투리 잡혀서 까이나? 하지만 답장하면 첫 W라이브 중 태도 논란이 될 것 같기도 하니 먼저 양해를 구하자.

"일단 봤으니까 짧게 답장 드려도 될까요."

-허락 안 구해도 돼ㅠㅠ
-응응
-내용 보여줘
-뭐라고 보내?
-친해요?

'환장하겠네.'

나는 얼른 톡 내용을 확인했다. 그냥 일 관련 잡담이었다. '넵 알겠습니다' 정도로 답변하고 얼른 껐다.

'화제를 돌려야 한다.'

마침 준비한 것도 있었다.

나는 당장 적절한 댓글을 찾아냈다. 방송 켜고부터 꾸준히 들어오던 질문이었다.

-다른 멤버들은 어디 있어요?

"음, 다른 멤버들 물어보시는 분들이 많네요. 몇 명은 스케줄 중이고, 몇 명은 집에 있습니다. 잠시만요."

나는 당장 일어나서 카메라의 시야를 벗어났다. 그리고 방문 밖으로 나가서 이미 거실에 대기 중이던 놈을 데리고 들어왔다.

"집에 있던 친구를 데려왔습니다."

"아, 안녕하세요…!"

'나 큰마음 먹었어요'라고 전신으로 외치는 중인 선아현이었다.

근 이삼 주간 상담을 받더니 조금 용기가 생겼는지 출연을 결정하셨다. 다만 아직 오래 나올 엄두는 나지 않는다고 하니, 일단 이렇게 중간에 잠깐 있다가 나가는 식으로 구성해 뒀다.

다행히 댓글 반응은 좋았다.

-헐 아현이

-사스미 어서와ㅠㅠ

-사랑해

-청우 오빠 없어요?

-유진이 불러줘

몇몇 거부반응 정도는 선녀였는지 선아현의 안색이 꽤 안정적이었다. 선아현은 약간 달아오른 얼굴로 스마트폰에 손을 흔들었다.

"다, 다들 잘… 지내셨어요?"

하지만 딜레이되는 댓글 시간 때문에 선아현이 볼 수 있던 내용은 주로 '얼굴 미쳤다;' 정도였다.

"다들 잘 지내신다는 것 같습니다. 선아현 씨는 요새 뭘 하고 지내시나요."

"아! 저, 저는 뜨개질을 배웠습니다…! 보, 보여 드릴까요?"

"좋죠."

우당탕탕. 선아현이 당장 자기 방으로 달려갔다. 나는 카메라에 부탁했다.

"…쟤가 뭘 내밀면 박수 좀 많이 쳐주실 수 있을까요. 지금 막 배워서 한창 좋아할 때라."

이러면 웃겨서라도 많이 올리겠지.

"이, 이거입니다…!"

선아현은 번개 같은 속도로 돌아오더니, 가지고 온 몇 가지 알록달록한 물건을 냉큼 스마트폰에 내밀었다. 바로 본인이 식빵부터 딸기까지 종류별로 떠놓은 수세미다.

그리고 내 부탁대로 사람들은 선아현이 시야에 돌아오자마자 박수 이모티콘으로 댓글을 밀어버리기 시작했다.

"아… 가, 감사합니다!"

선아현은 딜레이 때문에 아직 수세미를 보지도 못한 사람들이 박수를 치고 있다는 것도 모르고 화색이 되어 고개를 꾸벅 숙였다.

'이 정도면 됐나.'

더 두면 또 갑자기 예상 못 한 타이밍에 등장한 트라우마 제조기 수준 악플이 선아현의 멘탈을 박살 낼 수도 있으니 이만 보내도 괜찮을 것 같았다.

하지만 선아현은 자신감이 생겼는지, 슬쩍 상 앞에 앉아서 수세미에 대한 설명을 하기 시작했다.

"시… 식빵을 먼저 떠서, 조금 모양이 이상한데, 따, 딸기는 잘 만든 것 같아요."

말리기도 애매하다는 생각이 들려는 찰나, 누군가 방문을 똑똑 두드리더니 문을 불쑥 열고 걸어 들어왔다.

"똑똑, 문대 씨~ PR 먹방 10분 끝났는데 계속하고 계시다는 신고가 들어와서요~"

큰세진이었다.

"쌈밥 하나 주시면 없던 일로 해드릴게요~"

"저도 쌈밥!"

그 뒤로 차유진이 손을 번쩍 들고 들어왔다. 누가 봐도 방송 보다가 난입한 놈들이다.

'……분명 고기가 프라이팬에 그대로 남아 있을 텐데.'

그냥 주방에만 가도 먹을 수 있는 걸 굳이 여기 온 것은 W라이브 난입 목적뿐이었다. 덕분에 방은 순식간에 시끄러워졌다.

"헐! 이거 진짜 맛있네."

"주방에 고기 많이 해뒀으니까 먹어."

"아냐, 이 방송용으로 미리 정성껏 싸놓은 형태라 더 맛있는 것 같아."

"최고!"

차유진은 전형적인 먹는 예능 게스트처럼 엄지를 치켜들었다. 그리고 선아현에게도 쌈밥을 권유하기 시작했는데, 녀석은 먹고 싶지만 미안한지 눈치를 보기 시작했다. 두통이 밀려온다.

"…편하게 먹어라."

"으, 으응!"

"형, 저도 많이 먹어요?"

"맘대로 해라."

"예압!"

나는 순식간에 작살 나는 쌈밥을 보며, 카메라에게 말했다.

"…다음에는 양을 더 넉넉히 준비해서…… 오겠습니다."

댓글은 웃느라 난리였다. 웃음이라도 줬다니 다행이다.

"쌈밥이 다 떨어진 관계로… 오늘의 먹방은 이만 마무리해 보겠습니다."

대신 질문 타임이든 뭐든 적당한 컨텐츠를 생각해 내려는데, 쌈밥 하나 먹고 손 턴 큰세진이 손을 내저었다.

"어? 야, 그러지 말고 그냥 지금 우리가 쌈밥 싸줄게!"

"……!"

…그래서 그 후 20분간, 부엌으로 스마트폰을 옮겨서 쌈을 싸는 방송을 했다.

"차유진 상추를 대체 몇 개나 쓴 거야??"

"싸, 쌈이 얼굴만 해…"

그리고 얼마 뒤 건강검진 때문에 병원에 다녀온 나머지 세 명까지 합류했다.

"다들 뭐 해?"

"형! 이거 드셔보세요!"

결국 합류한 놈들에게 쌈밥을 먹여서 시식 평을 들은 후에야 W라이브를 껐다. 이게 대체 무슨 일인가 싶었으나, 시청자수가 잘 나왔던 것을 보면 흥미로운 컨텐츠였다는 것은 부정할 수 없겠다…….

'…그런데 원래 하려던 말은 못 했군.'

방송이 난입한 놈들에게 해적질당하면서 되는 대로 흘러가 버리다 보니 일어난 부작용이었다.

나는 대신 SNS를 켰다. 그 과정에서 짧게 인터넷을 살펴본 결과, 반응이 꽤 괜찮았다.

-난 분명 먹방을 클릭했는데 정신 차려보니 천하제일 쌈밥대회를 보고 있었음

-닭발 영상 지박령들 오늘 W라이브 뜬 거 보고 흥분해서 달려가더라

-아 위튜브에서 했으면 닭발좌 이제부터 쌈밥좌로 개명 쌉가능인데ㅋ

-쌈밥 뜯긴 문댕 (캡처 사진)

'이 정도면 성공적인가.'

나는 어깨를 으쓱거리곤, 약속했던 짧은 쌈밥용 고기 레시피를 새 글로 적어 내렸다. 그리고 추가 문구와 함께 업로드했다.

[+ 새 앨범 준비 시작했습니다.]

참고로, 이날 언급한 김치냉장고는 이틀 뒤 바로 숙소로 받았다.

사실, 2집 준비는 좀 순탄하게 흘러갈 것이라고 진작에 예상했다. 데뷔 앨범을 준비하며 지옥을 맛본 회사 실무진들이 다음 앨범 준비를 무조건 일찍 시작하려 했기 때문이다.

"수록곡 후보는 거의 채웠구요, 이 풀 내에서 앨범 컨셉에 따라 뽑아다가 구성할 계획이에요. 나머지는 다음 앨범으로 빼거나 드랍할 거구요."

"넵."

단지 문제는 본부장 놈이 그놈의 자체제작 뽕을 버리지 못했다는 점이다.

"이번에는 시간도 넉넉하니까, 타이틀곡 관련해서는 충분히 상의해 보시고 천천히 말씀주셔요."

"감사합니다."

"알겠습니다!"

이번에도 타이틀곡 프로듀싱을 화끈하게 미뤄주셨더라.

'…데뷔 앨범이 성공한 게 화근이었나.'

자기 발상이 연예계에서도 잘 통했다고 생각하는 게 분명했다.

그래도 이번에는 시간이 넉넉해서 다행이었다. 제작에 두 달 이상으로 기한을 잡아둔 데다가 곡은 이미 거의 다 나온 상태였다. 덕분에 멤버들 안색이 썩 괜찮았다.

"이번에도 좋은 곡 잘 골라보자."

"래빈이 편곡 벌써 기대되는데?"

"감사합니다."

아직 컨셉도 미정인 상태에서 타이틀 후보 스무 곡 중에 세 곡을 골라와 달라는 말에도 희망찬 분위기가 조성될 정도였다.

…그러나 며칠 뒤, 차라리 자체제작 쪽이 나았다고 생각하게 된다.

"…콜라보요?"

"그래, 그거!"

갑자기 본부장이 부를 때부터 싸하다고 생각은 했다만, 이런 폭탄이 나올 줄은 몰랐다.

"어떤… 콜라보를 말씀하시는 건지 여쭤봐도 괜찮을까요?"

"자, 봐봐요."

본부장이 자신감이 줄줄 흐르는 표정으로 서류를 내밀었다.

일단 큰 글씨부터 눈에 들어왔다.

[신규 사업 제안서]

[모바일 게임]

[(주) T1 플레이즈]

"……?"

"이번에 T1에서 자회사로 인수한 벤처에서 개발하는 게임인데, 이게 진짜 딱 될 느낌이야. 시기도 딱이고. 우리 테스타랑 콜라보하면 시너지 날 게 눈에 보여요. 어? 게임이니까 컨셉 잡기도 편하고 얼마나 좋아."

줄줄 쏟아놓은 본부장은 흐뭇한 얼굴로 마지막 말을 덧붙였다.

"이거 내부 서류인데, 내가 우리 테스타 믿고 보여주는 거예요. 여기서 딱 보기만 해, 말은 말고."

X발 그런 건 아무래도 상관없고.

'모바일 게임……?'

제발 누가 꿈이라고 해줬으면 좋겠다.

옆에서 류청우가 최대한 침착한 목소리로 되물었다. 모바일 게임과는 접점이 없는 사람이라 좀 덜 경악한 것 같기도 하다.

"…혹시, 어떤 식의 콜라보를 생각하고 계시는지……."

"자, 생각해 봐요. 게임 발매하면서 우리도 같이 컴백하는 거지. 그리고 서로서로 홍보해 주는 그림으로 가면 관심이 두 배가 될 거 아니야."

"……."

이런 X 같은 생각은 대체 어디서 나오는지 모르겠다. 뇌하수체에서 호르몬 대신 침이라도 생성하나?

'모바일 게임에 대체 무슨 기대를 하는 거냐……'

아니면 그쪽에서 무슨 청탁이라도 받았나? …아니, 광고모델이면 모를까, 이렇게까지 아이돌 앨범하고 깊게 엮어서 발매하는 걸 반기는 쪽은 거의 없을 것이다.

'그 아이돌 이미지에 잡아먹히니까.'

두 달 뒤 발매라면 이미 거의 완성된 상태일 텐데 거기다가 낯선 아이돌을 홍보하는 내용을 끼워 넣어? 망작되기 딱 좋다. 이걸 게임 만드는 쪽에서도 밀었다면 정말 테스타 팬들 돈 뽑아먹고 한탕 하고 접으려는 놈들이란 뜻인데…….

테스타 브랜드 이미지부터 박살 날 미래가 눈에 선했다.

'양산형 X망겜 밈 붙겠네.'

아니, 애초에 어떻게 게임을 홍보하는 내용을 앨범에 넣으라는 건가. 그것도 모바일 게임을 말이다.

이 본부장이 낚인 건지 아니면 밀어붙인 건지 모르겠다. 어느 쪽이든 X 같았다. 저 새끼 라니지나 좀 깔짝거려 보고 이러는 것 같거든.

"금요일 오후에 거기랑 미팅 잡아놨으니까, 마음의 준비 딱 해놓고."

"…본부장님, 혹시 이미 다 이야기가 끝난 상황입니까?"

"내가 이미 윗선에 다 말해둬서 싹 정리해 뒀어. 우리 테스타는 열심히 하기만 하면 돼요."

"…알겠습니다."

확인 사살이었다. 여기서 안 하겠다고 지랄해 봤자 회사와 감정싸움만 하고 울며 겨자 먹기로 하게 된다는 뜻이다.

'X발 진짜……'

다음 앨범은 미리 짜놓고 들고 가서 컨펌을 받아야 하나. 미치겠다.

"……"

그렇게 본부장과 미팅을 끝내고 나오는 길. 사태를 제대로 파악한 놈이 있는지 확인해 봤다.

'이세진 둘 빼곤 전멸이군.'

큰세진이야 그럴 줄 알았다만 이세진은 의외였다. 게임하는 취미라도 있나.

어쨌든 나머지 넷은 '좀 당혹스럽지만 열심히 해봐야겠다' 분위기다. 아마 데뷔 앨범 정도의 고난을 예상하는 것 같았다. …일단 그냥 두자.

'어차피 금요일에 미팅 나가면 눈치채겠지.'

그 순간, 큰세진이 옆구리를 팔꿈치로 툭 쳤다.

"…야, 어떻게 생각해."

"망했지."

"하하."

큰세진은 느리게 웃더니, 결국 얼굴에 짜증 난 기색이 스치고 지나갔다.

"이번 건 진짜 좀 그렇다. 그치? …노력으로 해결될 부분이 아니잖아."

"……맞아."

"너무하네 정말……."

큰세진은 뭔가 말을 이으려다가, 자기 목소리가 좀 커졌다는 것을 깨달았는지 그냥 입을 닫았다.

'현명한 선택이군.'

나는 대신 이세진의 반응을 확인했다. 이세진은 창백한 얼굴로 바닥을 보고 걷고 있었다.

"……."

저거 이 사태 때문에 저런 거 맞나? 그 〈아주사〉 때도 본 적 없던 죽상인데. 아니나 다를까, 바로 옆에 있던 차유진이 이세진의 등을 탕탕 쳤다.

"형! 아파요?"

"…! 아니, …괜찮아."

말하는 건 멀쩡하다.

'캐볼까.'

나는 잠시 고민하다가, 곧 그만뒀다. 애도 아니고 알아서 하겠지. 지금 당장은… 이 망할 사태에 해결책을 떠올리는 게 급선무다.

'……보너스 트랙 하나만 넣어서, 게임 주제가로 쓰면…….'

본부장한테 택도 안 먹히겠지. 젠장.

나는 숙소로 돌아가는 내내 머리를 굴렸지만 별다른 해결점은 (당연히) 찾아내지 못했다. 게다가 그 순간, 이 게임 콜라보 사태는 또 예상치 못한 사고로 눈덩이처럼 불어나는 중이었다.

이 일로 갈리는 건 테스타뿐이 아니던 것이다.

이 일의 최초 발단은 T1 스타즈 Ent가 '잡유니버스'에 드디어 등록되며 기업 리뷰를 쓸 수 있게 되면서였다. 데뷔 앨범 준비하다 번아웃이 와서 퇴사한 실무진 몇이 신랄한 리뷰를 쭉 적어두었다.

장점 : 소속 가수는 열심히 함, 밥이 맛있음.

단점 : 체계 없는 구조, 엔터사 경험 없는 윗선의 멍청한 패악질, 무리한 일정 때문에 사라진 워라밸.

총평 : 이직만이 살길. 가수도 이직하길 바람.

가장 최근에 작성된 리뷰가 이 정도였다. 별점은 하나.

유명 기획사의 재직자 리뷰는 제법 관심을 받는 내용이었기 때문에 여러 커뮤니티에 이 캡처 역시 돌아다녔다.

-여기도 사람 갈아 넣네... 대기업 계열사라 오히려 심한 것 같다 위에서 알 못이 설치는 듯

-테스타 살려

-어휴 한숨만 나옴

-팬들이 총공 괜히 한 게 아니구나

└그것 때문에 더 워라밸 없어진 거 아냐?

└저기에 팬 언급 한 마디도 없는데 왜 생각이 그쪽으로 흘러

└갑자기 팬 머리채 잡네;;

└너희가 이러니까 못 적어둔 거겠지ㅎㅎ...

테스타의 데뷔 활동이 성공적이었기 때문에 도리어 이래저래 다들 말이 많았다. 그렇게 이 캡처는 직장인 익명 어플까지 진출하게 되었다.

[엔터회사는 진짜 힘든가 보다]

: 관심이 있어서 이직 알아봤는데 무섭네요. 어차피 제가 관련 직군 아니라 힘들긴 하겠지만ㅠ 실제 다니시는 분들 평은 어떤가요? (캡처)

엔터테인먼트

-솔직히 이 연봉으로 할 일은 아닙니다 (MS 엔터)

-사람 하는 일이 다 똑같죠ㅎㅎ (LeTi 엔터)

-초봉을 굶어죽지 않을 정도만 주는데 일은 보람 있어요. 근데 이것도 부바부인 듯 (트레져 엔터)

그럭저럭 한탄 글이 이어졌다. 그러나 이 글이 첫 페이지에서 사라지기 직전, 갑자기 당사자가 등장했다.

-ㅋㅋㅋㅋㅋ우리 회사네. 절대 오지마세요 stay... (T1 스타즈 엔터)

└헐 등판하셨네

└많이 힘든가요?

└네 (T1 스타즈 엔터)

└ㅜㅠㅠㅠ 아이고

└ㅋㅋㅋ모든 것을 알려주심

짧고 굵은 답변이 많은 것을 내포하고 있었다. 사람들은 우수수 붙어서 궁금한 점을 물었고, 결국 직원은 그라데이션으로 분노하며 많은 것을 올려두고 갔다.

-일단 윗선에 진짜 이상한 사람 많아요 나 별사람을 다 만나봤는데 이런 수준은 처음이에요. 데뷔 앨범도 말아먹을 뻔했어요. 무슨 이상한 컨셉 들고 와서...

-이번에도 별 이상한 거 가져와서 하자는데 이건 이미 컨펌 나서 하게 될

듯... 솔직히 소속 가수가 불쌍함...

　-ㅌㅅㅌ 보는 건 좋은데, 데뷔 때 윗선 설득하겠답시고 너무 고생하는 걸 봐서 좀 안쓰럽기도 하고... 일단 내가 너무 안쓰럽네요. 여길 다닌다는 게ㅋㅋㅋㅋ

　-다들 비슷한 생각하고 있어서 더 적어도 누군진 안 들킬 것 같지만... 열 받아서 여기까지만 하고 갈게요 우리 회사 이직 절대 하지마요~ (T1 스타즈 엔터)

　얼마 지나지 않아 Hot 글에 올라간 뒤 이 댓글은 삭제되었으나, 캡처는 자연스럽게 남아서 인터넷을 떠돌게 된다. 당연히 두근거리며 다음 앨범을 기다리던 팬들은 갑자기 찬물을 뒤집어쓴 것 같은 상황이 되었다.

　-이게 무슨 소리야?
　-진짜 맞아?
　└찐임 저기 회사 메일로 인증해야 하는 곳이야
　└아... 미치겠네

　급격한 싸함을 느끼던 팬들은 황급히 리얼리티 2화를 돌려보게 되었다. 그리고 열정에 가득 찬 훈훈한 제작일지처럼 보이던 2화와 그 비하인드 영상들에게 이상한 느낌을 받기 시작했다.

　-애들 리얼리티에서 발표하는 거 설마 위에서 이상한 거 듣고 와서 설득하려고 한 거야?
　-듣고 왔다는 놈이 저 본부장 같음. 맨 가운데 앉은 아저씨. 저 사람 보면서

발표하네.

-보니까 마법소년 쪽 타이틀은 애들한테 떠넘겨놓고 하이파이브를 회사에서 작업했네. 근데 하이파이브 편곡에 래빈이 있었잖아.

└하이파이브 쪽을 설득한 게 맞는 듯

└그럼 아예 두 곡 다 이때부터 재 작업한 거네? 한 달도 안 남겨두고?

└ㅋㅋㅋㅋ한 달 내로 컨포에 뮤비에 안무까지 두 곡 다 했다고? 제정신이야? 애들 재우긴 했냐?

└마법소년만인 줄 알았을 때도 개빡쳤는데 두 배였네ㅋㅋㅋ아ㅋㅋㅋㅋ

불타오르던 팬들은 곧 미래에 대한 걱정에 등골이 싸늘해졌다.

-글 쓴 분이 이번에도 무슨 이상한 컨셉 들고 왔다고 했잖아, 근데 이미 컨펌 났다고.

-아 설마

-하....

-야 제발 차라리 기간 넉넉히 주고 애들 시켜 제발

공포에 질린 팬들은 회사에 전화와 메일로 문의를 넣었다. '최근 준비 중인 테스타의 2집 앨범의 컨셉이 이미 정해졌다는 이야기가 인터넷에 도는데 사실이냐'는 질문이었다.

처음에는 매크로를 돌린 것 같은 한결같은 답변이 돌아왔지만, 곧 쏟아지는 물량에 약간 더 내용과 형식이 정중해졌다.

[T1 스타즈 엔터테인먼트입니다.]

: 우선 문의해 주신 건은 사내 기밀 사항이기 때문에 임의로 답변드릴 수 없다는 점에 대하여 사과의 말씀을 드립니다.

다만 자사는 테스타의 새로운 앨범 준비를 위하여 많은 것을 준비하고 있으며, 아티스트의 의견 역시 존중하고 있다는 것을……

물론 절대 안심할 만한 내용은 아니었다. 만약 앨범 컨셉이 미정이거나 테스타가 직접 맡았다면 벌써 그 부분은 확답이 돌아왔을 것이기 때문이다.

-댓글 캡처 내용이 맞았나 봐요
-아 어떡해
-차라리 테스타한테 회사를 줘라 그게 낫겠다

팬들은 결국 약간 더 극단적인 행동을 시작했다.

-리얼리티에 나온 게 곽신균 본부장 맞지? 그 사람한테 다이렉트로 꽂아야 피드백 나올 것 같아

그리고 이 선택으로 엄청난 결과가 나왔다.

자고 일어나니 상사가 없어졌다.

'꿈인가.'

꿈이 아니었다.

지난 며칠간 팬들과 기 싸움하던 본부장이 정말 사라진 것이다.

물론 퇴사는 아니다. 그냥 원래 본인이 일하던 곳으로 돌아갔다. 알고 보니 안 그래도 본부장은 슬슬 포트폴리오 들고 튈 각을 보던 중이었던 것 같더라.

실무진에게 카더라로 주워들은 내용으로는 원래도 1년만 있다가 갈 생각이었다고 한다. 그러던 중 팬들과의 분쟁이 나니 그걸 핑계로 위에 잘 이야기해서 냉큼 날라 버린 것이다. 그럼 자연스럽게 본부장의 포트폴리오에 포함되어 있던 '테스타와 게임의 콜라보'는⋯⋯.

속행되었다. 이미 계약서까지 다 찍어뒀더라.

'X발.'

그렇다고 본부장 보내 버려서 좋아하는 팬들한테 이것도 좀 어떻게 해달라고 찡찡댈 수도 없는 노릇이다. 나는 현실을 받아들이고 외출 준비를 시작했다.

오늘이 바로 미팅이 잡힌 금요일이었다.

"안녕하세요~ 제가 정말 팬이에요!"

"안녕하세요!"

"안녕하십니까!"

미팅 자리에서 만난 두 사람은 의외로 수더분한 인상의 남녀였다. 느낌상 사기꾼 같은 인상을 예감했던 것이 미안해질 정도였다. 게다가 이쪽도 콜라보 이야기가 급작스러웠는지, 좀 얼이 빠진 눈치였다.

"그… 일단 저희 게임부터 설명 드릴까요?"

"예, 예!"

"경청하겠습니다."

"넵, 그러면…….”

이어지는 내용은… 제법 특색 있고 재밌게 들렸다. 그것도 의외였다.

'호오.'

"…그래서, 운석에서 나온 의문의 물질로 멸망한 서울을 탐험하는 주인공의 이야기가 게임의 주요 스토리입니다. 서울에 있는 다양한 세력들을 만나면서 선택에 따라 동료와 능력이 바뀌는 로그라이크식 어드벤처예요."

"굉장히 재밌을 것 같습니다!"

"아, 감사합니다!"

가장 먼저 김래빈이 박수를 치고 나왔다. 이건… 진짜 괜찮을 것 같다는 신호였다. 의외로 본부장이 투척하고 간 게 쓰레기가 아니라 질 좋은 소고기일 수도 있다는 뜻인가.

게다가 이 사람들, 제법 호의적이었다. 그냥 말만 호의적이라는 게 아니라 일로 써먹을 만한 호의가 있다는 뜻이다.

"사실 이 콜라보가… 저희도 갑자기 받다 보니까 조사할 시간이 좀 부족하긴 했는데요, 그래도 기초적으로 확인했을 때… 여러분께서 만든 〈마법소년〉이 정말 멋졌어요."

"아, 감사합니다. 저희도 빨리 게임 확인해 보고 싶네요. 정말 재밌을 것 같습니다."

"아, 그러면 잠깐… 플레이 한번 해보실래요?"

"예?"

"버그 수정 중이긴 한데 이미 플레이는 가능한 수준이에요! 진행에는 무리 없을 거예요."

왼쪽에 앉은 사람의 품에서 스마트폰 기기가 쑥 나왔다. 크기가 큼직한 안드로이드 기종이었다. 스마트폰을 쓱쓱 만져서 게임 실행 화면을 켠 사람이 류청우에게 그것을 건넸다.

"아……."

"저요! 저 해요!"

약간 어색하게 받아든 류청우는 간절한 차유진의 요청에 난감한 얼굴이 되었다. 하지만 잘하고 재밌어하는 사람이 하는 편이 낫겠다는 생각이 들었는지, 곧 당부의 말과 함께 스마트폰을 넘겼다.

"조심히 써."

"예아!!"

차유진은 얼른 받아다가 눈을 빛내며 게임을 시작했다. 나머지 멤버들은 호기심 어린 표정으로 화면을 들여다보기 시작했다.

'…저쪽도 신난 것 같은데.'

설렘과 긴장이 어린 눈으로 테스타를 보는 두 사람을 의식하며, 나도 화면을 들여다보았다.

아무래도 자유도가 높고 모바일인 탓에 모든 것을 세밀히 구현하기는 힘들다고 생각했는지 게임은 텍스트와 그래픽, 일러스트가 번갈아 나오며 진행되었다. 다만 그 모든 게 아주 세련되었고 컨셉추얼했다.

게다가 재밌었다. 동료를 모아 스토리 챕터를 클리어하는 구성이 꽤 괜찮았다.

'이거… 되겠는데.'

왜 T1이 인수했는지 알 것 같은 퀄리티였다.

'…근데 여기 어디에 아이돌 홍보를 넣냐.'

그것만 생각하면 아주 말문이 막힌다. 어쨌든 순식간에 챕터 1을 끝낸 차유진이 신나서 외쳤다.

"정말 재밌어요!"

"오~"

"감사합니다."

두 사람은 아쉬워하는 차유진에게서 힘들게 스마트폰을 되찾아갔다. 그리고 싱글벙글 웃는 얼굴로 말했다.

"어떠셨어요? 혹시 콜라보하면 이런 게 좋겠다~ 하는 부분 있으세요?"

"……으음."

"그건 지금부터 고민해 봐야 할 것 같습니다."

"…역시 그렇죠? 저희도 고민해 볼게요."

다들 예상했던 상황이기 때문에 숙연해지는 일은 없었다. 그래도 게임이 망작이 아니라는 것만으로도 큰 수확이었다.

"감사합니다~"

"다음에 뵙겠습니다."

첫 미팅은 '각자 생각해 보자'는 애매한 대화로 끝났다. 하지만 나름 대로 전망이 나쁘지 않았는지 분위기는 괜찮았다.

"저 게임 BGM을 변주해서 타이틀곡으로 쓰면 어떨까 싶습니다."

"…그거 광고라 공중파 음방은 못 나오는 거 아니야?"

"헛."

나름대로 영감을 얻었는지 그림을 그려보던 김래빈은 이세진의 지적에 고민에 잠겼다.

그리고 나는 약간 안심했다.

'일단 브랜드 이미지 박살 날 일은 없겠군.'

무리수라고 욕먹고 성적이 떨어질지도 모르겠지만, 다음 앨범 내는데 지장이 생길 정도로 우스갯거리가 될 것 같지는 않았다.

'이제 문제는 대체 뭘 콜라보하냐는 건데.'

이 주제와 관련해서는 숙소에 들어가자마자 토의가 열렸다.

우선, 류청우가 회사에서 실무진들에게 들은 제안을 전달했다.

"수록곡하고 게임 BGM 교환이 제일 깔끔하지 않냐… 는 게 현재 의견이야."

"음, 무난하네요."

참견할 본부장 놈도 없으니 그냥 무늬만 콜라보로 하고 적당히 끝내 버리자는 소리였다. 그러나 직장인의 비애가 느껴지는 그 소리에 의외로 큰세진이 웃으며 고개를 저었다.

"에이~ 그러면 우리만 너무 일하는데요?"

"어…?"

"둘 다 음악 관련이잖아요! 아마 A&R팀 분들하고 저희만 고생하게 될 것 같은데……. 음, 이쪽도 챙겨오는 게 있어야 하지 않을까 싶네요, 저는~"

그렇군.

'손해 안 보는 게 아니라 이득을 봐야 하는 지점까지 올라갔다는 거지.'

확실히 저대로 가면 일만 가중되고 이득은 게임사만 먹고 끝난다. 게임은 홍보 효과를 받지만, 출시도 안 한 게임과 콜라보한다고 테스타가 얻을 인지도 이득은 없기 때문이다.

'…게임하는 사람들이 BGM 때문에 아이돌에 입덕할 일도 드물 거고.'

"그럼 대체 의견은?"

"이제부터 생각해 보자는 거죠~ 어차피 일해야 하면 보상이 있는 쪽이 하는 맛도 나고 좋잖아요."

"으음."

그리고 사람들이 고민에 잠기려는 찰나, 이세진이 침음성과 함께 입을 열었다.

"…그냥, 회사 사람들한테 맡기자. 앨범 준비하기도 바쁜데 뭘 콜라보할지까지 우리한테 정하라고 하는 것부터가 이상한 거 아냐?"

"형, 그러면 작업량이……."

"그건 A&R팀이 알아서 할 일이지. 우리는 녹음만 하겠다고 말하면 돼."

이세진은 딱 잘라 쳐냈다.

"애초에… 이 상황이 이상한 거야. 왜 신인이 이런 것까지 만들고 결정하냐고. 회사가 돈이 없는 것도 아니잖아."

"……"

너무 맞는 말이라 그냥 수긍하고 싶어지는군.

드물게 말을 많이 한 이세진은 숨을 몰아쉬고 있었다. 아마 계속 생각하던 것을 쏟아낸 모양이었다.

그리고 차유진이 해맑게 대답했다.

"근데 다른 거 하고 싶어요! BGM 재미없어요."

"……"

이세진은 그만 눈을 감아버렸다.

'저런.'

그래도 도망가지 않는 걸 보니 많이 나아졌다.

"자~ 그럼 다수결로 하죠? 새로운 콜라보레이션 주제를 생각해 내고 싶다, 손!"

놀랍게도 이세진과 나를 제외한 모두가 손을 들었다.

'징한 놈들.'

저거 분명 큰세진 빼고는 이득을 보려는 게 아니라 '도전해 보고 싶어서', '멋진 작업물 만들고 싶어서' 같은 이유일 것이다.

그 와중에 큰세진이 깜짝 놀란 척한다.

"헐, 문대 안 하고 싶어?"

"아니, 난 보류. 괜찮은 의견이 나오면 그쪽으로 하고, 아니면 그냥 BGM이나 만듭시다."

"그래. 일단 그렇게 진행하자."

류청우는 다시 이야기를 돌렸다.

"자, 그럼 우리 그룹이 게임과 콜라보해서 얻을 수 있는 장점이 뭘까."

"…게, 게임에 출연할 수 있다?"

"돈? …은 물 건너갔네요. 계약도 이미 끝났고."

"예. 둘 다 이번에는 해당 사항이 없는 것 같습니다. 출시가 코앞인데 저희를 넣어주실 수 있을 리가 없습니다."

음, 맞는 말이다. 혹시 시간이 충분했다고 하더라도, 그렇게 공들여 세계관 짠 것 같은 게임이 뜬금없이 연예인에서 따온 캐릭터를 출시하자마자 넣고 싶지는 않겠지.

'…잠깐.'

……이거, 역으로 생각해 볼 수도 있지 않나?

"이건 어때요."

"응?"

"우리 캐릭터를 넣어달라고 하지 말고, 우리가 캐릭터를 뽑아서 쓰죠."

"……??"

나는 손가락으로 스마트폰을 가리켰다.

"우리랑 제일 닮은 게임 캐릭터들 추려서 그걸로 서브곡 하나 뽑는 게 어때요."

"…!"

"타이틀이 아니니까 공중파 못 타도 상관없고, 케이블이랑 위튜브만 공략해도 요새는 판이 크니까요."

잘 만든 게임 IP, 그냥 우리 세계관으로 빨아먹자는 뜻이었다.

"그… 동료 캐릭터들 목록을 달라는 말씀이신가요?"

"예."

"어……."

다시 만난 게임사 측 사람들은 뜬금없는 제안에 당황한 모습이었다. 그들은 시선을 주고받더니, 약간 내키지 않는 목소리로 대답했다.

"음… 저희가 수익 창출용으로 동료 캐릭터 뽑기 시스템이 있기는 한데요."

"네."

"그, 요소가 전부 랜덤이거든요……?"

"……!!"

무작위로 생성된 캐릭터를 뽑는다는 말이었다.

"근데 일러스트가 있던 걸 봤는데요."

"그거 카툰 렌더링으로 뽑은… 음, 아무튼 그것도 랜덤으로 만든 거라고 보시면 돼요!"

"……."

여기서 막힐 줄은 몰랐는데.

그때, 김래빈이 손을 들었다.

"…그럼 차유진이 썼던 동료들도 고정되어 있지 않고 매번 이름이 바뀌는 겁니까?"

"아, 그 친구들은… 그, 다음 챕터 시작하면서 사실 다 죽어요."

"……!!"

"주인공이 혼자 서울을 탐험하게 만들어야 해서…… 하하."

유일하게 고정된 동료들이라며 앞에 앉은 사람들이 하하호호 웃었다.

"죽는 거 싫어요……."

차유진은 그새 그 캐릭터들에게 정이 든 모양인지 급격히 우울해졌다. 그리고 나는 깨달았다.

'……? 그럼 그냥 쟤네 쓰면 되는 거 아닌가?'

고개를 돌리니 차유진을 뺀 모두가 그 생각을 떠올린 얼굴이었다.

'…마침 7명이었지.'

이 게임, 파티가 4명 구성인 덕에 주인공 포함 8명으로 튜토리얼 인원을 딱 잡아뒀다. 류청우가 조심스럽게 말을 꺼냈다.

"……저희가 그 친구들 좀 써도 될까요?"

"어, 네?"

"아, 그러니까… 저희 멤버들이 그 친구들 역할을 하나씩 맡아서, 곡하고 무대를 만들어볼까 하는데요."

"……."

'혹시 싫어할 수도 있다.'

이쪽도 급하게 콜라보 연락을 받은 거면, 이렇게까지 엮이기 싫다고 할 수도 있지.

'그러면 얌전히 BGM 이야기나…….'

"헐!"

"……?"

"너무 좋아요!"

"…!!"

"저희야 시간과 예산만 있으면 그런 프로젝트 해보고 싶죠!"

흥분한 여성에 이어서 남성이 두 주먹을 불끈 쥔 채 외쳤다.

"우리 애들이 3D로 나오다니…!"

"……."

마음이 일치하는 것 같아서 다행이다.

그렇게, 콜라보는 의외로 순조롭게 진행되기 시작했다.

때는 9월 23일 일요일. 테스타의 팬, 러뷰어들은 말라붙은 떡밥에 슬퍼하고 있었다.

물론 테스타는 주기적으로 SNS에 소식을 남겼고, 며칠에 한 번씩은 꾸준히 광고나 행사 관련 소식이 전해졌다. 그러나 팬들은 폭포수처럼 쏟아지던 데뷔 활동기의 그 맛을 잊지 못했다.

-애들 다른 소식 없어...?

-본부장 놈도 쫓아냈는데 축하 파티 W앱 같은 거 해줬으면 좋겠다 한 일주일쯤

-우리도 양심이 있지 벌써 컴백 떡밥 바라는 건 아니다 얘들아 근데 어떻게 위튜브 자체 예능이라도 안 될까...?ㅎ

-매일 진수성찬 주지육림이다가 보리밥에 간장만 먹는 느낌이야ㅠㅠ

그렇게 양심과 욕망 사이에서 갈등하던 팬들은 다가오는 월요일에 괴로워하며 잠이 들 예정이었다.

그 동영상이 뜨기 전까지는 말이다.

-어 방금 공식 계정에 뭐 올라왔는데 위튜브다??? (링크)

[테스타(TeSTAR) 'Bonus book' Comeback Trailer (with 127 Section)]

-???
-컴백 트레일러?
-갑자기요?
-심정지 올 뻔

사람들은 비명을 지르며 기겁하면서도 바로 영상을 클릭했다.

썸네일은 조준경 너머로 보이는 왼쪽 눈이었다. 렌즈를 꼈는지, 아니면 CG인지는 모르겠으나 다소 섬뜩한 보랏빛으로 빛나고 있었다.

그리고 곧 영상이 재생되기 시작했다.

[……]

등장한 것은 검고 긴 다리였다. 날렵한 가죽 바지를 걸친 쭉 뻗은 발은 성큼성큼 어딘가로 향했다.

카메라가 그 발걸음을 따라가며 다 부수어지고 판자와 천 따위를 덧댄 자국이 역력한 복도를 속도감 있게 비췄다. 그리고 다리에서부터 쭉 올라가, 어느새 검은 핑거 슈트를 낀 왼손을 비추게 되었다. 그 과정에서 옆얼굴이 함께 클로즈업되었다.

붉은 머리를 내린 차유진이었다.

그리고 차유진의 손안에 있는 것은⋯ 다 낡아빠진 빨간 솜인형이었다.

[♬♪♪~]

차유진은 나직이 익숙한 멜로디의 휘파람을 불면서, 솜인형을 뒤집었다. 인형의 등 뒤에는 톱니바퀴가 달려 있었다. 오른손이 거침없이 톱니를 잡고 돌리기 시작했다.

끼릭끼릭.

톱니가 돌아가는 소리가 요란하게 울리더니 곧 이상한 음이 섞이기 시작했다.

Pi Pi Pi Pipipipipi–

PPi–.

쾅.

터지는 소리와 함께, 화면이 검게 변했다. 내레이션이 깔렸다.

[WHAT makes people live?]

[⋯A CHOICE]

화면이 다시 밝아지는 순간 전경이 바뀌었다. 반파된 운동장이다. 모래가 다 굳고, 골대는 이미 헐었다. 그 한가운데 이상한 문양이 항공 샷으로 잠깐 잡히는 순간.

대단히 무거운 비트가 울리기 시작했다.

DOOOM DOOOM DOOOM DOOOM

그리고 현란한 현악기 오케스트라가 울리기 시작했다.

위급한 단조의 반주, 그 위로 일렉 사운드의 강렬한 신스가 천둥이 꽂히는 것처럼 리프 멜로디를 연주하기 시작했다.

—I'm gonna survive,

Like you did before

I'm gonna grab it,

Just like I dreamed

고음의 도입부였다.

그 순간, 화면의 운동장 골대 아래가 폭발했다. 그리고 그 아래에서 차유진이 뛰어나왔다.

—Ashes to ashes, dust to dust

But NOT for me 난 아니야

난 살아 그렇지 like

Legends never die

머리에서 먼지와 모래를 털어낸 차유진은 신난 것처럼 골대를 한번 찼다. 그리고 운동장을 가로질러 정문을 향해 뛰어갔다.

그가 검붉은 담쟁이넝쿨이 무성한 정문을 발로 열고 성큼성큼 통과하는 순간, 장면이 전환되었다.

—모든 갈림길이 선택의 기로
But wherever you go, 찾아
가장 확실한 방정식을
You will never die

샘플로 가득 찬 푸른 연구실에서 모니터를 들여다보는 배우 출신 이세진이었다. 안경 낀 섬세한 인상과 다르게, 걸친 가운에 녹색, 검붉은 색 자국이 덕지덕지 붙어 있었다.

차유진이 정문 밖으로 질주하는 것을 모니터로 지켜본 이세진은 자리에서 일어났다. 그리고 연구실 문을 봉쇄한 철책 앞으로 걸어가다가, 발을 멈추고 덕지덕지 붙은 경고 표식을 읽었다.

바이오해저드(생물재해) 표지 마크였다.

그 순간, 다른 장소의 같은 마크를 찢어내는 손으로 컷이 바뀌었다.

—That's what keeps me alive
난 세차게 쫓아가
삶을 완성시킬 발걸음

If I reach out, I can hold it

찢어진 종이를 한 손에 쥔 것은 단정한 현대적 차림새의 큰세진이었다. 그는 마치 무언가를 연설하는 듯 낡은 단상 위에 서 있었다.

그리고 그가 쥐고 있던 종이를 낡은 철책으로 던진 순간.

툭.

구겨진 종이는 힘없이 철책에 튕겨 나갔으나 단상 밑에 서 있던 사람들이 우르르 철책으로 달려갔다. 그 모습을 지켜보던 큰세진은 어깨를 으쓱하더니, 한쪽에 걸려 있던 야구 모자를 들어 탁, 자신의 머리에 걸쳤다. 그리고 유유히 단상에서 사라졌다.

그 순간 카메라가 하늘로 치솟았다.

−I'm gonna survive,
Like you did before
I'm gonna grab it,
Just like I dreamed!

머리부터 발끝까지 현대적 무장요소를 갖춘 저격수가 옥상에서 가늠쇠 너머로 이상한 것을 겨누고 있었다.

곧 저격수의 총에서 푸른 빛이 쏘아졌다.

두근거리는 붉은 덩어리에 빛이 맞는 순간, 덩어리가 터지며 폭발이 일어났다. 카메라가 허공을 한 바퀴 돌면서 저격수가 총을 던지며 일어나는 것을 비추었다.

류청우였다.

그가 던진 총은 옥상 아래로 떨어지는 순간, 붉게 녹아 아스팔트로 스며들어 흔적도 없이 사라졌다. 그리고 카메라는 아스팔트보다 밑으로 떨어졌다.

−I will never die
Like I did before
I'm gonna keep you
Alive− Alive− Alive!

물이 고인 거대한 하수구에는 마네킹과 온갖 무기가 반파된 채로 쌓여 있었다.

김래빈은 그 최상단에 고요히 누워 있었다. 햇살 한 줄기가 그 위로 내렸지만, 동시에 물이 뚝뚝 떨어지며 검은 머리카락과 얼굴을 적셨다.

그 순간, 김래빈이 눈꺼풀을 들어 올렸다. 그리고 눈동자만 옆으로 굴렸다. 다소 섬뜩한 그 시선을 따라 카메라가 움직였다.

철퍽.

하수구를 이동하는 사람들의 분주한 발걸음으로 컷이 이어졌다. 곡은 드랍되는 대신 더 멜로디컬해지며 부드러운 미성이 이어졌다.

−Choose your way
Choose your side
Make your way

Decide your fate

사람들이 옮기는 거대한 물탱크 같은 물체로 카메라의 초점이 맞춰졌다. 물탱크는 부들부들 흔들리더니, 상단이 열리며 흰 팔이 튀어나왔다.

그 안에서 자신의 몸을 끄집어낸 것은 선아현이었다.

흔들리는 카메라 너머로 이상하게 빛나는 물이 탱크에서 흘러넘쳤다. 선아현의 뒤로 빛나는 물방울의 향연이 후광처럼 멈췄다.

그 순간, 카메라는 비상하는 물방울과 함께 하수구를 빠져나왔다. 그리고 한 고층빌딩의 깨진 창문을 비추었다.

—Choose your way
Choose your side
Make your way
Decide your fate….

창문 뒤에 서 있는 것은 스마트폰을 들여다보는 소년이었다.
곡이 잦아들었다.

[……]

검은 후드를 눌러쓴 소년은 카메라를 등지고 창문 밖을 응시했다. 손에 든 것은 낡은 스마트폰. 그 너머 도시는 한밤중인데도 일렁이는 빛으로 가득 차 있었다. 역광으로 소년의 인영이 더 어두워졌다.

그 상반신이 서서히 클로즈업된 그 순간.

소년이 휙 뒤돌아 카메라를 응시했다.

박문대의 얼굴이었다.

카메라가 마치 놀란 것처럼 휙 멀어지자, 어느새 소년의 주위에 떠 있는 드론들이 화면에 잡혔다. 일렁이는 야광 불빛의 드론들이 검은 어둠 속에서 카메라를 쏘아보았다.

박문대는 이상한 보랏빛이 일렁이는 눈으로 카메라를 보더니, 그대로 스마트폰을 창밖으로 던졌다.

그리고 카메라를 향해 그가 다가오는 순간.

픽.

화면이 꺼지며, 자막이 떠올랐다.

[Choose Your Side]

[127 Section]

[Coming Soon]

영상은 그렇게 끝났다.

-????

-!?!?

그리고 팬들은 물음표와 느낌표를 난발하게 됐다.

트레일러 영상은 2분 42초짜리 짧은 영상이었으며 곡 역시 1절 분량만 짧게 잘려 나왔다.

하지만 넘치는 영상미와 의미심장함, 지난 앨범과 연결되는 요소들 때문에 온갖 SNS 팬 계정들과 커뮤니티는 월요일도 잊고 순식간에 영상에 대해 떠들었다.

-ㅠㅠ아니 예고도 없이 이렇게 트레일러 띄워서 나 같은 새가슴 덕후 놀라게 하는 법 있냐구요 진짜ㅠㅠ 감사합니다. 법으로 제정해주세요.

-본부장 쫓아내길 잘했다 역시 그놈 없어도 잘만 뽑네

-이거 선공개곡 같지? 안무 없어서 아쉽긴 했는데 군무 씬이 들어가면 이 긴장감이 풀렸을 것 같아서 딱 좋았어

└맞아 진짜 원테이크는 아니었지만 그런 느낌으로 편집한 것도 마음에 들었고

-근데 왜 곡명이 보너스 북인지는ㅋㅋㅋㅋ 아직도 모르겠음. 별책부록이라는 뜻인데 그냥 영상 제목인가.

물론 일반 연예 관련 커뮤니티에서도 바로 소식이 올라왔다.

[TeSTAR 컴백 트레일러 뜸]

: 팬들도 뜰 줄 몰라서 혼비백산 중인 듯

-와 돈냄새
-무슨 영화 트레일러 같네
-근데 안무도 없구 곡도 아이돌 느낌은 아닌 듯ㅠ
-티원에서 돈 진짜 엄청 투자하나 봐 이세진 좋겠다 추가로 들어가서 저 꿀
다 빠네
　└흠 이번 건 오히려 배우 출신 나와서 영상 퀄 올라간 듯?
　└ㅋㅋ 20초 나왔는데 연기력 감정 가능해?
　└아이고아주사에서밀던주식이아깝게탈락했다니안됐다그게누구라고?
-세계관에 잡아먹힌 듯... 너무 오덕같아
-개쩐다 진짜

자신의 불호를 열심히 외치는 사람들도 많았으나 댓글과 조회수는 거짓말을 하지 않았다. 그리고 당연히, 영상 말미에 나온 자막 떡밥들도 곧바로 분석되어 결론이 나왔다.

[테스타 이번 영상 게임 관련인 듯]
: 마지막에 나온 자막 127 section
검색해보니까 10월 출시 예정인 게임 뜸
(기사 캡처)

원래 소규모 개발팀인데 T1에서 인수했네

─────────────────────────

-호옹

-게임 콜라보였어?

-헐 더 좋아 어쩐지 게임 느낌이더라니

-그럼 그냥 광고영상이었나.

　└컴백 트레일러라는 걸 봐서는... 광고 수준이 아닌 듯...ㅎ

-흠 난 별로다 걔네 이제 겨우 자기 세계관 잡아가는 시기인데ㅠ

-근데 걍 게임용이라고 하기엔 마법소년 뮤직비디오랑 연관점 너무 많던데? 팬들이 엄청 파더라

　└T1에서 게임을 테스타 세계관용으로 만들었나?ㅋㅋ

　└헐

　└설마

　└진정한 돈지랄이다;;;

　　적당히 테스타에게 관심 있던 사람들은 흥미로워하면서 상황을 관찰했다. 팬들은 걱정과 기대 사이에서 오갔으나, 그다음 날 앨범 예약 공지가 뜨면서 일단 기다려 보자는 쪽으로 마무리되었다.

-영상에 돈 처바른 것 보니까 버림패는 아니야 곡도 좋고 지난 앨범하고 세계관도 연결되는 것 같으니까 일단 기어 박음

-이게 타이틀은 아닌 것 같고 걍 게임사하고 한두 곡 콜라보한 것 같아 일단

이런 퀄리티 트레일러 본 걸로 난 만족!

　-곡 영상 비주얼 삼박자가 딱 떨어져서 난 좋았음 타이틀 기대됨ㅜㅜ

다만 아직 마무리되지 못한 쪽도 있었다.

[야 니들 이거 봄?]

게임 커뮤니티였다.

테스타와 콜라보하게 된 이 게임 개발사는 T1에 인수되기 전에도 몇 가지 마니아층 두터운 게임을 내면서 인지도를 쌓았었다. 덕분에 관련된 소규모 게임 커뮤니티들이 있었다.

아이돌 뮤비 자막에 127 섹션 나옴 어떻게 생각함?

(테스타 컴백 트레일러 영상)

　-흐미 이것은... 맞는 것 같은디

　-보고 왔다. 서울 배경, 붉은 저주, 생물재해, 물탱크까지 나옴. 확정 아니냐?

　-아니 이런 변두리 망겜 제작사에 아이돌 광고가 붙는다고? (혼란 이모티콘)

　　└대기업 인수 맛 달달하구먼

　-뭔가... 뭔가 일어나고 있음

　-아 여돌 아니었냐 다행이다 씹덕 새끼들 유입 막았쥬

└대신 빠순이 붙잖어

└돈만 많이 쓰면 누구든 상관없지 않누 이 새끼들 또 서버 닫고 빤스런할까봐 걱정이다 이 말이야

└아ㅋㅋㅋㅋㅋ ㅇㅈ

'왜 하필 아이돌로 이런 걸 만들어서 이미지 묻히냐' 같은 말은 찾아볼 수 없었다. 첫 번째로는 영상이 워낙 시네마틱하며 기존 공개된 게임 배경의 분위기를 잘 살렸기 때문이고, 두 번째는⋯ 이들이 그런 걸 가릴 처지가 아니었기 때문이다.

〈127 섹션〉의 제작사인 '폐허공장'은 질 좋은 게임을 만드는 것으로요 몇 년 사이 암암리에 제법 인지도가 생겼지만, 과금 모델을 제대로 개발하지 못하는 탓에 늘 운영 뒷심이 부족했다.

덕분에 이들은 그저 이른 서버 종료를 막고 싶을 뿐이었다.

-머기업의 투자 기대해봐도 되는 부분임?

-와! 127 섹션 국민 갓겜 된다!

-그래서 대체 겜이 언제 나오는 거고⋯ 왜 트레일러를 내놨으면서 출시일도 안 뜨냔 말이야! (탁자 치는 이모티콘)

└구멍가게에 뭘 기대하시는ㅎ?

그리고 테스타의 컴백이 충분히 기사 등으로 홍보된 뒤, 한발 늦게 게임사는 출시일을 발표한다.

['폐허공장'의 신작 게임 <127 섹션>, 국민 주식 테스타와 손잡고 출시]
[테스타의 컴백 트레일러는 콜라보 영상이었다... <127 섹션> 출시 임박]

-야호!
-와 인지도 떡상한다!
-테스타요? 폐허공장의 아들입니다.
-어허 테스타라니 갓스타라고 부르는 거야

게임 마니아들이 기대에 부풀어서 뒹굴고 있을 때, 테스타의 팬들 쪽은 슬슬 불안해지기 시작했다.

-진짜 이번 앨범 게임 광고용이야?
-설마 본부장이 해놓은 거 그대로 진행 중인 건 아니지...?
-아니 뭘 어떻게 콜라보 했는지라도 구체적으로 알려주던가 그냥 뭉뚱그려서 적어놓으니까 빡치네 진짜ㅋㅋㅋㅋ
-또 소속사 패야됨?ㅠㅠ

다행히 팬들의 불안이 더 자라지 않을 시점에서, 새로운 정보가 공개되었다.

[테스타(TeSTAR) Concept Photo 'Side A']

테스타의 앨범 컨셉 포토였다.

그리고 이 사진들의 분위기는… 대놓고 청량했다. 하얀 티셔츠를 입고 숲에 누워 있거나, 헤드폰을 끼고 침대에 엎드려서 창밖의 자연풍경을 보는 등의 장면이던 것이다.

그리고 전부 맨발이었다.

전체적으로 청량하고 아련한, 청소년기의 여름날 같은 풍경이었다.

-아니 미친
-으아아아 청량왔다!!
-아현이가 맨발…! 맨발!
-문대 사과 무는 컷 봤어? 봤냐고?!
-기절할 것 같다
-흐흥흑ㅠㅠㅠ얘들아 볼수록 잘생겨진다…

기존에 공개된 〈127 섹션〉의 정보나, 컴백 트레일러와 완전히 다른 느낌에 팬들은 안심하면서 사진을 보정할 수 있었다.

"문대야! 반응 완전 좋다!"
"나도 지금 보는 중이다."
"하하!"

큰세진이 웃으면서 복도를 가로지르는 소리가 들렸다. 아마 다른 방에도 이야기하려는 것 같았다.

나는 스마트폰 화면으로 댓글을 살폈다. 다들 자연스럽게 게임 콜라보는 앨범의 일부분일 뿐이라는 점을 알고 넘어갔다.

'이 순서대로 푸는 게 맞았던 것 같군.'

게임 콜라보 사실을 나중에 밝히면 배신감이나 거부감이 들 수도 있고, 먼저 때리면 게임으로만 관심이 쭉 빨려 들어갈 수 있었다. 그러니까 차근차근 단계적으로 접근하는 게 맞았다. 거부감이 들지 않게 빌드업하면서, 동시에 게임과는 적당히만 융합되는 게 중요하다.

'너무 엮여도 안 돼.'

게임 콜라보는 그냥 세계관을 더 재밌게 즐기게 해주는 외전 정도로 취급당하는 편이 좋았다. 그렇게 적당한 만족감을 즐기고 있는데, 보던 스마트폰 화면에 팝업이 떴다.

[VTIC 청려 선배님 : 앨범 내요?]

"……."

이거… 무조건 목적이 있는 질문이다.

그래도 무시할 순 없는 노릇이라 답장했다.

[예. 이번 달 말에 컴백합니다.]

[VTIC 청려 선배님 : 그렇구나. 그럼 아직 시간 좀 있네요.]

그리고 달갑지 않은 제안이 왔다.

[VTIC 청려 선배님 : 내가 만든 곡 있는데 수록곡으로 쓸래요?]

미쳤냐?

[정말 괜찮습니다. 선배님께 그런 수고를 끼칠 수도 없고, 앨범이 이미 유기적으로 완성된 상태입니다. 제안해 주신 점은 정말 감사합니다.]

[VTIC 청려 선배님 : 내가 듣고 싶은 이야기가 있어서 그래요. 맨입

으로 받기는 그래서 주는 거니까 걱정하지 말고요. 꼭 이번 앨범에 쓸 필요도 없어요^^]

"……."

[혹시 앞으로에 대한 이야기입니까?]

톡 내역 훔쳐보는 훔쳐보는 놈들이 있을까 봐 완곡히 돌려 말했지만, 미래 정보를 듣고 싶은 거냐는 의미다.

[VTIC 청려 선배님 : 네.]

[말씀드렸지만 저도 경험이 많지 않아서 드릴 수 있는 이야기가 많지 않습니다.]

[VTIC 청려 선배님 : 그건 제가 들어보고 판단하겠습니다.^^]

"……."

아, 이 새끼 또 보기 찝찝한데.

'연을 끊을 수도 없고.'

그럼 나도 정보나 캐내야겠군.

[그럼 저도 곡보다는 선배님의 지난 이야기를 듣고 싶습니다.]

순식간에 답장이 오던 방금과는 다르게, 응답이 돌아오는 데 약간 시간이 걸렸다.

[VTIC 청려 선배님 : 그러세요.]

가뜩이나 앨범 준비하느라 시간이 없어서 이놈과 접견하는 건 되도록 활동 이후로 미뤄 버리고 싶었지만 막혔다.

—그때는 콘서트 투어 때문에 해외로 출국하거든요.

덕분에 연습 다 끝난 이 한밤중에 녹음실을 빌렸다.

'젠장.'

일단 회사에는 같이 작업은 시도할 건데 어떻게 될지는 모르겠다고 말해둔 상태다. 어차피 작업도 안 할 거긴 하지만.

어쨌든, 청려가 도착한 것은 몇십 분 후였다.

"안녕하세요. 잘 지냈어요?"

"예. 저야 잘 지냈습니다."

"그런 것 같더라고요. 트레일러 잘 뽑았던데. …아."

청려가 문 옆 옷걸이에 얇은 코트를 걸다가, 표정 없이 이쪽을 돌아봤다.

"혹시 그 게임 이미 알고 있던 건가? 출시하면 공전의 히트라도 치나? 그래서 콜라보했어요?"

"…회사에서 다짜고짜 시켜서 하는 건데요."

"아, 그렇군요."

청려가 빙긋 웃으며 녹음실 의자에 앉더니, 주머니에서 작은 물건을 하나 꺼냈다. USB였다.

"그럼 곡부터 들어볼래요?"

이 새끼 진짜 사람 말 안 듣네.

"……곡은 안 받아도 괜찮습니다."

"녹음실에서 만난 김에 그냥 들어나 보세요."

청려는 부스 앞 기계를 이리저리 조작하더니, 곧 노래를 재생했다.

"……!"

"좋죠?"

귀에 착 달라붙는 트로피컬 하우스곡이었다. 그래서 더 의심스러웠다.

'자기가 쓰지 이걸 남 줄 성격은 절대 아닌 것 같은데.'

"왜 선배님이 안 쓰고 절 주려고 하십니까."

"음, 전 이런 곡 취향이 아니라서요."

"…그럼 같은 회사 후배는?"

"……."

"아니면 같은 팀 멤버분을 드려도 되는 상황이잖습니까. 유닛 활동으로."

"……음."

청려가 곡을 껐다. 그리고 턱을 괬다.

"역시 똑똑하네……. 쓸데없게."

"…!!"

"이거 사실 내가 지은 건 아니에요."

청려가 USB 꺼내서 쓰레기통에 던져넣었다.

"지금으로부터 2년 전에, 전도유망한 신인 작곡가가 티홀릭한테 줘서 제법 히트… 했어야 할 곡인데. 내가 가로챈 거예요."

뭐?

"아, 작곡가 동정할 건 없어요. 이분 이 곡 이후로 표절 손대서 줄소송 당하다 해외 도피로 끝났거든."

"……."

청려가 멋쩍은 듯이 웃었다.

"뭐, 내가 돌아오기 전에는 그랬다는 이야기입니다. 지금은 잘살고 있을 거예요. 곡값을 잘 쳐줬으니까."

"……."

"근데 우리 회사 사람한테 곡 주면 안 되지. 이게 또 표절곡 주려고 할지 모르잖아요."

"…근데 그걸 절 주겠다고?"

청려가 미소 지었다.

"당연히 사정을 설명해 줄 생각이었습니다. 이렇게 설명해 주면 문대 씨는 절대 이 사람한테 곡 다시 안 받을 거잖아요. 안 그래요?"

"……."

내가 눈치 못 챘으면 그냥 이대로 엿 먹일 생각이었던 것 같은데.

"방금 쓸데없이 똑똑해서 눈치챘다고 말씀하신 것 같은데요."

"설명해 주는 재미가 없어지니까 한 말이죠."

살살 잘도 빠져나가는군.

청려는 진지한 얼굴로 말을 이었다.

"난 이런 위험을 잘 관리하고 싶은 거라서. 거창한 정보를 원하는 게 아니라… 큰 흐름. 트렌드, 사건들만 기억나는 대로 말해봐요. 그럼 나도 알고 있는 대로 대답해 줄 테니까."

"……."

그냥 공부만 했는데요.

기억나는 건 9시 뉴스나 포탈 메인에 자주 등장했던 사건뿐이다. 하지만 이놈이 알고 싶은 게 내년 여름에 올 태풍 이름은 아니겠지.

"…제가 공시생이었다는 건 기억나시죠?"

"아주사에 참가해서 1위 할 정도로는 사회와 친숙했던 것 같은데."

여기서 오해가 발생했군. 나는 뻔뻔하게 대답했다.

"그건 그냥 노력과 재능인데요."

상태창 이야기 꺼내면 눈 돌아갈 것 같은 놈이다. 입도 벙긋 말자.

"……그런 것치곤 컷을 너무 아는 것처럼 잘 챙겼고."

고등학교 자퇴하자마자 데이터 팔았다고 해도 안 통할 것 같으니…

음. 제일 가깝고 많을 사례를 들자.

"공시 시작 전에 아이돌 팠어서 이 동네 대충 압니다."

"……"

청려는 잠깐 말문이 막힌 것 같았다.

"……후."

그리고 결국 한숨을 내쉬었다.

"아이돌 팬이었다고."

"예."

"…누구 팬이었는데."

"말랑달콤이요."

"……"

청려는 다시 한숨을 내쉬었다. 그리고 약간 누그러든 목소리로 대답했다.

"…일단 그래도 기억나는 건 다 말해봐요. 나도 대답해 줄 테니까."

항복 선언이었다. 나는 고개를 끄덕였다.

"예. 그러겠습니다. 음… 아, 맥시마이트의 비트온이 내년 초쯤 음주

운전이 터지……."

"원래 그런 놈이고. 다음."

"흠… 올해 말에 뮤디 씨가 캐럴을 내는데, 제가 음식점에서 계속 들었으니… 아마도 음원 성적이 좋았던 것 같습니다."

"……알겠습니다. 다음."

이렇게 세 번쯤 반복하자, 청려가 음울하게 물었다.

"…내년에 유행하는 비트 같은 건 몰라요?"

"그걸 알면 벌써 썼죠."

"……!"

청려는 결국 내게 별다른 정보가 없다는 것을 인정했다.

"거짓말하는 것 같지는 않고… 참."

"내년 공시 경쟁률이라도 알려 드릴까요."

"…됐습니다."

"흠."

이제 내가 질문할 차례인가.

"혹시 이 사태가 왜 벌어진 건지 짐작 가는 이유 있으신가요? 아니면 사건이나."

"그걸 나도 알고 싶은데 말이지."

청려는 눈을 찌푸렸다.

"확실한 건, 일단 과업을 다 끝내면 더는 갑자기 죽을 걱정은 안 해도 된다는 거죠. …게다가 미래 지식은 아직 남아 있으니, 이 몇 년 아주 유용했는데."

그 문맥에서 쓴 '유용'이란 단어 뉘앙스가 아주 은근했다.

"……곡 뺏으셨습니까?"

"하하, 뭐 당연한 걸 물어요? 본인들이 작곡하는 것도 아니고, 작곡가한테 먼저 받는 쪽이 임자 아닌가."

청려가 밝게 웃었다.

"그것도 작년으로 끝나서 아쉽네."

"……!"

그 말에서 나는 깨달았다.

'이 새끼 작년에 시간 돌렸구나.'

그리고 데뷔 전으로 갔다. 그렇다는 건… VTIC의 연차에 비춰봤을 때 최소 7년 이상 돌렸다는 것이다.

그럼 상태이상이 최소 8개다. 뭣도 모르는 상태에서 그걸 피하려고 했다면 과연 몇 번이나 실패를….

'……제정신 아닐 만하군.'

앞으로도 거리를 두고 지내자고 다짐했다.

그렇게 청려와의 별 소득 없는 만남을 끝내고 숙소로 돌아왔다. 벌써 새벽 3시. 당연히 다들 자고 있었다.

'…내일 8시에 침대에서 일어나야 되는데.'

당장 자야 했다. 나는 발소리를 낮추고 얼른 내 방을 찾아갔다.

그리고 놀랐다.

"……!"

"흐…."

이세진이 자기 침대에 처박혀서 스마트폰을 보고 질질 짜고 있었기 때문이다. 폰 화면에서 빛이 새어 나와서 이세진의 홍건한 얼굴을 비췄다.

'……넷플러스라도 보나.'

굉장히 민망했다.

"……."

나는 일부러 살짝 발소리를 내고 방을 스쳐 지나갔다. 수습할 시간을 주기 위해서였다.

'먼저 씻고 옷을 갈아입지 뭐.'

그리고 욕실에서 샤워까지 하고 나오니, 이세진은 이불을 머리끝까지 뒤집어쓴 채로 보이지 않았다. 저쪽도 민망할 만했다.

'…자자.'

나는 침대에 누웠다. 귀마개는 이 새벽에 굳이 안 껴도 되겠지.

하지만 얼마 지나지 않아 끼지 않은 것을 후회했다.

"……끅."

옆에서 끅끅거리며 우는 소리가 둔탁하게 울렸기 때문이다. 누가 들어도 이불 속에서 베개에 얼굴 처박고 우는 소리였다.

'미치겠다.'

나는 귀마개를 끼고 도로 누울까 심각하게 고민하다가, 결국 몸을 일으켜서 옆 침대로 다가갔다. 그리고 이불 위를 툭툭 쳤다.

"형. 무슨 일 있어요?"

"……!!"

이불이 들썩거리더니 기침 소리가 울렸다. 눈물, 콧물에 침까지 나왔군…… 안 봐도 남한테 보일 꼴은 아닌 것 같아서 나는 팔짱을 끼고 기다렸다.

"…귀마개, 큽, 안 했어?"

"이 새벽에 껴야 할 필요가 있을 줄은 몰랐죠."

뒤척이는 소리가 다시 났다. 그리고 이세진이 목소리가 평상시에 가깝게 침착해졌다.

"……자. 별일 아니니까."

"……."

뭔 일이 있긴 하단 뜻이군.

그 순간, 머릿속에 이제는 희미해진 경고음이 울렸다.

"…형, 설마 마약 문제는 아니죠?"

"미쳤어?"

음, 아니군. 나는 기겁해서 이불을 차고 나온 이세진을 확인하고 도로 침대로 돌아갔다. 이세진의 얼굴이 열 받았는지 시뻘게진 것이 어두운데도 보였다.

"내가 마약할 놈으로 보여?"

"아뇨…. 그냥, 오늘 청려 선배님 만났는데, 마약으로 훅 간 분 이야기를 좀 들어서요. 갑자기 생각나서 물어봤어요."

"……."

이세진은 몇몇 구체적 예시를 떠올렸는지, 찝찝한 표정이 되었다.

"…혹시라도 그런 덴 안 엮이는 게 최선이지. 너도 이상한 놈들은 아예 선을 안 만드는 게 좋아."

"잘 알겠습니다."

나는 어깨를 으쓱하고 이불을 덮었다.

'더 묻기도 애매해졌군.'

이세진도 나름대로 성장하려고 하는 것 같으니, 정말 큰 문제가 생기면 말하겠지.

그래도 혹시 모르니 말은 해두자.

"형."

"왜."

"힘들면 말해요."

"……그래."

"청우 형한테."

"…야!"

나는 손을 흔들어 보이고는 정자세로 누웠다. 그리고 순식간에 잠들었다.

컴백이 다가오자 연습과 스케줄을 병행하며 점점 피로가 가중되기 시작했다.

"그래도 데뷔 앨범보다는 할 만한데."

"저도 그렇게 생각합니다."

더블 타이틀을 한 달 만에 준비했던 때에 비하면 선녀나 다름없다며 그룹 내에서는 아직 호평이 자자했다. 확실히, 일단 잘 시간이 최소한은 확보되어 있으니 살 만했다.

'모니터링할 시간도 틈틈이 있군.'

나는 스마트폰으로 현재 흐름을 확인했다. 음, 며칠 전까지 팬들은 얼마 전 공개된 컨셉 포토와 앨범 사양을 비교하며 추리를 전개하고 있었다.

-미친 앨범이 Side A, B 두 가지 구성으로 나와서 앨범명이 Choose Your Side인 거임? 이런 디테일에 덕후는 울어요
-난 A는 청량 B는 몽환 밀어본다.
└트레일러는?
└그쪽은 그냥 인트로곡 아닐까?
└난 거기가 Side B인 것 같음
-아니 트레일러에 분명 마법소년 소품들이 등장했거든요ㅠㅠ 게임 광고라고만 보기는 애매한데 아직 게임이 출시도 안 돼서 비교도 못 하고...!
└안녕하세요 선생님 폐허공장 지금까지 갓겜만 냈었습니다. 출시하면 꼭 찍먹 부탁드립니다..!
└앗 넵 알겠습니다.

그리고 오늘, 두 번째 컨셉 포토가 공개되었다.

[테스타(TeSTAR) Concept Photo 'Side B']

고전적인 동절기 교복을 입고 있는 테스타의 모습이었다. 그 점에서 지난 앨범과의 연관점도 있긴 했는데, 분위기는 확연한 차이가 났다.

배경이 되는 교실이 단순히 낡거나 부서진 것이 아니라 형광으로 빛

나는 거친 그래피티로 낙서가 덮여 있었기 때문이다. 그 너머로 보이는 교실 벽의 재질은 통상적인 아이보리색이 아니라 녹슨 크롬 구조물이 고스란히 드러나 있었다.

게다가 몇몇 멤버들은 방독면이나 독특한 기계 장비 따위를 들고 있었는데, 장비에서도 네온사인 같은 빛이 번쩍였다.

누가 봐도 디스토피아 느낌의 사이버 펑크였다.

-으아아악
-미친 사이버 펑크
-너무 좋아
-지난 앨범에 동복 못 챙겼다고 챙긴 것 봐... 우리 애들 너무 배웠다 가방끈에 걸려 러뷰어 넘어질 지경
-ㅠㅠㅠ청우 드디어 염색했어요 여러분 우리 애 흑발에 가깝긴 하지만... 그래도 파란색이에요 전 너무 행복합니다 여러분 행복하세요
-겨우 몽환2나 생각한 예상한 내 대가리를 깬다...
-컨포 둘 다 너무 맘에 들어 앨범 빨리 왔으면ㅠㅠ

팬들은 굳이 여론 관리할 것도 없이 즐거워했다.

'게임 걱정은 거의 사라진 것 같고.'

사실 이 컨셉 포토는 트레일러와 제법 유사점이 많았는데, 아마 느낌이 좋다 보니 불길한 예감이 많이 가신 모양이었다. 그리고 굳이 팬들만 모인 곳이 아닌 웬만한 인터넷 커뮤니티에서도 전반적으로 반응이 괜찮았다.

[테스타 Choose Your Side 컨셉 포토]

: Side A (사진)

 Side B (사진)

대체로 잘 뽑았다는 게 현재 여론

-오 잘생겼다

-선아현 볼 때마다 잘생겨지네

-얘네 매번 컨셉이 과한데 돈으로 미는 느낌임

└ㅋㅋㅋㅋㅋㅋㅋㅋㅋ완벽한 설명

└나 2D 덕후인데 그래서 그런지 챙겨보게 되더라ㅎ

-두 번째 컨셉은 김래빈이 진짜 잘 받는다 양아치보다 좀 퇴폐적인 느낌이라 확 눈에 띔

-뮤직비디오 기대된다 올라오면 여기도 올려줘!

어떻게든 여론을 바꿔보려는 사람도 있었으나 큰 소용은 없었다.

-모를... 어디서 잘 뽑았다고 하는데?ㅋㅋ

└엥 그냥 어딜 가도 여론 괜찮은데.. 여기서도 다들 잘 뽑았다고 하잖아

└팬들 몰려온 걸 수도 있지ㅠㅠ

└이 정도 숫자가 다 팬이면 그냥 걔네가 여론 아님?ㅋㅋㅋ

주로 이렇게 끝났다.

'안됐군.'

나는 피식 웃으며 글을 나왔다.

"무, 문대야. 인… 터넷 봐?"

"어, 새로 올라온 컨셉 포토 반응 확인했다."

"그, 그렇구나."

선아현은 굳이 여론이 어떤지 묻지 않았다. 듣기로는 '다른 사람이 나를 어떻게 생각하는지'에 관하여 너무 관심을 두지 않으려 훈련을 하는 중이라고 한다.

새로 만난 의사가 잘 맞는지 요새 선아현의 얼굴이 밝았다.

'이번 활동 끝나면 본격적으로 발음 교정 시작한다고 했었나.'

음, 잘됐으면 좋겠다.

"우, 우리 사진 찍을 때 되게 더웠는데."

선아현이 한마디 운을 떼자마자 여기저기서 동의의 외침이 터져 나왔다.

"맞아요!"

"이상기온인지 초가을에 닥친 폭염 때문에 세트장 냉방이 턱없이 부족했습니다!"

"……."

내가 할 말 대신해 줘서 고맙네.

"그래도 세진이는 사진 찍을 때 얼굴색도 안 변하더라. 대단해."

"배우 멋져요!"

"그러게."

뜬금없이 칭찬을 받은 이세진은 마시던 물을 뿜을 뻔했지만, 곧 작게 대답했다.

"…고마워."

"잘한 걸 잘했다고 한 건데 뭐."

류청우가 웃으며 스트레칭을 다시 시작했다. 새 안무를 익힐 때면 진도를 잘 못 따라오는 이세진을 이런 식으로 기 살려놓는 장면은 이제 꽤 익숙했다.

'뭐, 없는 일 말하는 것도 아니고.'

일단 연기가 필요한 컨텐츠가 들어가면 이세진은 대부분 기량이 압도적이었다.

옆에서 큰세진이 장난스럽게 투덜거렸다.

"거, 너무하네~ 이쪽 세진이도 있는 걸 잊지 맙시다, 여러분. 저도 잘 찍었어요~!"

"하하!"

"와 형 멋져요."

"유진아 영혼이 없구나."

"저 거짓말 못 해요. 앗!"

큰세진은 차유진에게 헤드록을 가볍게 한번 걸고는 깔깔 웃으며 놔주었다. 이세진은 휙 고개를 돌렸다.

'저 둘은 계속 사이가 애매하군.'

싸울 것 같다는 게 아니라, 그냥… 서로가 싫어서 굳이 상종하고 싶지 않다는 느낌이다.

"자, 연습 다시 시작하자~"

"넵!"

짧은 휴식이 끝나고 다시 안무로 돌아갔다.

"발 잘 보고~"

"이쪽으로~"

안무가의 조언이 입에 붙어버린 멤버들이 성대모사를 하면서 후렴을 췄다. 웃음을 못 참고 계속 입꼬리가 올라가는 게 다들 가관이었다.

다만 이세진은 아직도 따라가는 게 벅찬 모양이었다. 입을 꾹 다물고 거울을 보고 있다.

'그럴 만도 하지.'

아직 이세진의 춤은 D+였다. 알파벳 단계 하나를 뛰어넘는 것은 어떤 분류군이 바뀌는 수준이었기 때문에, 애초에 춤에 별로 재능이 없는 사람이 단기간에 넘기긴 힘들 것이다.

'이대로 가면 곧 넘길 수 있을 것 같긴 한데.'

나는 이세진의 스탯창을 확인했다.

[이름: 이세진]

가창 : C- (B+)

춤: D+ (B)

외모 : A+ (S)

끼 : A (S-)

특성 : 집중(B)

!상태이상 :

벌써 가창은 C에 접어든 상태였다. 원래도 춤보단 높았으니 비교적 빨리 올린 듯싶었다. 그리고 이세진의 춤 잠재 스탯도 'B'이니 일단 C까지는 꾸준히만 해도 올라가겠지.

'게다가 저 특성.'

꽤 괜찮았다.

[특성 : 집중(B)]

-해내고 싶어.

:집중력 +100%

심플한 이름과 설명이었지만 꽤 다용도로 보였다. 나한테 떴어도 아마 킵해뒀을 것이다.

'그러고 보니 내 상태창도 한번 정리해야겠군.'

나는 내 상태창을 불러왔다.

[이름 : 박문대 (류건우)]

Level : 15

칭호 : 없음

가창 : A

춤 : B-

외모 : B+

끼 : B

특성 : 잠재력 무한, 듣고 보니 맞는 말이군(C), 바쿠스500(B), 잡아채는 귀(A)

!상태이상 : 상이 아니면 죽음을

남은 포인트 : 3

무대 업적 100번대까지의 달성과 연습 업적 5,000번대 달성이 불러온 쾌거였다. 좋은 무대를 할 때 뜨는 팝업도 두어 번 더 갱신하며 스탯을 추가로 받았다.

이 과정에서 특성 뽑기도 하나 받았는데…….

[특성 : 눈 밑 수도꼭지(B)]

−편하게 열고 잠그세요!

: 눈물 제어 능력 MAX

바로 버렸다, 젠장. 어쨌든 이걸 빼도 뭘 많이 챙기긴 한 것 같다.

'…데뷔 활동이 빡세긴 했지.'

잠 못 잔 보람을 여기서도 챙겨간다 싶다. 그러나 이것도 제일 놀라운 점은 아니었다. 제일 놀란 건…… 끼 스탯이 자연 증가했다는 것이다.

……W라이브나, 팬사인회 등이 영향을 주지 않았나 추측 중이다. 물론 나나 이세진 말고도 멤버들은 대부분 스탯이 자연 증가했는데, 일단….

"문대 딴생각 그만~!"

"…!"

나는 큰세진의 호명에 곧바로 생각을 멈췄다.

'일단 연습에 집중하자.'

그리고 잠시 뒤, 마지막 반주가 끝났다. 땀을 닦아낸 큰세진이 예의 상 물었다.

"후, 처음부터 다시 틀까요?"

"그러자."

"넵!"

큰세진은 A-던 춤 스탯을 A로 끌어올리더니, 안무가가 준 안무를 느낌까지 그대로 살린 채 따는 속도가 월등히 빨라졌다.

'부럽군.'

남은 포인트를 다 춤에 박아버릴까 생각하는 그 순간이었다.

다시 시작된 도입부 안무 중에 이세진이 바닥으로 넘어졌다.

"…헉!"

"괜찮아?"

"……괜찮."

이세진이 몸을 일으키려다가 멈칫거렸다. 그리고 누운 채로 발목을 잡더니, 입을 깨물었다.

…예감이 좋지 않았다.

"형, 괜찮아요?"

"세진아, 너 발목 상태 좀 보자."

"……."

이세진은 창백한 얼굴로 자신의 발목을 보더니, 결국 이를 악물고 바지를 걷어서 상태를 확인했다. 발목이 부어오르고 있었다.

'…이거 안 좋은데.'

일단 부상은 확정이다.

"……!"

"괘, 괜찮아요! 조, 좀 붓긴 했는데…… 벼, 병원 바로 가면……."

선아현이 발목을 살피더니 다급히 외쳤다. 무용전공자라서 어느 정도 발목 부상에 조예가 있는 것 같았다.

"그래 세진아, 일단 앉아봐. 매니저 형한테 연락해서 바로 응급실 가자."

"……그래."

이세진은 류청우의 안정적인 부축을 받으며 일단 안무실 구석 의자에 앉았다. 그리고 얼마 지나지 않아 연락을 받고 온 매니저와 함께 병원으로 떠났다.

"가, 같이……."

"아니!! …나 때문에 연습 지연되면 안 되잖아. 갔다 올게."

이세진은 동행을 극구 거부하며 매니저 둘의 부축과 함께 안무 연습실을 떠났다.

"큰일 아니었으면 좋겠는데."

"그러게요."

"마, 많이 붓지는 않았으니까… 괘, 괜찮을 거야."

넘어진 정도였기 때문에, 다들 큰 부상은 아닐 거라고 짐작하며 다시 연습을 재개했다.

하지만 이세진이 돌아온 것은 안무 연습 시간이 다 지난 뒤였다.

게다가 혼자가 아니었다.

"아~ 여기가 우리 세진이 숙소인가? 좋네!"

"……."

"어? 자주 올게, 내가."

"…스케줄 때문에, 거의 숙소에 없어요."

"그래~? 그럼 이 아빠가 들어와서 관리해 주면 되겠어. 사양 안 해도 돼."

"……괜찮아요."

이세진은 웬 중년 남성의 부축을 받고 있었는데, 얼굴 생김새만 봐도 부자 관계로 보였으나… 대화에서는 편의점 알바와 술 취한 진상의 냄새가 났다.

'……?'

"아, 우리 세진이 친구들이구만~ 나, 세진이 아빠!"

"아, 어르신. 안녕하십니까."

"안녕하세요!"

"어르신은 무슨~ 나, 세진이랑도 나가면 큰형인 줄 알어."

"하하, 동안이시네요~"

큰세진이 대화를 받으며 잘랐다. 그리고 류청우가 웃으며 말을 이었다.

"세진이 데려다주셔서 감사합니다. 저희가 이제 숙소를 촬영해야 해서……."

"아, 나 저기 조용히 앉아 있을게! 찍을 거 찍어요~"

"……."

류청우가 약간 난감한 기색이 됐다.

나는 이세진의 표정을 확인했다. 주책맞은 부모님을 선보인 것에 대한 부끄러움이나 쑥스러움이 아니라, 피로감과 수치스러움 같은 게 덕지덕지 보였다가 쑥 사라졌다.

'…진상 맞는 것 같은데?'

큰세진이 이세진의 아버지에게 손을 저었다.

"에이~ 아버님, 다음에 정식으로 초대 드려야죠. 이렇게 멤버 부모님을 홀대하면 되나요. 저희가 준비해서 다시 연락드리겠습니다!"

"그럴 필요 없다니까 그러네~ 내가 좀 있다가 가겠다니까? 쟤 부축해 오느라 힘들어서 그래."

저렇게까지 말하면 퇴치법은 하나뿐이다. 나는 얼른 방에 들어가서 물건을 들고 돌아왔다.

"아버님, 고생하셨을 텐데 들어가서 편하게 드세요."

회사에서 명절선물로 받은 홍삼 세트였다.

"…! 아이고~ 내가 이런 거 받는 사람이 아닌데. 응? 이런 거 달라고 한 소리가 아니야."

뻔한 소리를 하면서 중년 남성이 냉큼 홍삼을 받아 갔다. 나는 순순히 고개를 끄덕였다.

"그럼요. 아들 묵는 숙소 한번 보고 싶은 마음이시잖아요. 저희가 스케줄상 그럴 여건이 안 돼서 반갑고 죄송해서 드리는 겁니다."

"그래~ 응? 1등 친구가 이 친구지? 세진이 뽑아준 친구가. 어, 아주 듬직하네. 세진아, 얼른 고맙다고 해."

"……"

"아, 저희 촬영 때문에 이제 매니저 형 올 시간이 돼서요. 조심히 돌아가세요."

"…음, 그래요, 나 가볼게~ 금방 또 올 거야."

이세진의 아버지는 힐끔힐끔 이세진을 돌아보다가, 천천히 문을 열고 나갔다.

"……."

이세진은 고개를 숙이고 있었다.

"그, 아, 앉아야 하는데……."

이세진은 선아현이 다가오자, 반사적으로 손을 휘둘러서 휙 쳐냈다.

"……!"

다행히 선아현은 손을 피했다. 그리고 이세진은 소스라치게 놀랐다.

"미… 미안해!!"

"괘, 괜찮아요!"

난리군. 어쨌든 이세진은 방을 힐끔 보는 것이 도망치고 싶어 하는 것처럼 보였지만, 지난 경험들을 떠올리는지 도망치는 대신 거실 소파로 가서 앉았다.

'…그냥 다리가 불편해서 방까지 가기 힘든 걸 수도 있다만.'

반깁스를 하고 있었으니까. 어쨌든 덕분에 대화 분위기가 조성되었다.

"…아버님이야?"

"……어."

무거운 분위기에서 김래빈이 조심스럽게 손을 들었다.

"저, 근데 매니저 형은 어디 가시고 부모님께서 오시게 된 겁니까?"

"…무슨 문제가 있다고, 급하게 가면서 연락한 것 같더라."

본래는 차라리 다른 회사 사람에게 연락할 텐데, 나중에 들어온 두 번째 매니저가 신입이라 익숙하지 않아서 부모님께 연락드려 버린 모양이다.

그리고 살짝 무거운 분위기에서 차유진이 가장 중요한 것을 물었다.

"발목 괜찮아요?"

"…! 마, 맞아요, 발목!"

"회복까지 얼마나 소요된다고 하십니까?"

"……별일 아니랬어. 일이 주만 조심하면 된다고."

"흠, 그런 것치고는 고정을 제대로 시켜두셨는데."

"일부러 좀 과하게 해주신 거야. …내가, 빨리 낫고 싶다고 해서."

몇몇 멤버들이 엄지를 치켜들었다. 주로 미성년자다.

"형……."

"멋져요!"

이세진은 그제야 표정이 풀렸다. 그리고 약간 쑥스러운 것처럼, 희미한 미소와 함께 말했다.

"…그룹에 폐가 되는 일은 없게 할게."

"에이~"

이세진의 미소가 약간 어두워졌다.

"……그, 아버지도 못 오게 할 거고. 걱정 마."

"……."

참 애매했다.

'가정사라는 게 그렇지.'

이렇게 단체로 앉은 상황에서 까보라고 요구할 만한 종류의 것은 아니었다.

"…? 오셔도 괜찮지 않습니까?"

…다만 이 자리에 김래빈이 있다는 걸 깜박했군. 저놈은 아까 흐른 묘한 분위기도 눈치채지 못한 듯싶었다. 김래빈의 질문에 이세진은 당황한 얼굴이 되더니 내장을 토하는 해삼처럼 더듬더듬 사연을 내놓기 시작했다.

"그… 이 숙소가 넓으니까, 자기도 살겠다고 버틸 수도 있어."

"그럼 회사에 말해서 허가를 받으면……."

"…안 돼! 손버릇도 나쁘고…… 아무튼, 같이 있어서 좋을 게 없는 인간이야."

이세진은 대체 자기가 왜 이런 이야기를 하는지도 모르겠다는 얼굴이었다. 그리고 얼른 말을 마쳤다.

"…아무튼, 내가 못 오게 할 테니까, 신경 안 써도 된다고. 그, 그게 끝이야."

그리고 얼른 소파에서 일어나서 뒤뚱뒤뚱 방으로 걸어 들어가 버렸다.

거실에 남은 멤버들은 멀뚱히 서로를 돌아보았다.

"……."

"흠, 뭐… 발목도 괜찮은 것 같고, 저희도 이만 자러 갈까요?"

"일단은 그러자."

큰세진의 정리에 다들 미적거리며 자리에서 일어났다.

"유진아~ 넷플러스 보지 말고 자라."

"싫어요……."

거실에서 넷플러스를 틀던 차유진은 류청우의 말에 우울하게 TV를 끄더니 터덜터덜 방으로 들어갔다.

"……음."

넷플러스라. 얼마 전에 이세진이 침대에 머리 박고 울던 게 떠올랐다.

'그거 넷플러스가 아니라… 설마 아버지 때문인가.'

……웬만하면 이 문제는 아니었으면 좋겠군. 해결이 어려운 것은 물론이고 이세진의 종이 같은 멘탈에 무슨 일이 벌어질지 몰랐다.

나는 찜찜한 기분으로 방으로 향했다.

그리고 반깁스한 다리를 힘겹게 햄스터 바디 필로우 위로 올려두던 이세진과 눈이 마주쳤다.

"……."

"……."

이세진이 민망했는지 쓱 시선을 피했다.

'못 본 척해주자.'

나는 스마트폰을 보는 척하며 침대에 가서 앉았다. 그러자 오히려 이세진이 말을 걸었다.

"…저, 미안하다. 홍삼은 내 거 가져가."

아, 그거 때문이었군. 나는 고개를 끄덕였다.

"예. 잘 먹을게요."

"그래."

그대로 방이 평화로운 침묵에 잠기려던 찰나, 뭔가를 부스럭거리며 확인하던 이세진이 황급히 말을 이었다.

"……그, 근데 내가 열어서 한두 개 먹었거든. 새 걸 사다 놓을 테니까, 그거 가져가."

"…? 괜찮습니다. 그냥 대충 먹죠. 뭐."

"……휴."

이세진이 길게 한숨 쉬는 소리가 들렸다. 안심보다는 민망함이나 허망함 쪽으로 들렸다.

이세진은 햄스터를 짓누르는 자신의 깁스를 보며 중얼거렸다.

"왜 계속… 짐이 되는 거지."

"특별히 그런 일은 없었는데요."

"……아무튼, 이번에는 정신 차리고 할 테니까 신경 안 써도 돼."

"…넵."

힐끗 고개를 돌리니, 이세진은 스마트폰을 보고 있었다. 두 눈이 아주 의지에 활활 불타오르는 것처럼 보였다. 안무 영상이라도 보나?

'…뭐, 열정 좋지.'

본인이 의욕이 있다는 건 좋은 일이다. 다만 그걸 나한테 요구하지만 않으면 된다. 나는 스마트폰을 끄고 귀마개를 꼈다.

마지막으로 확인한 것은 심각한 얼굴로 스마트폰을 들여다보는 이세진이었다. 어쩐지 스마트폰 부여잡고 질질 짜던 장면이 겹쳤다.

'…설마 아버지 문제 해결하겠다는 거였나.'

사이다 찾는 인터넷 게시판에서야 비슷한 사례가 자주 보인다. 그러나 현실에서 가족 관련 문제가 그렇게 쉽게 해결될 것 같진 않았다만… 본인이 됐다는데 굳이 내가 말 얹는 건 더 웃기긴 하군.

가족 없는 사람이 조언하는 것도 이상하지 않은가. 나는 그냥 잠이나 자기로 했다.

하지만 이세진은 이번에도 꽤 오래 스마트폰을 들여다보는 듯했다.

며칠 뒤, 콜라보 게임 〈127 섹션〉과 마지막 미팅을 마치고 돌아오는 길이었다.

듣기로는 게임 제작팀에서 트레일러를 보고 엄청나게 흥분한 나머지 지체적으로 일감을 만들었다고 한다. 결과적으로… 이런 결과를 받아 봤다.

"와, 우리랑 좀 닮게 수정해 주셨네."

"이거 완전 저예요!"

"볼에 점이 생겼습니다…."

초기 캐릭터들의 외양에 테스타 멤버들의 외양적 특징 몇 가지를 가볍게 반영해 준 것이다.

―아니, 뭘 다 뜯어고친 건 아니고, 저희가 가진 재료 안에서 약간 고쳐봤어요~

―어때요? 완전 트레일러 생각나죠!! 특히 이세진 씨 무테안경! 그거 진짜 만장일치로 바로 수정 작업 들어갔거든요!

…뭐 주로 이런 식이었다. 참고로 내 캐릭터는 쌍꺼풀이 속쌍으로 바뀌었다는데, 미안하지만… 큰 차이 모르겠다.

"후~ 재밌고 힘들구만."

"힘내자!"

"힘냅시다!"

당장 뮤직비디오 공개가 며칠 뒤였다. 일정은 더 바빠졌지만 쏟아지는 일감에도 '잘되는 느낌'은 확실히 중독적이었다. 덕분에 테스타는 이놈 저놈 할 것 없이 다 즐거운 얼굴이었고, 여기에는 이세진 역시 포함됐다.

어쩐지 후련한 얼굴인 이세진은 제법 편한 얼굴로 류청우와 대화를 주고받았다. 저놈 다리 다친 것도 잘 낫는 모양이고, 이대로 컴백까지 순항하면 좋겠다고 생각했으나…….

사건은 회사에서 나가는 길에 터졌다.

"이세진!! 너 이리 와, 어?!"

"……!"

회사 뒷문 쪽 로비 앞에 안면 있는 중년 남성이 앉아 있다가, 이세진을 보고 벌떡 일어났던 것이다. 당연히 이세진의 아버지였다.

이세진은 얼굴이 시퍼렇게 질렸다.

'X발.'

다행히, 당장 매니저 둘이 가로막았다.

"아버님, 이러시면 안 되죠!"

"자자, 진정하시고!"

"놔봐! 요즘 것들은 X발 예의가 없고! 어! 사람을 핍박하고!!"

이세진의 아버지는 덩치 있는 매니저에게 막히자 주춤거리면서도, 끝까지 손가락질을 하면서 끌려갔다.

"너 가만 안 둬, 어? 이 천벌 받을 불효자 새끼야!"

"……"

소란스러웠던 로비는 곧 이세진의 아버지가 끌려나가면서 잠잠해졌으나… 잠시 뒤 더 소란스러운 상황이 발생했다.

돌아온 매니저는 예상 가능하지만 골 때리는 소식을 전했다.

"…경찰에 신고하려고 하셨다구요?"

"그래. 무슨 폭행이니 어쩌니 하면서… 진땀 뺐다 진짜."

하마터면 컴백 전에 이상한 기삿감을 줄 뻔했다며, 첫 번째 매니저가 식은땀을 닦아냈다. 그리고 투덜거렸다.

"그러니까 왜 하필 그쪽으로 연락을 해서는… 쯧."

지금 자리에 없는 두 번째 매니저를 저격하는 말이었다. 참고로 그 매니저는 이세진이 회사와 면담하는 데에 동행하느라 자리에 없는 것이다.

"그분, 어떻게 로비에 들어오셨던 거였어요?"

"그때 병원에서 돌아오는 길에 작은 세진이가 연습실로 가겠다고 해서 회사로 왔었대. 안면 터놓은 가드들이 멤버 부모라고 하니까 들여보내 준 거지."

"아하~."

큰세진은 감탄사를 뱉으면서도 그다지 속 시원해 보이는 얼굴은 아니었다.

'원천 봉쇄할 수 있는 문제가 아니라 그런가.'

가족 구설수는 설사 당사자가 의절해도 계속 일어날 수 있었다. 게다가 로비에서 난동 부릴 정도면 보통 인간은 아니니 나중에라도 문제가 될 소지는 충분했다.

"…아무튼, 작은 세진이도 놀랐을 텐데 너희도 숙소 오면 잘 대해줘."

"그럼요."

"알겠습니다."

발목 부상부터 가족 문제까지 터졌으니 심적으로 힘들 건 거의 확정이었다. 멤버들은 선선히 고개를 끄덕이면서도, 이 사태에 대해 나름대로 고민을 하는 것 같았다.

그리고 얼마 지나지 않아서 반깁스를 한 이세진이 숙소로 복귀했다. 며칠 전이랑 똑같은 상황이었으나, 다른 점은 동행인이 없었다는 것만은 아니었다.

이세진의 얼굴이 비장했다.

"……?"

그 기색을 모두 눈치챘는지, 멤버들이 주춤주춤 말을 걸었다.

"세진아, 음… 이야기는 잘 끝났고?"

"괜찮아요?"

"그래. …아주 멀쩡해."

이세진은 다짐하는 것처럼 말하더니, 꿋꿋하게 현관을 걸어 들어와서 주방으로 향했다. 그리고 물을 한 컵 원샷했다.

꿀꺽꿀꺽.

이세진은 식탁에 컵을 탁 내려놓고서, 심호흡 후에 말했다.

"내일… 접근금지 신청할 거야."

"……!"

"아, 아버님을?"

"아버지는 무슨, 그 새끼 나 어릴 때 이혼해서 양육권도 없어…!"

이세진이 쌍욕 하는 것을 처음 들은 몇몇 멤버들이 당황했다.

"…증거자료는 있어요?"

"대상을 나로 신청하려는 게 아니야. …우리 엄마로 할 거야."

"…!"

"……후."

이세진은 한숨을 내쉬더니, 적당히 상황을 설명했다.

"…그 사람, 내가 아역배우로 약간 인지도가 생겼을 때부터 엄마한테 계속 연락해서 돈을 뜯었던 모양이야."

하지만 어머님은 어린 이세진에게 굳이 그 상황을 티 내지 않으셨다고 한다. 이번 일을 이야기하면서 처음 알게 되었다고.

"아역 활동 쉬면서부터는 뜸했는데, …내가 〈아주사〉에 나오면서 또 연락하기 시작했던 거지."

이세진이 침을 삼키고, 약간 떨리는 목소리로 말을 이었다.

"나는… 그냥, 두 분이 성격 차로 갈라지신 건 줄 알고. 어렵다고 하셔서, 돈을 보내 드렸는데……."

점점 요구하는 액수가 커지고 은근한 폭언과 협박이 동반되었다고 한다.

"…프로그램이 너무 잘되니까, 중후반 때부터는 거의 매일 그러더라고."

이세진의 얼굴이 당시를 회상하는지 창백해졌다.

'…그래서 3차 경연 때부터 유독 더 예민해진 거였나.'

그때 이미 멘탈이 터진 상태였던 것이다.

"…그러다가, 지난번 휴가 때 엄마랑 터놓고 이야기하면서 안 거야."

애초부터 도박과 손버릇 때문에 이혼한 것이며, 친부가 지속적으로 금전적 협박을 했다는 것을 말이다.

"……."

잠시 걱정 어린 침묵이 흘렀다.

"…그럼 왜 지금까지도 연락을……?"

"……내, 내가 섣불리 움직였다가, 엄마나… 그룹에 또 민폐가 될 수도 있잖아. 이미… 지난번에 소속사 문제도 났었는데."

이세진은 이를 악물더니, 눈가를 세차게 닦았다.

"도망 안 치기로 했으니까, 내가 어떻게든… 해볼 생각이었어. ……잘 안 됐지만."

"……."

"미리 사과할게, 접근금지 신청하면… 혹시 기사가 날 수도 있어. 회사에서 최대한 막아보겠다고는 했지만……."

이세진은 고개를 푹 숙였다.

"혹시, 또 문제가 된다면… 미안하다."

"…!"

"세진아, 이런 일로 사과할 필요 없어."

"저, 정말 괜찮아요……!"

우왕좌왕하는 멤버들 사이에서 큰세진이 사람 좋은 얼굴로 안타깝다는 듯이 입을 열었다.

"음… 형님, 고충은 정말 안타깝지만요. 접근금지 신청만으로 뭐가 끝날 것 같지는 않은데, 다른 방법 생각해 보셔야 하지 않을까요?"

"…나도 알아."

이세진이 침을 꿀꺽 삼켰다.

"그래서… 그 사람이 도박하는 장소를 알아냈거든."

"…!! 어, 어떻게요?"

"…그게 중요해? 아무튼, 거길 경찰에 신고할 거야."

"헉!"

"그러면 감옥 갈 테니까. 그사이에 정산받아서 보안 더 좋은 곳으로 엄마 이사 보내 드리면 돼."

"오오!"

감탄하는 미성년자들 사이로, 나는 떨떠름히 생각했다.

'불법도박은 보통 벌금형 아닌가.'

형량을 받아도 보통 집행유예로 마무리되는 경우만 봤던 것 같은데. 게다가 신고받은 경찰이 그렇게 순순히 믿고 출동해 줄지도 문제다.

"…집행유예 나오고 끝나지 않을까요?"

"그러진 않을 거야. 도박장에서 일하면서 사기도박 했다니까."

"……!"

"나 겁주려고 떠든 거 다 녹음해 놨어. 조폭이니 뭐니……. 필요하면 익명으로 경찰에 보낼 수 있어."

도박 문제라길래 중독인 줄 알았는데 생각보다 본격적인 범죄자셨군. 뭐, 이세진의 사이다를 향한 열망과 큰 그림은 이해했다. 하지만 오히려 이 경우에는 상황이 더 위험해지는 게 아닌가 싶다.

'혹시라도 범죄자가 본인이 이세진 아빠라고 떠들고 다니면 더 골 아파지지.'

역시 이세진하고 사이를 가시적으로 확 끊어버리는 편이 나을 것 같은데… 흠. 하나 떠오르는 게 있다.

'오케이할지는 잘 모르겠다만.'

일단 이야기는 꺼내보자.

"그런 전과 생긴 사람이 나중에라도 형 이름 빌려서 쓸데없는 말 못하게 해야 할 것 같은데요. 감옥 나와서 형 아버지라고 하면서 투자 사기 같은 거 칠 수도 있잖아요."

"…!!"

"이참에 아예 선을 그어버리는 건 어떠세요."

"어, 어떻게…?"

나는 손가락을 돌렸다.

"형이 어머니 성으로 개명하는 거죠."

"……!! 커흡."

"아예 부친 쪽과는 연결고리를 지워 버리는 겁니다."

상상도 못 한 파격적 제안이었나. 이세진이 사레가 들렸다.

"진정하시고."

이세진이 아까 마시던 잔에 물이나 한잔 더 떠다 줬다. 이세진은 원샷하더니, 얼떨떨한 얼굴로 중얼거렸다.

"그… 그런 생각은…… 못 해봤네."

"저도요."

"나, 나도."

옆에서 차유진과 선아현이 멍하니 동의했다. 큰세진은 빠르게 스마트폰으로 검색해 보는 것 같더니, 고개를 끄덕였다.

"오~ 미성년자 아니면 굳이 친부 허락 없어도 가능하대요. 그래도 의견 청취서 같은 게 발송된다는데, 그 도박장 신고해 버리고 정신없을 때 딱! 해버리시면 될 것 같은데요?"

이세진은 오묘한 얼굴이 되었다.

"……그럼 기간이 꽤 걸릴 텐데, 컴백 활동 중간에 바꾸는 것도 좀……."

음, 의미 없는 고민을 하고 있군.

"그냥 당장 예명으로 쓰시면 되는데요."

"…!!"

"아, 그렇군요. 일단 활동명을 바꾸신 후에 자연스럽게 개명하면 되시는 겁니다!"

김래빈이 감탄했다. 그리고 이세진은 여전히 얼떨떨한 얼굴이었다.

'뭐, 갑자기 성 갈게 생겼으면 고민될 법도 하지.'

이름과 성이 모두 갈린 내가 이런 생각을 하는 게 좀 웃기긴 하다만, 어쨌든 저쪽은 아역배우 때부터 저 이름으로 쌓아온 커리어가 있으니 바꾸는 데 거부감을 느낄 여지도 충분했다.

'거절할 수도 있겠군.'

그렇게 생각한 바로 다음 순간, 이세진이 비장하게 고개를 끄덕였다.

"…좋아! 성씨야 아무래도 상관없어."

눈이 활활 타오르고 있었다. ……며칠 전에 스마트폰 보던 바로 그 눈인데, 아마 사이다를 향한 열망이었나 보다.

어쨌든 이세진의 호쾌한 개명 선언에 멤버들이 박수를 쳤다.

"오오오!"

이세진은 쑥스러운 듯이 고개를 틀었다.

'결론 났군.'

나는 바로 추가 당부 사항을 말했다.

"꼭 친부의 완전한 귀책사유로 이혼했단 뉘앙스 넣어서 기사 뽑아달라고 회사에 말하세요. 대놓고는 말고 그냥 행간에서 짐작 가능한 수준으로."

어그로 끌진 말고 여지도 주지 말란 뜻이다. 물론 회사에서 어련히 잘 챙기겠다만은, 한번 잡고 넘어가도 손해 볼 건 없지 않은가.

그리고 이세진은 뭔가를 회상하는 표정이 됐다.

"……지난번에도 생각했지만, 넌… 아니다."

"…? 말씀하세요."

"아니라니까."

뭐 그러시다면야.

류청우가 약간 멋쩍게 웃으며 대화에 끼었다.

"사실 난 지금 말 나온 목적들과 별개로… 충분히 좋은 결정인 것 같다. 그런 사람한테서 받은 것보단 널 사랑하는 어머니 성이 훨씬 좋잖아."

"……맞아."

"아무튼, 힘든 결정 내려줘서 고맙다. 세진아."

"……힘든 건 아니지."

이세진은 반년 치 사교성을 다 썼는지 평소의 툭툭 던지는 것 같은 말투로 돌아갔다.

"아, 아무튼. 그럼 이대로 회사에 전화해 둔다."

"예!"

"결론이 잘 난 것 같아 다행입니다."

"……고마워."

"히히."

"고생 많으셨습니다~"

큰세진도 웃으며 덕담을 건넸다. 이놈이 여전히 이세진에게 별 호감이 있는 것 같지는 않다만, 최소한 이번 일에서는 짜증이 나진 않은 모양이었다. 이세진은 과업에 몰입하는 바람에 큰세진을 더 거북해할 틈이 없어진 것 같고.

'잘됐네.'

괜히 붙여놓지만 않으면 되겠군.

그 화목한 분위기에서, 나는 문득 생각난 질문을 던졌다.

"그러고 보니 형 어머님은 성이 어떻게 되시나요."

그러자 이세진의 귀가 벌게졌다. 뭐지?

"……배."

"예?"

"배라고!"

"……!!"

…그렇게 돌고 돌아서, 아역배우 출신 이세진은 정말로 배세진이 되었다. 이번에는 배우의 줄임말이 아니라 어머니에게서 따온 성이라 배세진 본인도 만족하는 듯하니 다행이었다. 똑같은 이름인데 받아들이는 쪽의 인식만으로도 이런 다른 결과가 나왔다는 게 좀… 이론적으로 재밌긴 했다.

하지만 이 사건에서 제일 놀라운 부분은 여기에 있지 않았다.

그건 며칠 뒤 배세진이 찾아온 인터넷 기사에 나왔다.

"이거야!"

배세진은 드물게 흥분한 얼굴로 자신의 스마트폰을 내게 들이댔다.

"……?"

나는 기사를 읽었다.

[××시 불법도박장 운영자 일당 검거⋯ 마약까지 확인]

: 경기도북부경찰서는 지난 11일 ××시 한 건물의 지하 창고에서 도박장을 개장하고 불법도박을 한 혐의로 A 씨(43) 외 5명을 검거했다고 12일 밝혔다.

또한, 도박장 시설 내부에서 2.2kg의 알약형 마약류를 적발⋯⋯.

"……!!"

"어때! 몇 년은 신경 안 써도 될 것 같지!"

"……예."

정말, 이젠 신경 안 써도 되겠다.

슈뢰딩거의 마약쟁이를 뒷발로 잡은 날이었다.

그리고 다시 며칠 뒤, 배세진이 반깁스를 풀고 가벼운 보호대로 바꿀 무렵이었다.

오늘 자정에 뮤직비디오 티저가 나오니, 본격적인 활동의 신호탄이나 다름없었다. 슬슬 나도 미뤄둔 선택을 해야 하는 날이 왔다.

바로 포인트 분배다.

'상태창.'

쓸 수 있는 포인트는 3. 이 중 하나를 비상사태를 위해 남겨두고 포인트 2점은 무조건 사용할 생각이다. 문제는 어디에 쓰냐지.

"흠."

나는 길게 고민하지 않고, 포인트를 어디에 분배할지 정했다. 그리고 실제로 스탯을 올리기 전에 먼저 할 일을 수행하기로 했다.

"형."

"어?"

"혹시 샵 바꾸는 거 어떻게 생각하세요."

〈아주사〉 때 했던 일의 심화 버전이었다.

배세진의 개명은 적당히 관심을 받고 무사히 넘어갔다. 성만 바뀐 데다가, 새 이름이 큰세진과의 구분을 위해 부르던 별명 중 하나였기 때문에 별 위화감이 없었기 때문이다.

[헐 테스타 배세진 진짜 배세진으로 개명함]

: 어머님이 배씨래ㅋㅋㅋㅋ 엄마 혼자 키워주셨다고 리스펙 의미에서 개명
한다는데 진짜 웃기다 별명이 이름 됨ㅋㅋㅋ (기사 링크)

-엥 이거 진짜야?ㅋㅋ

-신기하네ㅋㅋㅋㅋ

-상상도 못한 효도 ㄴㄱ

└ㅋㅋㅋㅋㅋㅋㅋㅋㅋ

-뭐 개인 가정사도 있지만 테스타에 이세진이 둘이라 너무 헷갈려서 바꾼
것도 있을 듯 계속 알파벳 붙일 수는 없잖음ㅋㅋ

-ㅋㅋㅋ팬들 안 헷갈리고 좋겠네

　　그러나 막상 팬들은 무작정 좋지만은 않았다. '배세진'은 팬들이 부
르던 애칭이라기보다는 〈아주사〉 시청자들이 '배우님'이냐고 비꼬는
의미로 부르던 것이 퍼지면서 별명으로 정착된 케이스이기 때문이다.
시일이 지나며 부정적 뉘앙스는 거의 묻혔지만, 그래도 첫 시작을 기억
하는 팬들은 기분이 묘할 수밖에 없었다.

　　그러나 기사의 전문을 다 읽고 난 후엔 팬들도 이 개명을 긍정적으
로 받아들이자는 분위기가 은은히 형성되었다.

　　…소속사 T1 스타즈 엔터테인먼트에 따르면 배세진은 "현재 개명하는 이
름과 겹치는 기존 별명이 있는 것은 알고 있다. 신기한 일이며, 이 또한 기회로

받아들이고자 한다. 팬분들께 이 별명이 새로운 느낌으로 다가갈 수 있다면 좋겠다"고 밝혔다.

정면 돌파해 보려는 배세진의 의지가 느껴졌기 때문이다.

-배세진은 어머님께 받은 선물 같은 이름이라는 게 앞으로 정사다
-혹시 세진이 상처받을까 봐 저 별명은 절대 안 썼거든. 근데 세진이가 먼저 써도 된다고 해주는구나...
-빠한테 한 처맥이는 놈들도 널렸는데 우리 배세는 완전 효자야 어머님께도 효자 팬한테도 효자ㅜㅜ 쪽쪽쪽
-흠 둘 중에 굳이 작은 세진이를, 그것도 저 별명으로 바꾸자고 하는 게 쎄했는데 전문 보니까 납득은 가네. 세진이가 내 생각보다 훨씬 단단한 사람 같아.

배세진의 개인 팬덤이 아닌 테스타 팬덤 안에서야 '안 헷갈리니 좋다, 신기하고 귀엽다' 정도로 말하고 넘어갔다. 이미 '이세진'들을 구분하느라 본명으로 지칭하지 않는 것이 전반적인 분위기였기에 별 거부감이 없던 것이다.

다만, 큰세진의 악성 팬 계정들은 잠시 소란스러워지기도 했다.

-아 드디어 이세진 이름 되찾았냐 멀쩡한 이름 두고 매번 별명만 서치하려니 좆같았는데 다행
-내 새끼 허허실실충에 눈치는 빨라 가지고 자기가 별명 붙여서 배우님 심

기 맞춰주는 거 보고 빡쳤는데ㅋㅋㅋ '그분'은 개명하면서 이미지까지 챙겨가시네와 머단^^

-우리 애한테 정치질 프레임 붙일 게 아니라 본인이 머가리에 붙이셔야 하는 게 아닌지

하지만 이 반응도 수면 아래에서만 짧게 요동치고 끝났다. 그렇게 테스타와 회사의 바람대로 배세진의 개명은 큰 파란 없이 원래 그랬던 것처럼 자연스럽게 대중에게 정착했다.

그리고 그 개명이 더 이상 새로운 소식이 아닐 때쯤, 컴백 날짜가 다가왔다.

"드디어."

이틀 밤샘 끝에 랩실에서 풀려난 대학원생은 비틀거리며 현관을 지나 들어갔다. 키우는 강아지는 거실에서 낮잠을 즐기는 중이셨다. 하지만 그녀는 잘 수 없었다.

'테스타 뮤직비디오 봐야 돼.'

무려 어제 자정에 공개됐는데도 불구하고 아직도 보지 못했다.

덕분에 그녀가 아는 것은 마지막으로 본 티저 영상뿐이었다. 그마저도 컨셉 포토와 유사한 짧은 컷들을 멜로디 하나에 묶어둔 것이기에 큰 떡밥이나 힌트는 되지 못했다.

덕분에 그녀는 정말 미치도록 뮤직비디오가 궁금했지만…… 어차피

늦은 거, 큰 화면으로라도 보자는 생각으로 이를 악물고 집으로 달려온 판이었다.

대학원생은 찬물로 세수하자마자 바로 컴퓨터 앞에 앉았다. 그리고 두근거리는 마음으로 위튜브에 들어갔다. 더 갈 것도 없이, 인기 탭에 들어가자마자 맨 위에 기다리던 제목이 떠 있었다.

[테스타(TeSTAR) '비행기(Airplane)' Official MV]

"……후하!!"

드디어 볼 수 있었다. 드디어!! 그녀는 썸네일이고 뭐고 볼 것도 없이 당장 뮤직비디오를 클릭했다.

제일 처음 나온 것은 푸른 하늘을 가로지르는 하얀 학교 복도였다. 마치 추상화에나 나올 것 같이 환상적인 화면이 묘하게 지난 마법소년 컨셉을 생각나게 했다. 하지만 그것을 제대로 살펴보기도 전에 같은 구도의 새카만 복도로 불쑥 컷이 바뀌었다.

'어?'

검은 복도는 사방에서 물이 뚝뚝 떨어지고 있었다. 야광도료로 그린 그라피티들과, 점멸하는 비상등이 흐르는 물에 왜곡되며 기묘하게 번뜩였다.

그리고 그 순간, 복도 끝에서 누군가 등장했다.

"……!"

어두운 인영은 비틀거리며, 벽을 짚은 채로 다급히 앞으로 걸어왔다. 누군지 언뜻 보였다고 생각한 순간.

검은 인영이 뻗은 손바닥이 불쑥 카메라를 가렸다.

[…….]

화면이 새까매졌다. 그리고…….
어쿠스틱 기타 소리가 울리기 시작했다.
"…?!"
전혀 예상하지 못한, 무섭도록 맑고 아련한 소리였다.
그리고 화면에서 손바닥이 떨어지며 다시 드러난다. 새파란 하늘과
하얀 구름이 가득한 하늘. 그 아래에 낡은 학교가 있었다. 다만 흉물
처럼 보이지는 않았다. 산과 나무 사이에 그림처럼 들어간 작은 학교는
마치 청춘 소설에 나올 것처럼 보였다.
그리고 다음 순간, 한 소년이 학교 문 앞에 서 있었다.

[…….]

소년의 뒷모습은 잠시 머뭇거리는 듯했으나 곧 문고리를 잡았다.
천천히 문이 열리기 시작하는 순간, 맑고 산뜻한 목소리가 노래를
시작했다.

−마음이 울렁거려
어딘가로 날려 보내고파
한 점 남김없이 전부

－지금 창문을 열어
하늘로 날려 보낼 거야
오늘 접은 종이비행기를

　소년은 열린 문 너머 복도로 달려 나갔다. 카메라가 살짝 측면으로 돌며 옆얼굴이 보였다.
　박문대였다.
　그 순간, 시원한 드럼 소리가 울렸다.

Tang Tang! Drdrdrdrdr!

　그 위로 밴드 사운드와 바이올린 소리가 가득 얹어지며 귀를 채웠다. 2000년대 초반에나 유행했을 법한 고전적인 악기와 소리였으나, 박자 배치와 신디사이저로 찍은 세부 요소가 현대적인 덕에 촌스러운 느낌 없이 레트로 감성만 챙겼다.
　그사이, 복도 끝 방문에 도착한 소년이 벌컥 문을 열었다.
　탕!
　열린 문 너머는 기숙사 방이었다. 각자 놀고 있던 소년들이 눈을 휘둥그레 뜨고 카메라를 돌아보았다.

　[…?]

그리고 영상은 완전히 청춘물로 바뀌었다.

작은 시골 학교에서 수업을 듣고 일상을 즐기는 테스타의 모습이 이어졌다. 그들이 머무는 학교 구역이 바뀔 때마다 안무 컷이 들어갔다. 마치 학생들이 직접 치운 것처럼 약간 어설프게 구석에 민 책상까지 분위기를 살렸다.

'세상에.'

대학원생은 벌써 이 청춘과 아련을 섞어 쏟아부은 뮤직비디오가 심장에 박혔으나, 이게 끝이 아니었다.

2절에 접어들면서부터 새로운 컷이 섞이기 시작했기 때문이다.

테스타는 각자 학교와 숲에서 특정 상황과 소품을 마주치며 사소한 이상 현상을 겪기 시작했다. 가령, 선아현이 운동장 수돗가에서 물을 트는 순간 물 대신 반짝이는 비눗방울이 쏟아져 나왔다.

"와⋯⋯."

그녀는 반사적으로 감탄했다. 반짝거리는 빛 망울들이 바람을 타고 선아현 주변을 맴도는 것은 정말 대단한 컷이었다⋯⋯.

그 이후로도 대부분의 멤버들이 〈마법소년〉에서 선보인 능력을 처음 만나는 모습이 너무 노골적이지 않게 그려졌다.

'문대는?'

설마 오프닝에 나와서 생략하는 건가 걱정이 드는 사이, 문대의 능력이 화면에 나왔다. 수업이 끝나고 음악실에서 나가는 친구들을 따라 나가려던 문대가 문고리를 잡는 순간, 그 위로 오묘한 문양이 새겨지는 환상이 깜박였다.

그리고 문이 잠겼다.

'허어억.'

대학원생이 비명을 삼키는 사이, 뮤직비디오는 클라이맥스로 치달았다. 7명의 소년은 자신들의 능력을 이용해, 통금시간에 학교에서 몰래 빠져나가 놀자는 계획을 세운 것이다.

그래서 별이 가득 뜬 한밤중, 장난스러운 탈출이 시작되었다.

큰세진이 눈을 감고 바깥 복도의 상황이 괜찮은 것을 확인하자, 차유진이 조그만 곰 장식의 태엽을 마구 돌려 사람 크기로 만들어서 이불을 덮어주는 식이었다.

다만 김래빈은 컴퍼스로 조심스럽게 창문을 열려다가, 창문에 동그란 예쁜 구멍을 내버리고 애매한 얼굴로 친구들을 돌아보았다.

어쨌든 우여곡절 끝에 소년들은 결국 몰래 학교건물에서 빠져나오는 것에 성공한다.

마지막 후렴구가 흘러나왔다.

−잡지 않고 놓아줄래
즐거움도
아쉬움도
다시 차오를 때면
또 만들어 보낼게
널 향한 Airplane

−Airplane

현대적 전자악기와 함께 드랍이 들어가며, 별이 쏟아지는 들판을 배경으로 하는 단체 안무 컷이 등장했다.

그리고 그 화려한 안무가 멈추는 순간에 멤버들은 춤을 그만두고 들판을 달리기 시작했다. 끊지 않은 원테이크로 자연스럽게 스토리라인이 이어지기 시작했다.

[하하하!]

소년들이 웃는 소리가 반주 위로 삽입되며 드럼이 빠졌다. 브릿지가 변주되어 은은하게 곡을 마무리했다.

―저 멀리 Fly high
날아가는 내 맘이
은하수를 넘어
빛나는 별이 되길 바래

류청우가 웃으며 장난감 총을 하늘에 쏘았다. 경쾌한 파열음과 함께 총알은 폭죽처럼 빛을 터지며 밤하늘을 수놓았다.

―손 모아 Pray again
너에게 다가가길
우리의 선 너머
두 손이 맞닿기를 원해

소년들은 깔깔 웃으며 들판으로 달려 나갔다. 카메라는 그 뒷모습을 제법 오랫동안 화면에 담았다.

'아…… 좋았다.'

그녀는 긴장이 쭉 풀리며 흐늘거리는 손가락으로 키보드를 두들겼다. 너무 좋은데 체력이 없어서 나온 행동이었다.

그러나 영상은 아직 끝나지 않았다. 음악이 끝나는 순간, 화면이 갑자기 검게 변했다.

"……?"

검은 화면은… 한밤중의 교실 창가였다. 그러나 창밖은 야경이나 별 하나 없이 칠흑처럼 깜깜하여 엄청난 위화감을 조성했다.

그리고 갑자기 커튼에 빛이 번쩍였다.

"…!"

영상 시작할 때도 봤던 야광 그라피티가 커튼에 빼곡하게 채워져 있었다. 그 스산한 빛 덕분에 드디어 창가에 엎드린 인영이 보였다.

테스타 팬이라면 익숙한 구도였다.

'…마법소년 티저!'

그 구도가 똑같았다.

…하지만 이번엔, 아무 마법도 일어나지 않았다.

[……]

영상은 그대로 끝나 버렸다.

"……휴!"

대학원생은 긴 한숨을 뱉었다.

'마지막에 떡밥은… 아니, 그걸 생각하기 전에…… 너무 좋았다…!'

곡도 좋고 안무도 좋고, 의상까지 다 좋았다! 다만 체력적인 문제로 자세한 감상이 머릿속에서 완성되지 않고 느낌만 둥둥 떠다녔다.

'이럴 땐 다른 사람들 감상을 보는 거지…!'

그럼 머리는 안 쓰고 주접은 공감으로 할 수 있었다. 그녀는 신나서 댓글창으로 화면을 내렸다.

"……"

그리고 영어로 가득 찬 화면을 보고 굳었다. 영문 코멘트부터 상단에 노출해 주는 위튜브의 정책 탓이었다. 그나마 상단에 노출된 한글 댓글은 하나뿐이었다.

-한국인을 찾습니다. 테스타 사랑한다! (웃으며 우는 이모티콘)

"……"

대학원생은 SNS 계정을 만들기로 결심했다.

지난 월요일에 곡이 공개된 후 며칠이 지났다. 슬슬 첫 무대 스케줄이 코앞이라는 뜻이었다. 다만 회사가 지난 데뷔 쇼케이스 사고를 의식해서인지 이번 컴백에서는 쇼케이스를 진행하지 않는다고 한다.

대신 새로운 컨텐츠가 하나 잡혔다.

"컴백쇼도 따로 할 줄이야."

"진짜 신나요!"

류청우의 살짝 부담감 어린 말을 차유진이 완성해서 아예 노선을 틀어버렸다.

어쨌든 말 그대로다. 테스타는 다음 주 목요일 뮤직방 다음 타임에 단독 컴백쇼 시간을 받았다. 지난 앨범 성적 덕도 있지만, 우리가 Tnet 출신이라는 점도 어느 정도는 영향력이 있었을 것 같다.

'〈아주사〉로 데뷔했으니 진골급이지.'

어쨌든, 관련 VCR 촬영도 이미 다 끝났다.

"우리도 곡이 좀 생겨서 '바로 나' 안 해도 되는 것도 좀 좋지 않아요? 그룹으로 딱 자리매김한 느낌이랄까? 하하!"

큰세진은 대놓고 기분이 좋아 보였다. 아마 이 컴백쇼가 본인이 세워놓은 단계별 목표 중 하나라도 되는 모양이었다.

'잘됐네.'

나는 어깨를 으쓱하고 하던 일을 계속했다. 진작에 확인해 보려고 했는데 시간이 없어서 못 하던 일이었다.

"애, 앨범 보게?"

"어."

바로 이번 앨범 실물 확인이었다.

회사에서 따로 받은 게 있기는 한데, 이건 그냥 내가 예약 주문해 봤다. 지난 데뷔 앨범을 워낙 급하게 준비했던 탓에 실물 앨범이 마감이 덜 되거나 속지 인쇄가 불량한 경우가 제법 많았다는 것을 확인했기 때문이다.

'설마 이번에도 그러진 않겠지.'

뽑기 운으로 피해 가버리면 별수 없겠지만, 그래도 한번 직접 주문해서 살펴보고 싶었다.

"어, 문대 앨범 언박싱해? 동영상 찍어줘?"

"아니. 괜찮아."

나는 뽁뽁이를 뜯어내며 큰세진의 제안을 거절했다. 곧 거대한 앨범 세트 구성 상자가 눈앞에 드러났다.

"와……."

"…이걸, 앨범이라고 부를 수 있나?"

배세진이 중얼거렸다. (아, 참고로 저놈은 지난주에 발목 보호대 신세에서 완전히 벗어났다.) 그 말대로 이 상자는 무슨 서랍 수준의 크기였고, 그럴 수밖에 없는 이유가 있기도 했다.

"아, 이게 응원봉이 포함된 세트 구성입니까?"

"맞아."

바로 드디어 응원봉이 출시되어서 함께 예약을 받았기 때문이다.

'그럼 응원봉 실물부터 확인해 볼까.'

나는 상자를 열었다. 그리고 당황했다.

"……!"

왼쪽, 완충재 사이에 낀 응원봉이…… 생각보다 엄청나게 화려했기 때문이다. 특히 가운데 오로라 빛으로 번뜩이는 거대한 큐빅이 압도적이었다.

'최종 그림보다도 화려한데……?'

어차피 만들 거 아주 다 때려 넣어보겠다는 직장인의 광기가 느껴졌다. 옆에서 구경하던 다른 놈들도 약간 당황한 듯싶었다.

"오…, 오~"

"어, 엄청… 크네."

"번쩍번쩍해요!"

차유진의 어휘가 좀 늘었군.

"아, 옆에 그건 응원봉에 씌우는 건가?"

"아마도요."

나는 응원봉 옆에 고정된 검은 원통을 꺼냈다. 아, 야구 배트 모양은 시간과 단가상 안정적인 탈부착이 가능하게 하기 힘들다고 반려당했다.

'이 정도도 사실 기대 이상이지.'

나는 원통을 씌워서 응원봉 모양을 바꿔보았다가, 안정적으로 고정되는 것을 확인하고 다시 뺐다.

'이제 앨범.'

상자 오른쪽에는 거의 전공서 양장본 두께의 앨범 두 권이 위풍당당하게 고정되어 있었다.

"…진짜 큰데?"

"아무래도 구성 중 사진이 큰 비중을 차지하기 때문인 것 같습니다."

"저걸 무기로 써도 되겠어."

나는 두 앨범을 차례대로 들어서 잘 확인했다.

한쪽은 흰 바탕에 여름날 수채화 풍경이 깔렸고, 다른 쪽은 검은 바탕에 야광 그라피티가 특징적이었다. 다만 기본 디자인이 같은 덕에 통일감은 살아 있었다. 그리고 다행스럽게도 둘 다 마감이 깔끔하고 프린트 질도 좋아 보였다.

"앗, 포카 떨어진다~"

"…! 자, 잡았어……!"

참고로 포토카드는 각각 교실 배경의 선아현 셀카와 방독면을 벗는 류청우였다. 나는 본인들에게 카드를 증정하고 앨범 확인을 끝냈다.

"야 아현이는 진짜 잘생겼다. 어떻게 이렇게 셀카를 못 찍는데 잘생겼지?"

"고, 고마워…?"

최근 스탯 S-를 찍었으니 그럴 만했다.

그리고 나니 딱 컴백쇼 사전녹화를 준비할 시간이었다.

"곡 하나만 하는 게 아니니까 체력 안배 잘하자."

"넵!"

몇 가지 점검을 끝낸 후, 우리는 첫 곡 녹화를 위해 무대로 나갔다. 그리고 응원봉 500개의 장거리 실물을 확인했다.

"와아아아악!!"

"……!"

예상은 했지만… 아니, 예상 이상으로… 엄청난 밝기를 자랑했다. 인당 하나씩 미러볼을 들고 있는 것 같았다.

'…본인 무대 관람에 방해가 되지 않나?'

광원이 저렇게 가까이에 있으면 아무래도 신경 쓰일 텐데.

무대 위에서야 황홀할 만큼 근사하게 보였으나 들고 있는 본인들이 불편하면 아무 소용없는 것 아닌가. 나는 팬들과 몇 마디 인사를 주고받은 멤버들에 이어 마이크를 들어 올렸다.

"…응원봉 어떠……."

"예뻐!!"

"너무 좋아!!"

"……알겠습니다."

만족하신다니 됐다.

테스타가 팬들과 하루 내내 컴백쇼를 촬영한 다음 날 새벽. 당연히 후기가 올라왔으며, 그중에는 박문대의 익명 팬 커뮤니티도 있었다.

[컴백쇼 사녹 후기]

: 곰머 이 미친놈 백금발해옴 씨발 망주사 순발식급 충격 이 새끼는 평생 금발 박제해야 함

무대 좋았음 응 뭔지 안 알려줘 방송 봐~

-헉

-도로 금발 됨?

-금발!! (강아지 랜딩하는 박문대 짤)

-아니 내 새끼 두피 살살 녹겠네 그냥 흑발하지... 곡 컨셉에도 흑발이 나은 거 아니냐

└응 아니야 박곰머는 금발뿐

-몇 곡함?

-이거 주작임?

└아닌 듯 비슷한 글 다른 사이트에도 계속 올라옴

-곰머 역시 뭘 좀 아는 듯ㅋㅋㅋ 하지만 서치할때 여긴 들어오지 말아라 혹시 보고 있다면 뒤로 가기 누르고 다신 돌아오지 마

└이런 걸 빠의식 과잉이라고 함

-사녹을 평일에 잡으니까 이런 놈들도 가는 구먼

아직 첫 컴백 무대도 방송을 타지 않은 시점이었다. 세세하게 많이 적어둔 후기를 보더라도 팬들이 사전녹화 후기 글을 보고 직관적으로 느낄 수 있는 건 거의 외관 변화에 대한 묘사뿐이었다.

그리고 바로 그날 목요일 저녁에 첫 컴백 무대가 방영될 예정이기에 이 새벽에 뮤직밤 사전녹화가 진행되었는데… 당연히, 10월 중하순 새 벽은 상당히 추웠다.

"밀지 마세요!"

'…추워!'

김래빈의 팬은 투덜거리며 사전녹화 현장으로 들어갔다. 아까 확인 한 글이 아직도 머릿속에 맴돌았다.

'…박문대 금발 다시 했다고?'

너무 좋았…… 아니, 그냥 박문대는 금발이 나왔다.

2차 팀전 이후로 은근히 박문대가 신경 쓰이게 된 그녀는 가끔 박문대의 팬사이트에 들어가서 소식을 확인하곤 했다. 심지어는 SNS 지인인 김래빈의 개인 팬들이 박문대를 비꼴 때 은근히 두둔하는 중이었다.

-곰머 레빛이 눈치 주는 거 봤음? 어르신들한테 사연 팔아 1위한 짬 여기서 나왔죠 젊꼰이 따로 없죠ㅋ

└그래도 곰머는 밥은 잘 주잖어 빅버드씨하고 있으면 레빛이 정치질만당함

…주로 이런 식이었다. 참고로 빅버드는 극한까지 변형된 큰세진의 검색 방지용 별명이다. 어쨌든 그럼에도 불구하고 그녀는 아직도 박문대에 대한 호감 이상의 감정을 부정 중이었다.

'…무대나 보자!'

그녀는 얼른 생각을 떨치고 응원봉을 꺼내 들었다. 이 검은 원통을 벗기면 샤라라 마법봉이 나온다는 구성은 솔직히 웃기고 재밌었다.

'응원봉이 좋다는 거야, 응원봉이.'

팬들이 각자 응원봉을 다 챙겨 들고서 기다리고 있자, 무대 너머에서 테스타가 걸어 나왔다.

"안녕하세요~"

"러뷰어 안녕!"

귀가 터질 것 같은 함성이 녹화장 안을 울렸다.

"피곤하시죠? 와주셔서 정말 감사해요."

"어!!"

"아니야 안 피곤해!"

솔직한 사람부터 좋은 말부터 해주는 사람까지 섞여서 난장판이었으나 그 분위기 자체가 재밌어서 다들 웃어댔다. 테스타는 긴장한 기색이 드러났지만, 대체적으로 말도 곧잘 했으며…….

무엇보다 의상이 진짜 대단했다.

'저게 뭐야…!'

테스타는 겨울 교복에서 재킷 대신 테크웨어 의상 소품을 걸치고 있었다. 학생용 셔츠와 바지 위로 검은 가죽과 플라스틱, 금속으로 이루어진 장비의 실루엣이 올라간 것이 과하지 않고 딱 핏이 맞았다.

'타이틀곡이랑 분위기가 다를 줄은… 알았지만!'

그래도 컨셉 포토보다 본격적일 줄은 몰랐기 때문에 충격적이었다.

게다가 김래빈은 머리를 살짝 더 길러서 이마가 반만 드러나게 넘기고 있었다.

'반깐!!'

불량함보다는 위태로움에 가까운 느낌으로 넘어가고 있다는 점이 아주 마음에 들었다! 그녀는 응원봉으로라도 뭔가를 막 때리며 이 흥분을 표출하고 싶었으나, 콩나물시루가 따로 없는 상황이었기에 참았다.

그리고 그때쯤 김래빈에게 약간 떨어져 서 있던 박문대가 눈에 들어왔다.

"…!!"

잘생겼… 다!

왜 저렇게 잘생겼지? 그녀는 스스로의 눈을 의심하며 박문대를 보았다. 박문대는 트렌디하게 매력적인 상이긴 했고, 객관적으로 잘생긴 편이긴 했지만… 보자마자 감탄이 나오는 미남은 아니었기 때문이다.

근데 오늘은 왠지 그렇게 보였다!!

'저 백금발 때문인가?!'

박문대는 거의 색이 없는 것에 가까울 정도로 물을 뺀 백금발이었다. 그리고 이유는 모르겠지만 그게 엄청나게 잘 어울리는 것 같았다.

'…고쳤나?'

그녀는 짧게 의심했으나 막상 이목구비에서 차이가 나는 점을 딱 집어내지는 못했다. 그때 옆에서 누군가 작게 서로 속삭이는 소리가 들렸다.

"샵 바꿨다더니……."

"잘 바꿨나 봐요. 애들 더 잘생겨진 것 같아요."

"……."

'아, 그렇게 된 거였구나.'

그녀는 빠르게 상황을 납득했다. 누군진 몰라도 대단한 전문가가 붙은 게 분명했다.

그사이, 테스타는 팬들과의 짧은 인사와 잡담을 끝내고 무대를 준비하기 위해 대형을 맞췄다. 그들이 뒤로 돌아서 각자 시작 포지션을 잡는 순간, 그녀도 흥분으로 손에 든 응원봉을 살짝 흔들었다.

그리고 깨달았다.

'아, 응원봉 커버…….'

그리고 보니 들어올 때 이 검은 원통을 벗기지 말아 달라는 말은 들었다.

'이대로 응원하라는 건가?'

그녀가 살짝 떨떠름하게 검은 막대기를 보고 있자니, 블루투스로 연결된 중앙제어에 의해 응원봉에 불이 들어왔다.

그러자 낯익은 야광 그라피티가 주르륵 원통형을 감싸고 켜졌다.

"…!"

아마도 안쪽의 빛이 투과하여 새어 나오는 것 같았는데, 왠지 그것 때문에 더 네온사인이 생각났다.

"헐."

그녀는 이 원통형에는 별 관심이 없어서 관련 사항을 몰랐기에 순간 깜짝 놀랐다. 하지만 대다수의 팬들은 이미 집에서 한 번씩 켜보고 왔는지 그냥 무대만 뚫어져라 쳐다보고 있었다.

'아!'

그녀도 얼른 무대로 시선을 고정시켰다. 이런 일로 시간을 허비할 수는 없었다.

녹화장의 불이 꺼지며 무대 위에 강렬한 전주가 흐르기 시작했다.

DOON DOON DOON DOON

아직 무대는 어두웠다.

불빛 없는 무대에서, 마치 둔탁한 기계가 움직이는 것 같은 오묘하고 묵직한 베이스 소리가 울렸다.

DOON DOON DOON DOON

DOON DOON DOON DOON

이미 스트리밍을 하느라 많이 들은 팬들이 대다수였지만, 현장에서 듣는 박력이 또 달랐다.

생각보다 빠른 템포에 긴장감이 조성되었다.

그리고 그 위로, 일렉 사운드가 꽂혔다.

Dvvvviiiiii-!

바로 트레일러에서 등장했던 그 천둥 같은 리프 멜로디였다.

그리고 마치 천둥에 놀란 것처럼 무대 위로 벼락같이 조명이 들어오더니, 그 노란 끼 없이 창백한 빛 아래로 SF 게임에 등장하는 뒷골목 같은 무대 세트가 드러났다.

군데군데 책상과 칠판 같은 학교 소품들이 버려지듯 배치된 무대. 그 위에서 각자 뒤로 돌아 다른 방향을 보고 있던 테스타.

그중 차유진이 천천히 고개를 꺾으며 앞으로 돌았다.

-Do not trust it
There no justice
Oooohh….

나직한 싱잉 랩이 끝나는 순간, 내리치는 리프 멜로디가 사라졌다.

그 빈자리에서 뭄바톤이 전개되었다. 리듬감이 넘치지만 흥겹진 않을 정도의 아슬한 수위에서 때 이른 첫 댄스 브레이크가 들어갔다. 차유진을 중심으로 하는, 살짝 기계적인 느낌이 나는 군무였다.

그리고 차유진이 대형의 뒤로 사라지는 순간 노래가 시작되었다.

-돌이켜 봐도 알 수가 없어

Umm

무슨 일이 일어난 건지

-Target Target Target

GOT IT

달려가는 대로 잡아채는 대로

트레일러 곡과 전혀 다른 보컬 멜로디였다.

이유는 알 수 없지만, 이번 서브곡 〈Better Me〉는 트레일러의 곡에서 반주를 샘플링만 해온 듯한 구성이던 것이다. 하지만 이쪽이 훨씬 아이돌이 낼 것 같은 트렌디한 댄스곡이었다.

덕분에 무대 위의 테스타는 거의 날아다니고 있었다. 숨을 쉴 틈은 있는지 궁금해지는 구성이었다.

-선명한 이 느낌

(지워지질 않아 잊혀지질 않아)

지금도 난 알아

(I got that CODE)

프리코러스에 접어드는 순간, 김래빈과 큰세진의 보컬이 교차하며 퍼졌다. 둘은 서로를 잡아채려는 듯한 다소 과격한 페어 안무를 선보인 뒤 갈라졌다.

그리고 두 번째 프리코러스 파트.

박문대가 나오며, 갑자기 트레일러의 일렉 사운드가 돌아오더니 트레일러와 유사한 가사까지 흘러나왔다.

－I will never die
Like I did before
I'm gonna keep ME
Alive－!

고음이 깨끗하게 올라갔다.

트레일러와 보컬 멜로디는 완전히 달랐으나, 그 난이도만큼은 반박의 여지 없이 확실했다. 그리고 박문대는 이 고음을 다른 멤버와 엮이고 쳐내며 나오는 동적인 안무와 함께 쭉 불렀다.

그것도 약간 처연한 분위기로.

'와…….'

김래빈의 팬은 응원도 잊고 마치 경연 프로그램을 보는 것처럼 감탄했다가, 곧 정신을 차리고 무대에 집중했다.

드디어 후렴에서 김래빈이 나온 것이다!

김래빈은 노려보는 것 같은 눈초리로 살짝 우울하게 후렴을 불렀다.

-BUT,

It's just confusing

언제부터였는지

I'm just confused

Umm

어디까지 가는지

후렴은 다시 뭄바톤으로 돌아와서 흐르는 듯 낮은 목소리의 보컬과 쨍한 비트로 성기게 엮였다. 그리고 류청우가 나와서 다음 후렴 소절을 이어받았다.

-Could be confusing

무엇을 원하는지

May be confused

Umm

어떻게 하는 건지

방황하는 것 같은 가사와 분위기였으나 어딘지 의미심장하고 추상적이었다.

여기에 무대와 안무, 그리고 의상까지 어우러진 덕분에 무대는 현실이 아닌 디스토피아적 세계관에서 겪는 방황처럼 보였다. 덕분에 정신 산만할 수 있는 네온사인과 장치들은 도리어 강렬한 곡의 중심부에 있는 살짝 우울한 맛을 살렸다.

—Take me and get that might

멜로디컬한 후렴구가 끝나자마자, 툭 쏘는 것 같은 차유진의 랩과 함께하는 2절 안무는 더 강렬하고 복잡해졌다.

—아득한 이 느낌
(지워 버리는 잊으려 하는)
그래도 난 알아
(I got that CODE)

마치 터질 지점을 향해 끝없이 오르는 것처럼 반주에 구성 요소가 계속 추가되고 비트는 점점 더 강렬해졌다.
그리고 브릿지를 지나 후렴이 터져 나올 순간.
곡은 드랍되는 대신, 모든 반주를 없앴다. 그리고 그 강렬한 리프 멜로디만 홀로 돌아왔다.

Dvvvviiiiii—!

그리고 비트도 없는 상황에서, 오로지 리프 멜로디와 겨루며 마지막 후렴이 터져 나왔다.

-BUT,
It's NOT confusing!
내가 누군지
I'm NOT confused
Oh!
찾아낼 BETTER ME

류청우의 보컬을 받은 박문대는 마지막 초고음까지 찍어 음을 잡아냈다. AR이 제대로 들리지 않을 정도의 성량이었다.

'헐!'

관객들이 내적 환호를 질렀다.

음원으로 들을 때는 리프 멜로디랑 목소리, 두 가지가 모두 쨍하다 보니 몇 번 들으면 피로해졌는데, 무대로 보니 엄청나게 극적이었다. 게다가 직후 다시 시작되는 뭄바톤이 귀에 척 달라붙었다.

-BETTER ME

방긋 웃은 큰세진이 마지막 댄스 브레이크에서 센터로 튀어나왔다.

그리고 첫 댄스 브레이크의 반주가 변주되었다. 갈등이 해소된 듯, 좀 더 가볍고 경쾌한 분위기가 이어진다. 다만 안무는 발을 움직이는 구간이 늘어 엄청나게 화려해졌기 때문에 난이도와 볼거리 면에서는 오히려 더 인상적이었다.

−BETTER ME

곡이 끝날 때가 되어서야 변주 혹으로 튀어나온 타이틀을 다시 한 번 부르며, 곡이 마무리되었다.

그리고 내적 함성은 곧바로 외부로 튀어나왔다.

"와아아아아아악!!!"

"어어어!!"

"어떡해!!"

누가 봐도 퍼포먼스용이라고 외치는 것 같은 이 서브곡 무대는 보는 재미와 듣는 재미를 모두 챙기는 훌륭한 구성이었다. 그리고 더 좋은 건….

'오늘 이 무대를 몇 번은 더 볼 수 있겠네!'

사전녹화는 같은 무대라도 몇 번 더 퍼포먼스해서 좋은 것을 솎아내기 때문이다!

테스타는 워낙 쉴 구성 없는 곡에 숨이 차는지, 비틀거리며 숨을 헐떡이다가 감사 인사를 하며 손을 흔들었다. 너무 더운지 테크웨어 소품을 슬쩍 들어서 부채질을 하는 멤버도 있었다.

그리고, 잠시 뒤 류청우가 스탭에게 말을 걸었다.

"후욱… 후, 다음 테이크…… 네? 이대로요?"

테스타의 표정이 밝아졌다.

"와, 우리 한 번에 됐대요!"

청천벽력 같은 선고였다.

'안 돼!!'

심지어 장비 점검 때문에 리허설도 미리 끝낸 상태라 팬들이 볼 수 있던 건 그 무대 하나뿐이었다!

하지만 당연히 번복은 없었다. 테스타는 뒤늦게 상황을 파악하고는 헛수작을 부렸다.

"감독님, 저희 이거 목소리 잘못 낸 것 같지 않나요?"

"카메라 못 봤어요!"

하지만 씨알도 먹히지 않았다. 덕분에 그들은 미안해하며 애교나 춤을 선보이고는 사라졌다.

"……."

그리하여 팬들은 입장한 지 20분 만에 다시 녹화장을 나오게 되었다. 그들 손에 쥐어진 것은 테스타가 준비했다는 어느 맛집의 크림빵과 아메리카노뿐이었다.

'…김래빈!! 박문대!! 누가 그렇게 잘하래!!'

김래빈의 팬은 자신이 무슨 생각으로 그런 소리를 하는지도 모르는 채 크림빵을 뜯었다. 맛있어서 더 열 받았다.

그날 저녁, 테스타의 서브곡과 타이틀곡 무대 모두가 드디어 첫 방송을 탔다.

본부장이 날아간 데다가 최근 사건이 많았기 때문인지 회사는 일단 활동 중에 잘 시간은 줬다. 덕분에 당일 자정에 숙소에서 첫 무대 반응을 살펴볼 수 있었다.

위튜브 등지에서는 당연히 타이틀 조회수가 많았으나, SNS나 커뮤니티로 들어가니 서브곡에 대한 반응도 거의 비등했다. 나는 댓글이 오백 개가 넘은 글 하나를 클릭했다.

[테스타 이번 서브곡]
: (SNS 영상 링크)
방금 뮤직밤에 나왔는데 솔직히 타이틀보다 무대 반응 더 좋은 듯

-이건 진짜 퍼포용이네

-빡세다

-개잘하네;

-음원은 타이틀이 훨씬 윈데 이건 왜 서브곡으로 골랐는지 알 것 같다 진짜 무대하고 봐야 훨씬 좋다ㅋㅋㅋ

-이거 라이브임?

　└ㅇㅇ완전 라이브야

-거의 립싱크나 다름없네ㅋㅋㅋ 박문대 파트 AR 티 엄청 난다 아주사 때도 그러더니

　└ㅋㅋㅋㅋㅋㅋㅋ(MR 제거 영상 링크)

-무대는 진짜 잘하는데 가사 대체 뭔 소리임?

　└우리도 모름 근데 작사에 김래빈 있더라 조금 있으면 W라이브로 와서 구구절절 이야기할 거야 시간 나면 보러와줘

└ㅋㅋㅋㅋㅋㅋㅋ요약본 올려줘

대체로 좋다는 의견이 많았다. 간혹 일단 던지고 보자는 식의 어그로도 있지만, 그거야 맨날 출몰하는 놈들이고.

물론 그 댓글들 사이에서 예상했던 이야기도 발견했다.

-와 박문대는 금발만 하면 리즈 오네ㅋㅋㅋ

-백금발 진짜 박문대야? 헐 내 머릿속의 박문대는 아주사 제발회 사진에 멈춰 있는데 무슨 일이 일어난 거임

-문대 진짜 잘생겼다

-아니 박문대 진짜 머리 금발로 자랄 것처럼 찰떡이네 무슨 일이야

-나 시험 때문에 아주사 못 봤는데 백금발이 1위야? 저 얼굴에 노래 저렇게 하니까 너무 당연히 1등 했을 것 같다;;

└방송물을 정수기 채로 입에 쏟아부은 놈입니다 속지 마세요

대충 이런 느낌이었다.

'찍은 보람이 있군.'

물론 의구심을 가지는 반응도 쑥쑥 튀어나왔으나 거기서 더 발전하지 못했다. 선수 쳐서 밑밥을 깔아놨기 때문이다.

-음ㅋㅋ 외모 변화... 할만하않

└샵 바꿨다고 함

└그걸 어떻게 알아?

└컴백 덥라이브 비하인드에 머리하는 장면 나옴

　　└아하 ㅇㅋ

　-샵 바꿨다고 얼굴이 변하면 저도 그 샵 다닐래요

　　└놀랍게도 무대화장하는 아이돌에게는 흔하게 일어나는 일임..

　　└ㅋ누가 그래요?

　　└내가 파는 아이돌이 샵 바꾸고 망해서 앎

　　└미안;

　흠, 역시 괜찮은 변명이 들어가니 적당히 비비고 넘어갔다. 회사가 슬슬 샵을 갈아타려고 해서 다행이었다. 덕분에 무리 없이 외모를 A-로 올릴 수 있었으니까.

　그리고 왜 외모를 찍었느냐 하면…… 최근에 B+이었던 류청우가 A-로 올라갔기 때문이다. ……워낙 아주사 때 마음고생을 했다 보니, 그 여파가 사라진 것이 지금 드러난 것 같았다. 내가 봐도 안광이 좋아졌더라고.

　어쨌든 이 흐름대로라면 나 혼자 B따리로 남아 순간 캡처 비교 글감이 될 것 같아서, 타이밍 맞는 지금 투자를 했다.

　'좋은 선택이었고.'

　아, 다른 하나는 가창에 찍어서 A+로 만들어줬다. 저 서브곡 마지막 후렴을 계속 연습하다 보니 언젠가 목이 나갈 것은 예감이 강력하게 들어서 어쩔 수 없었다.

　조금 아쉽긴 했는데, 가창은 조금만 더 기다리면 자연적으로 올릴 수 있을 것 같았기 때문이다. 하지만 당장 컴백이 코앞이라 어쩔 수 없었다.

'남은 포인트 하나는 예정대로 아껴둬야겠군.'

나는 어깨를 으쓱하며 스마트폰을 껐다. 내일도 새벽에 가까운 시간에 스케줄이 시작되다 보니 당장 자야 했다. 타이틀곡 반응은 내일 더 살펴보자.

그리고 다음 날 음악방송을 대기하며 타이틀곡 반응을 살피던 중, 희한한 소식을 들었다.

"너희 다음 주에 예능 촬영 잡혔다~"

"오~"

"어디요?"

"새 싫어요."

〈1절만 하는 인간〉의 잔상에서 벗어나지 못한 떨떠름한 반응들 속에서, 매니저가 엄지를 치켜들었다.

"말 타고 활 쏘는 예능이야!!"

"……!"

그 순간 모두의 시선이 류청우를 향했다. 류청우는 애매한 얼굴로 되물었다.

"…말을 타고 활을… 쏜다구요?"

"그래!"

"우와~"

"말 좋아요!"

"…혹시 청우 때문에 섭외된 건가요?"

배세진의 질문에 매니저는 고개를 저었다.

"아니야. 이거 그 뭐냐… 종방한 아이돌 올림픽 비슷하게 KBC에서 만든 거라 그런 포맷이야. 아마 웬만한 아이돌들 다 나올걸?"

"아하~"

안 나가면 음방 출연에 지장이 있을 거란 뜻이군. 잘 알겠다.

"어, 근데 명절 다 지나갔는데 지금 해요?"

"뭐, 방송사 내부 사정이 있었나 봐."

"으음~"

대부분의 멤버는 납득했지만, 류청우는 여전히 오묘한 표정이었다.

"형. 문제 있어요?"

"응? 음… 좀 걱정이 되네."

아, 후유증 때문인가.

통증이 없어도 그냥 상황 자체가 꺼림칙할 수도 있겠다 싶었다. 이런 사람 우르르 불러서 육체노동 시키는 예능은 언제나 부상 위험이 있으니까.

하지만 이번엔 매니저가 애매한 얼굴로 입을 열었다.

"음…… 그게 말이다."

"…?"

"청우는… 출전 금지야."

"……!!"

"게임이 안 될 거라고 방송 쪽에서 거절했어. 대신 시범만 한번 보여 달라네."

"허억."

믿을 수 없이 상식적인 판단에 멤버들이 경악했다. 은근히 믿는 구석이라고 생각하고 있었던 게 분명했다.

하지만 류청우의 표정은 나아지지 않았다.

"차라리 제가 하는 게 나을 것 같은데…… 형, 저희 이거 안 나갈 순 없는 거죠?"

"…으음, KBC에 계속 출연하려면 아무래도 힘들겠지? 왜?"

류청우가 고개를 저었다.

"너무 위험해서요. 말을 타는 것도 힘든데, 그 위에서 활까지 쏘는 건 더 위험하죠. 훈련 기간은 얼마나 확보됐어요?"

"……가서 배울 거라고 하던데……."

"……."

"…잠시만."

매니저는 우리를 일단 차에 태운 후에 주차장에서 회사와 꽤 긴 통화를 하는 것 같았다. 그러곤 꽤 밝은 얼굴로 다시 차에 탔다.

"아, 걱정 마 얘들아. 준비 다 잘됐대."

"오……."

"그래도 KBC 공영방송이잖아. 무리한 일이나 위험한 일 안 시킨다니까 해보자!"

저렇게까지 호언장담하는 것을 보니 뭘 듣긴 한 모양이다. 구체적으로 설명 안 해주는 걸 보니 리액션이 필요한 것 같고.

'승마 국가대표라도 불렀나.'

설마 후유증으로 국대 은퇴한 아이돌 앞에 현직 국대를 데려오는 X신 짓거리를 훈훈함으로 포장하지는 않겠지. 하도 Tnet의 어마어마한 방송국 놈들을 만나다 보니 내 쪽에서 사서 각을 재고 있다.

"그리고 다른 종목도 다양하게 한다더라, 청우는 거기서 활약하면 될 것 같다!"

"음, 알겠습니다……"

류청우는 여전히 찜찜하다는 얼굴이었지만, 결국 수긍했다.

그리고 촬영 당일… 엄청난 꼴을 보게 된다.

촬영지는 무려 대관령이었다.

더 재밌는 건 여기까지 상상도 못 한 복장을 하고 갔다는 것이다.

"화랑이요?"

"그래. 이 프로그램 컨셉이 신라 화랑끼리 경합하는 거래!"

"와……"

아이돌 올림픽하고 차별화하려고 조상님까지 동원했을 줄은 몰랐다. 덕분에 서울에서 화랑 복장 챙겨서 메이크업과 헤어까지 받고 대관령으로 실려 갔다.

─ 머리 망가지니까 너무 팍 기대면 안 돼요!

목 부러지는 줄 알았다.

그리고… 도착한 촬영지에선 분홍색 회전목마가 돌아가고 있었다.

"……??"

"저기?"

"여러분이 탈 말입니다!"

"…!!"

멍한 표정이 된 멤버들의 얼굴을 카메라가 열심히 따갔다.

그리고 잠시 뒤, 활이 보급되었다. …알록달록한 장난감 활이었다.

이 사극 복장에 그 활을 들고 있는 모습이 언밸런스의 극치였다.

"……."

"…조상님 화내시는 거 아니냐?"

그러게.

어쨌든, 덕분에 촬영은 KBC의 약속대로 안전하게 진행되었다. 화랑 의상을 정성껏 차려입은 아이돌들이 블링블링 빛나는 회전목마에 타서 장난감 활로 동물 캐릭터 인형을 맞히는 건 정말 희한한 삼중 복합 개그였다.

대체 왜 대관령까지 사람을 불렀냐. 그냥 아무 테마파크에서나 해도 상관없지 않은가.

그 꼴을 구경하던 큰세진이 킬킬 웃더니 기지개를 켰다.

"그래도 여기까지 팬분들은 안 불렀네. 그거 진짜 서로 고생이라던데."

"아아."

기억난다. 스케줄 안 맞아서 찍으러 가본 적은 없는데, 그것도 찍어다 팔던 놈들 꽤 있었다.

"문대문대, 러뷰어 소식 업로드용으로 사진이나 쟁여두자."

"그럴까."

흠. 이건 꽤 괜찮은 제안이다.

"오~ 적극적인데? 사실 문대도 화랑 복장이 마음에 들었던 거구나~ 자기가 좀 멋있게 느껴지는 느낌? 그런 건가?"

이건 짜증이 좀 난다.

"나, 나도……."

"사진 찍으십니까?"

"저 머리 볼래요!"

끼어드는 놈들까지 포함해서 단체 컷을 몇 장 찍고 있자니, 주변에서 시선이 느껴졌다. 다른 아이돌 팀이다.

음악방송 복도랑 똑같았다. 다만 여긴 대놓고 다 같이 대기하다 보니 더 사적 친목을 쌓기 좋은 방향이었다. 심지어 팬석도 없으니까.

그러나 이놈들은 썩 다른 그룹에 관심이 없어 보였다.

"오, 잘 나왔어!"

심지어 큰세진까지도 그랬다. 아마 여기 참가한 아이돌 중에 테스타랑 지표가 비슷한 수준도 없으니 깔끔히 손 턴 것 같았다. 인사만 싹싹하게 하고 이후로는 쳐다도 안 본다.

'진정한 성적충이라고 해야 하나.'

나도 남 말할 처지는 아니다만… 이 새끼는 진짜 대단한 난놈이다. 뭐, 덕분에 말 거는 사람이 없는 건 편하긴 했다.

그렇게 평화로운 대기시간을 보내고 난 뒤.

"이번 조는~ 아 유명하죠, 국민 주식! 테스타 화랑들입니다!"

공영방송에서 타 케이블의 극한 자본주의 캐치프라이즈를 써도 되는지는 모르겠지만, 어쨌든 우리 차례가 호명되었다. 형평성 때문에 제외된 류청우와 5명 정원상 자진해서 빠진 배세진은 대기로 남았다. 다음 종목에 참가하겠지.

"잘하고 와. 조심하고."

"……네."

저 회전목마를 보고도 조심하라는 말이 나오냐는 생각이 들었으나 류청우의 사연 빔을 맞고 사라졌다.

"갑시다~"

그리고 회전목마에 올랐다. 안전띠를 착용하고, 문제 발생 시 신호를 주면 회전목마를 중지시킬 수 있다는 설명 뒤에 회전목마가 돌기 시작했다.

−따랑땅땅따라라랑 차르르~ 땅따라랑~

깜찍한 오르골 소리가 울리며 회전목마가 오르락내리락 돌기 시작했다. 자괴감이 든다.

그리고 여기서 룰 하나가 더 추가된다.

"자 테스타 화랑 여러분~ 활 쏘려면 뭘 해야 하죠?"

"퀴즈!"

"정답을 맞혀야 합니다!"

그렇다. 활을 무한으로 쏠 수 있는 게 아니라 문제를 맞히면 10초간 쏠 수 있다. 그래서 가장 짧은 시간 내에 다섯 개를 맞히는 그룹이 우승하는 구조였다.

"그렇죠, 문무를 모두 갖춘 화랑의 낭도로서 여러분은 정답과 표적, 타이밍까지 모두 맞혀야 합니다~"

"타이밍은 맞히는 게 아니라 맞추는……."

"하하하! 문제 주세요!!"

큰세진의 말에 MC를 맡은 탤런트가 바로 손을 들고 외쳤다.

"자 첫 번째 문제, 인물 맞히기입니다! 가장 유명한 화랑 출신 중 한 명으로, 신라의 삼국 통일을 이끈 장군입니다. 황산벌 전투에서 계백이 이끄는 군대를 물리친 이 장수의 이름은?"

"……??"

갑자기 문제 난이도가 왜 이래.

특별히 어려운 건 아니었다. 하지만 직전 그룹에게는 지금 우리가 있는 곳의 지명을 말해보라는 수준의 문제만 냈었다.

'케이블 출신이라고 엿 먹어보라는 건가…?'

KBC가 얼간이도 아니고 그건 아니겠지. 그냥 운 문제일 것이다. 그 와중에 환장하게도 차유진이 제일 먼저 손을 들었다는 게 진짜 문제다.

"황산벌은 어떤 벌……."

"정답! 김유신 장군님!"

"아, 박문대 화랑~ 정답입니다!"

다행히 '황산벌'에서 오디오가 물리게 만들었다.

'살았다.'

한숨을 쉬며 활을 들었다.

"자, 지금부터 10초! 시작합니다!"

"어어어??"

그리고 농담처럼 회전목마가 빨라졌다. 거북이처럼 움직이던 목마는 갑자기 단체 사이클 타는 헬스장처럼 폭주하기 시작했다. 아까 기다리면서도 봤지만 정말 웃기겠다는 열망이 넘쳤다.

"이거 생각보다 너무 빠른데요?!"

"하하하! 자~ 하나!"

그리고 거짓말처럼 차유진은 곧바로 인형 하나를 맞혔다.

"하나!"

나는 한숨을 쉬며 장난감 활을 겨누었다. 그리고 당연히 못 맞혔다. 젠장.

"아, 재밌었다!"

"좋아요!"

큰세진과 차유진이 싱글벙글 웃으며 회전목마에서 내려와서 카메라에 손을 흔들었다.

놀랍게도 2분 7초 만에 끝내서 신기록을 세웠다. 그리고 더 놀라운 건 두 번째 문제 정답을 차유진이 맞혔다는 것이다.

−자, 두 번째 문제~ 주소창에서 흔히 보는 WWW는…….

−World Wide Web!!

−…? 정답입니다!

의외의 선방이었다.

참고로 이때는 나도 인형을 맞혔다. 요령 잡는 게 중요하더라.

"고생했어. 잘하던데?"

"잘해요~"

"큰 어려움은 없었습니다!"

"저희가 좀 하죠~"

번데기 앞에서 주름잡는 놈들 옆에서 배세진이 조용히 물었다.

"…재밌었어?"

나는 어깨를 으쓱거렸다. 재밌었겠냐는 뜻이다. 배세진은 말없이 납득했다.

"이, 이번에 우리, 잘한 것 같아."

"그러게. 우리 앞으로도 한번 제대로 해봅시다~"

"오~"

한번 해보니 몰입했는지 다들 신났다. 이 틈에서 나 혼자 적당히 했다가는 은은한 초심 논란에 휩싸일 것 같은 불길한 예감이 든다.

'리액션을 신경 쓰자.'

참고로 다음에 시범으로 나선 류청우는 폭소를 터뜨리며 첫 10초 안에 혼자 다섯 개를 모두 맞히는 미친 묘기를 보여주었다. 대체 우리나라 양궁 국가대표는 어떤 자리인지 가늠도 안 가기 시작했다.

그리고 시간이 흘러, 왜 넣은 건지 알 수 없는 양털 깎기부터 대형 윷놀이를 지나 마지막 종목까지 왔다.

"다음은~ 색칠 전투입니다!"

"오~"

말은 그럴싸한데 그냥 페인트볼 서바이벌을 활로 하는 것이다. 서로 물감 쏘다가 안 맞고 마지막까지 살아남는 사람 팀이 이기는 거 말이다.

이번에는 7명 팀전이라 류청우와 배세진이 끼었다. 운 영역이 크게 작용하는 판이라 류청우도 시범으로 빠지지 않았다.

'딱 떨어져서 편하군.'

다른 팀 보니 섞인 곳도 꽤 많더라고.

"이거 저희는 가만히 있으면 청우 형이 다 쏴서 이기는 그림인가요~?"

"저도 쏴요!"

"…잘 부탁한다."

자신이 없는지 드물게도 배세진이 비장한 얼굴로 류청우에게 말했다. 류청우는 당황한 얼굴로 멋쩍게 말했다.

"그냥 재밌게 하자 애들아, 탈락할 수도 있지."

"약해요!"

"이기고 싶습니다!"

"화, 화이팅!"

선아현까지 이렇게 나오니 류청우는 결국 기세에 밀렸다.

"하하, 그래. 이기자!"

"와!!"

카메라가 열심히 그 광경을 찍고 있었다.

'음, 이러고 정말 이겨 버리면 썩 좋은 그림은 아닌데.'

테스타가 여기 출연한 그룹 중에 제일 성적이 좋다 보니, 이 이상 종목에서 이기는 건 피하는 게 나을지도 몰랐다.

이미 윷놀이도 준우승했다. 여기서 더 가면 다른 절실한 그룹이 분량을 받을 기회를 뺏는 것처럼 여기는 사람들이 나올 게 분명했다. 그렇다고 대충하면 대충하는 대로 욕먹으니….

제일 좋은 건 미친 듯이 몰입해서 하는데 망하는 것이다.

그래서 나는 류청우의 말에 감명받은 것처럼 고개를 끄덕이며 양 주먹을 흔들었다.

'구르자.'

실질적인 도움은 주지 말고, 그냥 열심히 하는 척만 하자. 이 옷 입고 바닥을 굴러다니면 열심히 했다고 쳐줄 수밖에 없을 것이다.

그리고 오 분 뒤, 이 결심대로 정말 바닥을 구르게 되었다.

"문대야 괜찮아?!"

"…예."

다 탈락하고 류청우와 나만 남았기 때문이다.

물감 맞히는 데 몰입한 다섯 놈들이 자기가 안 맞는 것을 신경 쓰지 않는 덕분에 이런 사태가 도래했다. 졸지에 내가 존버한 꼴이 된 것이다.

그리고 류청우는 하나 남은 팀원을 살리려고 화살이 오면 열심히 좌로 굴러 우로 굴러 지시를 내리고 있다. 본인도 구르고 있어서 대충 얼타다 맞을 수도 없다.

'와……'

이제 눈치껏 좀 탈락하자 새끼야.

하지만 류청우는 생각보다 과몰입 상태였다.

"오른쪽에서 온다. 기어서 이동하자."

"……."

아니… 이렇게까지 해야 하냐?

하지만 류청우는 이미 진지한 얼굴로 포복하기 시작했다.

'화랑 복장에 가발까지 쓰고 풀 바닥에서 포복…….'

끔찍한 혼종이었다. 그 와중에 머리 위로 화살이 날아가서 목책에 맞았다.

팡!

나무판자에 시퍼런 색소가 묻었다.

그러자 류청우가 날카로운 눈으로 화살이 날아온 곳으로 활을 겨누었다. 물론 유아용 장난감 활이다.

휘익!

"와악!"

"아웃~!"

"어우 아까워!"

주홍색 머리띠를 두른 팀의 최종 탈락자 둘이 목책 뒤에서 어깨가 노란 색소로 범벅이 된 채 나왔다. 목책 끝에서 위아래로 머리만 내놓고 쏘던 놈들이다.

'…하나 쏴서 둘을 맞혔잖아.'

이 정도면 생태계 파괴급이다. 다이아가 부계정으로 브론즈에서 양민 학살하는 걸 같은 팀으로 직관하는 것 같다.

"세 팀 남았네. 왼쪽부터 친다."

그만해라 좀.

"…형, 인원이 좀 줄어들 때까지 기다리는 건 어떨까요."

"아."

류청우는 그제야 선 넘은 자신을 깨닫고 좀 민망한 얼굴이 됐다. 애들 사이에서 이 악물고 눈싸움하다 정신 차린 어른 꼴이다.

"그렇지… 우리 저 뒤에서 대기하자."

"옙."

"흠, 오랜만에 이런 거 하니까 재밌네."

류청우는 약간 시원한 얼굴이었다. 아무래도 이런 원초적인 경쟁 컨텐츠를 이기는 데서 스트레스가 풀리는 타입인 것 같았다.

'RoR 안 하나?'

패드립에도 타격 안 받을 놈이니 딱일 텐데.

어쨌든 류청우의 권유대로 근처의 가장 큰 목책 뒤로 기어서 이동하던 도중, 목적지에 도착하기도 전에 다시 화살이 날아오기 시작했다. 머리에 초록 띠를 두른 놈들이었다.

'저쪽도 벌써 정리됐나.'

심지어 인원도 4명이나 남아 있다.

이제 슬슬 맞고 탈락하면 되겠군. 류청우가 둘쯤 더 탈락시키면 딱 그림 좋게 저쪽이 이기고 마무리될 것 같다.

하지만 상황은 예상대로 흘러가지 않았다.

"위험…!"

"헐!"

"됐나?"

"어어어억!"

류청우가 둘쯤 더 탈락시킨 건 맞았다. 그러나 그 직후 결국 녀석도 물감에 맞으면서 탈락했는데, 다른 팀의 남은 한 명도 동귀어진 식으로 탈락시켜 버렸다.

그래서 졸지에 초록 띠 두른 놈 하나와 나만 남아 일대일 매치가 성사되었다.

"……"

"……"

실화냐?

문제는 저쪽도 일단 류청우를 탈락시켜야 한다는 걸 알았는지 류청우를 집중포화했고, 류청우도 자신을 맞힐 것 같은 놈부터 쐈다는 것에 있었다.

즉, 살아남은 두 놈이 모두 존버 메타의 최약체였다. 저쪽도 당황했는지 '어, 어?'를 연발하며 화살을 놓쳤다.

"……허."

졸지에 X밥 싸움이 됐네.

그때, 목이 물감 범벅이 된 류청우가 빠르게 외쳤다.

"문대야, 나 엄폐물로 써서 얼른 맞혀!!"

"……"

아까 적당히 하자고 암묵적 합의 본 건 어디다 팔아먹었냐? 어쨌든 대충하는 모습을 보일 수는 없으니, 나는 몸을 숙이고 적당히 활을 겨눴다.

"헉!"

웃기는 건 그 와중에 저쪽이 쏜 물감이 진짜 류청우 등에 맞았다는 점이다.

'이게 통해?'

나는 떨떠름해하며 화살을 날렸다. 사실상 안 맞을 걸 예상한 샷이었다. 아마 머리 위로 지나가겠지.

"…우악!"

"……?"

근데 이게… 맞았다?

"아!! 진짜!!"

하필 마지막 남은 놈이 화살 뽑으려고 손을 들다가, 내가 쏜 화살에 직접 가져다 댄 꼴이 된 것이다.

뭐 이런 일이 다 있냐.

"우아아아아!!"

"문대 승리!!"

탈락하고선 대기하던 놈들이 쏟아져 나와 기뻐하기 시작했다. 류청우도 함박웃음을 지으며 등을 두드렸다.

"잘했어!"

"…와!"

나는 카메라를 보며 두 주먹을 불끈 쥐었다. 이긴 건 별수 없으니 태도 논란이나 막자 X발.

하지만 해설진 부스에서 뛰쳐나온 MC가 희소식을 전했다.

"아아~ 테스타 화랑들! 탈락입니다!"

"……?!"

"왜요!?"

"탈락한 화랑은 바로 전투장을 나오셔야지, 생존한 화랑을 도와주시면 안 되죠!"

"…!!"

우승은 그렇게 초록 띠 팀에게 돌아갔다.

"색칠 전투 우승은…… 오닉스입니다!"

"와아아아악!!"

"됐다!!"

그리고 테스타 놈들은 솜사탕 씻은 라쿤 표정이 되었다.

"……."

"청우 형 잘못이에요?"

"미안……."

"괜찮아요."

차유진의 풀 죽은 대답을 끝으로 〈아이돌 화랑 대격돌〉 촬영은 마무리되었다.

그리고 〈아이돌 화랑 대격돌〉은 화려하게 망했다.

가학성이나 논란 탓은 아니었다. 그냥 더럽게 재미가 없었기 때문이다.

-눈에 하나도 안 들어오네

-테스타 컷본 나오면 말해주세요

-편집 진짜 감 없다

-자막 너무 오글거려 왜 이렇게 올드해 개노잼이야ㅠㅠ

-어떻게 저 구성으로 이렇게 지루할 수 있지...? 나 진짜 이해가 안 감

-류청우 진짜 진기명기 미친 국대 바이브 뽑는데 왜 맛을 저것 밖에 못 살리냐구요 아 쉬벌 답답하네

편집과 자막이 너무 올드한 탓에 컨텐츠의 병맛을 하나도 살리지 못했다.

게다가 홍보 역시 자극적으로 하지 못한 나머지 방영 전 테스타로 입소문 자체가 나지도 못했다. 제작진이 '아이돌 올림픽'을 너무 의식한 나머지 프로그램 포맷에만 집중해서 보도자료를 뿌렸기 때문이다. 덕분에 테스타에게 적당히 호감만 있는 사람 중에는 아예 테스타가 나오는지도 모르는 경우도 제법 있었다.

-그냥 애들 리얼리티에서 대관령 가서 양들이랑 놀게만 해줬어도 이것보단 재밌었을 것

-남은 건 애들 화랑 복장과 류청우의 금메달리스트 증명뿐임

-위튜브 금손이 재편집한 테스타 컷본 나옴 (링크)

└헐 이렇게 보니까 존잼이잖아

└그래 애들 1등 못 한 거 다큐로 편집하지 말고 이렇게 해줬어야지 진짜 훨씬 귀엽고 웃기네ㅠㅠ

화랑 분장을 한 각종 아이돌의 사진과 동영상만 남아 좋은 영업자료로 활용되는 것으로 〈아이돌 화랑 대격돌〉은 그 쓰임새를 다했다.

그리고 정규로 편성되지 못하고 쓸쓸히 종영했다.

　그러나 별개로, 이 망한 프로그램에 출연했던 테스타의 주가는 계속 상승 중이었다.

[테스타 초동 뜸]
: 78만장으로 마감 (일주일 동향 정리표)

-와 미친

-돌았네

-근데 진짜 기세 무섭더라 단톡 들어가면 테스타 프사 꼭 하나 이상 있음

-슬슬 아주사 뽕 다 빠졌을 텐데 이게 가능한 수치야?

-얘네 해외 물량도 거의 없을 텐데 흠...

　└해외 공구 좀 터졌어 (영수증 사진) 데뷔 활동 때 국내에서 워낙 잘 나가니까 해외 쪽에도 입소문 좀 난 듯?

　└해외팬들 이런 거 귀신같이 알아채더라ㅋㅋ

-팬싸 엄청 많이 잡아서 영향 크겠다... 암튼 축하해~

　└엥 테스타 팬싸 그렇게 많이 안 잡았어 평균정도인데...

　└ㅋㅋㅋ응~

-남돌 삼대장에 넣어줘야 할 듯 솔직히 삼대장 중에 테스타만큼 음원 못 나오는 경우도 있잖아 국내만 따지면 테스타 거의 브이틱 다음 수준 아니야?

　└응 아니야 올려치기 안 받아

ㄴ젠가질 그만하자

ㄴ테스타 팬들은 절대 테스타가 1군이라고 주장하지 않습니다 저희 그냥 애들하고 행복합니다

팬들은 아직도 몸을 사리고 있었지만, 자신들의 초동 기록을 10만 장 이상 차이로 경신하고 음원차트에서도 선방 중인 테스타는 '잘나가는 아이돌'로 완전히 자리 잡았다.

딕분에 첫 주 성적으로 너끈히 공중파 1위를 달성하기도 했다.

[애들 뮤직가요 1위 소감 + 앵콜 영상]

: 얘들아 너무 축하해ㅠㅠㅠ

+1위 공약은 파트 바꿔 부르기ㅋㅋㅋ귀요미들..

-테스타 1위 축하해♡ 우리 비행 영원해♡

-드디어 우리도 수상소감에서 이름 들어본다!!ㅠㅠ

-얘들아 마이크 잡을 때마다 러뷰어 염불해줘서 너무 고마워ㅋㅋㅋㅠㅠ

-아 래빈이 소감 똑 부러지게 말하네 뿌듯해하는 거 너무 귀여워 우리 토끼 사랑한다ㅠㅠ

-뭐야 박문대 왜 랩도 잘해ㅋㅋㅋㅋㅋㅋ

ㄴ문댕댕 너무 잘해서 유진이 신났엌ㅋㅋㅋ

-후렴구 떼창 진짜 너무 훈훈하고 좋다

팬들은 혹시라도 다른 팬덤의 견제로 이상한 일이 터지지는 않는지 긴장하면서도, 커리어 하이의 즐거움을 누리며 즐거운 덕질을 이어갔다.

그리고 테스타와 콜라보한 게임, 〈127 섹션〉이 출시된 것은 그쯤이었다.

사실 팬들은 이 게임에 대해서는 크게 경계하고 있지 않았다. 테스타의 컴백 활동에는 이 게임과 관련되어 있어 보이는 요소가 거의 없었기 때문이다.

-아무래도 우리 서브곡에서 따서 게임 콜라보곡 만들어준 정도로 끝나는 듯?

-컨셉 비슷하긴 한데 서브곡으로 쓴 베러미는 좀 디스토피아 느낌이고 게임은 포스트 아포칼립스라 좀 결이 다름. 그냥 앨범 곡 중에 분위기 비슷한 거 따서 해준 것 같아.

-트레일러에 나온 요소들에는 큰 의미부여 안 하는 게 나을지도 모르겠어

-마법소년 세계관 연결은 딱 봐도 타이틀곡 비행기임ㅇㅇ

처음 트레일러가 나왔을 때의 분석들도 시들해지며 비행기 뮤직비디오 분석에 밀려 줄어들었다.

게임 광고가 떴을 때도 분위기는 비슷했다. 테스타 멤버들이 트레일러의 복장으로 게임을 홍보하는 사진 정도로 광고가 뽑혔기 때문이다.

-그냥 다른 연예인들 찍는 게임 광고 수준이네ㅋㅋ 하 괜히 걱정했다

-청우에게 저격수 복장을 입혀준 의리상 한번 플레이는 할 예정임

-위튜브에서 광고로 테스타 트레일러 나와서 놀랐네 겜 광고였구나;; 좀 더

보니까 게임 플레이 영상 나옴

게임 마니아들의 반응도 괜찮았다.

-지하철 광고...? (눈 돌아가는 이모티콘)
-흑우들 돈 빨아먹을 준비가 됐누
-저는 그만 정신을 잃고 말았습니다...
-물 들어올 때 노 저어야 함 서버 관리 잘해라 공장새끼들아
-출시될 때까지 숨 참음
-앞으로 만드는 T1 군만두만 구매한다
-홍보비 너무 붓는데 이 새끼들 설마 겜 쪼개서 DLC 이지랄하는 건 아니겠지
  ㄴ그럼 죽음뿐

이들은 불안해하면서도 일단 판이 커지는 것을 반겼다. 혹시 회사가
X신 짓을 했더라도 당장 망하진 않을 확률이 늘어나기 때문이다.

-제발 갓겜으로 나와라
-이번에 망하면 회생불가 아니냐고 머기업한테 손절각이자너
-홍보 동영상 게임 플레이 장면 확인했다 일단 베타 때 느낌은 살아있다 갓
스타 유입만 제대로 소화하면 이번에는 된다
  ㄴ시발... 제발!!!

그리고 게임이 출시된 날.

테스타 팬덤과 게임 커뮤니티가 모두 뒤집어졌다.

"어, 다 됐다."

박문대의 첫 홈마는 편집하던 박문대의 화랑 영상을 잠시 놓고 스마트폰을 확인했다. 게임 〈127 섹션〉이 다운로드가 완료되어 앱 아이콘이 바탕화면에 추가되어 있었다.

'이런 게임은 해본 적 없지만… 그래도 한번은 해봐야겠지.'

일단 문대가 광고를 했으니까 다운로드수와 플레이수 하나는 챙겨 줄 생각이었다. 물론 이런 게임을 하는 취미는 없기 때문에 적당히 튜토리얼만 하고 끝 것이지만 말이다. 그녀는 어플을 실행시켰다.

'빨리하고 끝내자.'

추가 설치 시간이 잠깐 걸린 뒤, 바로 튜토리얼이 시작되었다.

[당신은 127 섹션에서 눈을 떴습니다.]

그리고 5분 뒤. 이 대학생은 게임 속에서 한 동료 캐릭터와 만나게 된다. 바로 드론을 쓰는 검은 후드 티의 소년이다. 그 눈은 드론을 조종할 때마다 보랏빛으로 빛났다.

"……!?"

컴백 트레일러 영상의 박문대였다.

"이거 문대야? 문댄가?"

박문대의 홈마는 자신도 모르게 중얼거리며 화면을 터치했다. 외양의 특징이 컴백 트레일러와 유사했기 때문에 의심을 하지 않을 수 없었다.

대화가 넘어가며 '??'으로 뜨던 캐릭터의 이름이 소개되었으나, 그건 '박문대'는 아니었다.

[?? : ···그래.]
[B11 : 난··· B11이라고 불러. 그거면 됐어.]

그리고 동료추가 컷 신이 들어가며, 야광 드론을 회전시키는 검은 후드의 소년이 운용 가능 캐릭터로 들어왔다.

'아, 그럼 반대로 문대가 이 캐릭터를 따라 한 건가?'

그런 컨셉의 광고도 몇 가지 본 적 있었기 때문에 그녀는 적당히 넘어가 보려고 했으나, 또 과몰입한 머리가 팽팽 돌아가며 상황을 분석하기 시작했다.

'잠깐만. 하이파이브 때 문대 야구복 뒷번호가 11이었잖아. 그럼 B는 성인 '박'에서 따온 거라고 생각하면···!?'

얼추 맞는 것 같은 추리에 대학생은 침을 꿀꺽 삼켰다.

'어, 어쨌든 계속 플레이를 해보자···!'

상상도 못 한 떡밥에 놀라면서, 대학생은 계속 플레이를 해나갔다.

게다가 안 그래도 이 게임이 제법 재밌었다. 시점은 완전한 1인칭으로, 주인공이 외출 도중에 싱크홀에 빠지면서 평행세계의 반쯤 멸망한 서울로 이동하며 플레이가 시작되었다.

[이상합니다. 당신은 분명 아침 일찍 외출했는데 싱크홀 밖으로 보이는 하늘은 붉고 어둡습니다.]

[저 위에서 누군가 우는 소리와 신음하는 소리가 들리는 것 같지만, 확실하지 않습니다.]

[당신은 몹시 당황했지만, 그대로 있다가는 싱크홀이 더 무너질까 봐 걱정되기도 합니다. 어떻게 할까요?]

- 올라갈 방법을 찾는다.
- 구조를 기다린다.
- 고함을 질러 구조를 요청한다.
- 소리를 더 자세히 들어본다.

다소 피폐한 분위기도 포인트가 되어서 매력적이었다. 잘 구성된 세계관을 처음으로 모험하고 탐색하는 재미, 그리고 풍성한 선택지 덕분에 흥미롭고 재밌었다.

텍스트 위주로 돌아가면서도 전투와 선택지마다 시선을 끄는 그래픽이나 일러스트를 넣어줘서 지루하지 않았으며, 적당한 운과 전략을 복합적으로 요구해서 긴장감이 넘쳤다.

'음, 계속하게 되네. 뒤 내용도 궁금하고.'

다만 아직 이 문대로 추정되는 동료 캐릭터나, 계속 합류하는 다른 테스타와 비슷한 캐릭터들에게 스토리 비중을 크게 주지는 않았다. 그래서 도리어 앞으로 하나하나 캐릭터 스토리가 나오지 않을까 생각해 보게 되는 것이다.

'아, 혹시 테스타 세계관 떡밥도 나오려나?'

게임까지 하게 만드냐며 욕하는 사람도 나오겠지만 일단 게임을 계속하기로 마음먹은 사람의 입장에서는 좀 두근거리는 일이었다.

그렇게 게임은 계속 진행되어, 대학생이 움직이는 캐릭터는 반쯤 무너진 채 이상한 붉은 덩어리에 잠식된 지하철역에 도달했다.

[역사는 어두컴컴하고 비상등만 깜박거립니다. 이상한 비린내 같은 것이 올라오는 것 같기도 합니다. 지하철은 운영하지 않는 것 같습니다만, 계속 열차가 진입 중이라는 안내방송이 흘러나오고 있습니다.]

[B11 : …내가 수색해 볼까?]

-승낙한다.
-거절한다.
-면박을 준다.
-함께 들어간다.

"같이 가! 같이 가야지!"

대학생은 완전히 과몰입해서 신나게 게임을 즐겼다.

그때였다.

[갑작스러운 진동이 사방을 울리기 시작했습니다!]

[지하에 박힌 거대한 붉은 덩어리가 불길하게 번뜩이더니, 끔찍한 소음과 함께 덩어리에서 이상한 것들이 솟구치기 시작합니다……]

강제로 전투가 진행되었다. 그리고 모든 동료가 붉은 덩어리에서 나온 끔찍한 무언가에 의해 사망했다.

마지막으로 남은 것은 박문대를 닮은 B11이었다.

[B11 : ……넌 살아.]

박문대가 주인공을 세차게 밀치는 컷 신이 삽입되었다. 스마트폰의 진동과 함께 화면이 검게 변했다.

…긴 침묵 이후 다시, 내레이션이 떴다.

[…그리고 정신을 차렸을 때, 당신은 혼자가 되었다는 것을 깨달았습니다.]

[남은 것은 동료들이 남긴 짐과 무거운 목숨뿐.]

[이제 당신은 홀로, 이 폐허가 된 서울, <127 섹션>을 헤쳐 나가야 합니다.]

그리고 그때야 게임 오프닝 화면이 떴다. 어두운 화면에 〈127 SECTION〉 로고가, 생물재해 표지 마크를 바탕으로 떠올랐다.

"……??"

대학생은 잠시 방금 일어난 일을 받아들이지 못하고 멍하니 스마트폰을 바라보았다. 짧은 오프닝이 끝나고 로딩 중 화면에 짧은 도움말이 떠 있었다.

[※전투에서 사망한 동료는 돌아오지 않습니다. 영원히.]

"……?!"
대학생은 그제야 기겁했다.
"이게 뭐, 이, 이게 뭐야?"
뭔가 잘못된 게 분명했다.
'무슨 게임이 시작하자마자 동료를 다 죽여!?'
그녀가 겨우 멘탈을 다잡은 것은 로딩이 끝나고 시작된 〈CHAPTER 2〉 컷 신 중간이었다.

[당신은 결국 혼자 모든 것을 해낼 수 없다는 것을 인정합니다.]
[동료가 필요합니다. 전략적 우방이든, 임시 동맹이든.]

'그래, 이렇게 끝날 리가 없지!'
대학생은 주변 겜덕 지인에게 들었던 하소연들을 떠올렸다.
'모든 게임 진행을 현질해서 캐릭터를 뽑으라는 쪽으로 연결하는 놈들도 많다고 들었다!'
그렇다면 그녀도 '날 ATM 취급하는 거냐, 돈 뽑아먹으려는 의도가 너무 악랄하지 않냐'고 욕하면서도 울면서 돈을 써줄 용의가 있었다.
'문대만, 문대만 뽑고……'
하지만 컷 신이 끝난 뒤, 마침내 팝업으로 뜬 캐릭터 뽑기에는 주의 사항이 붙어 있었다.

[※당신이 동료로 맞이했던 캐릭터는 다시 나오지 않습니다.]

"야!!"

이 미친놈들이 왜 돈이 있는데도 왜 못 쓰게 하는 건지 알 수가 없었다. 그녀는 황급히 인터넷을 켰다.

'혹시 내가 선택지를 잘못 선택해서 죽은 걸 수도 있어…!'

그렇다면 이번에는 공략을 보고 제대로 진행하면 되지 않겠는가! 그녀는 약간의 희망을 가지고 SNS에 접속했다.

그리고 불구덩이를 구르는 팬들을 보았다.

-으아아아아아

-어떡해 이거 뭐예요? 왜 문대 죽어요?ㅠㅠㅠ

-127 섹션 플레이 소감 : 개발자가 아주사 제작진만큼 악마임

-아니 가운 입은 배세가ㅠㅠ 나 살라고 하고 죽었단말이야ㅠㅠ 근데 왜 못 살려 이거 이상하지 않아요? 이상하잖아 왜 뭘 골라도 죽냐고ㅠㅠ

-정리해봤습니다... 튜토리얼에서 받는 7명의 동료... 트레일러에 나온 테스타랑 비슷한 그 친구들은 무슨 짓을 해도 챕터 1이 끝나면 다 몰살당합니다...

다만 가장 호감도가 높은 캐릭터가 가장 마지막에 죽는 것 같.... 씨l발 이게 게임이냐고요ㅠㅠ으어엉ㅠㅠ

"……."

대학생은 정신이 아득해졌다.

그리고 정신이 혼미해진 사람은 그녀만은 아니었다. 테스타의 트레일러 영상에는 벌써부터 최신 댓글에 한글이 무서운 속도로 달리기 시작했다.

-ㅠㅠㅠㅠ아이고 얘들아ㅠㅠ
-이 애들의 엔딩을 알고 나니... 도저히 트레일러를 예전처럼 볼 수가 없다구요... 살려줘... 내 돈 가져가고 애들을 돌려줘요ㅠㅠ
-이래서 가사에서 안 죽겠다고 한 거냐고ㅠㅠ 아니 다시 보니까 날 살리겠다고 하고 있네 미친
-설마 이래서 별책부록이 제목이야? 외전으로 빼서 타격감을 줄여주려는 테스타의 큰 그림이야? 하지만 심약한 덕후는 이미 만신창이라구.. 살아나란 말이야!ㅜㅜ

게임 스포일러하지 말라며 말리거나 싸우는 사람들도 간혹 보였으나 대부분은 쏟아지는 댓글에 밀려 쓸려 내려갔다.

다행히 팬들은 얼마 지나지 않아 이성을 되찾으며 '테스타 팬들이 신작 게임에 끼친 민폐' 같은 저격 글을 우려하기 시작했고, 그저 울거나 비명만 지르는 댓글들만 주르륵 남기고 사라졌다. 덕분에 이제 상황을 모르는 외국인들이 'What happened?', 'Someone tell me why' 같은 말을 남기며 댓글창에서 당황해하기 시작했다.

웃기고 슬픈 것은 그 와중에 게임은 재밌어서 욕을 퍼부으면서도 계속하는 사람들이 속출했다는 점이다. 게다가 이들을 유인하는 요소도 불쑥불쑥 튀어나왔다. 바로 챕터 2의 중반쯤 가면 추가되는 코스튬 상

점이었다.

[동료들에게 새로운 모습을 선물하세요!]

이 팝업을 클릭하면 현재 특별구매가 가능한 코스튬들이 뜨는 식이었다. 그리고 지금, 게임 런칭 시즌에 파는 코스튬들이… 바로 챕터 1에서 무참히 사라진 동료들의 것이었다.

비록 죽은 고정 동료들을 캐릭터 뽑기에서 뽑을 수는 없지만 그들의 외양을 덧씌울 수 있도록 만들어준 것이다.

게다가 이런 설명 문구가 붙었다.

[보랏빛 드론 소년 코스튬]
[: 아련한 기억을 불러일으키는 누군가의 코스튬. 한때 당신을 지켰었다.]

덕분에 어떻게든 유사한 능력치, 성격 스크립트의 캐릭터를 뽑아서 코스튬을 덧씌워 플레이하는 사람들이 속출했다.

참고로 이 증상은 게임마니아들에게도 동일하게 발생했다. 다만 이들은 좀 더 침착했다. 전작에서 이미 당해봤기 때문이다.

-머기업 붙어도 통수는 포기할 수 없다는 폐허공장의 뚝심
-하루이틀도 아니라 오히려 기대했음
-이 새끼들 갓스타 유입들한테 욕 처먹고 즐거워했을 놈들임 코스튬 풀어서 환불런 막고 기분 좋았냐 새끼들아

└기분 째졌을 듯 플레이스토어 매출 1위임

　└ㅋㅋㅋㅋㅋㅋㅋㅋㅋㅋ싯발 아 짜증나네 비일이 살려내라고~

　└갓스타 트레일러 보고 맥주 땄다 ㅅㅂ 저격수 존나 마음에 들었는데 내가 남캐 코스튬이나 사야겠냐 공장새끼들아

　-2년 지나고 겜 퇴물되면 백프로 초기 동료 뽑기 준다 머기업의 운영 노하우를 전부 받아서 흑우들 주머니를 마지막까지 털어줄 거 아니냐

　└지금 갓스타 빨 받을 때 하는 게 낫지 않음?

　└고건 맞는 말씀이네 하지만 이미 코스튬으로 달달하게 뽑고 있는데 그럴 리가

　└장기 캐시 흑우 모델된 거임

　　그리고 이들의 예상대로 폐허공장은 빗발치는 문의에도 초기 동료 캐릭터 뽑기를 열어주지 않았다. 유저들이 게임의 세계관에 좀 더 몰입해야 할 시점이었기 때문에, 스토리 흐름을 깨는 동료를 인위적으로 주지 않겠다는 개발자의 뚝심이었다.

　　동시에 그게 아니어도 이미 매출이 미친 듯이 잘 나오고 있었기 때문이기도 했다.

　-7명 전원 동일 능력치, 유사 성격 캐릭터 복원 성공. 이제 우린 영원히 함께야... (게임 스크린샷)

　└세상에

　└얼마 쓰셨어요...?

　└뭘 상상하시든 그 이상으로 썼습니다. 하지만 만족합니다.

이런 일이 비일비재하게 일어났다. 게임에 완전히 몰입한 몇몇 테스타의 팬들과 게임 마니아들은 쭉쭉 매출을 올려줬다.

그리고 이 과정에서 대부분의 127 섹션 게임 플레이어들은 테스타에게 친근감을 느끼게 되었다.

-3차원에서라도 아이돌로 잘살고 있어서 다행임
 └뭔가 이상하지 않냐..? 보통 반대 아니냐..?
 └무슨 말임 애들 2차원에서 죽어서 환생한 거잖아
 └와 이 새낀 진짜다
-비일이 이번 생 이름이 문대라고? 어쩐지 B11 같은 코드네임을 대더라 그때도 본명이 구렸던 듯
 └명동성당 가면 이스터에그 있음. 한 회차쯤은 확인해보는 거 추천
 └오 ㄱㅅ

게임의 이후 챕터들에서도 간간이 초기 동료들에 대한 작은 떡밥들을 찾아볼 수 있었기 때문에, 이 관심은 꽤 오랫동안 지속되었다.

그리고 예상치 못했던 테스타의 컨텐츠 하나가 갑자기 발표되었다.

[테스타(TeSTAR) 'BETTER ME' Official Music Video]

테스타의 이번 활동 서브곡, 〈BETTER ME〉의 뮤직비디오가 나온 것이었다.

그리고 이 뮤직비디오의 시작은… 게임 콜라보 트레일러의 마지막 장면이었다.

'그아아악!'

〈BETTER ME〉 뮤직비디오를 재생하면 가장 먼저 카메라를 응시하는 박문대의 얼굴이 보였다.

검은 후드에 보라색 안광, 트레일러의 모습이다.

[…….]

박문대는 말없이 초점을 향해 손을 뻗어, 카메라를 조작했다.

달칵.

지지지지직.

영상이 되감기며 트레일러의 장면들이 거꾸로 지나가기 시작했다. 물탱크. 하수도. 마네킹. 떨어지는 총. 생물재해 마크.

그리고 화면은 드디어 톱니바퀴가 달린 다 낡아빠진 천 인형을 비추기 시작했다.

차유진의 손이었다. 트레일러의 시작 장면, 거기서 되감기가 멈추었다.

그리고 곡이 시작되었다.

—Do not trust it

There no justice

Oooohh….

그 순간, 낡은 천 인형이 아닌, 새것처럼 깨끗한 인형을 쥐고 있는 차유진으로 컷이 바뀌었다.

그리고 화면이 쭉 밀려나며 주변 전체를 풀 샷으로 잡았다.

학생들이 수업을 듣고 있는 평범한 교실 곳곳에 자연스레 앉아 있는 테스타 멤버들이 보였다. 단조로운 일상을 보내고 있는 것 같은 표정과 외관이 카메라에 잡혔다.

하지만 직후 리듬감 넘치는 뭄바톤 반주가 흘러나오기 시작하자, 교실의 분위기는 완전히 달라졌다.

지지직.

테스타를 제외한 모든 학생들이 사라지고, 그 책상마다 흘러내리는 그라피티용 야광물감으로 X자가 쳐졌다.

그리고 어두운 교실을 배경으로 강렬한 단체 안무 컷이 시작되었다.

─돌이켜 봐도 알 수가 없어

Umm

무슨 일이 일어난 건지

안무 장면 사이사이, 멤버들이 각자 자신의 파트마다 학교의 음악실, 체육관 등 특징적인 장소에 홀로 있는 컷이 삽입되었다.

　다만 각 공간은 〈마법소년〉 때부터 드러난 테스타 각각의 능력과 연관된 기묘한 분위기로 변해 있었다. 그래서 컨셉 포토에서 봤던 것과 유사한, 테크웨어 의상을 입은 테스타는 마치 게임 중간보스의 방처럼 각자 영역을 조성한 것처럼 보였다.

　－Target Target Target
　GOT IT
　달려가는 대로 잡아채는 대로

　자신들의 공간에 엮여 노래를 부르는 그들은 컨셉추얼하고 권태로워 보였다. 그러나 트레일러의 천둥 같은 리프 멜로디가 떨어지는 순간, 분위기가 일변했다.

　DDVVViiiii-‼

　교복을 입은 괴물들을 피해 도망치거나 달려드는 테스타의 모습이 빠른 컷 신으로 급박하게 휘리릭 지나가더니, 칠판 위 급훈에서 화면이 멈췄다.
　상투적인 검은 글자 위로 거친 빨간 그라피티가 덧칠되어 있었다.

　[WINNER-TAKE-ALL :)]
　[LOSER? Good bye :(]

'잘 가'라는 뜻의 영어 단어 위로 피가 튀었다.
그리고 후렴구가 흘러나오기 시작했다.

—BUT,
It's just confusing
언제부터였는지
I'm just confused
Umm
어디까지 가는지

멜랑꼴리한 코러스와 어울리지 않는 처절한 생존게임이 계속되었
고, 그 뮤직비디오 속에서 가사는 상황에 맞아떨어지는 구체적인 의미
를 담기 시작했다.
곡이 진행될수록 테스타의 행보는 점점 과격해졌다. 함께 행동하는
것보다 싸우는 컷 신이 빈번해지더니, 마지막 괴물이 쓰러지는 순간 그
긴장감은 최고조가 되었다.

[……]

김래빈이 뒤를 돌아보며 송곳을 들어 올리는 순간, 류청우가 등을
쏘아버렸다.

−Umm

이후 뮤직비디오는 더 강렬해진 퍼포먼스 컷을 중심으로, 서로를 사냥하는 컷 신이 간접적으로 섬뜩하게 튀어나오는 구성으로 바뀌었다.
그리고 곡의 브릿지.
2절이 진행되는 동안 별로 컷을 받지 못한 배세진이 클로즈업되었다. 그는 자신의 파트를 부르는 도중, 갑자기 일어나 자신의 공간인 학교 현관 앞을 벗어났다.

−감당 못 할 우리의 Paradox
선을 자를 때
더 크게 Payback
스스로 만든 번복을 벗어나

배세진은 복도를 달려서 맨 끝 문 앞에 섰다.
문을 열자 멀쩡한 교실이 나타나는 듯했지만, 카메라가 돌아가자 급훈 위에서 떨어지는 빨간 그라피티 물감이 잡혔다.

[WINNER−TAKE−ALL :)]

배세진이 그것을 보고 손에 든 무언가를 던지는 순간, 마지막 후렴구가 터져 나왔다.

−BUT,

It's NOT confusing!

내가 누군지

I'm NOT confused

Oh!

찾아낼 BETTER ME

배세진의 손에 있던 것은 묵직한 금속 자물쇠였다.

포물선을 그리며 날아간 자물쇠는 그라피티에 물든 급훈을 박살 내며 떨어졌다. 통쾌하도록 시원하게 산산조각 난 급훈 액자가 슬로우 모션으로 잡혔다. 그리고 액자가 바닥에 떨어지는 순간, 뭄바톤 반주가 흐르기 시작했다.

배세진이 씩 웃었다.

−BETTER ME

화려한 안무와 함께 영상 속 타임 라인이 고쳐지기 시작했다.

마지막 괴물이 쓰러진 뒤에 들어 올리던 김래빈의 송곳은 박문대의 스마트폰 셔터 세례로 저지되었고, 테스타는 서로 짜증을 내며 해산했다.

그들의 얼굴은 홀가분해 보였다.

그리고 다시 화면은, 낡은 천 인형을 들고 있는 차유진의 컷으로 돌아갔다.

[……]

하지만 이번엔, 차유진은 톱니바퀴를 돌리지 않았다.

[♬♪~]

차유진은 휘파람을 부르며 인형을 구석에 던져 버리곤, 박살 난 복도를 뚜벅뚜벅 걸어가기 시작했다. 그 경쾌한 걸음걸이를 뒤에서 고정 카메라가 잡았다.

그리고 화면 위 하얀 자막으로 떠올랐다.

-BETTER ME

자막을 읽는 마지막 훅을 끝으로 영상이 끝났다.

그리고 테스타 팬덤은 예상도 못 한 MV 대해석 시대를 맞이하게 되었다.

"형 뭐 봐요?"
"우리 뮤비 해석."
"해석 왜 해요?"
"…흠. 너도 볼래?"

"네!"

끝없는 문답의 굴레에 갇히는 것보단 차유진을 끼워주는 게 나았다. 나는 TV에 보던 위튜브를 연결해 띄웠다.

화면에 웬 빵실한 오리 캐릭터 하나가 떴다.

[안녕하세요, 위튜브 친구들! 뮤직비디오 해석해 주는 오리, 해오리 감자입니다.]

[오늘은 화제의 그 게임, 화제의 그 그룹! 새롭게 공개된 테스타의 'BETTER ME' 뮤직비디오 해석을 준비해 왔습니다.]

[사실 저도 열심히 게임을 하다가 오열해서 이번 해석에 약간 사견이 들어갈 수 있다는 점ㅠㅠ 미리 양해를 구해봅니다.]

[※〈127 섹션〉 스포일러 주의!]

[그럼 시작하겠습니다!]

오리는 〈BETTER ME〉 뮤직비디오의 간단한 줄거리를 소개하고, 전체적인 스토리를 풀어서 설명했다.

[뮤직비디오 중간에 등장하는 교복을 입은 괴물들은, 테스타와 같은 교실에 있던 학생들이 변한 모습인 것 같습니다.]

[이렇게 괴물들의 교복에 전부 이름이 적힌 명찰이 붙어 있었는데요. 같은 색, 같은 이름의 명찰을 평화로운 교실 컷에서 확인할 수 있습니다.]

주로 이런 식이었다.

'관찰력이 좋네.'

나는 제법 흥미롭게 오리의 말을 경청했다. 그러나 이 오리는 뮤직비디오 내용 정리가 끝나자마자, 대뜸 엄청난 소리를 던졌다.

[사실 제가 '비행기' 때부터 내심 추측하던 테스타의 세계관 이론이 있었는데요, 이번 'BETTER ME' 뮤직비디오를 보고 정말 확신이 생겨서 말씀을 드려봅니다.]

[테스타의 세계관에서 박문대, 그리고 배세진은 아마도 동일 인물일 것입니다.]

"푸흑."

커피를 마시며 주방을 빠져나오던 배세진이 사레가 들렸다. 차유진이 눈을 번쩍이며 오리의 다음 말을 기다렸다.

['마법소년' 때부터 둘은 상반된 행보를 보여왔는데요. 박문대는 학교 현관문에 자물쇠를 채워 잠그고, 배세진은 그 문을 부숴 버립니다.]

[그리고 이번 'BETTER ME' 뮤직비디오에서도 박문대는 카메라를 돌려서 시간을 닫고, 배세진은 이 끔찍한 시간을 상징하는 급훈 액자를 부숩니다.]

[이렇게 보면 완전히 정반대의 능력인데 왜 동일 인물이냐구요? 그건, 이 둘의 능력이 사실 같은 선상에 있기 때문입니다.]

[둘 다 시간과 공간의 제약을 다루고 있습니다만, 박문대는 제약을

거는 쪽. 배세진은 제약을 파괴하는 쪽으로 능력을 씁니다.]

"성상이 뭐예요?"
"선상. 같은 선 위에 있다고."
배세진이 대답하며 소파 옆에 털썩 주저앉았다. 해석 영상에 흥미가 생긴 모양이다.

[지난번 영상에서도 말씀드렸다시피, 박문대의 마법 소품은 책인 것 처럼 구색을 맞추고 있지만 사실은 '잠'입니다. 박문대는 자거나, 자는 것으로 상징되는 시야를 가리는 행위 등을 통해 과거로 돌아갑니다.]

화면에서는 설명에 해당하는 이번 뮤직비디오의 컷들이 나왔다. 카 메라를 가렸다 떼는 손과 학교 정문에 선 박문대.
그리고 이내 지난 〈비행기〉 뮤직비디오에서 박문대가 문을 열고 학 교 안으로 달려가는 장면으로 영상이 이어졌다.

[그런데 이 컷, 어딘지 익숙하지 않나요? 맞습니다. 이번 BETTER ME 뮤직비디오에서도 나왔죠.]
[하지만 박문대가 아니라 배세진입니다.]

학교 복도를 달려가는 배세진의 컷이 영상에서 반복되었다. 확실히 구도가 동일했다.

[게다가 이다음, 배세진이 던져서 급훈 액자를 깬 물건이 무엇일까요? 바로 '마법소년'에서 박문대가 현관에 채운 그 자물쇠입니다.]

저건 알아차리라고 넣어둔 디테일이긴 했다.

[이런 부분들을 바탕으로, 저는 이 둘이 사실 동일 인물의 서로 다른 인격이라는 가설을 세워보았습니다.]

그리고 증거가 쭉 이어졌다.

[방금 보셨나요? 비행기 뮤직비디오에서 기숙사 침대는 6개뿐입니다. 그리고 BETTER ME 뮤직비디오에서 박문대는 홀로 제일 구석 뒷자리에 앉아 있습니다. 사실 학생이 없어도 이상하지 않을 위치죠.]
[그리고 박문대에게 배세진 외의 인물이 직접 말을 거는 컷은 지금까지 단 하나도 나오지 않았습니다.]

멤버들이 감탄했다.
"오오."
"…그럴싸하네."
맞는 말이었다.
하지만 문제는 그냥 오해라는 것이다.
자물쇠는 현관문에서 따왔는데 시간상 잘려 나간 거고, 복도 구도도 우연히 감독이 좋아서 똑같이 들어갔을 뿐이다. 내가 다른 멤버들과 대화한 컷이 없는 건… 아니 애초에 선아현도 없었던 것 같은데?

다만 팬들은 이 이론이 상당히 재밌었는지 조회수와 댓글이 대단했다.

'…다음 앨범부터는 그냥 저 설정을 살려보자고 건의할까.'

원래 파는 놈 맘에 드는 게 아니라 사는 사람 맘에 드는 걸 내놔야 하지 않겠는가. 어쨌든, 그 와중에 뮤직비디오는 '박문대 배세진 동일 인물설'을 마무리하고 세계관 연결에 대한 설명으로 돌아갔다.

[타임라인은 박문대의 꿈을 통한 타임슬립을 고려했을 때, '비행기' -> '마법소년' -> 'BETTER ME', 그리고 트레일러 영상인 'BONUS BOOK' 순으로 이어집니다.]

[다만 트레일러 영상은 정식 흐름에 포함시키진 않을 생각인지, 이번 'BETTER ME' 뮤직비디오에서 배세진이 사건을 막으며 '일어나지 않는 일'로 마무리했죠.]

화면은 차유진이 인형을 폭파시키는 트레일러 영상과 폭파시키지 않는 이번 뮤직비디오 영상을 분할로 보여주었다.

'이건 정확히 추측했군.'

게임과 너무 엮이지 않기 위해 만든 장치였다. 우리가 게임 스토리에 끌려다니기도 싫고, 게임 쪽에서도 우리 세계관에 아예 쪽 빨리기는 싫었을 테니까.

'IF 버전으로 처리했지.'

지금 사람들의 게임 반응을 보니 괜찮은 선택이었던 것 같다. …안 그래도 넋 나간 사람들 제법 있던데 더 큰 충격을 줄 순 없지.

[⟨127 섹션⟩에서 이들이 맞는 결말을 생각하면 좋은 일이라고 할 수 있겠지만… 앞으로도 우리 첫 동료들의 미래를 볼 길이 요원하다는 건 정말 슬프네요ㅠㅠ]

그리고 밑에 자막으로 [B11이 죽는 순간 오열한 오리]가 떴다.
"……."
생각보다도 영향력이 더 강했던 모양이다.

[다만 트레일러에서 사용한 멤버들의 능력은 차후 세계관에도 반영될 수 있을 것 같아서 이 오리도 기대 중입니다! 꿱꿱!]
[그럼 여러분, 다음 뮤직비디오 해석으로 만나요~]

"만나요~"
"오리가 똑똑하네."
나는 TV를 차유진에게 넘겨주고, 스마트폰으로 영상 댓글을 확인했다.

  -와 진짜 테스타 미쳤다 세계관 돌았다
  -둘이 같은 인물인 거 ㄹㅇ인듯 소름 쫙 돋음
  -해오리감자님 언제나 양질의 해석 감사합니다~ 덕분에 뮤직비디오 머리 안 쓰고 편하게 보고 있습니다!

-배러미 볼 때부터 배틀로얄 느낌이라고 생각은 했는데 이렇게 보니 더 흥미롭네요. 재밌게 보고 갑니다^^

보아하니 거의 이 사람 것이 정설로 굳어진 모양이다. 최신 댓글로 정렬해도 비판하거나 꼬집는 사람이 없다.

'재밌네.'

누구도 의도하지 않은 부분까지 깔끔하게 맞아떨어져서 새롭게 해석되는 걸 보고 있으니 흥미로웠다.

그리고 중간중간 어쩌다 흘러들어 온 게임 마니아들도 눈에 띄었다.

-그래서 비일이 보려면 뭐해야하나요?

└문대 SNS 자주 오니까 팔로우 해두시면 좋아요~ㅎㅎ

└아뇨 저 겜덕인데 혹시 문대님 B11로 다른 거 하신 거 없나해서 댓글 달아본 겁니다 어쨌든 답글은 감사합니다ㅠㅠ

└앗 넵ㅠㅠ

"흠."

그러고 보니 생각났다. 이번 주 중으로 추가로 풀리는 컨텐츠가 있다. 그냥 팬서비스로 공개하는 건데, 의외로 이쪽에서도 반응이 올지 모르겠다.

'좀 민망할 수도 있겠는데.'

나는 목뒤를 만지며 스마트폰을 껐다.

그리고 다음 날 저녁 10시 31분, 또 새로운 동영상이 테스타의 공식 위튜브 채널에 업로드되었다.

[테스타(TeSTAR) 'BETTER ME' 안무 영상 Late Halloween Ver.]

바로 할로윈 코스튬 버전으로 〈127 섹션〉의 초기 동료 복장을 하고 있는 테스타의 안무 동영상이었다.

요 며칠, 〈127 섹션〉 커뮤니티에서는 몇몇 하드 플레이어들이 'BETTER ME' 뮤직비디오를 분석 중이었다. 트레일러와의 연관성 때문에 게임 관련 떡밥이 있을 것이란 기묘한 믿음이 형성된 게 이유였다.

[갓스타 이번 영상 확인했다]
: 중간에 나오는 교복 괴물들 생김새가 떡밥이다.
강남문고 마굴 가면 운석 떨어질 때 생존자들 기록 나오는데 거기 나오는 운석 때문에 변이한 사람들 묘사랑 똑같음 (게임 스크린 샷)
즉 갓스타 영상은 7년 전 운석 떨어질 시점에 대한 떡밥임.

-콜라보 침투가 여기까지? ㄷㄷ

-야 그럴싸해

-이 겜 하려면 남돌 뮤직비디오까지 봐야 하냐

-이게 과몰입 씹덕인가 하는 그거지?

-개소리 ㄴㄴ 그럼 7년이나 지났는데 얼굴 그대로란 뜻이자너 공장 변태들 이런 거 안 놓침

└이미 다들 운석 감염된 탈인간 상태라면? 갓스타 초능력자 컨셉이라는데 그 초능력이 운석 변이 때문이라면?

└이 새끼 머리 좋네

└뇌가 공장에 저당 잡혔냐 머리가 좋긴 씹덕 망상이구먼

하지만 이미 공장 로동자인 내 귀에는 솔깃하게 들린달까? 나쁜 생각 같지 않달까?

└미친놈들ㅋㅋㅋㅋㅋㅋㅋㅋ

논란의 소지가 있었지만, 사람들은 뮤직비디오를 뜯어볼수록 의심스러운 요소를 찾아냈다. 코에 걸면 코걸이, 귀에 걸면 귀걸이인 식이었지만 일단 떠들고 보자는 식이었다.

-교실 뒤 달력 보이냐 2030년이다. 127섹션은 2037년 배경, 운석 사태 7년 전. 빼박이쥬? (흐릿한 MV 배경 캡처)

-갓스타 팬들이 비일이랑 박사 동일 인물 설 밀던데 이러면 왜 비일이만 코드네임인지 해명됨 비일이 드론 연동 안드로이드 클론인 거임

└ㅋㅋㅋㅋㅋㅋㅋ이 새끼들 진짜 웃기네

하지만 큰 증거가 튀어나온 건 아니었고 공식 콜라보로 지정된 영상도 아니었기 때문에 이야기는 의심 선에서 맴돌았다. 그리고 평소처럼 초기 동료 염불 외는 사람들이 간혹 출몰하는 분위기가 이어졌다.

-아 모르겠고 저격수나 돌려달라고 폐공장 새끼들아ㅋㅋㅋㅋ 아님 동료 개명권이나 팔아라 저격수 이름 달아주게
└히익 오따끄...!
└너 그런 거 하니?
-저 방금 시작했는데 급해서 여쭤보는데 왜 다 죽어요? 이거 공략 좀 주세요
└그런 거 없어
└공식 카페 가면 너 같은 놈 시간마다 출몰한다 ㄱㄱ

이렇게 아직도 초기 동료들이 뜨거운 감자인 시기에 테스타가 늦은 핼러윈 기념 안무 영상을 업로드한 것이다.

심지어 이 영상은 썸네일부터 테스타가 전부 바닥에 쓰러져 있는 채로 시작했다. 그리고 〈BETTER ME〉의 전주가 흐르는 순간.

―…….

스르륵 일어난 멤버들은 각자 본래 안무와 다른 시작 자세를 취했다. 바로 게임에서 전투에 돌입 시 뜨는 일러스트의 자세였다. 상당히 본격적으로 분장한 탓에 트레일러와 똑같은 외관의 멤버들은 표정까지 흡사하게 지으며 분위기를 돋웠다.

심지어 차유진은 도입부까지 바꿨다.

—Do you trust me?
It's ME
Oooohh….

이후 모든 멤버들은 자신의 파트 중 가장 인상적인 부분이 나올 때마다 캐릭터를 상징하는 작은 소품을 가지고 나와서 전투 하이라이트 컷 신을 짧게 따라 했다.

대부분은 모자, 플라스크, 기껏해야 불빛을 내줄 꼬마전구 무더기 정도로 타협하며 안무를 살리는 데에 썼기 때문에 분위기는 가볍고 유쾌했으나… 김래빈은 자신이 부르는 후렴구, 카메라 사각지대에서 열심히 마네킹을 끌고 나오다가 넘어뜨리고 당황했다.

—It's just confusing
언제부터였는지
I'm just confused
Umm
어디까지 가는지

당황한 김래빈과 웃음을 참고 같이 마네킹을 옮겨주는 멤버들까지, 우울한 노랫말이 어쩐지 밈처럼 웃기게 들리도록 만들었다.

게다가 이런 일을 아주 뻔뻔스럽게 소화하는 멤버부터 과장된 전투

모션 등을 좀 멋쩍어하거나 부끄러워하는 멤버들까지 각종 지점이 게임에서 캐릭터들이 보여줬던 인상과 일치했다.

덕분에 영상을 보던 사람들의 과몰입은 더욱 심화하다가 마지막 파트에서 절정을 찍었다.

[감사합니다!]

[또 봐요~]

[다시 만나요!!]

원래도 우울한 분위기가 풀어지고 절정으로 치닫던 막판 댄스 브레이크였다. 그런데 즐겁게 춤을 춘 멤버들이 손을 흔들며 저렇게 말하기까지 하는 순간, 완전히 게임에서 그들이 맞는 엔딩이 겹쳐진 것이다.

멤버들은 그냥 좀 쑥스럽고 재밌는 촬영에 신나서 한 행동이었을 테지만 그 후폭풍은 무서웠다. 이미 댓글은 우는 사람들로 가득해 상단 노출에서 영어 코멘트까지 밀어내고 있었다.

-ㅠㅠㅠㅠㅠㅠㅠㅠ으아아악!

-다시 보는 거 맞지? 맞지 얘들아?ㅠㅠ 또 콜라보 하는 거지!?

-아 PTSD 씨게 오는데 행복한 이 기분은 대체 뭐죠?

-얘들아 기다려 지금 지르러 간다 우리 애들 다 맞출 때까지 멈추지 않을 거야ㅠㅠ

-우리 애들 저기 잘 살아있는데 내가 게임에서 엉뚱한 애들한테 집착했었네... 걔들 놔주고... 우리 테스타 돌아올 때까지 기다려야지...

상반된 의견이 동시에 추천을 받아 댓글에 올라오며 대댓글로 울고 웃는 사람들이 속출했다. 심지어 이 동영상이 공유된 게임 커뮤니티에서도 분위기는 똑같았다.

-죽은 동료들이 할로윈이라고 돌아왔네
　└ㅅㅂ
　└이딴 댓글 달지마라 슬프니까
　└ㅋㅋㅋㅋㅋㅋㅋㅋㅋㅋ아 우리 비일이 안 죽었다고 내 덕에 멀쩡히 살아있음 개명만 시켜준 건데 무슨 말임
-갓스타라고 불러줄 때 이런 유치한 장난 치지 마라 (눈물을 참지 못하는 이모티콘)
-악마 같은 공장새끼들보다 갓스타가 낫다

덕분에 댓글에서 울고 웃는 러뷰어들의 행렬에 팬이 아닌 게임 플레이어들까지 합류해 버렸다. 애꿎은 외국 팬들은 상황을 파악하지 못하고 또 당황했으나, SNS에서 번역으로 상황을 파악한 후엔 더 고통스러워졌다.

〈127 섹션〉이 글로벌 서비스를 아직 런칭하지 않았기 때문이었다…….

-I really want to play that game(웃으며 우는 이모티콘)
-PURE JEALOUSLY (불타는 이모티콘)

슬퍼할 기회도 받지 못한 외국 팬들의 괴로움과 함께, 핼러윈 기념 안무 영상은 성공적으로 게임 마니아들의 유입 통로가 되었다.

그렇게 게임 콜라보와 함께하는 폭풍 같은 10월이 끝났다.

11월 초, 게임 콜라보 컨텐츠 공개가 다 끝났다.

하시만 낭연하게도 그룹 일정은 더 바빠졌다. 이번 컴백 때 데뷔보다 성적이 더 잘 나오며 주가가 확 뛰었기 때문이다. 그리고 마침 그 증거 같은 스케줄을 뛰는 중이다.

단가 센 광고 말이다.

"입꼬리 더 올려서 웃어요~"

나는 응원봉을 들고 최대한 미소다운 미소를 짓기 위해 노력했다. 다행히 감독이 만족했는지 다음 지시가 나온다.

"여기서 고개 갸웃!"

갸웃…….

참고로, 이 위로 강아지 귀 그림이 합성될 것이란 말을 들었다.

'…너무 갔지 않나?'

심지어 이 광고 타이틀이 이거다.

[마법소년 테스타의 마법 같은 인공지능 비서, 큐리어스!]

여기다 이 인공지능 캐릭터가 강아지라 박문대를 좀 더 적극적으로 써먹을 모양이었다. 과연 이대로 TV에 송출되어도 괜찮은가 싶은 생각이 좀 들긴 했으나…….

3개월에 3억 5천짜리였기 때문에 입 다물고 광고주의 지시를 따르기로 마음먹었다. 알아서 하겠지.

"네. 됐습니다~"

"감사합니다."

어쨌든 촬영은 순조롭게 끝났다. 기다리고 있던 멤버들이 오늘 스케줄 끝의 기쁨을 표출했다.

다만 큰세진은 스마트폰에서 눈을 안 떼고 웃는 얼굴로 손만 흔들었다. 흠, 저거 저럴 놈이 아닌데 어째 느낌이 별론데.

"뭐 하냐?"

"아, 미안. 별거 아냐."

큰세진은 어깨를 으쓱거리고는 스마트폰을 집어넣었다. 그리고 옆에서 멀뚱멀뚱 나와 큰세진을 번갈아 보던 차유진이 눈을 빛내며 불쑥 말했다.

"여자친구예요?"

"…!!"

"뭐?! 아니, 절대 안 되지! 야, 너 무슨 소리를 하는 거야~!"

"으와악!"

"너나 연애할 생각 마세요!"

"없어요!"

큰세진은 차유진을 몇 번 짤짤 흔들고 놓아주었다. 그리고 씩 웃더니 적당한 해명을 붙였다.

"예전에 데뷔한 녀석들이 갑자기 연락했더라고. 음~ 새삼 신기해서?"

선아현이 옆에서 감탄했다.

"세, 세진이는, 친구가 정말 많구나!"

"아하하, 뭐 친구까지는 아니고~ 그냥 좀 아는 사이?"

큰세진은 싱글벙글 웃으며 선을 그었다.

'이제 와서 연락하는 게 같잖다 이거군.'

큰세진은 어깨를 으쓱하며 말을 마무리했다.

"어차피 다음 달이면 얼굴은 볼 거기도 하고~"

"으, 으응?"

"아, 연말 시상식 말이구나?"

류청우의 말에 큰세진이 고개를 끄덕였다.

"네. 이제 첫 시상식까지 한 달도 안 남았잖아요~"

"와……."

"벌써 시간이 그렇게 됐네."

그 말에 다들 나름대로 여운에 잠긴 것 같았다. 아마 〈아주사〉부터 시작해서 이번 앨범까지 다사다난했던 한 해를 떠올리고 있는 것이 분명했다.

그리고 나는 직감했다.

'스케줄이 더 미쳐 돌아가겠군.'

자는 시간 빼고는 여유 시간이 거의 없는 일정이다. 여기다 연말 시상식 준비까지 병행해야 한다? 소속사가 지금도 가장 돈 되는 스케줄만 솎아내서 잡으려고 노력하는 게 눈에 보였는데, 아마 그쪽을 더 줄이기는 힘들겠고 우리 자는 시간을 줄여야 하겠지.

거기까지 생각한 건 나뿐만은 아니었는지, 김래빈이 쓱 손을 들고 말했다.

"그럼 연말 시상식용 무대 준비도 곧 시작하겠군요."

"으음."

"…따로 준비할 게 많아?"

가요시상식과는 별 연이 없었던 배세진의 조심스러운 질문에 여기저기 케이팝 고인물들에게 격한 반응이 튀어나왔다.

"특별무대 해요!"

"아무래도 편곡도 아마 세 버전 정도는 따로 만들지 않을까 합니다. 저희가 얼마나 참여할지는 또 미지수이긴 합니다만……."

"아, 안무도, 새로운 걸 많이 만들지 않을까요…!"

"……."

스탯이 제일 낮은 배세진은 벌써 질린 표정이었지만, 곧 고개를 끄덕였다. 상황을 파악한 얼굴이 비장해 보였다.

"…아, 알았어. 열심히 해야겠네."

"그래. 열심히 해서 시상식 많이 참석하자."

"상 좋아요!"

"아, 받으면 진짜 좋지~"

산뜻하게 라이프를 포기한 놈들의 대화가 화기애애하게 이어졌다. 문제는 나도 그랬다는 점이다.

'신인상 신경 써야지.'

잠이야 나중에 자도 그만이다. 나는 상태이상을 다시 한번 확인했다.

['상이 아니면 죽음을']

: 정해진 기간 내로 가장 권위 있는 국내 시상식에서 신인상을 받지 못할 시, 사망

저 '가장 권위 있는'이란 표현의 기준이 모호한 이상, 웬만하면 가장 이름난 세 시상식에서는 다 신인상을 챙겨야 한다는 뜻이다.

수상 여부가 당일 시상식 무대와 직접적인 연관은 없지만, 막상 무대가 성의 없으면 투표하던 사람도 기운이 빠지는 게 당연했다. 한 달은 이어질 시상식 시즌을 생각하면 무대도 최대한 신경 써봐야 한다는 뜻이다.

'뭐, 성적으로는 경쟁자가 없긴 하다만.'

확실히 전보다는 마음이 편했다.

"일단 우리 라이브는 문대가 책임져 줄 거야. 너무 마음이 편하지 않니?"

"저, 정말!"

"언제나 감사합니다."

"……그래. 고맙다."

"하하!"

생각을 정리하는 사이 대화 소재가 됐군. 어쨌든 팀 분위기는 좋았다.

그리고 그날 밤, 차에 실려 이동하는 도중에 톡 하나를 받았다.

[VTIC 청려 선배님 : 다음은 신인상이죠?]

"……."

이 새끼 아직 투어 중 아닌가? 어쨌든 굳이 낚여줄 마음은 없다. 나는 빠르게 답장을 보냈다.

[어떤 상이든 받으면 정말 기쁠 것 같습니다. 선배님께서도 좋은 결과 있으시길 바랍니다.]

약간 시간이 흐른 뒤에 답장이 돌아왔다.

[VTIC 청려 선배님 : 네^^]

'정말 차단하고 싶다.'

나는 톡 알림을 끄고 인터넷을 켰다.

그리고 시상식 관련 브라우징 중에 눈에 띄는 글 하나를 발견했다.

[테스타가 신인상은 좀 그렇지 않나?]

'테스타 신인상이 또 왜.'

대충 무슨 이야기일지 짐작은 간다만, 한번 클릭해 줬다.

[테스타가 신인상은 좀 그렇지 않나?]

: 정상적으로 데뷔한 신인이 아니라 아주사 연장선으로 봐야 하는 거 아니야? 예능 프로젝트로 봐야 한다고 생각해. 솔직히 다른 신입 그룹들 기회 뺏는 거잖아.

'역시.'

이 반응도 대충 예상했다. VTIC하고 활동 겹쳤을 때도 듣던 소리 아닌가. 생태계 망치는 놈들이라고.

솔직히 이해는 간다.

'〈아주사〉가 좀 떴어야지.'

그 정도 잘나가는 오디션 프로그램 후광으로 데뷔한 그룹이니 방송사나 대기업의 횡포 같은 말이 나와도 이상하지 않았다.

다만 참가자들이 그 예능 찍으면서 더럽게 고생했고, 시즌 3는 애초에 윗분들도 망할 줄 알고 거의 손 놨으니 무작정 욕먹기는 좀 억울하긴 하다만.

'어차피 시류를 바꿀 정도로 강한 여론도 아니다.'

댓글을 보니 벌써 싸운다고 말하기도 민망한 일방적인 분위기였다.

-그 예능이 아이돌 오디션이었는데 무슨 소리야;

└아이돌 오디션이라 더 반칙 아닌가..?

└무슨 반칙이야 누가 보면 아이돌 오디션이 불법인 줄 알겠네ㅋㅋㅋㅋ

-아 뭐야 진지하게 답변하려고 길게 쓰고 있었는데 어그로여?

-오디션 프로그램 출신 돌이 얼마나 많은데 그럼 걔네 다 부정 데뷔로 처리해야 되냐?ㅋㅋㅋㅋ 아주사가 잘 돼서 그런가 별 이상한 주장이 다 나오네

-올해 신인상 밀린 그룹 좋아하는구나 화이팅!

-나도 아주사 프로그램 자체는 기형적이라고 생각하는데, 그렇다고 테스타 애들이 신인 자격이 없는 건 아닌 듯.

-너무 갔다 ㅉㅉ

후반 댓글들은 거의 글쓴이에 대한 조롱으로 끝났다.

'흠, 너무 이런 분위기도 썩 좋진 않은데.'

이 글이 어그로인 건 맞겠다만 올해 데뷔한 신인 그룹의 성적을 비웃는 댓글이 간간이 등장했다는 게 문제였다. 테스타 팬은 아닌 것 같고 그냥 누굴 조롱할 수 있는 상황이 재밌는 사람들 같았다.

-음 올해 신인 중에 제일 잘 나온 애들도 8만도 간신히 팔았던데……ㅋㅋ
　└ㅋㅋㅋ헐 게임도 안 되는 수준
　└이 성적으로 신인상 아까워하긴 좀 그렇지않아?ㅋㅋㅋㅋ 공감성수치옴ㅠ

'이런 식으로 괜히 올해 데뷔한 신인 그룹 팬들하고 척질 여지를 주는 건 안 좋지.'

그 점이 약간 찝찝했으나 큰 문제는 아니었다. 특별히 인기 글로 뜰 정도로 관심받은 글도 아니었고, 누군가 아니꼬워한다고 못 받을 만큼 테스타의 성적이 고만고만하지 않았다.

나는 어깨를 으쓱하고 그냥 다른 페이지로 나갔다.

그리고 그다음 주, 연말 연습 준비에 한창일 때까지도 신인상에 대한 큰 걱정을 하진 않았다.

안무연습실 거울에 습기가 찼다.

"쉬고, 후, 다시 갑시다~"

"허억……."

"저허, 죽어요."

차유진이 저런 말을 할 정도면 다른 놈들 상태는 말 안 해도 다 설명했다고 생각한다.

'차유진이… 제일 힘들 만은 하다만.'

지금 연습하는 곡에 차유진이 단독 안무를 소화하는 부분이 꽤 길기 때문이다. 중간에 공중 장치 타는 것까지 넣는 바람에 아마 완성작은 멋질 것 같은데… 문제는 하는 사람은 더럽게 힘들다는 점이다.

"물 줘?"

"네……."

나는 챙기던 생수병 하나를 차유진에게 던져줬다.

"…나도, 좀."

"나도 제발 문대 자비를."

멀리 있던 두 세진에게 모두 물을 던졌다. 그리고 일시적으로 연습실이 조용해졌다. 모두가 주둥이에 물을 꽂아 붓고 있었다.

꽤 시간이 흐른 후에야 선아현이 눈치를 보며 말했다.

"그, 그래도… 할 때는 멋있을 것 같아."

"맞아."

"카메라만 제대로 잡아주신다면 근사한 무대가 될 것 같습니다."

김래빈의 말에 여기저기서 키득거림이 터져 나왔다. 그리고 김래빈은 왜 사람들이 웃는 건지 알 수 없는지 살짝 당황했다.

'웃긴 놈.'

나는 헛웃음을 흘리며 스마트폰을 꺼내 들었다. 막간을 이용해서 신인상 투표 경과나 확인해 볼 생각이었다. 그러나 매니저가 음료를 잔뜩 든 채 안무연습실 안으로 들어오며 자연스럽게 폰을 내려놓게 되었다.

"형!"

"커피!"

"아이스로 해주셔서 정말 감사합니다……."

매니저는 음료를 넘기며 물었다.

"그래…. 얘들아. 연습은 잘돼가고?"

"예!"

"이대로 쭉 연습 일정 유지하면, 시상식 때는 잘 소화할 것 같습니다."

"흠, 잘됐다! 근데 얘들아, 좀 앉아봐."

"……?"

대표로 진행 상황을 전달하던 류청우가 약간 당황했지만, 곧 침착하게 멤버들을 불러 모았다.

"왜요?"

"…추가 스케줄이 있나요?"

"아니, 그런 건 아니고. 음……."

매니저는 난감한 얼굴이었다. 몇 번 주저하더니, 곧 진지하게 말을 이었다.

"내일… 기사가 뜰 것 같다고 하신다. 아주사 관련해서."

"…!"

"티넷 쪽에서 최대한 막아보려고 했다는데 잘 안 됐나 봐. 우리 쪽에서도 대응 기사 준비 중이니까 너무 걱정은 말고."

"…무슨 기산데요?"

"음, 아주사 참가 관련해서 유언비어 도는 건데, 이미 반박 자료 다 있으니까 괜찮을 거야. …특히 청우한테 꼬투리 잡은 것 같으니까, 청우는 당황하지 말고."

나는 간신히 침음성을 참았다.

'터질 게 하필 지금 터졌군.'

이건 100% 작가와의 친인척 논란이다. 작가도 입 틀어막길래 한 1년은 별일 없을 줄 알았는데, 그룹이 워낙 잘돼서 캐는 놈들이 많이 붙은 모양이다.

류청우도 이 건을 짐작했는지 어두운 얼굴이었지만 당황한 것처럼 보이진 않았다. 다만 조심스럽게 물었다.

"…제가 따로 뭐라도 더 말씀드려야 합니까?"

"그런 이야기는 못 들었는데……. 잠깐."

매니저는 당황한 얼굴로 다시 통화하러 나갔다. 그리고 남은 멤버들의 분위기는 당연히 축 처졌다. 연습의 피로를 상쇄시켜 주던 아드레날린이 방금 소식으로 사라진 탓이었다.

큰세진이 진지하게 물었다.

"형님, 피곤하시겠지만 무슨 일인지 저희도 간단히 설명 들을 수 있을까요?"

"…물론이지."

류청우는 지난번 술자리에서 나에게 자초지종을 말했던 것처럼 같은 말을 멤버들에게 반복했다. 정리하자면, 작가가 종친회를 통해 얼굴도 거의 본 적 없는 먼 친척인 자신에게 섭외 연락을 했다는 것이다. 해명만 잘되면 큰 문제로까지는 번지지 않을 것처럼 느껴졌는지 대부분은 안도했다.

"음, 그럼 아무 사이도 아니신 거네요~"

"그렇지. …해명이 들어가면 크게 번지지는 않을 거라고 생각해."

류청우는 그래도 씁쓸한 얼굴이었다.

"중요한 시기에 괜한 논란을 만들어서 미안하다."

"괘, 괜찮아요! 혀, 형 너무 걱정 마시고……."

"뭐, 이미 일어난 걸 어쩌겠어요~ 저희 잘 해결되길 바라봅시다!"

배세진이 슬그머니 말을 얹었다.

"…류청우 네가 그러면 난 벌써 탈퇴했어야지."

"……!"

이놈도 이젠 자학개그까지 하는군. 그리고 차유진이 해맑게 대답했다.

"그건 그래요!"

"야!"

"하하!"

발끈한 배세진이 웃겨서 분위기가 좀 풀어졌다.

"뭐 걱정한다고 되는 일도 아니고~ 연습이나 계속할까요?"

"현명한 판단이십니다."

통화를 끝내고 돌아온 매니저는 도로 연습을 시작한 우리를 보고 다소 황당해했지만 안심하며 돌아갔다.

그리고 피로 때문에 걱정이고 뭐고 그냥 자버린 다음 날 아침, 줄줄 기사가 떴다.

[테스타의 류청우, 아주사의 작가가 '친인척 찬스'로 섭외해]

[오디션 프로그램의 불편한 진실, 테스타도 혈연의 힘?]

[아주사로 데뷔한 테스타. 작가의 친척은 전 메달리스트 류청우였다.]

예상했던 라인업이었다. 연예가 아니라 사회면에 뜬 기사 몇에 순식간에 댓글이 불어났다.

"댓글 보지 마세요."

"…알았어."

류청우는 근심하는 얼굴이었다.

"……팬분들 힘들어하시겠는데."

"……."

다행히 반박 기사도 연이어 바로 떴다.

[T1 스타즈 '작가가 친척? 류청우는 얼굴도 본 적 없던 사람']

[아주사 작가는 류청우와 15촌보다 먼 사이… 친척도 아니었다.]

보통 이 경우 반박 기사는 제대로 주목받지 못하는 경우가 많았다. 하지만 워낙 짧은 시간 안에 바로 대응이 이루어졌고, 류청우의 기존 이미지가 좋았기 때문에 포털 뉴스 탭 상위에 오를 수 있었다.

물론 팬들의 노력이 컸다.

-그냥 어떻게든 류청우 컨택해보려고 하다가 종친회까지 간 거 같은데? 저 타이밍이면 작가가 대박 난 거지 류청우는 망주사에 속은 것ㅋㅋㅋ

(🔥11026 / 💬1501)

　-9촌부터 남인데 15촌이면 원수 수준인데요 (🔥8490 / 💬422)

　-15촌? 이건 솔직히 트집같아요 내가 작가라도 국대 출신 있으면 섭외함
(🔥6178 / 💬759)

　테스타 그룹 팬들은 대부분 납득했고, 대중 여론도 빠르게 회복세로 접어들었다. 회사 언론홍보팀에서도 따로 연락이 왔다.

　"큰 문제 없을 것 같대. 그래도 한동안 SNS는 자제하자 청우야."

　"…예. 감사합니다."

　류청우는 안도한 내색이었지만, 팬들에게 사과나 감사 등 뭐라도 글을 올릴 수 없어 다소 심란한 것 같았다.

　나는 한숨을 참았다.

　'…이건 말하긴 좀 그렇겠군.'

　사실, 인터넷 몇몇 커뮤니티에서 전면적인 여론 회복에는 실패한 걸 확인했다.

　[류청우 해명 기사 봐도 쎄한 건 나뿐인가?]

　: 단순히 먼 친척이라 혈연 아니다~ 하고 넘기기엔 류청우가 아주사에서 편집을 너무 잘 받았잖아.

　예선 제대로 안 보고 섭외로 들어온 것부터가 반칙이라고 생각해. 섭외 과정에서 무슨 딜이 있었을지 모르는 거 아닌가.

-본문 다 받음

-아니 류청우가 섭외됐을 때는 아주사 시즌3 다 망할 거라고 했을 때잖아... 너무 간 거 아니야?

  └아주사 대흥행 성공한 후에도 류청우 분량은 꾸준히 좋았잖아. 솔직히 류청우만 계속 비련의 조장 이미지인 거 이상하지 않았어?

-의심스러운 건 어쩔 수 없다고 생각함

-류청우 국대 출신 방패 아주사 때부터 싸했다니까 이제야 좀 제대로 말 나오네

-섭외...ㅋㅋㅋ 아마 최종까지는 어떻게든 보내준다고 했겠지 짜증난다 누구는 분량도 제대로 못 받았는데 류청우는 섭외?ㅋㅋㅋㅋㅋㅋ

류청우에 대한 의심과 비난은 점점 수위가 강해지더니, 결국 테스타 전체로 화살이 향했다.

-난 솔직히 다른 멤버들도...ㅋㅋ 흠 팬들 무서워서 더 말 못 하겠음

  └ㅋㅋㅋ내가 해줄게! 아니 류청우만 그랬냐~ 사실 데뷔조 다 편집 수혜 받았지~

  └ㅋㅋㅋㅋㅋㅋㅋ속시원

  └곧 팬들이 발작할 자리입니다.

  └예상:누구누구는 나쁜 편집 받았는데? 분량별로 없이 무대로 올랐는데?

  └ㅋㅋㅋㅋ존똑

  └그 나쁜 편집도 나중에 다 수습해준 건 눈가리고 아웅이지 진짜 꼴뵈기 싫

어 그팬 그가수들..

    물론 이 분위기가 정상은 아니었기 때문에 길게 가진 못하고 어느 정도 가라앉았다. 이럴 정도까지의 일이 아니라고 피곤해하는 사람들이 후반에는 대세를 잡았기 때문이다.

    회사는 이런 곳들이야 다른 이슈 하나 터지면 금방 옮겨갈 거라 생각했는지, 일단 주류 언론 수습에 주력하느라 우선순위에서 미룬 것 같았다. 그래서 테스타의 정당성을 의심하는 여론은 당장 사라지지 않고 불편하게 남게 되었다.

    그리고 얼마 안 가서, 결국 이 이야기까지 다시 나오기 시작했다.

    [테스타 신인상 말이야]

    : 성적은 사실이니까 인기상이나 본상은 어쩔 수 없지만... 신인상이라도 다른 그룹 주고 싶다ㅠㅠ 뺏긴 애들이 너무 안 됐어..

    지난번과 다른 점이라면 적극적으로 호응하는 사람들이 생겼다는 것이다.

    테스타에게 신인상을 주면 안 된다는 댓글들의 주장은 이전보다 논리가 꽤 정교해졌다. 초점을 테스타 자체가 아니라 신인으로 옮겨 버렸기 때문이다.

-진짜ㅠㅠ 마음이 안 좋아 작년 기준이면 충분히 받을만한 성적인 애들이 체념했을 걸 생각하면...

-애초에 예능 출신 자체가 판 교란이야 테스타도 그냥 나왔으면 과연 신인이 이 성적일까? 절대 아니라고 생각함

└ㅇㅇ아주사 공정성 문제도 나오고 있는 판국에 신인상까지 낼름 가져가겠다는 건 진짜 선 넘었지

-와 너희야말로 선 넘은 것 같은데? 테스타가 무슨 사재기라도 한 줄 알겠어;

└솔직히 사재기보다 심한 일이라고 생각해

└아니 사재기는 범죄거든요 대체 무슨 소리를 하는 거야...

└범죄가 아니라 더 문제라는 생각 안 들어? 그래서 지금까지 막을 방법이 없었잖아

-이 기회에 프로그램 빨로 성적 내는 케이스 분리해야 하지 않을까ㅠㅠ 신인상은 진짜 신인이 받아야지.

'잘 엮네.'

아무래도 그룹 성적으로는 도저히 물고 늘어질 수 없으니 상징성 있는 신인상이라도 안 주고 싶은 것 같다. 이게 통해서 혹시라도 진짜 신인상을 못 받으면, 또 그걸 바탕으로 '오죽했으면 신인상도 못 받았겠냐'는 말을 꺼내서 역으로 써먹을 수도 있고.

하지만 그럴 일은 없을 것이다. 여기서 떠들어봤자 실제 수상 집계 기준에는 영향이 없기 때문이다.

'뭐, 아주사처럼 마이너스 투표가 가능한 것도 아니고.'

어차피 메인 여론은 다 잡혀서 심사위원 점수에서 문제가 생길 확

률도 낮았다. 부득불 신인상 타간다고 몇몇 커뮤니티에서 욕 좀 먹고 축하 못 받는 정도야 가능하겠다만…… 당장 수상에 문제가 생길 것 같지는 않다.

당장 이 글도 시간이 흐를수록 밀리고 있기도 했다.

-하다하다 사재기까지 들먹이냐 진짜 열폭에 넝글 돌아버린 듯

-뭐 한 30만쯤 판 혜성 같은 루키 있었으면 나도 설득당했겠는데.. 안타깝 게도 그런 일은 일어나지 않았기 때문에..ㅋㅋㅋㅋㅋ

-기분은 이해하겠음 근데 니들이 뭐라고 신인상 기준을 재창조하고 계세 요ㅋㅋ

이런 댓글이 꽤 많아지더라고.

'연말 무대 연습이나 하고 있자.'

나는 일단 모니터링을 중지했다. 쓸데없이 영향을 받지 않기 위해서 였다. …팬들도 너무 스트레스받지 않았으면 좋겠는데. 일단 SNS 등 소통 활동이 중지된 상황이라 뭘 해보기가 어려웠다.

사실 좀 무리하면 '그럼 테스타 대신 누가 신인상 받아야 한다고 생 각해?' 같은 글로 논란을 돌려 버릴 순 있겠다만…… 그러다 혹시라도 박문대라는 게 걸리면 진짜 스캔들감이다.

'무대나 제대로 해야겠군.'

결국 다시 연습으로 생각이 돌아왔다. 나는 한숨을 쉬며 결론을 받 아들였다.

"한 번 더."

"넵."

그리고 얼마 지나지 않아 다른 놈들도 유독 연습 분위기가 비장해졌다.

'다 찾아봤군.'

아무래도 논란 선동 글이 제법 퍼진 모양이었다. 팬분들이 한탄하는 말이라도 본 게 아닌가 싶다. 그 덕에 뭔가 보여주겠다는 기세가 거의 아주사 팀전급이었다.

거의 탈진 직전인 류청우가 이미 알고 있는 사실을 다잡는 것처럼 중얼거렸다.

"지금 우리가 연습하는 게… SBC용이었나?"

"맞습니다."

김래빈의 대답을 들으며 배세진이 허연 얼굴로 중얼거렸다.

"…이게 가장 어려운 것 같은데."

"맞아요! 재밌어요!"

"……."

배세진은 쾌활한 차유진의 면상을 딱 한 대만 때리고 싶다는 얼굴로 잠시 쳐다보았다. 류청우가 웃으며 상황을 정리했다.

"그래. 우리 열심히 해서 재밌게 보여 드리자."

"네, 네!"

"저희 다 힘냅시다~"

소속사가 혹시 모를 추가 논란을 의식해서인지, 11월 대외 스케줄이 조금 줄어든 덕에 연습 시간이 좀 늘어났다. 그래서 각종 시상식 무대에 대해 제법 만반의 준비가 끝난 뒤에야 연말 시상식 시즌이 다가왔다.

첫 시상식은 ToneA였다.

ToneA. T1에서 주최하는 자칭 아시아 최대 규모 글로벌 뮤직 어워드다. 이 말이 무슨 뜻인가 하면, 테스타를 밀어줄 마음이 가득한 모 기업에서 주최하는 시상식이란 뜻이다.

당연히 테스타는 성적대로 상을 챙겼다.

"수상자는… 테스타! 축하드립니다!"

이 말을 오늘만 네 번 들었다.

우수상, 인기상, 심지어 뮤직비디오상까지 챙겼다. 그리고 물론… 신인상도 받았다.

"정말 감사합니다! 앞으로도 초심 잃지 말라는 의미에서 주신 상으로 알고, 더 조심하고, 더 노력해서 정진하겠습니다."

신인상 수상소감은 일부러 큰세진이 했다. 류청우와 상의 된 사항이었다. 내용도 회사와 이야기해서 논란이 안 될 만한 소지에서 잘 마무리했으니, 원래 먹을 욕 정도만 먹겠지.

…다만, 예상대로 내 상태이상은 풀리지 않았다.

'기대도 안 했다.'

ToneA가 아시아 최대 규모 같은 소리를 해도 별 권위는 없다는 건 보는 사람들도 다 알 것이다. 어쨌든, 멤버들은 일단 첫 시상식이 무사히 끝나니 제법 홀가분해진 모양이다.

"수고하셨습니다~"

다만 상을 탔는데도 기쁨보다는 '해냈다'는 안도감이 더 큰 것 같았다.

하필 지금 터져서 맘고생만 했군. 이놈들이 일 년간 개고생한 보람을 가장 진하게 느낄 타이밍을 놓치는 게 썩 기분이 좋진 않았다.

"애들아, 정말 고생 많았다."

"히히."

"자, 잘 끝난 것 같아서, 다행이에요."

"다른 변수를 제외하고 저희만 두고 판단한다면, 무대도 준비한 만큼 잘 소화한 것 같습니다."

김래빈의 말에 잠시 침묵이 흘렀다.

'⋯⋯열심히는 했지.'

여기 무대는 대충 8분쯤 받았다. Tnet에서 구성을 '테스타가 이렇게 많은 히트곡을 냈다' 자랑으로 해달래서 네 곡을 메들리로 묶어서 했고, 그 덕에 추가 동작이 거의 없어서 연습은 비교적 쉬웠다. 중간에 쉴 틈이 없으니 무대 내려와서 산소호흡기를 찾아야 하는 게 문제지.

그래도 실수 없이 잘 소화했다고 생각은 한다만, 문제는… 카메라였다. 무대 후반부만 겨우 모니터링했는데 대체 뭘 한 건지도 모르게 잡았더라. 심지어 화면이 너무 어두워서 집중도 잘 안 됐다.

'열 받네.'

데이터팔이라도 좋으니 누가 고정캠으로 잘 찍어뒀길 바란다. 나중에 위튜브에서 찾아봐야겠군.

"…음, 현장에 있던 분들께는 잘 전달됐겠지."

"함성이 좋았죠~"

일단 무대 뒤 복도에서 카메라를 성토할 수는 없었기 때문에 다들 열심히 얼버무렸다. 더 각 잡고 준비한 무대가 많이 남아 있어서 아쉬움을 참을 만한 듯싶었다.

　'…대기실에서 스마트폰이나 찾아오자.'

　혹시라도 다른 문제가 튀어나온 건 없는지 살펴볼 생각이었다. 아마도 인기 글 한둘에서 욕이나 좀 먹고 끝일 것 같긴 했지만.

　그리고 그대로 대기실 앞으로 돌아갔을 때, 전혀 예상치 못하고 반갑지도 않은 얼굴을 만났다.

　"안녕하세요."

　"헉! 선배님!"

　"안녕하십니까!"

　…청려였다.

　신인 대기실 문 앞에 대상 수상자가 서 있다? 관계자들한테 보라고 시위하는 것 같은 꼴이었다.

　'못 피하게 만들려는 건가.'

　어쨌든, 상상도 못 해본 상황에 당황한 멤버들은 꾸벅꾸벅 고개를 숙이며 축하의 말을 쏟아냈다.

　"대상 2관왕 정말 축하드립니다, 선배님!"

　"축하드립니다!"

　"아, 감사합니다."

　청려는 웃으며 인사를 받았다. 김래빈이 눈을 번쩍이며 물었다.

　"어쩐 일로 저희 대기실에 방문하셨습니까?"

　"축하 겸 후배 얼굴이나 볼까 하고요."

청려는 나와 눈을 마주쳤다.

"신인상 축하드립니다. 별 의미는 없었겠지만."

"……!"

"예?"

청려는 약간 얼이 빠진 김래빈에게 멋쩍은 듯이 덧붙였다.

"4관왕이나 했으니 이미 신인이라고 보기에는 너무 잘나가는 후배분들이란 뜻이죠. 앞으로도 활약 기대하겠습니다."

"아, 감사합니다!"

"그럼 얼굴도 봤으니 이만 가볼게요. 일정이 있어서."

"넵, 잘 들어가시길 바랍니다!"

청려는 살짝 고개를 끄덕이며 웃었다.

"고생하세요."

그리고 복도를 성큼성큼 걸어 사라졌다. 나는 내심 혀를 찼다.

'…완전히 신인상으로 특정했군.'

본인도 비슷한 조건이었던 게 분명했다. ToneA 신인상으로는 의미가 없다는 것까지 던졌으니까.

'찜찜한데.'

소득 없이 일방적으로 정보가 넘어간 것 같아 뒷맛이 좋지 않았다. 본인이 겪은 상태이상 목록으로 딜을 걸어올 수도 있겠다고 추측하고 있자니, 옆에서 다른 놈들이 말을 걸었다.

"올~ 문대, 예능으로 인맥 생긴 거야?"

"마, 많이… 친해?"

선아현 질문에 정색할 뻔했다.

"…그냥 안면 좀 튼 거지."

"그, 그럼 질문 하나만 부탁드려도 되겠습니까…!"

마지막은 선아현이 아니라 대화에 끼어든 김래빈이다. 과도한 흥분 탓에 말을 더듬은 것 같다.

그러고 보니 이놈이 VTIC 언급하는 경우가 많았던가. 팬인가 짐작하자니, 곧 정신을 차린 김래빈이 진지한 얼굴로 간절히 말했다.

"VTIC 선배님들께서 지난 앨범 타이틀 작업에 쓰신 편곡 프로그램이 정말 궁금합니다…!"

"……."

제보다 젯밥에 관심이 많았군.

"기회 되면 물어볼게."

"감사합니다!"

기회가 영영 안 올 수도 있다는 의미를 전혀 캐치하지 못한 김래빈이 행복해했다. 뭐, 한 명이라도 즐겁다니 다행이군.

'시청자 반응이나 확인하자.'

나는 연습실로 돌아가는 차 안에서 SNS 등지와 커뮤니티를 가볍게 돌았다. 그래도 여론이 악화되진 않았는지 축하한다는 의견이 은근히 비꼬는 의견보다 많은 상태였다.

'…팬들이 참고 있네.'

어떻게든 꼬투리를 주지 않기 위해 살살 긁는 소리들을 최대한 무시하고 축하로 글을 밀어버리려 노력 중인 게 보였다. 감정싸움에 말려들면 결국 정체가 분명한 그룹 쪽만 손해를 보기 때문이다.

물론 SNS 개인 계정에서는 성토 글이 이어졌다.

-결국 남는 건 기록이다 반년만 지나도 사라질 개소리 신경 쓰지말고 투표나 해야지

-아 ㅅㅂ 개쌉소리들 다 처패야하는데 참으려니까 사리 나올듯

-라이징 때리는 거 맛들인 새끼들 개많네 이 와중에 발카까지ㅋㅋㅋ환장하겠다

-ㄹㅊㅇ 무매력 머글픽 때문에 이게 다 무슨 일이냐 ㅇㅈㅅ에서 팀 다 말아먹고 또 리더 완장 찰 때부터 싸했다

그룹 팬부터 악성 개인 팬까지 누구 하나 빠짐없이 피로감을 호소하는 중이었다.

…부채감이 차올랐다. 차라리 안 받아도 된다고 해버리고 싶은데, 돌연사 피하겠다답시고 입 싹 닦고 있으려니 좀 씁쓸했다.

'그래도 죽을 것 같진 않군.'

다행인 것은, 여론에서 밀리지 않았기 때문에 앞으로도 이 수위를 오가다가 시상식 끝물쯤에는 흐지부지될 것 같다는 점이다.

'ToneA에서도 딱 받을 만한 부분만 챙겼고.'

혹시라도 더 과하게 챙겨줄까 봐 약간 걱정했는데 눈치는 있는지 적정선에서 끝냈다. 누구든 우호적인 시상식에서 챙길 수 있을 만한 정도라 비난 여론이 물 위로 오르진 않았다.

무대에서 별 소득이 없는 건 아쉽다만, 그건 직캠을 기다려 보면 어느 정도는 해결이 될 것 같았다. 다음 무대도 계속 남아 있고.

'좀 안 풀리긴 했다만, 이런 때도 있는 거겠지.'

일 좀 진정되면 뭐라도 팬들이 스트레스를 풀 만한 컨텐츠를 올려야 겠다. 나는 머리를 정리하고 스마트폰을 껐다.

아니, 끌 생각이었으나⋯ 막 커뮤니티에 최신 인기 글로 등록된 게시글의 제목을 보고 말았다.

[Tnet 예능 출신이 4관왕 하는 동안 박수만 쳐야 했던 신인 남돌]

"⋯⋯."

당장 제목을 클릭했다. 그러자 카드뉴스 형식으로 된 이미지 게시글이 쭉 나타났다.

'X발.'

이 새끼들 작업 들어갔네.

〈4권에서 계속〉